KB051960

# 잠꾸러기 서장님

야마모토 슈고로 지음
박현석 옮김

玄 人

# 잠꾸러기 서장님
## 寝ぼけ署長

야마모토 슈고로
山本周五郎

# 목 차

# 중앙은행 30만 엔 분실사건

# 中央銀行三十万円紛失事件

## 1

“어쨌든 그런 괴짜 서장님은 우리 시가 시작된 이래 한 번도 본 적이 없고 앞으로도 볼 수 없을 겁니다. 5년이라는 재임기간 동안 서에서도 관사에서도 쿨쿨 잠만 잤기에 트집 잡기 좋아하는 마이아사(每朝) 신문에서는 일찌감치 ‘잠꾸러기 서장’이라는 별명을 붙였으며, 서 안에서도 물러터진 데다 굼벵이에 무능한 사람이라는 평가뿐이었습니다.

―세상이 이렇게 조용하니 다행이지 이게 2, 3년쯤만 전이었어도 도저히 버티지 못했을 거야.

―버텼을지 못 버텼을지는 모르겠지만, 아마 그렇게 잠만 자고 있지는 못했을 거야.

―서장을 위해서는 안성맞춤인 호시절이야.

본서에서고 분서에서고 실력 있는 젊은 형사들이 이런 말을 주고받는 소리를 저도 몇 번이고 들은 적이 있었습니다. 정말 그 기간에는 신기하게도 범죄사건이 적어서, 잠꾸러기 서장님의 전후와 비교를 해보자면 약 10분의 1 정도밖에 사건이 일어나지 않았을 겁니다. 그랬기에 무능하다는 평판도 한층 더 높았던 것이라 여겨집니다. 재임 중에는 늘 이런 식이었으나 마침내 다른 현으로의 전임이 결정되었을 때는 재미있는 현상이 일어났습니다. 그때까지는 물러터졌다는 둥, 굼벵이라는 둥 뒷담화를 하던 사람들이 마치 피를 나눈 부모와 헤어지기라도 하는 것처럼 슬퍼했습니다. 본서와 5군데의 분서에서 경찰서원은 물론 용무원에서부터 급사까지 모두가 눈물을 흘렸습니다. 경찰 관계자만이 아니었습니다. 시민 가운데서도 작별을 매우 애석하게 생각하는 사람들이 있었습니다. 특히 빈민가에서는, 그러니까 지금은 건달들의 온상이라 불리는 그 도미야초(富谷町)에서부터 긴바나초(金花町) 일대를 말하는 건데, 그 거리의 주민들은 거적 따위로 만든 깃발[1]을 들고 유임 진정을 위한 데모를 했을 정도였습니다. 결코 과장해서 말하는 게 아닙니다. 당시 시의 신문에 그 사진이 실려 있으니 시간이 나면 보시기 바랍니다. 기사가 또 대단했습니다. 부임 당초에는 신랄하게 비난했던 마이아사 신문까지가 손바닥을 뒤집은 것처럼 감상적인 작별의 말을 실었으니 우스울 정도였습니다."

이야기를 하던 사람은 여기서 말을 잠시 끊은 뒤 차를 새로 따라 맛있다는 듯 한 모금 마셨다. 가을비가 조용히 내리는 저녁이었다. 어딘가 구석에서 아직 죽지 못한 귀뚜라미가 가느다랗게 울고 있는 외에 주위는 쥐 죽은 듯 고요해서 어떤 소리도 들려오지 않았다. 이야기를 하던 사람은 차를 마신 뒤, 안락의자의 등받이에 편안히 몸을 기대며

---

1) 예전부터 농민의 폭동 때 사용되었으며 지금도 농민들의 데모 등에서 사용된다.

참으로 즐겁다는 듯한 모습으로 이야기를 이어나갔다.

"이건 후임 서장님이 오고 나서 훨씬 뒤에 알게 된 사실인데 잠꾸러기 서장님이 재임했던 기간에는 범죄사건이 매우 적었고 기소사건도 다른 서장님 시절에 비해서 4할 이상이나 줄어 있었습니다. 바로 그랬기에 잠꾸러기 서장이라도 직을 유지할 수 있는 거라는 말이 나왔던 겁니다. 그러나 시간이 흐름에 따라서 알게 된 사실인데, 그런 뒷얘기는 완전히 반대가 되어야 했던 겁니다. 사건이 적고 기소건수가 준 것은 전부 잠꾸러기 서장님 덕분이었던 겁니다. ……그에 대한 일례로 이야기하고 싶은 것이 중앙은행의 30만 엔 사건인데, 그 사건에 앞서 서장님의 인품에 대해서 말씀드리겠습니다.

서장님의 이름은 고도 산쇼(五道三省)였습니다. 나이는 마흔이나 마흔한 살이었을 겁니다. 굉장히 살이 찐 사람으로 어깨를 보면 바위처럼 불룩했습니다. 선명한 이중 턱, 불룩한 아랫배, 참으로 볼품없는 몸매였습니다. 가늘고 작은 눈은 늘 풀어져 있고 동작은 어딘가 속이 터질 듯 굼뜨고 말투는 느릿느릿 분명하지가 않고, 전체적으로 기운이 빠져버린 황소의 둔중함 같은 것이 느껴졌습니다. ……서장님은 이 본서의 바로 뒤에 있는 관사에서 혼자 살고 있었습니다. 네, 아직 총각이었습니다. 그리고 당시 아직 총각이었던 제가 서에서는 비서 같은 역할을 했으며 관사에서도 함께 생활했습니다. 하지만 음식을 해주는 노인도 있었고, 그 할머니가 뒤치다꺼리를 하는 역할도 함께 했기에 저는 관비로 고급 하숙집에 묵는 것이나 다를 바 없었습니다. 사실은 서장님의 잡무를 도와야 했지만 공무에 있어서나 사적 용무에 있어서나 결코 다른 사람의 손을 번거롭게 하는 사람이 아니었고, 앞서도 말한 것처럼 대부분은 꾸벅꾸벅 졸고 있었기에 결국 제가 손을 내밀어야 할 일은 없었습니다. 말이 나왔으니 한 가지 더 덧붙이고 싶은 것은 서장님의 독서력입니다. 영어, 독일어, 프랑스어 3개 국어를 할 줄 알았으며, 한문도 읽을 줄 알았습니다. 그리고 서장실에도 책상 위에는 언제나 신간이 대여섯 권 쌓여 있었습니다. 저는 어차피 이건 그냥 쌓아두는 것이라고 생각했었습니다. 워낙 사무만 없으면 쿨쿨 잠을 잤으니 말입니다. ……그런데 그게 아니었습니다. 200쪽에서 300쪽 정도의 서양서적은 사흘이나 나흘 만에 해치웠습니다. 언제 어떻게 해서 읽는 건지는 모르겠으나 전부 읽었다는 증거로 나중에 살펴보면 어느 책에나 곳곳에 빨강과 파랑 연필로 그은 밑줄과 메모가 적혀 있습니다. 그 책의 대부분은 시나 시론이나 문학사나 그에 관한 평론들이었습니다. 여기에 대해서는 조금 더 소개를 하고 싶습니다만, 그리고 그럴 필요도 있습니다만, 일단은 30만 엔 사건으로 이야기를 바꾸겠습니다.

그건 10월 초순의 아주 맑은 날이었습니다. 오전 10시쯤이었는데 오타(太田)라는 사법주임[2)]이 들어와서, "잠깐 서장님께 할 말이 있는데."라고 말했습니다. 그 무렵에는 이미 서장님이 졸고 있다는 사실을 누구 하나 모르는 사람이 없었기에 용무가 있을 때는 우선 제게로 오고, 그러면 제가 서장실로 들어가서 깨운 뒤에 들어가는 것이 불문율처럼 되어 있었습니다. 저는 서장실로 들어갔습니다.

---

2) 예전에 범죄수사를 담당하던 경찰관.

## 2

서장님은 안락의자의 등받이에 기대어 뚱뚱한 배 위로 머리를 툭 떨어뜨린 채 잠을 자고 있었습니다. 커다란 사무용 책상 위는 깔끔하게 정리되어 있고 읽다 만 한스 야르센의 책이 펼쳐져 있을 뿐이었습니다. 이는 그날만의 일이 아니라, 5년 동안의 재임기간 중 그 책상 위는 언제나 쓸어놓은 것처럼 정리되어 있었으며 단 한 번도 서류 등이 나뒹굴고 있는 모습을 본 적이 없었습니다. 그러고 보니 언제였던가 현의 내무부장(무라마쓰 쇼사쿠라고 훗날 내무 차관이 된 사람으로, 잠꾸러기 서장님과는 대학 동기생이었다고 합니다.)이 찾아와서, 자네의 책상 위는 언제 와서 봐도 깨끗하군, 이라고 감탄한 듯 말한 적이 있었습니다. 그러자 서장님은 예의 느릿느릿한 말투로,

—아아, 늘 1시간쯤이면 정리가 돼.

별일도 아니라는 듯 이렇게 말했습니다.

"응? 사법주임?"하며 서장님이 귀찮다는 듯 눈을 떴습니다. 그리고 의자 위에서 꾸물꾸물 앉은 자세를 고치더니 느릿느릿 말했습니다.

"들어오라고 하게."

들어온 오타 주임은 이미 익숙해져 있었기에 바로 의자에 앉았으나 평소와는 달리 매우 긴장한 표정이었으며 수염을 자꾸만 문지르는 손짓도 뭔가 사건이 일어났다는 사실을 분명하게 이야기해주고 있었습니다.

"서장님, 지금 중앙은행의 지점장이 와서 탐사를 의뢰했습니다만, 만나보시겠습니까?"

"무슨 일이 있었는가?" 절반은 잠을 자고 있는 것처럼 느릿느릿하고 만사 귀찮다는 듯한 말투였습니다. 눈은 감은 채였습니다.

"현금을 분실했다고 합니다. 지난 주 토요일에서부터 일요일 사이의 일로, 아직 범인도 돈도 나오지 않았다고 합니다."

"지난 주의 토요일, 에서, 일요일, 이라면……, 오늘은, 무슨 요일이지?"

"화요일, 10월 3일입니다."라고 제가 옆에서 대답했습니다.

"경위는, 들었는가, 그……."

"대충은 들었습니다. 하지만 자세한 이야기는 서장님을 뵙고 직접 말씀드리겠다고 하고 있습니다."

"자네가 들은 얘기만이라도 해보게. 그걸 듣고 나서 만날 필요가 있다면……."

"토요일 밤, 현금 30만 엔이 들어 있는 간이금고를 잘 보관하지 않은 채 그냥 퇴근했다고 합니다. 그날은 어떤 복잡한 조사가 있어서 그것이 오후 8시 무렵까지 이어졌고, 차를 마신 뒤 나온 것은 9시 무렵이었다고 합니다. 그날 밤의 숙직은 출납담당인 나카무라 유키치(中村勇吉)라는 청년으로 일요일 아침 9시에 당직과 교대했으며, 일요일 밤에는 쓰노다(角田) 뭐라고 하는 대부담당 남자직원이 숙직을 했습니다. 그리고 월요일 아침, 지점장 대리가 금고를 열었으며 출납과장이 간이금고를 꺼낼 때 금고 하나가 부족하다는 사실을 깨달았습니다. 그제야 서둘러 찾아보니 금고는 그대로 있었습니다만, 금고 속의 돈이 고스란히 없어지고 말았습니다."

서장님은 아무런 말도 하지 않았습니다. 깍지 낀 두 손을 배 위에

얹어놓고 의자의 등받이에 기대어 눈을 감은 채 꿈쩍도 하지 않았습니다. 그냥 깊은 잠에 빠져버린 것이라고밖에는 여겨지지 않았습니다. 그래도 주임은 계속했습니다.

"은행 안을 샅샅이 뒤져보고, 한편으로는 본점에 바로 전보를 쳐서 본점에서 수사담당자가 오기를 기다렸다가 본격적으로 조사를 해보았으나 30만 엔이라는 돈의 분실이 틀림없는 사실이라는 점만 알게 되었을 뿐이었습니다. ……물론 토요일부터 일요일까지 숙직과 당직을 섰던 세 사람은 엄중히 조사를 했다고 합니다. 그들의 집에까지 사람들이 가서, 조금 난폭한 이야기이긴 합니다만 가택수색까지 했다고 합니다. 그러나 그 결과는 전부 헛수고였다고 합니다. 제가 들은 것은 여기까지입니다."

"외부에서 침입한 흔적은……."

"토요일 밤에는 절대 없었다고 합니다. 숙직인 나카무라 유키치가 신경성 불면증에 걸려서 아침까지 잠을 자지 못했을 뿐만 아니라, 밤중에는 1시간마다 은행 안을 둘러봤는데 밖에서 사람이 침입한 흔적은 없었으며 어떤 소리도 들리지 않았다고 주장하고 있습니다. 일요일에는 당직자의 친구가 2명 와서 이야기를 나누다 돌아갔는데 그들은 당직실에서만 머물렀을 뿐, 출납관련 부서에는 가지 않았습니다. 일요일에 숙직을 선 사람은 용무원인 노인과 12시 넘어서까지 장기를 두다 잠을 잤다고 하는데 그 역시도 아침까지 이상은 인식하지 못했다고 말하고 있습니다."

"자네가 가보도록 하게." 서장님은 귀찮다는 듯 이렇게 말했습니다. "내가 만나봐야 별 수 없으니. 그러니까 얘기가 밖으로 새어나가지 않게 어떻게 해주었으면 좋겠다는 거겠지?"

"아마도 그런 것 같습니다. 그럼 제가 다녀오도록 하겠습니다." 주임은 이렇게 말하고 의자에서 일어났습니다. "수사주임과 미야타(宮田)를 데리고 가겠습니다."

오타 주임이 나가자 서장님은 두 다리를 힘껏 뻗어 커다랗게 기지개를 켜고 음냐음냐 입을 움직이는가 싶더니 다시 잠에 빠져버리고 말았습니다.

오타 주임 들이 돌아온 것은 오후 2시 무렵이었습니다. 그러나 결국 지점장이 이야기한 것 이상으로는 아무런 수확도 없었습니다. 단지 토요일의 조사라는 것이, 지점 사무의 해묵은 문제와 관계가 있는 것이어서 8년 전의 장부까지 거슬러올라가 조사할 필요가 있었기에 퇴근이 늦어졌다는 사실 정도만을 알게 되었을 뿐이었습니다. 하지만 현금을 헤아린 뒤 금고에 넣은 것(그 가운데 간이금고 하나를 빼먹고 금고에 넣지 않은 것도 그때였습니다.)은 그로부터 1시간쯤 뒤의 일이었기에, 그 조사와는 관계가 없었다고 합니다.

## 3

이번 사건의 내용은 매우 단순하지만, 확실히 하기 위해서 적요를 말씀드리겠습니다.

9월 30일 토요일.

오후부터 지점의 사무조사가 있어서 전원이 8시까지 남아 있었다. —조사는 필요상 지점장 대리의 책상에서 행해졌으며, 지하 창고에서

8년 전의 장부를 꺼내왔다. —조사가 끝난 뒤, 현금을 다시 헤아린 5개의 간이금고와 함께 대형 금고에 넣었다. —안의 열쇠는 4개가 있는데 그것은 지점장 대리가 가지고 퇴근했다. 바깥의 열쇠는 콤비네이션을 이루고 있으며 반드시 지점장이 닫는다. —그런 다음 차를 마신 뒤 9시 10분에 모두 퇴근했다. —숙직자는 출납담당인 나카무라 유키치로 그는 불면증 때문에 아침까지 잠들지 못했으며 1시간 간격으로 은행 안을 둘러보았으나 이상은 없었다.

10월 1일 일요일.

오전 9시, 수입담당인 시부야 도키이치로(渋谷時市郎)가 출근, 숙직자인 나카무라와 교대했다. 오후 1시 무렵, 수입담당 부서의 동료인 네기시 도키치(根岸藤吉)와 하시모토 게이지로(橋本啓二郎)라는 두 사람이 놀러 와서 2시간 정도 당직실에서 잡담을 나누다 돌아간 이외에 이상은 없었다. 네기시와 하시모토 두 사람은 영화를 보러 갔다. —오후 5시, 대부담당인 쓰노다 료스케(角田良助)가 출근, 당직자인 시부야와 교대했다. 그날 밤에도 은행 안에 이상은 없었다.

10월 2일 월요일.

오전 8시 30분, 지점장 대리가 대형 금고를 열었다. —뒤이어 출납과장이 현금이 든 간이금고를 꺼내면서 숫자가 하나 부족하다는 사실을 알게 되었다. —바로 분담하여 찾아보니 출납계의 부스 안에 놓여 있는 것이 발견되었다. —그때의 상황은 토요일 밤에 정리하기를 잊은 것이라는 느낌이었다. (매우 드문 일이지만 전례가 있다.) 과장이 계원과 함께 열어보았는데 안에 들어 있던 현금은 분실된 상태였다. 100엔짜리 지폐로 30만 엔이라는 금액이었다. —그 뒤 본점에 바로 전보를 치고 은행 안을 수색하는 한편, 지점장과 대리가 세 당직자를 조사하고 사람을 보내 나카무라와 시부야 두 사람의 집을 가택수사하게 했다. 그러나 결과는 전부 헛수고였다.

"밖에서 침입한 흔적은 전혀 없습니다."라고 오타 주임이 말했습니다. "범인은 내부자임이 틀림없기에 숙직과 당직을 섰던 세 사람을 신문해보았습니다. 쓰노다는 39세로 처자와 함께 5인 가족, 저축도 있고 집도 작지만 자신의 것으로 검소하고 안정된 생활을 하고 있습니다. 시부야라는 자는 45세로 홀아비, 술도 몰래 마시는 듯했고 한때는 고리대금 등과도 관계가 있었던 듯합니다. 가족은 중학교 3학년인 장남과 올해로 19세가 되는 딸과 함께 3명, 현재 특별히 돈이 필요한 곳은 없는 듯합니다. 그리고 나카무라 유키치는 급사에서 행원이 된 자로 26세, 물론 독신인 청년입니다. 본가는 우리 현 안의 산골에서 소작농을 하고 있으며 그는 시내에서 하숙을 하고 있습니다. 신경성 불면증에 시달릴 정도로 마음이 약하고 겁이 많은 듯한 사내였는데, 단 사무만은 틀림이 없어서 지금까지 단 한 번도 실수를 저지른 적이 없는 우수한 행원이라고 과장이 보장했습니다. ……그런데 다른 행원의 증언을 미야타—당시의 수사과에서는 발군이라 불리던 형사였습니다.—가 들었는데 나카무라에게는 여사무원으로 일하는 연인이 있어서 일요일 등이면 둘이서 곧잘 교외로 산책을 나가는 것 같다는 말이었습니다. 이상을 종합해보면, 외부의 침입자에 의한 도난이 아니니 숙직 및 당직을 선 세 사람 이외에 혐의를 둘 만한 사람은 없는데 그 가운데 쓰노다는 제외, 즉 범인은 나카무라나 시부야 두 사람 가운데 한 사람일 것이라 여겨집니다."

"아니, 한 가지, 더 있어."라고 서장님이 손을 뻗어 담배를 집으며 말했습니다. 서장님은 담배를 피우는 모습이 서툴게 보여서 마치 열흘 전부터 담배를 처음 피우기 시작한 사람처럼 어색했습니다. "그 한 가지란, 돈은 도둑맞은 것이 아니라 계획적으로 분실한 것처럼 위장되었을지도 모른다는 의심일세."

오타 주임도 저도 어리둥절할 수밖에 없었습니다. 그런 의심은 애초부터 터럭만큼도 머릿속에 떠오르지 않았기 때문에. 그러나 서장님은 우리의 놀라는 모습을 보고 보일 듯 말 듯한 미소를 짓더니 천천히 연기를 뱉으며 이렇게 말했습니다.

"물론 이건 단순한 의심에 지나지 않네. 하지만 두 당직자를 의심한다면 그 대상이라 할 수 있는 은행도 의심하는 게 공평하네. 그런 예가 있으니 말일세. ……그런데 누가 이 사건을 담당하기로 했는가?"

"미야타가 맡겨달라고 하고 있습니다."

"그럼 미야타에게 내가 맡겠다고 말해주게."

"서장님께서 직접?"

"성공을 해도 세상에는 공표할 수 없네. 결국은 헛힘만 쓰는 셈이니 한가한 내가 처리하기로 하겠네."

"그렇다면 뭔가 짚이는 것이라도 있다는 말씀이십니까?"

"응, 딱 하나." 서장님이 기력 없는 목소리로 말했습니다. "그건 말이지, 돈은, 은행 안에 있다는 거야."

"혹시 모르니 들려주시기 바랍니다. 어떤 점에서 그렇게 추정할 수 있었던 것인지."

"이런 점이네, 저런 점이네 할 것도 없네."라며 서장님은 담배를 재떨이에 버리고, "생각해보게, 돈이 없는 은행이라는 게, 있기나 한가?"

당장 대들기라도 할 듯한 얼굴을 하고 있는 오타 주임에게는 신경도 쓰지 않고 서장님은 제게 중앙은행에 전화를 걸라고 명령했습니다. 그것은 오후 6시에 서장님이 직접 조사하러 갈 테니 토요일에 지점의 사무조사를 했던 사람 전부와 당직자 세 사람은 남아주었으면 좋겠다는 주문이었습니다. 은행에서는 승낙하겠다는 뜻으로 대답했습니다.

## 4

관사에서 이른 저녁을 먹고 서장님은 기모노를 입은 채 은행으로 갔습니다. 수행한 것은 저 한 사람뿐이었는데 저도 물론 평상복이었습니다. 은행에서는 우리를 회의실로 안내해주었습니다.

거기에는 지점장인 시게키 레이자부로(茂木礼三郎) 씨를 비롯하여 13명이 있었습니다. 지점장 대리가 그들 한 사람 한 사람을 소개해주었으나 그것은 필요 없는 이야기이니 생략하겠습니다. 소개가 끝나자 서장님이 커다란 가죽 안락의자의 등받이에 몸을 기대며 예의 귀찮다는 듯한 투로 말했습니다.

"보시는 바와 같이 저는 이런 차림입니다. 여러분께서도 저를 경찰서장이라 생각지 마시고 가벼운 마음으로 편안하게 계시기 바랍니다. 담배라도 피우면서 이야기합시다. 지점장님, 어떻게 생각하십니까?"

그리고 당신이 먼저 담배에 불을 붙였습니다. 그렇게 말하기는 했으나 모이게 된 문제가 문제였던 만큼 편안하게 가벼운 마음으로 있을 수는 없었습니다. 그래도 두어 명쯤 담배를 꺼낸 사람이 보이기는 했으나 대부분은 긴장했으며, 개중에는 가만히 숨을 죽인 채 겁을 먹은 듯한 얼굴을 한 사람도 있었습니다.

"그럼." 서장님이 말했습니다. "지금부터 토요일의 경과를 여러분께서 들려주셨으면 합니다. 지점의 사무조사가 어떤 순서로 시작되고 진행되고 끝났는지, 퇴근할 때의 모습은 어땠는지, 각각 담당하신 분이 각자 담당한 사무를 자세히, 순서에 따라서 들려주셨으면 합니다. 타인과 중복되는 부분이라도 생략하지 마시고 거듭 되풀이되어도 상관없으니 가능한 한 자세히, 예를 들어서 그때 잉크병이 쓰러졌다는 등의 일이라도 상관없습니다. 그럼 시작해주십시오."

이렇게 말을 마친 뒤 언제나처럼 의자의 등받이에 머리를 기대고, 뚱뚱한 배 위에서 두 손의 깍지를 낀 한가로운 모습으로 눈을 감았습니다.

"그럼, 제가 먼저 시작하겠습니다." 지점장 대리인 가이즈카(貝塚) 씨가 입을 열었습니다. "조사 내용은 은행의 비밀이기도 하고 필요하지도 않으리라 여겨지기에 말씀드리지 않겠습니다만, 한 방계회사의 정리통합에 있어서 저희 지점에서의 출자표를 작성할 필요가 있었기에 8년 전까지 거슬러 올라가 장부를 대조했습니다. 이는 며칠 전부터 예정되어 있던 일이었으나 지점장님의 사정 때문에 당일로 미루어졌던 것입니다."

그런 다음 놀라울 정도로 상세한 진술을 시작했습니다. 저는 그 동안 당직자 3명을 가만히 관찰했습니다. 그들은 거기에 있는 다른 사람들보다 명백히 불안하고 흥분한 것처럼 보였습니다. 특히 나카무라 유키치라는 청년은 얼굴이 백짓장처럼 창백했으며 뺨이 홀쭉했고 눈 주위가 검푸른 색으로 죽어 있었습니다. 단순한 불면증이 아니라 무엇인가 마음에 고민을 가지고 있는 듯한 모습이 역력하게 보였습니다. 경찰의 심리로 보자면 이러한 자에게 혐의를 두는 것은 너무나도 당연한 일이었기에 저도 오타 주임의 마음을 잘 이해할 수 있었습니다.

"장부를 꺼낸 것은 저입니다."라고 그때 한 젊은 은행원이 진술을 시작했습니다. "보관되어 있는 곳은 지하창고의 5호 금고로 꺼낸 장부는 32권이었습니다. 즉, 상반기와 하반기의 원장 4권씩 8년분인데, 1년 단위로 포장되어 있는 것을 8개 꺼냈습니다. 급사인 오야마(小山)라는 소년과 둘이서 옮겼고, 조사가 끝난 뒤 금고에 넣은 것도 저였습니다."

이 무렵, 서장님은 이미 새근새근 가벼운 숨소리를 내며 잠들어 있었습니다. 다음으로 출납과장, 이어서 대부계장 등이 번갈아가며 이야기를 했으나 정작 서장님이 잠들어버렸기에 아무래도 썩 내키지는 않는 듯했습니다. 하지만 제가 옆에 있었기에 그만둘 수도 없어서 매우 묘한 분위기 속에서 시간이 흘러갔습니다. 그런 다음 세 당직자의 진술이 이어졌는데 앞서 이야기한 것 외에 별다른 사실은 없었으니 그것은 생략하기로 하겠습니다. 단, 한 가지 제가 이상하게 느꼈던 것은 나카무라 유키치의 진술이 매우 감정적이었으며, 듣기에 따라서는 자기 스스로에게 죄를 뒤집어씌우려는 것 같은 인상을 주었다는 점입니다.

"외부에서 누군가가 들어온 사실은 절대로 없었습니다."라고 그가 굳은 목소리로 주장했습니다. "그리고 간이금고가 놓여 있던 출납과의 부스에 들어갔던 것은 저 한 사람뿐이었을 것이라 여겨집니다. 숙직자라 할지라도 보통은 전등을 켜둔 채 저 문가에서 슥 둘러보기만 할 뿐, 각 과의 부스까지 들어가서 보는 일은 없으니. 저도 평소에는 그렇게 합니다. 하지만 그날 밤에는 조금도 잠을 잘 수 없었기에 1시간 간격으로 구석구석까지 전부 둘러보았습니다. 물론 간이금고가 있다는 사실은 깨닫지 못했으나 그 부스에는 몇 번이고 들어갔었습니다."

이렇게 말하는 이면에는 혐의를 받게 된다면 자신밖에 없다고 각오한 사람 같다는 느낌이 있었는데, 이는 누구나 그렇게 느꼈으리라 여겨집니다. 시부야 도키이치로와 쓰노다 료스케 두 사람에게서는 이렇다 할 인상을 받지 못했습니다. 시부야는 벌써 머리숱이 옅어지기 시작했으며 음주가답게 코가 빨개진 중년으로 입가에 어딘가 비아냥거리는 듯한, 비웃는 듯한 빛을 띠고 있었습니다.

"이거, 여러 가지로 고맙습니다." 진술이 전부 끝나자 서장님은 이렇게 말하고 몸을 일으켰습니다. 눈은 부스스했으며 잠이 부족한 사람처럼 동작도 둔했습니다. "대충 어떻게 된 얘긴지 잘 알겠습니다. 내일 이 시간에 다시 찾아올 테니 여기에 계신 여러분 모두 모여주시기 바랍니다. 실례하겠습니다."

## 5

이튿날 같은 시간에 서장님은 역시 기모노를 입고 은행으로 다시 갔습니다. 그리고 그 전날과 마찬가지로 토요일에 있었던 일을 들었습니다. "절대로 생략하지 마시고 있었던 일을 있었던 그대로 자세히 말씀해주시기 바랍니다."라고 말한 것입니다.

지점장을 비롯하여 모인 사람 모두 불만의 빛이 역력했습니다. 범죄 사건 수사라고 하면 조금 더 스릴 있고 과학적이어서 추리네, 실험이네, 반증이네 하는 여러 가지 수단과 방법이 동원될 것이라 생각했던 모양입니다. 그런데 당일의 사무 경과를 한심스러울 정도로 자세히 되풀이해서 진술해야 했기에 그 따분함은 말할 것도 없고 이게 대체 무슨 도움이 되는 걸까 하는 의문이 들어 모두가 참으로 내키지 않는다는 듯한 태도가 되어버리고 말았습니다. ……진술은 전날과 거의 같았습니다. 서장님은 진술이 시작되자마자 곧 의자의 등받이에 기대어 눈을 감고 평소처럼 잠이 들어버리고 말았으나, 진술하는 사람이 어제와 조금이라도 다른 말을 하면 바로 지적하여 잘못을 정정케 했습니다. 즉, 전혀 잠을 자고 있었던 것이 아니며 기억의 정확함에는 모두가 놀란 듯했습니다. ……진술이 끝난 것은 7시 반쯤이었습니다. 전날 밤에는 8시 넘어서까지 걸렸으니 30분쯤 빨리 끝난 셈입니다. 서장님은 하품을 하며 자리에서 일어나,

"이거, 감사합니다. 덕분에 꽤나 확실해졌습니다. 하지만 조금 더 확실히 하고 싶은 부분이 있으니 참으로 죄송한 말씀입니다만 내일도 여기에 계신 분 모두 이 시간에 모여주시기 바랍니다. 그렇게 좀 부탁드리겠습니다."

이렇게 말하고 회의실에서 나왔습니다. 그러자 지점장이 배웅을 나와서 매우 불안하다는 듯, "이러는 동안에 돈이 없어지지는 않을까요?" 라고 속삭였습니다. 그 말에 서장님은 천천히 상대방 쪽을 돌아보며 이렇게 대답했습니다.

"……않을까요, 라니요. 지점장님, 돈이 있기는 합니까?"

지점장이 어처구니없다는 듯한 얼굴로 서장님을 빤히 바라보았습니다.

"돈이 없어졌기에 제가 이렇게 발걸음을 하는 것 아니겠습니까?"

"그야 물론." 지점장은 쓴웃음을 지었습니다. 그리고 놀림을 당하고 있는 것이 아니라는 사실을 알게 되자 오히려 화가 난다는 듯 어깨를 흔들었습니다.

"제 말은, 그 도둑맞은 돈이 이러고 있는 사이에 처분되지 않을까 걱정스럽다는 뜻입니다."

"그건 충분히 걱정할 만한 가치가 있습니다."

서장님은 이렇게 말한 채 은행에서 나왔습니다. 그리고 관사로 향하는 어두운 길 위에서 혼잣말처럼 불쑥 이렇게 중얼거렸습니다.

"나는 사람을 걱정하고 있는 거야."

그것은 뜻밖이다 싶을 정도로 숙연해서 마음을 때리는 것 같은 울림을 가지고 있었습니다. 저는 거짓말을 들은 것 같은 기분으로 서장님의 둔중하고 만사 귀찮다는 듯한 걸음걸이를 다시 한 번 고쳐보게 되었습니다. ……관사로 돌아가자 손님이 기다리고 있었습니다. 집을 보고 있던 할멈이 묘한 표정으로, "젊은 아가씨입니다."라고 속삭이듯 말했습니다. 서장님은 제게도 오라는 몸짓을 한 뒤, 그 걸음에 객실로 들어갔습니다.

기다리고 있던 것은 스무 살 안팎의 작은 몸집에, 얼굴과 몸 모두 아담한 아가씨였습니다. 굉장히 수수한 비단 기모노에 색이 바랜 꽃무늬 모직물 허리띠를 두르고 조그만 몸을 웅크리듯 하여 앉아 있었습니다. 서장님이 아가씨 쪽으로는 시선이 가지 않도록 얼굴을 돌린 채 용건을 물었습니다. 아가씨는 제가 있다는 사실이 마음에 걸리는 듯했습니다. 한동안 우물쭈물하고 있다가 마침내 마음을 정했다는 듯, 그러나 매우 망설이는 듯한 투로 이번의 중앙은행 30만 엔 분실사건에 대해서 아주 은밀하게 묻고 싶은 것이 있어서 왔다고 말했습니다. …… 저는 커다란 놀라움과 흥미가 솟아올라 나도 모르게 몸을 앞으로 내밀었으나, 서장님은 아무런 표정의 변화도 없이 팔짱을 낀 채 조용히 눈을 감았습니다.

"그래서 묻고 싶다는 건……."

"저기,"라며 아가씨는 다시 머뭇거렸습니다. "그러니까, 만약에, 이건 전부 우리끼리의 얘기로만 해주셨으면 합니다만, 만약에 그 돈을 훔친 사람이 있다고 한다면 그때는, 그러니까, 어떤 죄가 되는 건지요? 아주 무거운 죄입니까?"

"그건 저도 모릅니다." 서장님이 졸리다는 듯한 목소리로 대답했습니다. "하지만 죄가 될지, 무거울지, 가벼울지 하는 것보다 그 사람의, 이건 잘못을 저지른 사람이 있다는 가정하에 드리는 말씀입니다만, 그 사람의 장래가, 그 사람의 마음이 어떻게 될까 하는 것이 훨씬 중요하지 않겠습니까?"

"네."

"사람은 아차 잘못하면 넘어집니다. 잘못 넘어지면 평생 불구가 됩니다. 30만 엔은, 그게 설령 100만 엔이라 할지라도, 사람의 일생과 비교하자면 그건 단순히 돈에 지나지 않습니다. 잃어버린 돈은 다시 벌 수 있습니다. 그러나 불구가 된 사람을 정상으로 돌려놓기란 매우 어려운 법입니다. 저는 그걸 걱정하고 있습니다."

## 6

아가씨는 마음에 느낀 바가 있는지 고개를 끄덕인 뒤 머리를 푹 숙였습니다. 그리고 한동안 무슨 말인가 하고 싶지만 망설이는 듯한 모습을 보이다 마침내 굳게 결심한 사람처럼 얼굴을 들고 말했습니다.

“혹시나 싶어서 여쭙습니다만, 제가 여기서 그 사람을 고발한다면, 그리고 돈이 무사히 돌아온다면, 그 사람에게 죄를 묻지 않으실 수 있으십니까?”

“그건 대답을 드릴 수 없습니다. 실제로 그건 제 힘 밖에 있는 일이니.”

“하지만 경찰에 발각되기보다는 그렇게 하는 편이, 죄가 얼마간 가벼워지지는 않을까요?”

아가씨가 절박한 눈빛으로 매달리듯 서장님을 바라보았습니다. 만약 그럴 수만 있다면 상대방에게 달려들어 있는 힘껏 울며 애원을 했을지도 모릅니다. 서장님은 눈을 감은 채 말이 없었습니다. 한동안 그렇게 있다가 이렇게 말했습니다.

“그 사람의 이름을 정말로 말할 수 있겠습니까?”

“……네.” 아가씨의 목소리는 떨리고 있었습니다.

저는 숨이 막힐 듯한 기분으로 아가씨의 입에서 나올 다음 말을, 온몸의 신경을 귀에 집중시킨 채 기다리고 있었습니다. 서장님은 아무런 말도 하지 않았습니다. 아가씨는 괴로워하고 있었습니다. 말을 해도 되는 건지, 말을 하라고 할 때까지 기다려야 하는 건지 알 수가 없어서 공포와도 같은 감정으로 몸을 떨고 있었던 것입니다. 서장님은 역시 눈을 감은 채 아무런 관심도 없다는 듯한 투로, "당신의 이름을 들려주시기 바랍니다."라고 말했습니다.

"시부야 쇼코입니다."

"시부야……." 서장님은 이렇게 말한 뒤 다시 한동안 입을 다물었습니다. "아가씨, 이 세상에서 가장 아름답고 가장 강한 것은 사랑입니다. 무조건적인 사랑에는 당해낼 자가 없습니다. 당신이 여기에 온 것도 그것 때문이 아닌가요? 잘 오셨습니다. 부디 지금의 마음을 잊지 마시고 그 사람을 계속 사랑해주시기 바랍니다. 서로 넘어지지 않도록, 설령 넘어진다 할지라도 다치지 않도록 서로 보살피며 나아가도록 하십시오. 자, 그만 돌아가시기 바랍니다. 곧 모든 것이 좋아질 겁니다."

저는 그 말을 이 귀로 들었습니다. 그리고 들으면서 생각했습니다. 서장님은 과거에 뭔가 커다란 슬픔을 가지고 있다, 치유받기 어려운 마음의 상처를, 그렇기에 아직까지도 독신으로 살아가고 있는 것이다, 라는 생각을. ……이 점에 대해서는 따로 드릴 말씀이 있습니다만, 지금은 그냥 지나치기로 하겠습니다. ……아가씨는 그렇게 돌아갔습니다. 저는 이제 사건의 전모를 추측할 수 있게 되었습니다. 시부야 쇼코라는 이름은 그대로 당직자였던 시부야 도키이치로와 연결됩니다. 예전에 고리대금 등과도 관계가 있었고 음주가에 홀아비인 사내, 진술을 하는 자리에서도 빨간 코를 한 채 어딘가 사람을 조소하는 듯한 표정을 짓던 사내, 45세라는 나이에 하급 은행원으로 있는 사내라면 그 정도의 짓은 할지도 모를 일이니까요. 더구나 딸이 저렇게 고발을 해온 이상 더는 의심의 여지도 없다고 말해도 좋지 않겠습니까? 단지 남은 문제는 돈입니다. 30만 엔이라는 돈이 무사히 돌아온다면 좋겠지만, 만약 돌아오지 않거나 돌아온다 할지라도 벌써 손을 댔다면 아가씨의 가련한 소망은 이루어질 수 없게 됩니다. 저는 그 아가씨를 위해서, 시부야 본인은 어찌 됐든 돈이 무사하기를 빌었습니다.

이튿날 오후 6시, 서장님은 은행으로 갔습니다. 그리고 그 이튿날도, 그 이튿날의 이튿날(토요일이었습니다.)도 또. 물론 처음 갔을 때와 마찬가지로 토요일의 경위를 자세히 말하게 했습니다. 제아무리 사소한 일이라도 생략하지 못하게 했습니다. 조금이라도 순서나 내용이 달라지면 반드시 지적해서 정확한 답을 추구했습니다. 그것은 이야기하는 사람보다 듣는 사람이 지긋지긋해질 정도로 지루한 시간이었습니다. ……이렇게 해서 일요일은 쉬고 월요일이 되었습니다. 그날 저녁에도 6번째 진술을 들을 예정이었기에 우리는 오후 6시에 찾아갔습니다.

회의실에는 정해진 인원이 모여 있었습니다. 누구의 얼굴에나 또 고통스러운 시간이 시작되었다는, 넌더리가 난다는 듯한 표정이 새겨져 있었습니다. 서장님은 판에 박은 듯 가죽 안락의자에 앉아 편안하게 등을 뒤에 기대고 있었는데 가만히 눈을 감더니 예의 졸린 사람 같은 목소리로 이렇게 말했습니다.

"며칠 전부터 저는 여러분들의 이야기를 이렇게 듣고 있었습니다. 같은 얘기를 몇 번이고 같은 순서대로 되풀이하시느라 틀림없이 괴로우셨을 것이라 여겨집니다. 그러나, ……덕분에 여러 가지 사실이 분명해졌습니다. 오늘 저녁으로 이것도 마무리 짓겠습니다. 단, 한 가지 여러분께서 들어주셨으면 하는 것이 있습니다." 여기서 잠깐 말을 끊더니 기다란 한숨을 내쉬었습니다. "……손자의 말 가운데 이런 것이 있습니다. '군정에게 말하기를, 말하는 목소리가 들리지 않기에 쇠북을 쓰고, 서로 보이지 않기에 깃발을 쓴다. 이 쇠북과 깃발은 사람들의 이목을 하나로 하기 위함이다.' ……이것을 반대로 취한 것이 저의 이번 5번에 걸친 모임이었습니다. 저는 이렇게 말없이 눈을 감은 채로 듣고, 여러분께서는 각자 자신이 담당했던 일을 이야기하셨습니다. 그 가운데 문제의 사람이 있다, 그 목소리가, 그 말이 나의 귀에 들어오게 된다. ……사람의 얼굴은 다른 동물과는 달리 표정을 가지고 있습니다. 어떤 종류의 표정은 사람의 눈을 상당히 현혹시킵니다. 그렇기에 일본에서도 예전의 어떤 판관은 장지문 너머로 소송을 들었다고 합니다. 저는 그 고사를 따라한 것입니다. 죄를 저지른 사람은 좋든 싫든 어느 부분인가에서 거짓말을 합니다. 그 죄의 흔적이 발견될 염려가 전혀 없을 때에는 극히 노골적으로, 오히려 노악적(露惡的)으로 아슬아슬한 곳까지 사실을 말합니다. 다시 말해서 일부러 혐의를 품게 만들 만큼 과장을 합니다. 요컨대 범인은 언제나 자신도 모르는 사이에 반드시 쇠북을 울리고 깃발을 올리는 법입니다. 저는 5번에 걸쳐서 눈을 감은 채 가만히 그 쇠북이 울리는 것을 들었으며, 치켜올려진 깃발을 보았습니다."

## 7

"이렇게 말씀드리면 아시리라 생각합니다. 우리 가운데 잠깐 발이 걸려 넘어진 사람이 있습니다. 발이 걸려 넘어진 것으로 끝났습니다. 다치지는 않았습니다. 이번을 계기로 깨달으셨으면 합니다. 이 이상은 말씀드리지 않아도 아시리라 믿습니다. 그 사람은 아흐레 동안 꽤나 괴로웠을 테니 말입니다. ……그리고 여러분께도 그 사람을 찾지 말라고 부탁드리고 싶습니다. 누구일까 하는 의심은 서로에게 상처만 줄 뿐입니다. 발이 걸려 넘어진 사람을 돕는다는 심정으로 지금까지처럼 아무 일도 없었다는 듯이 명랑하게 생활해주시기 바랍니다. 인생은 괴로운 것입니다. 서로의 우정과 서로를 돕는 사랑만이 살아가는 사람들의 힘입니다. 모쪼록, ……그럼 이것으로 마치도록 하겠습니다. 오랜 시간 수고 많으셨습니다."

서장님의 말씀이 준 인상은 깊은 것이었습니다. 간단한, 어디서나 흔히 들을 수 있는 의미에 지나지 않았으나 상당히 강하게 사람들의 마음을 때린 듯했습니다. 이렇게 해서 잠시 후, 지점장과 대리 두 사람만을 남긴 채 다른 사람들은 모두 돌아갔습니다.

"지점장님."하고 조용해지기를 기다렸다가 서장님이 가만히 몸을 일으켰습니다. "지금부터 사건을 정리할 생각입니다만, 즉 돈과 범인의 문제입니다만, 당신은," 이렇게 말을 꺼낸 뒤 서장님은 눈을 커다랗게 뜨고 지점장의 얼굴을 가만히 바라보았습니다. "……당신은 돈을 원하십니까, 아니면 범인을 원하십니까?"

"그건 또 무슨 의미이신지……."

"범인을 원하신다면 범인을 내어드리고 돈을 원하신다면 돈을 내어드리겠습니다. 어떻습니까?"

"알겠습니다." 지점장인 시게키 씨는 크게 고개를 끄덕였습니다. "은행으로서는, 이런 잘못을 저지른 사람은 원칙적으로 계속 일을 하게 두어서는 안 됩니다만, 조금 전에 서장님께서 하신 말씀도 있고 하니 저로서는 해고할 수 없을 듯합니다. 돈만 내주셨으면 합니다."

"그건 틀림없는 말씀이시겠지요? 만약 이후 그 당사자를 추정 가능한 경우가 벌어진다 해도……."

"걱정하실 필요 없습니다. 제게도 감독소홀이라는 책임이 있으니."

"그럼……."하고 서장님은 천천히 의자에서 일어났습니다. "지하 창고로 잠깐 안내해주시기 바랍니다."

지점장과 대리는 바로 자리에서 일어났습니다. 그런 다음, 열쇠꾸러미를 꺼내고 전등의 스위치를 켜고 지하실로 내려갔습니다. 거기에는 비품을 넣어둔 여러 종류의 상자와 통이 있었으며, 거대한 금고가 6개 늘어서 있었습니다. 서장님은, "5호 금고를 열어주십시오."라고 말했습니다. 대리인 가이즈카 씨가 열었습니다. 안에는 포장된 서류가 빼곡히 들어차 있었습니다. 서장님은 그 옆으로 가서 포장지에 적힌 연월기호를 읽더니 그것을 손가락으로 두드리며 조용히 이렇게 말했습니다.

"토요일 밤, 지점의 사무조사가 끝나고 난 뒤 현금을 다시 헤아린 다음 넣었다……, 이렇게 된 것이라고 하셨죠. 그때 간이금고 하나를 잊고 넣지 않았다. ……하지만 그건 틀렸습니다. 넣기를 잊었을 때 그 간이금고 안에 돈은 들어 있지 않았습니다. 그보다 1시간쯤 전에 돈은 다른 곳으로 옮겨졌습니다." 이렇게 말하면서도 서장님은 포장된 서류를 손가락으로 차례차례 두드렸습니다. "……현금을 다시 헤아릴 때 간이금고도 열어서 헤아립니까? 아마도 그렇게 하지는 않을 겁니다."

"그렇습니다. 들어 있는 금액은 이미 알고 있으니."

"다발로 묶은 지폐를 다시 헤아리지 않는 것처럼……. 범인은 그 사실을 알고 있었던 겁니다. 단지 돈을 빼낸 시간을 알지 못하게 하기 위해서 간이금고를 깜빡하고 넣지 않은 것처럼 꾸민 겁니다. 마치 사람들이 퇴근하고 난 뒤에 빼간 것처럼 보이게 하기 위해서. 돈은 그보다 앞서 안전한 곳으로 옮겨졌습니다. 즉……."

이렇게 말하며 서장님은 어떤 서류꾸러미 위에서 손가락을 멈췄습니다. 귀를 가져가듯 해서 다시 한 번 두드리더니 두 손으로 그것을 빼내서는 가이즈카 씨에게 건네주며, "이것을 열어보시기 바랍니다." 라고 말했습니다.

"돈은 이 안에 들어 있습니다."

10분 뒤, 저는 서장님과 함께 은행에서 나왔습니다. 제 머릿속에서는 토요일 은행의 한쪽 구석에서 벌어졌던 일이 어두운 영화의 한 장면을 보는 것처럼 흐릿하게 떠오르고 있었습니다. 지점의 사무조사를 마치고 장부를 포장하고 있는 사람들의 실루엣. 그 가운데 범인이 은밀하게, 그러나 대담한 손놀림으로 지폐다발을 꾸러미 안에 넣는다, 2권의 장부를 가만히 옆쪽에 놓는다. 누구일까? 실루엣이기에 얼굴은 보이지 않는다, 몸매로도 판단이 서지 않는다. 그렇습니다. 지폐가 꾸러미 안으로 들어가는 장면은 추측할 수 있었으나, 범인이 누구인지 서장님은 한마디도 하지 않았고, 저도 끝내는 추측해내지 못했습니다.

그로부터 반년쯤 지난 봄의 어느 날이었습니다. 마침 휴일이었기에 서장님과 제가 관사의 뒤뜰에서 돼지를 돌보고 있자니―서장님은 닭 7마리와 돼지 5마리를 기르고 있었습니다. 그리고 셀러리네 레터스네 토마토네 하는 생식야채도 기르고 있었습니다.― 손님이 왔다고 할멈이 알려주었습니다.

"이쪽으로 오시라고 해줘." 서장님이 더러워진 손을 흔들며 이렇게 말했습니다. 잠시 후, 정원을 돌아서 젊은 남녀 둘이 들어왔습니다. 여자가 시부야 쇼코라는 사실은 바로 알 수 있었으나, 남자가 나카무라 유키치라는 사실을 깨닫는 데에는 약간 시간이 필요했습니다. 나카무라는 새로 지은 양복에 구두도 번쩍이고 있었습니다. 쇼코는 싸구려이기는 하나 비단 겹옷에 모란꽃을 염색한 화려한 허리띠를 두르고 있었으며, 올림머리에 화장을 했습니다. 마치 한 쌍의 신혼부부 같군, 이라고 생각한 것과 동시에, '맞아, 신혼부부야.' 라고 깨닫게 되었습니다.

"야아, 이거, 이거."하며 서장님이 커다란 목소리로 맞이했습니다. "두 분이 함께 잘도 오셨습니다. 자, 이리로."

"지난번에는,"하고 나카무라 유키치가 가까이로 다가와 서장님의 눈을 올려다보며 마음 깊은 곳에서 우러나는 듯한 목소리로 말했습니다. "지난번에는 아주 커다란 신세를 졌습니다. 덕분에 어제, 이 사람과 결혼했습니다."

"그렇습니까. 그거 축하드립니다."

"은혜는 평생 잊지 않겠습니다."

나카무라 유키치의 눈에서 눈물이 샘솟기 시작했습니다. 그때 쇼코가 안고 있던 꽃다발을 바치듯 서장님 앞으로 걸어왔습니다.

"보잘 것 없는 물건입니다만."

"고맙습니다, 고마워." 서장님은 손이 더러워져 있었기에 양쪽 팔뚝으로 꽃다발을 받았습니다. 그리고 이 눈물의 장면을 어떻게 전환시켜야 좋을지 당황한 듯한 모습이었는데, "자, 일단은 안으로 들어갑시다. 벌써 정오가 되었을 테니 같이 뭐라도 먹기로 합시다. 아아, 이보게."라며 저를 돌아보았습니다. "미안하지만 다가와야에 전화를 좀 걸어주게. 장어를 하나, 둘, 셋, 6인분, 축하하는 자리이니 할아범들에게도 대접하기로 하세. 모두 기분 좋게 대짜로 하는 것이 좋겠네."

"알겠습니다. 장어구이 6인분."

"잠깐만, 모두는 대짜로 하고 내 것은 거룻배로 해주게."

"거룻배, 거룻배 말씀이십니까?"

"작은 장어를 말하는 걸세."라고 서장님이 답답하다는 듯 말했습니다. "이 정도 크기의 작은 것을 꼬챙이에 나란히 끼운 것 말일세. 에도[3]에서는 그런 것을 거룻배라고 하네만."

"그거라면 여기서는 뗏목이라고 합니다."

"아아, 뗏목인가? 뗏목일세." 서장님은 서둘러 고개를 끄덕였습니다. "어쨌든 바다에 떠 있는 것이라고 생각한 모양이로군. 바로 그거야."

이렇게 말하며 서장님은 당신 스스로 웃음을 터뜨렸습니다. 저도 나카무라도 쇼코도 웃었습니다. 그야말로 배를 움켜쥐고 웃었습니다. ……그리고 저는 장어집에 전화를 걸며 범인이 누구였나 하는 문제 따위는 더 이상 생각할 필요가 없다는 사실을 깨달았습니다.

3) 江戶. 도쿄(東京)의 옛 이름.

# 가이난 씨 공갈사건
# 海南氏恐喝事件

1

우리처럼 오랜 시간 경찰계에 머물며 세상을 바라보고 있자면, 세상의 옳고 그름이 의외로 어긋남 없이 정돈되어 선악은 언젠가 반드시 그 자신의 자리에 앉게 된다는 사실을 믿게 됩니다. 선악이라고 일률적으로 말하는 것은 조금 거친 듯하며, 그러한 믿음도 너무 안일한 듯하지만, 어쨌든 대체적으로 봐서 커다란 오류는 없다고 말해도 좋을 것 같습니다. 우리의 잠꾸러기 서장님은 부임해온 초기에 이렇게 말했습니다.

"부정이나 악은 그것을 저지르는 것 자체가 그 사람에게는 이미 겁벌[4]이다. 좋지 않은 일을 하며 법의 심판을 피해 부를 쌓고 번성하고 있는 것처럼 보이는 자라 할지라도 자세히 들여다보면 어딘가에서 반드시 벌을 받게 되는 법이다. 따라서 죄를 저지른 자는 가능한 한 동정과 연민의 마음을 가지고 대해야 한다."

---

4) 劫罰. 지옥의 고통을 겪게 하는 벌.

가을도 막바지로 향해가고 있던 어느 날의 오전이었습니다. 서장님이 유치소에 가보겠다고 하기에 함께 둘러보고 돌아오는 길이었는데 형사실 가운데 한 곳에서 뭔가 아우성치는 소리가 들려왔습니다. 들여다보니 오다(小田) 형사가 한 청년을 조사하고 있었습니다. 청년은 스물일고여덟쯤 되었을지, 이마가 넓고 하관이 빠르고, 활발히 움직이는 커다란 눈과 곧게 뻗은 콧날과 짙은 눈썹, 날렵한 인상을 주는 얼굴이었으며 마르고 크지는 않았지만 근육이 발달하여 탄력 있는 몸매였습니다. 아우성을 치고 있는 것은 그였습니다. 형사 쪽은 오히려 당혹감을 느끼고 있는 것처럼 보이기까지 했습니다. 서장님이 방 안으로 들어가, "무슨 일인가?"라고 예의 졸린 사람 같은 목소리로 물었습니다.

"이 경찰은 돈 많은 사람의 호위꾼입니까?" 청년이 아주 험악한 표정으로 이렇게 말했습니다. "아무런 죄도 없는 사람을 함부로 호출해서는 신문을 하기도 하고 개인적인 문제에까지 간섭을 하며 멋대로 명령하다니, 이것이 올바른 경찰의 일입니까?"

"그렇게 소리를 질러봐야 알아들을 수 없습니다. 대체 어떻게 된 일입니까?"

"저는 야나기초(柳町) 2번가에서 문방구점을 운영하고 있는 누마다 규지(沼田久次)입니다만, 어제 이 형사로부터 호출이 있어서."

"아니, 호출이 아닙니다." 오다 형사가 옆에서 조용히 껴들었습니다. "가게에서 이야기를 해도 상관없었지만 그래서는 오히려 사람들의 눈에 띄어 좋지 않으리라 생각했기에 여기로 오라고 한 것입니다. 사실은 가이난 씨가 얼마 전에 여기로 오셔서, 참으로 난처하게 되었다고 말씀하셨기에."

오다 형사의 이야기는 이런 것이었습니다. 우리 시의 유력자이자 자산가로도 유명한 가이난 신이치로(海南信一郎) 씨가 찾아와서, 씨의 따님이 한 불량청년의 꼬임에 넘어가 때때로 금품 등을 가져다주고 있다는 사실이 밝혀졌다, 그 일로 따님을 엄하게 야단치고 한편으로는 그 불량청년에게도 앞으로 만나지 말라고 단호하게 말했더니 청년이 협박하는 듯한 태도를 보였으며 그 후에도 집 주위를 어슬렁거리기도 하고 외출하는 따님을 기다리고 있다가 밀회를 강요하기도 했기에 이래서는 너무나도 불안해서 견딜 수 없겠다 싶어 경찰에서 잘 좀 타일러 달라고 부탁을 해왔다는 것이었습니다.

"그 불량청년이라는 것이, 그러니까 자네란 말이로군."

"그렇습니다." 서장님의 질문에 대해서 누마다 청년은 항의하듯 이렇게 대답했습니다. "불량이라는 말이 온당한지 어떤지는 쓸데없는 공론이 될 테니 말하지 않겠습니다. 그러나 저와 유미코(弓子) 씨와의 관계가 당신들이 상상하고 있는 것처럼 지저분한 것이 아니라는 점만은 분명하게 말해두겠습니다. 그 어떤 부의 힘이라 할지라도, 권력이라 할지라도 사람의 사랑을 억압하거나 꺾을 수는 없는 법입니다. 또 그럴 권리도 없을 터입니다."

"미안하게 됐네." 서장님이 중얼거리듯 이렇게 말했습니다. "지금 이 형사가 말한 것처럼 가게에서 이야기하기보다 여기서 하는 편이 좋으리라 생각했기에 와달라고 한 것이고, 가이난 씨의 호위꾼이 되어 자네를 어떻게 해보려 한 것도 아닐세. 너무 그렇게 화를 내지 말고 마음을 가라앉힌 뒤 돌아가도록 하게."

"저는 다 알고 있습니다." 청년이 자리에서 일어서며 말했습니다. "가이난 씨는 여기에 다시 올 겁니다. 그러면 당신들은 곧 저를 다시 호출할 겁니다. 더구나 이번에는 수갑이라도 채워서……."

서장님이 깜짝 놀란 듯 머리를 흔들며 청년을 바라보았습니다. 누마다 규지는 조소하는 듯한, 그리고 반항하는 듯한 눈빛으로 서장님을 올려다보며 벗어놓았던 모자를 쥐고 휙 나가버렸습니다.

누마다 청년이 예언한 대로 일주일쯤 지나서 가이난 씨가 경찰서로 왔습니다. 이번에는 서장님을 만나고 싶다는 것이었습니다. 서장님은 흔쾌히 만나주었습니다. 가이난 신이치로 씨는 62, 3세쯤 되었을지, 5자 7치(약 170㎝)쯤이나 되는 키에 마른 체격이었고 갸름하면서도 품위 있어 보이는 얼굴에 짧게 깎은 흰 수염과 검고 짙은 눈썹이 눈에 띄었습니다. 영국산 트위드로 지은 듯한 양복에 상당히 화려한 무늬의 스코치 외투를 입고, 말라카 케인[5]으로 만든 서양식 지팡이를 짚고 조용히 들어선 모습은, 이런 지방도시에서는 보기 드물 정도로 맵시 있는 것이어서 차분함과 아름다움을 느끼게 해주었습니다. 의자에 앉는 몸짓도 품위 있었으며 낮은 목소리로 누긋하게 조용히 이야기하는 말투도, 모두가 교양을 갖춘 신사의 전형이라는 느낌이었습니다.

## 2

"일전에 부탁드렸던 건은 이미 들으셨으리라 생각합니다만." 씨가

---

5) 말레이시아 말라카 지방에서 나는 등나무.

용건을 말하기 시작했습니다. "특별히 신경을 써달라고 부탁을 드리고 갔기에 그것으로 이제는 안심해도 되리라 생각했는데, 조치를 취해주셨는지요? 어떻습니까?"

"네, 그 일 말인데." 서장님은 의자 위에서 몸을 꼼지락거렸습니다. 언제나처럼 절반은 잠이 든 듯한 상태였습니다. "담당 형사로부터 대략적인 이야기를 듣기는 했습니다만, 아무래도 경찰에서 다룰 수 있는 범위 밖의 일인 듯합니다만……."

"그렇군요. 다시 말해서 사건이 되지 않는다는 말씀이시로군요."

서장님은 눈썹을 찌푸렸습니다. '사건'이라는 말이 귀에 거슬렸던 것인 듯합니다. 서장님은 법률용어를 매우 싫어하는 사람이었으니.

"저도 그 점이 억지스럽다고는 생각했습니다. 그래서 특별히 신경을 써달라고 부탁을 드렸던 것인데, 그러나 이번에는 사정이 크게 달라졌습니다." 이렇게 말한 뒤 가이난 씨는 편지 한 통을 테이블 위에 올려놓았습니다. "어젯밤에 이런 것이 도착했습니다. 한번 읽어보시기 바랍니다."

서장님이 들고 읽기 시작했습니다. 저도 뒤에서 보았는데 대략 이런 내용이 적혀 있었습니다. <당신이 경찰에 호소한 덕분에 나의 결심이 더욱 굳어졌다. 나는 그 어떤 장해가 있더라도 반드시 유미코를 빼앗겠다. 설령 그것이 당신을 죽이는 일이 된다 할지언정, 어떠한 경우에라도 취해야 할 수단을 완화하는 일은 없을 것이다. 당신은 이 통고를 받는 순간부터 경계를 엄중히 하고 자신을 위험에서 지키기 위한 모든 방책을 강구하는 것이 좋을 것이다. 그러나……> 글은 여기에서 끊겨 있었습니다. 서장님은 편지를 넣고 한숨을 내쉬었습니다.

“그 청년에게서 온 거로군요.”

“협박장입니다.” 가이난 씨가 역시 조용한 목소리로 이렇게 말했습니다. “저를 죽이는 수단까지도 취하겠다고 분명하게 적혀 있습니다. 이 정도면 당연히 경찰의 손으로 예방적 처치를 취해주셔야 한다고 생각하는데, 어떻습니까?”

“예방적 처치라면…….”

“예를 들어서 그처럼 불온한 사람은 우리 시에서 추방한다거나 하는 등의 방법입니다.” 씨가 온화한 목소리로, 그러나 매우 강경한 태도를 내보이며 말했습니다. “이 편지에는 자신을 위험에서 지키기 위한 모든 방책을 강구하라고 적혀 있습니다. 이것은 경찰제도에 대해서도 도전하는 말로, 당연히 어떤 수단을 취해도 된다고 여겨집니다.”

“무슨 말씀이신지 잘 알겠습니다.” 서장님은 잠시 생각한 뒤 이렇게 대답했습니다. “이것만으로 그 청년을 시에서 추방할 수는 없을 테지만, 여러 가지로 잘 생각해서 적당한 방법이 있다면 조치해보도록 하겠습니다.”

“저의 목숨이 위협받고 있다는 사실을 잊지 마시기 바랍니다.”

마지막 한마디를 할 때 가이난 씨는 손을 가늘게 떨고 있었습니다. 그러나 얼굴 표정이나 몸짓에서는 조금도 흥분한 모습이 보이지 않았으며, 정중하게 인사를 한 뒤 돌아갔습니다. ……서장님은 그 후에 누마다 청년의 편지를 다시 한 번 읽었습니다. 그런 다음 그것을 제게도 읽게 한 뒤, “이건 단순하지가 않아.”라고 말했습니다.

“연인을 얻기 위해서 그 아버지에게 보내는 편지가 아니야. 그 글 속에는 뭔가 숨겨진 의미가 있어. 청년을 우리 시에서 추방하라는 그 신사의 희망에도 뭔가 다른 의도가 있는 듯하고." 이렇게 말하고 서장님은 커다란 한숨을 쉬었습니다. "미안하지만 자네가 가이난 씨와 누마다 청년에 대해서 자세히 조사를 좀 해주겠는가. 가능한 한 자세히, ……그러나 가능한 한 빠른 편이 좋겠네."

저는 바로 조사를 시작했습니다. 대략 일주일쯤 걸렸는데 결국은 서장님이 생각했던 것 이상으로 복잡해서 뜻밖의 사실들을 여러 가지로 알게 되었습니다. ……30년쯤 전까지 가이난 씨는 보잘 것 없는 중개인으로 하마초(浜町)에 있던 작은 가게에 어린 점원 1명밖에 없는 상당히 어려운 생활을 하고 있었으나, 어느 날 시의 유력자 가운데 한 명인 누마다 기치자에몬(沼田吉左衛門)이라는 사람의 원조를 받게 되어 그때부터 빠르게 성장하기 시작해서 가게도 넓어지고 고용인도 많아지고 신용도 얻게 되었으며, 10년쯤 지나자 시의 중개인 가운데서는 손가락 안에 드는 인물이 되었습니다. 그 사이에 결혼을 했는데 기묘하게도 상대는 2살이 되는 아이가 있고 교육도 받지 못했으며 용모도 눈에 띄지 않는 아주 가난한 미망인이었다고 합니다. ……얼마 지나지 않아서 후원자인 누마다 기치자에몬 씨가 사업상의 실패로 파산하는 사건이 벌어졌습니다. 그러나 가이난 씨는 아무런 영향도 받지 않았으며 오히려 누마다 씨를 대신하는 세력이 되어 시의회에도 진출했고, 상공회의소의 회장이 되는 등 탄탄대로를 달리듯 급속도록 발전해나갔습니다. 이것이 표면으로 드러난 대략적인 경력입니다. 지금으로부터 5년 전에 씨는 업계에서 은퇴하여 모든 사업에서 손을 떼고 다카마쓰초의 저택에 들어앉은 채 현재에 이른 것입니다. ……그런데 이러한 표면의 역사와는 별개로 사생활에는 복잡한 인사상의 말썽이 적지 않았습니다.

## 3

그 첫 번째는 누마다 씨와의 관계입니다. 누마다 씨는 가이난 씨에게 있어서 최초의, 그리고 유일한 후원자였습니다. 오늘날의 가이난 씨가 있을 수 있었던 것은 온전히 누마다 기치자에몬 씨의 후원 덕이었습니다. 그것은 우리 시의 실업계에서도 한결같은 평가였습니다. 그럼에도 불구하고 누마다 씨가 실패를 했을 때 완전히 방관적인 태도로 실질적인 조력은 물론 정신적인 원조조차 하지 않았습니다. 그 결과, '누마다 씨의 실각은 가이난 씨의 모략에 의한 것이다.' 라는 소문까지 돌았을 정도였습니다. 실제로 지금도 그렇게 믿는 사람들이 있습니다. ……누마다 씨는 실패한 뒤 얼마 지나지 않아서 병으로 세상을 떠났습니다. 유족은 부인과 규지라는 소년 두 사람뿐이었는데 가이난 씨는 은인에게 보답하기 위해서였는지 두 사람을 거두어 저택 안에서 살게 했으며, 보호자로서 소년의 뒷바라지를 해주었습니다. 그것이 15년쯤 전의 일이었습니다. 그렇습니다, 이번에 문제가 된 청년이 그때의 규지 소년이었던 것입니다.

두 번째는 가정입니다. 딸린 자식을 데리고 가이난 가로 시집을 온 부인은 당시 스물대여섯 살이었습니다. 세상을 떠난 남편은 가이난 씨의 사무소에서 일하던 사람이었다고 하는데, 남편이 죽자 의지할 곳이 없어서 어쩔 줄 몰라 하던 그녀를 가이난 씨가 아내로 맞아들인 것이라고 합니다. 부인은 2년쯤 전에 세상을 떠났는데 곤궁함에서 구해주었다는 사실, 그것도 이미 자산가로서 이름이 높았던 가이난 씨의 정식 부인으로 맞아주었다는 사실을 늘 커다란 은혜로 생각하여, 씨를 대할 때면 마치 노예처럼 자신을 낮추었으며 새벽부터 늦은 밤까지 앉아 있을 새도 없이 일을 했다고 합니다. 죽을 때까지 그런 상태가 계속되어 부부간의 정애 따위는 찾아볼 수도 없었으며 그야말로 주인과 하인과도 같은 관계였다고 합니다.

누마다 청년의 어머니는 7년 전에 세상을 떠났습니다. 같은 저택 안에서 비슷한 처지에 놓인 사람들이 서로를 동정하는 것은 매우 자연스러운 일일 것입니다. 가이난 씨의 양녀가 되기는 했으나 어머니가 그런 입장에 놓여 있었기에 딸인 유미코는 아버지에게 조금의 애정도 느끼지 못했고 언제부턴가 규지 청년에게로 마음이 끌리기 시작했습니다. 그리고 아가씨의 어머니가 세상을 떠나자 그 감정이 갑자기 사랑으로 발전하기 시작한 모양이었습니다. 얼마 지나지 않아서 가이난 씨가 그 사실을 깨닫게 되었습니다. 씨는 규지 청년을 불러 평소의 온화한 태도와는 달리 전혀 다른 사람이 되어버린 것처럼 격렬하게 화를 냈다고 합니다. 청년도 흥분을 했는지 마침내 언쟁이 벌어졌고, 테이블을 두드리며 이렇게 소리 질렀다고 합니다.

'나는 당신의 악행을 전부 알고 있다. 내가 그 증거만 손에 넣는다면 당신은 법의 심판을 받게 될 것이다. 당신은 자신의 부를 축적하기 위해서 온갖 기회를 엿보고 있다가 사람을 속이고 배신하고 사기로 함정에 빠뜨렸다. 우리 아버지의 실패도 당신이 놓은 덫 때문이었다. 나는 그 증거를 손에 넣기 위해서 이 집에 머물렀던 것이다. 그러나 이런 더러운 집에는 한시도 머물고 싶지 않다. 지금 당장 나가기로 하겠다. 그리고 당신의 악행에 대한 증거를 반드시 손에 넣어 당신을 올바른 법의 심판대 앞에 세우도록 하겠다.'

청년은 그날 밤 그 집에서 정말 나와버렸습니다. 유미코 양에게도 함께 나가자고 말했으나, 아직은 나이 어린 아가씨였기에 한순간에 양아버지를 버리겠다는 결심이 서지는 않았던 모양입니다. 그는 혼자서 집을 나왔습니다. ……가이난 씨의 태도가 그 일을 계기로 바뀌었습니다. 오토키(お時)라는 할멈 한 사람만을 남긴 채 다른 하인들은 전부 집에서 내보내고, 다카마쓰초의 널따란 저택 안에서 아가씨와 할멈만을 데리고 셋이서 생활하기 시작했습니다. 유미코 양에 대해서도 사람이 바뀌어버리기라도 한 것처럼 다정해져서 아침에 눈을 뜨고 난 뒤부터 잠자리에 들 때까지 거의 한시도 곁을 떠나지 않았습니다. 그리고 귀찮을 정도로 옷이네 허리띠네 장신구네 하는 것들을 사주었습니다. 그러나 아가씨는 그럴수록 혐오감이 들었던 듯, 가능한 한 씨의 곁으로 다가가지 않기 위한 궁리를 했습니다. ……그런 상태가 계속되고 있었던 것입니다. 집에서 나간 규지 청년과 유미코 양이 어떤 방법으로 만났는지는 알 필요 없을 것입니다. 청년은 저택에서 나오자마자 곧 돌아가신 아버지의 지인으로부터 보조를 받아 야나기초 2번가에서 서적 · 문방구점을 시작했습니다. 여기에는 유미코 양도 어떤 형태로든 원조를 했을 것입니다. 가이난 씨가 말한, '금품을 가져다준다.'는 것은 이 점을 가리킨 듯하나, 이 추측이 확실하다고는 말할 수 없습니다. 어쨌든 제가 일주일에 걸쳐서 조사한 결과는 위와 같은 것이었습니다.

"누마다가 집을 나갈 때,"라고 서장님이 물었습니다. "그런 불온한 말을 했다는 것은 누구에게서 들은 말인가?"

"그 집에 드나드는 정원사에게 부탁하여 할멈에게 물어봐달라고 한 것입니다. 실제로는 훨씬 더 격한 말이었던 듯합니다."

흠, 하고 서장님은 눈을 감더니 몇 번이고 머리를 흔들었습니다. 종이호랑이처럼 기운이 없고 느려터진 동작이었습니다. 그리고 알아듣기 어려울 정도의 목소리로 천천히 이렇게 중얼거렸습니다.

"나는 수많은 사람들을 불행하게 했고, 또 수많은 사람들이 나를 불행하게도 했어. 언젠가는 한쪽이 다른 한쪽을 전부 상쇄시켜버리지 않으면 안 돼."

"그건 무슨 의미입니까, 서장님?"

"스트린드베리의 유령소나타에 나오는 대사일세."라고 서장님이 슬프다는 듯한 목소리로 말했습니다. "그 뒤에 이런 말이 나오지. ……나와 자네의 운명은 자네의 아버지에 의해서, 그리고 또 다른 것에 의해서 연결되어 있네. ……가이난 씨와 누마다 청년의 관계가 마치 이 문구에 요약되어 있는 것 같지 않은가?"

"그 희곡은 비극으로 끝납니까?"

서장님은 대답하지 않았습니다. 그리고 자리에서 일어나 어시장에 다녀오겠다고 말하고 드물게도 혼자서 밖으로 나갔습니다.

## 4

가이난 씨가 세 번째로 찾아온 것은 그로부터 닷새쯤 지난 뒤였습니다. 차림새나 태도는 평소처럼 우아하고 온화한 것이었으나 얼굴은 창백하게 가라앉은 듯 보였으며, 눈은 겁을 먹은 듯 차분하지 못했고,

말도 더듬거렸습니다. 저는 바로, '이거 또 뭔가 일이 있었군.' 하고 직감했으나 서장님은 전혀 관심 없다는 듯, 아니 평소보다 훨씬 더 졸리다는 듯 녹초가 된 사람처럼 응대했습니다.

"저는 시민의 한 사람으로서 자신의 생명과 가정생활의 안전을 보호받을 권리가 없는 것입니까?" 씨는 이렇게 말을 꺼냈습니다. "저는 두 번에 걸쳐서 제가 협박당했다는 사실, 범죄 예고가 있었다는 사실을 말씀드렸으며, 그 예방수단을 취해달라고 부탁드렸습니다. 그것은 너무나도 부당한 부탁이었습니까?"

"혹시나 싶어서 말씀드립니다만," 서장님은 나른하다는 듯 느릿느릿 고개를 끄덕였습니다. "지난번에 보여주신 그 정도의 사신을 근거로 요구하신 것과 같은 수단을 취하는 일은, 애초부터 저희에게 허락되어 있지 않습니다."

"그렇다면 저는, 가이난 신이치로라는 인간은 우리 시에서 그다지 중요시되고 있지 않다는 말씀이시군요."

"워낙 새로 부임한 지 얼마 되지 않았기에."

그것이 서장님의 대답이었습니다. 다시 말해서 씨가 중시되고 있는 인물인지 아닌지 모르겠다는 의미였겠지요. 서장님에게서는 흔히 볼 수 없는 비아냥거림이었으나 가이난 씨에게는 통하지 않은 듯했습니다. 뿐만 아니라 씨는 가능한 한 품격을 내보이려 겉모습을 꾸미면서도 신경질적으로 손가락을 떨며 더는 숨길 수 없다는 듯 비속한 투로 이렇게 말했습니다.

"제 입으로 말씀드리기는 좀 그렇습니다만, 저는 시의회에서도 의장을 3번이나 지냈고 상공회의소에서는 회장으로 수 년, 실업계에서의 일은 차치하고서라도 다소나마 시를 위해서 진력을 다했다고 생각합니다. 이러한 점에서 일반 시민보다는 얼마간 존중받고 명예를 보호받아도 지나친 일은 아니라고 생각합니다만."

"그렇습니다. 저도 그랬으면 하고 바랍니다."

"저는 당신께 부탁을 하고 있는 겁니다."

"저의 입장은 이미 말씀드렸습니다." 서장님이 일부러 그러는 사람처럼 미적지근하고 느릿느릿한 말투로 대답했습니다. "제게 주어진 일은 경력에 따라서 사람을 대하는 데 차별을 두어서는 안 되는 것입니다."

가이난 씨의 얼굴로 피가 오르기 시작했습니다. 커다란 굴욕을 느꼈다, 능욕 당했다는 몹시 격한 감정이 노골적으로 드러난 것입니다. 씨는 상의의 속주머니에서 편지 한 통을 꺼내 말없이 테이블 위에 밀어놓았습니다. 서장님은 아무 것도 느끼지 못하는 사람처럼 말없이 집어 읽었습니다. 거기에는 이런 의미의 내용이 적혀 있었습니다. <……나는 과거 30년 동안 당신이 저지른 부정과 독직의 증거를 손에 넣었다. 이것을 일주일 뒤에 사법 당국에 제출할 생각이다. 만약 당신에게 나와 간담을 나눌 의지가 있다면 그 기일을 잊지 않기를 희망한다. 일주일이라는 기한은 결코 과장이 아니다.> 서장님은 읽기를 마치자마자 그 편지를 제게 건네주었습니다. 그렇게 해서 저도 읽게 되었는데 읽기를 마침과 동시에 저는 무심결에 '앗!' 하며 서장님의 얼굴을 보았습니다. 그러나 서장님은 거의 눈을 감은 채 저의 목소리 따위는 귀에 들어오지도 않는다는 듯 조용히 이렇게 말했습니다.

"공갈이군요."

"공갈입니다." 씨는 상반신을 앞으로 내밀었습니다. "협박이 아니라 명백하게 공갈입니다. 이런 편지가 있는 이상, 이번에는 마땅한 조치를 취해주시리라 생각합니다만, 어떻습니까?"

"……그렇게 생각합니다만, 귀하에게는, ……는 실례합니다만, 귀하에게 지장은 없으시겠죠? 그러니까, ……이것이 세상에 알려질 경우에……."

가이난 씨는 돌처럼 굳어버린 몸이 되어, 무시무시할 만큼 추궁하는 눈으로 서장님을 보았습니다.

"알겠습니다. 결국 당신은 저에 대해서 아무런 도움도 줄 수 없다는 말씀이시죠? 공갈자와 저를 같은 줄에 세워놓고 다루시겠다는 뜻이군요."

"……."

"하는 수 없지. 저는 저의 힘으로 자신을 지키도록 하겠습니다. 다시 말해서," 씨가 의자에서 일어서며 이렇게 말했습니다. "다시 말해서 저로서는 정당방위의 수단을 취할 수밖에 없을 듯합니다. 이 점을 미리 잘 알아주셨으면 합니다."

떠나가는 씨의 모습은 정중한 것이었으나 명백하게 도전적인 것을 머금고 있었습니다. 서장님은 눈을 감은 채 말없이 꼼짝도 하지 않고 있다가 잠시 후, "딱한 사람이로군."이라고 굵은 숨을 내쉬며 말했습니다.

"그런데 저대로 두어도 괜찮겠습니까, 서장님?"

"약간 걱정이 되는군." 서장님은 마침내 몸을 일으켰습니다. "자네는 야나기초로 가서 누마다 청년을 데리고 와주게. 그래, 소환일세."

"서장님도 출타하실 생각이십니까?"

"어시장에 다녀오겠네. 오후에 돌아오게 될 거야."

## 5

야나기초로 서둘러 가며 저는 도대체 이해할 수 없는 의혹에 골머리를 썩였습니다. 왜냐하면 가이난 씨가 가져온 공갈장의 글씨는 의심의 여지도 없이 서장님이 쓴 것이기 때문이었습니다. 오른쪽 끝이 내려간, 힘껏 박아넣은 듯한 필적은 한눈에도 누구의 것인지 알아볼 수 있는 것이었습니다. —무엇을 위해서 서장님은 그런 편지를 보낸 걸까, 아무리 생각해봐도 저로서는 짐작조차 할 수 없었습니다. 그리고 서장님이 며칠 전부터 종종 '어시장에 가겠다.'며 혼자서 나가는 데에도, 실제로 오늘도 그렇게 말하고 나간 데에도 뭔가 이유가 있을 것 같다는 생각이 들기 시작했습니다. —서장님은 이번 사건에 뭔가 관여하고 있어. 잘은 모르는 채로 저는 이렇게 중얼거렸습니다. 어시장이란 대체 어떤 시장을 말하는 건지 알 수 없는 일이었습니다.

야나기초 2번가로 가보았더니 누마다 서점이라는 간판이 붙은 그 가게는 문이 닫혀 있었습니다. 왼쪽이 이발소, 오른쪽이 전기기구점, 그 사이에 낀 정면의 폭이 9자(약 270㎝)쯤 되는 작은 가게였습니다. 저는 이발소로 가서 물어보았습니다.

"그렇습니다. 가게를 비웠습니다만, 뭔가 용무가 있으시다면 제가 전해드리도록 하겠습니다."

"어디에 갔는지 알고 있는가?"

"그건 모르겠습니다만, 매일 한 번씩은 가게에 얼굴을 내미니."

"흠, ……그건 몇 시쯤이지?"

"시간은 일정하지 않습니다. 어제는 저녁이었습니다만, 그제는 틀림없이 아침이었습니다. 오늘은 아직 오지 않은 듯합니다만……."

"그럼 가게는 열지 않는 모양이군."

"네, 사오일쯤 됐습니다."

저는 어떻게 할까 생각했습니다. 누마다 청년이 가게를 닫고 매일 어딘가로 간다, 하루에 한 번은 가게의 상태를 살펴보기 위해 온다. 그것이 사실이라면 그는 벌써 뭔가 가이난 씨에 대해서 행동을 개시한 것 아닐지, 그리고 경찰이 손을 내밀 것이라 예측하여 몸을 숨긴 것 아닐지, 어쩌면 비극의 막은 이미 오른 걸지도 몰라, 이런 생각이 들자 동시에 어떻게 해서든 그를 빨리 붙들어다 서로 연행해가지 않으면 안 되겠다는 생각도 들었습니다. 그때였습니다. 한 젊은 아가씨가 제 옆쪽으로 가만히 상반신을 들이밀더니 이발소 사람에게 누마다 서점에 대해서 물었습니다.

"그렇습니다."라며 이발소 사람은 제 눈을 보았습니다. 이에 제가 눈짓을 주자 태연하게, "지금은 가게를 비웠습니다만 용무가 있으시다면 제가 전해드리도록 하겠습니다." 이렇게 대답했습니다.

"언제 돌아올지 모르시나요?"

"모릅니다. 단, 매일 한 번씩은 반드시 가게에 얼굴을 내미니 괜찮으시다면 제가 말을 전해드리도록 하겠습니다."

"그런가요……."

아가씨는 낮게 한숨을 쉬었습니다. 저는 가게 안쪽에 있는 거울로 가만히 아가씨의 모습을 바라보았는데 아마도 그녀가 가이난 씨의 딸인 유미코일 것이라고 생각했습니다. 통통하고 사랑스러운 얼굴이었으며 키도 크고 아름답고 단아한 아가씨였는데 거울에 비친 표정에는 가련할 정도로 깊은 근심의 빛이 드러나 있었습니다. 이번 사건에서는 중심인물이라고 할 수 있는 사람을 눈앞에서 보게 된 것이었습니다. 저의 마음이 얼마나 동요했을지는 상상하실 수 있으실 것입니다.

"그럼, 참으로 어려운 말씀입니다만,"하고 아가씨는 마침내 마음을 정했다는 듯 가지고 있던 작은 비단 보자기 안에서 편지 한 통을 꺼냈습니다. "이 편지를 누마다 씨에게 전해주실 수 있으시겠습니까? 유미코라는 사람이 와서, 아버지께서 보내신 편지인데 급한 일이라고 했다고 전해주셨으면 합니다."

"알겠습니다." 가게 사람이 편지를 받으며 고개를 끄덕였습니다. "가게에 모습을 드러내면 반드시 전해드리도록 하겠습니다."

그럼 잘 부탁드리겠습니다, 하고 아가씨는 뭔가 미련이 남은 사람처럼 닫혀 있는 누마다 서점을 바라보며 돌아갔습니다. ……저도 일단은 서로 돌아갔습니다. 아무래도 경찰서로 오라는 말을 전해달라고 부탁할 수는 없었으며, 그렇다고 마냥 기다리고 있을 수만도 없었기에.

점심을 먹고 1시간쯤 지나자 서장님이 돌아왔습니다. 저는 바로 누마다 서점에 대해서 보고했습니다. 서장님은 도시락을 먹으며 응, 응 하는 대답과 함께 듣고 있었는데, 유미코 아가씨가 편지를 맡기고 갔다는 말을 하자 잠깐 젓가락을 멈추고 어딘가를 바라보는 듯한 표정을 짓더니 곧 다시 응, 응 하며 먹기 시작했습니다. 이야기를 하는 동안 저는 가만히 모습을 살펴보았으나, 서장님의 망막한 표정에서는 무엇

하나 읽어낼 수가 없었습니다.

“누마다 쪽에 잠복이라도 시켜둘까요?”

“그럴 필요는 없을 듯하네. 앞으로는 일이 되어가는 대로 지켜보기로 하세.”

“그렇다면 가이난 씨 쪽에라도 사람을 보내둘까요? 혹시 누마다 씨가 섣부른 짓이라도 하면…….”

“왜 그렇게 신경을 쓰는 건가?”

“아가씨를 보았기 때문입니다.” 제가 쓴웃음을 지으며 말했습니다. “얌전하게 보이는 아름다운 아가씨였습니다. 가능하다면 그 사람을 불행하게 만들고 싶지 않기에…….”

“가능하다면 말이지.” 서장님은 젓가락을 놓고 도시락의 뚜껑을 닫았습니다. “하지만 그렇게 서두를 건 없네. 머지않아 곧.”

## 6

저물녘, 서장님과 함께 관사로 돌아가려고 할 때 가이난 씨가 자동차를 타고 찾아왔습니다. 씨는 현관에서 서장님을 붙들고 매우 흥분된 표정으로, “청원순사를 의뢰하고 싶습니다.”라고 말했습니다.

“누마다와 연락을 취하기 위해서 사람을 보냈더니 그는 삼사일 전부터 가게도 닫은 채 어딘가로 모습을 감췄다고 합니다.” 사람이 변하기라도 한 것처럼 씨가 다급한 목소리로 말했습니다. “공갈도 효과가 없다는 걸 알았기에 제게 직접 어떤 위해를 가하려는 생각인 듯합니다. 그래서 떠오른 것이 있는데 그제쯤부터 저택 주위를 어슬렁거리는 사람이 있다고 하인이 말했습니다. 제발 경관 1명을 급히 보내주시기 바랍니다. 청원 수속은 바로 밟을 테니."

"청원하시지 않아도 1명을 보내도록 하겠습니다." 서장님은 이렇게 말한 뒤 저를 바라보았습니다. "자네가 좀 가주기 바라네. 사복을 입는 편이 좋을 듯하네."

"관복을 입은 채로도 상관없습니다. 혹시 괜찮으시다면 지금 당장 차로 함께 가주셨으면 합니다만."

"아니, 사복이 좋을 겁니다." 서장님은 이렇게 주장했습니다. "하루, 이틀 만에 끝나면 좋겠지만, 일이 길어질지도 모르니까요. 뒤따라서 바로 보내도록 하겠습니다."

안심한 듯 떠나가는 씨의 자동차를 보내고 관사로 돌아온 저는 사복으로 갈아입고 필요한 물건들을 손가방에 넣어 다카마쓰초를 향해 출발했습니다.

"각별히 주의하기 바라네." 서장님이 이상할 정도로 다짐을 두었습니다. "위험은 어디에 있는지 알 수 없는 법이니. 섣부른 판단은 금물이야."

가이난 씨의 집에 도착한 것은 오후 7시쯤이었습니다. 씨가 기다리고 있었다는 듯 맞이해주었으며, 바로 할멈과 딸을 불러 저를 소개하고 동시에 머무는 동안 잘 대접하라고 명령했습니다. ……할멈은 이름을 오토키라고 했는데 60세쯤으로 등이 약간 굽었으며 사람을 곁눈질로 힐끗힐끗 보는 듯한, 그다지 호감이 가지 않는 여자였습니다.

씨의 안내로 정원에서부터 건물의 구석구석까지를 한 바퀴 둘러보았습니다. 가옥은 1천 평(약 3,306㎡)쯤의 넓이에 나무가 많은 정원의 북쪽 부근에 있었는데 서양식 건물과 일본식 건물 2동으로 이루어져 있었습니다. 일본식 건물에서는 할멈과 아가씨가 생활했으며, 씨는 서양식 건물에서 잠을 자고 있었습니다. 그것은 30평(약 99㎡)쯤의 총 2층으로, 1층에는 응접실과 식당과 욕실이 있으며, 위층에는 거실과 침실, 그리고 유리문을 달아놓은 선룸이 있었습니다. 선룸에서는 양쪽으로 열리는 유리문을 통해서 발코니로 나갈 수 있었으며, 거기에 철제 비상사다리가 달려 있었습니다. ……일본식 건물은 서양식 건물과 복도로 연결되어 있었는데 방의 숫자는 안채에 6개, 별채에 2개가 있었습니다. 저는 그곳의 10첩[6]짜리 방으로 안내되어 거기에 손가방을 내려놓았습니다.

그날 밤 10시를 지난 시각이었습니다. 서양관의 응접실에 앉아 있자니 유미코 양이 커피와 과자를 가지고 왔습니다. 씨는 그 조금 전에 위층의 침실로 들어갔으며, 주위는 이미 심야처럼 고요해서 아무런 소리도 들리지 않았습니다. 아가씨는 제게 다과를 권하더니 탁자 맞은편에 그대로 선 채 제 얼굴을 울 듯한 눈으로 바라보았습니다. 그리고 아주 작게 속삭이는 듯한 목소리로 이렇게 말했습니다.

"당신은 누마다 씨가 정말로 그렇게 난폭한 행동을 할 거라 생각하고 계신가요?"

"저는 알고 있습니다."라고 저도 2층에 들리지 않게 작은 목소리로 주의를 기울여 대답했습니다. "가이난 씨와 누마다 군의 아버지와의 관계, 그리고 당신에 대해서도 알고 있습니다. 그렇기에 누마다 군이

6) 일본 전통의 실내 바닥재인 다다미를 세는 단위. 다다미 1장은 약 1.5㎡.

사려 깊지 못한 행동을 하지나 않을까 걱정하고 있는 겁니다."

"누마다 씨는 그런 사람이 아니에요. 서점의 영업이 순조로워지면 다시 한 번 아버지께 청해서 저와 결혼하겠다, 문제는 그것뿐이에요. 돌아가신 아버님의 복수를 하겠다거나, 아버지의 악행을 폭로하겠다거나, 위해를 가하겠다는 등의 말은 결코 한 적이 없었어요. 또 그런 일을 할 만한 사람도 결코 아니에요."

"그렇다면 당신은 어떻게 알고 있는 겁니까? 그 공갈이나 협박 등에 대해서……."

"아버지께 들었어요. 아버지의 지나친 생각이에요. 제가 곁에서 떠날까봐 있지도 않은 사실까지 공상하며 두려워하고 계신 거예요. 전 틀림없이 그렇게 된 거라 생각하고 있어요."

"하지만 당신은 역시 누마다 씨에게로 갈 생각이겠지요?"

"아니요." 아가씨는 고개를 깊이 숙였습니다. "저만 여기에 있으면 아무 일도 일어나지 않을 거라 생각했기에 전 아무 데도 가지 않을 거예요. 아버지 곁에 언제까지고 머물 생각이에요."

"누마다 군이 그걸 말없이 지켜보기만 할 거라 생각하십니까?"

"이해해줄 거라 생각해요." 괴로움을 견딜 수 없다는 듯한 목소리로 아가씨가 속삭였습니다. "그렇게 하는 것이 제게 얼마나 괴로운 일인지, 하지만 아무래도 그렇게 할 수밖에 없다는 사실까지도 전부 이해해 줄 거라 생각해요."

말로 전하면 이것이 전부이지만, 그때 아가씨의 모습은 애처로움 그 자체였습니다. 그리고 저는 생각했습니다. 아가씨가 결심한 원인은 단순한 것이 아니다, 그녀의 말에는 숨은 뜻이 있다, 뭔가 복잡한 의미가 숨겨져 있다고. ……아니나 다를까, 그 이튿날 밤에 저의 상상을 뒷받침할 만한 사건이 일어났습니다.

## 7

그날 밤에는 응접실의 소파에서 담요를 몸에 감고 잤습니다. 전기난로를 피워놓았기에 따뜻했으며, 탁자 위에는 포도주와 치즈와 비스킷을 담아놓은 쟁반이 있었습니다. ……이튿날에는 오전 내내 일본식 건물의 방에서 잠을 잤습니다. 잠에서 깨어나자 목욕을 하게 해주었으며, 점심상에는 술도 있었습니다. 전날 밤의 포도주도, 점심의 술도 입에 대지 않았다는 사실은 말할 필요도 없을 것입니다. 그러한 점이 복무규칙의 괴로운 점입니다.

전화로 서장님에게 첫날밤에 대한 보고를 한 뒤, 정원 안을 돌아보았습니다. 모밀잣밤나무와 물참나무와 삼나무 등이 숲을 이루고 있는 정원 구석의 돌담 한쪽에 조그만 뒷문이 있었습니다. 담 밖은 다이마치(台町)의 들판이었는데 그런 곳에 어째서 문이 있는 건지는 모르겠으나 가끔 사용하는 듯 자물쇠에 녹은 슬어 있지 않았습니다. 그곳에서 발걸음을 돌려 화단까지 왔을 때 가이난 씨와 마주쳤습니다. 제가 숲 속에서 나오는 모습이 보이지 않았던 듯, 씨는 크게 놀라 앗하는 소리까지 냈습니다. "산책 나오셨습니까?"라고 묻자 씨는 어정쩡한 투로, "네, 그냥, 잠깐."이라고 말을 흐리고 서둘러 옆쪽으로 가버렸습니다. 밝은 햇빛 아래서 본 것은 처음이었는데 씨의 극도로 초췌한 모습에는 눈을 둥그렇게 뜨지 않을 수 없었습니다. 뺨은 야윌 대로 야위었으며 생기를 잃어 마른 피부에는 거뭇한 주름이 새겨져 있었습니다. 끊임없는 불안과 공포 때문인 듯했습니다. 눈은 한시도 가만히 있지 못하고 움직였으며 창백해진 입술과 길고 가느다란 손가락은 무슨 중독에라도 걸린 사람처럼 부들부들 떨고 있었습니다.

"저 모습을 본다면 누마다 청년이 제아무리 격렬한 증오심에 사로잡혔다 할지라도 용서할 마음이 들 거야." 나도 모르게 이렇게 중얼거렸다는 사실을 저는 기억하고 있습니다.

저녁 식사를 마치고 난 뒤 저는 다시 응접실에 틀어박혀 있었습니다. 씨도 9시 반 무렵까지는 같이 있었을 겁니다. 그런데 그 동안에도 평정심을 완전히 잃어서 하는 말도 횡설수설, 의자에 앉았다가 다시 일어서는 등 마치 궁지에 몰린 사람처럼 차분하지 못했기에 보고 있는 제가 다 숨이 막힐 지경이었습니다. "그만 주무시는 것이 어떻겠습니까?" 제가 견딜 수 없기도 하고, 딱하다는 생각이 들기도 했기에 이렇게 말했습니다. "제가 있으니 그렇게 걱정하실 필요는 없습니다. 마음 놓고 주무시기 바랍니다."

"감사합니다, 감사합니다." 씨가 들뜬 듯한 목소리로 이렇게 말했습니다. "그럼……."

그리고 무엇인가 잃어버린 물건이라도 찾듯 두리번두리번 방 안을 둘러보다 휙 마루로 나가버렸습니다. ……씨가 2층으로 올라가자마자 전화가 걸려왔습니다. 아가씨가 그 사실을 전하러 나온 것인 듯, "아버지 전화 왔어요."라고 부르는 소리가 들려왔습니다. 씨는 달려 내려오듯 내려와서 바로 전화를 받았습니다. 저는 누마다 청년이 아닐까 생각하여 가만히 귀를 기울였으나, "응, 응, 그래, 그럼, 응."이라는 간단한 대답만 들려왔을 뿐, 씨는 다시 2층으로 올라갔습니다.

시간이 된 것이겠지요. 전날 밤처럼 커피와 과자를 들고 아가씨가 들어왔을 때, 저는 누구에게서 걸려온 전화인지를 물어보았습니다. 아가씨는 모르겠다고 대답했습니다.

"들어본 적이 있는 목소리였습니까?"

"글쎄요, 요즘에는 전화도 거의 오지 않아서. 하지만 아마 특별한 일은 아니었을 거예요. 아버지의 모습에 이렇다 할 변화는 없……."

여기까지 말했을 때 서양식 건물의 마루 쪽에서 벨이 3번 울렸습니다. 아가씨는 그것을 듣자마자, "아버지가 부르시네요."라고 말한 뒤 밖으로 나갔는데 바로 내려왔다가 다시 올라가더니 곧 다시 내려오는 등 아무래도 무슨 일이 있는 듯했기에 저도 방 밖으로 나가서, "무슨 일 있습니까?"라고 물어보았습니다.

"통풍이 일어났어요." 아가씨는 따뜻한 물이 든 양철통을 할멈에게 들리고 약병 2개쯤을 끌어안은 채 이층으로 올라가려던 참이었습니다. "오른쪽 다리에 지병인 통풍이 있어요. 하룻밤 정도면 나으니 걱정하지 않으셔도……."

저는 원래 있던 의자로 돌아갔습니다. 처치가 끝난 듯했습니다. 마침내 두 사람은 일본식 건물 쪽으로 돌아갔으며 모든 것이 쥐 죽은 듯 고요했습니다. 11시 울리는 소리를 들었을 때, 저는 방에서 나와 건물 주위를 한 바퀴 돌아보고 왔습니다. 묵직하게 흐리고 얼어붙을 것 같은 밤으로, 눈이라도 내리려나 생각하며 응접실로 돌아와 소파에 앉아서 읽던 책을 집어들었습니다. 전기난로는 따뜻하고, 주위는 고요하고, 커피를 마신 탓인지 머리는 맑아 뭐라 말로 표현할 수 없을 만큼 차분하고 넉넉한 기분이었습니다.

사건이 일어난 것은 벽시계가 12시를 울린 뒤 얼마 지나지 않아서였습니다. 그야말로 바늘을 떨어뜨려도 소리가 들릴 정도로 조용한 집 안에서 갑자기 무시무시한 소리가 일어나더니 탕, 탕 권총 소리가 2발, 벽에 울리며 들려왔습니다. 소리는 2층에서 난 것이었습니다. 저는 소파에서 벌떡 일어났습니다. 그리고 오른손에 권총을 쥔 채 한 걸음에 2개씩 계단을 뛰어올랐습니다.

## 8

가이난 씨는 침실에 있었는데 마침 전등을 막 켠 참이었습니다. 방문을 벌컥 열고 들어선 저는 씨의 무사한 모습을 보자 마음이 놓였습니다.

"괜찮으십니까? 무슨 일이 있었던 겁니까?"

"그 녀석입니다. 누마다 놈이 왔습니다."

가이난 씨는 파자마 차림이었습니다. 오른쪽 발에 타올을 두껍게 감고 손에는 권총을 들고 있었습니다. 둘러보니 선룸으로 나가는 문이 반쯤 열려 있었으며 거기에 의자가 하나 쓰러져 있었습니다.

"놈은 비상사다리로 올라와 선룸에 숨어 있었던 듯합니다." 씨가 그쪽을 가리키며 부들부들 떨리는 목소리로 말했습니다. "아마도 저기서 제가 잠들기를 기다리고 있었던 듯합니다. 저는 한동안 통증이 가라앉기를 기다렸다가 전등을 껐습니다만, 그로부터 30분쯤 지났다 싶었을 때, 갑자기 저 문을 밀어젖히고 들어왔습니다. 그리고 저 의자를 치켜들더니 저를 덮치려 하기에, ……저는 정신없이 권총을 쥐어 위협할 생각으로 2발을 쏘았습니다."

"맞았습니까?"

"그런 것 같습니다. 저쪽으로 달아나다 쓰러진 것 같으니."

그때 할멈과 유미코 양이 달려 들어왔습니다. 아가씨에게는 보이고 싶지 않았기에, "사건은 나중에 설명할 테니."라며 강경하게 밖으로 내보낸 뒤, 선룸 쪽으로 가보았습니다. 선룸 쪽으로 가보니 어두워서 잘은 알아볼 수 없었으나 얼굴을 이쪽으로 향한 채 쓰러져 있는 자가 있었습니다. 저는 서둘러 맥을 짚어보며, "여기에는 전등이 안 들어옵니까?"

"지금 켜겠습니다." 씨가 이렇게 말하고 오른쪽 다리를 끌며 들어왔습니다. "제가 정당방위로 쏘았다는 사실을 당신도 인정해주시겠지요. 저는 다리의 통풍으로 침대에서 움직일 수 없었다는 사실, 범인이 비상계단으로 침입하여 의자로 저를……."

"잠깐만요." 저는 서둘러 제지했습니다. "그보다 얼른 전등을 켜주시겠습니까? 이 사람 아직 살아 있는 듯합니다."

"네? 사, 살아 있……."

씨가 깜짝 놀란 듯 소리를 지르더니, 매우 허둥대며 기둥의 스위치를 올렸습니다. 그때였습니다. 쓰러져 있던 사내가 갑자기 몸을 움직이며 느긋하게 졸린 듯한 목소리로 말했습니다.

"이보게, 일어날 테니 손을 좀 빌려주게."

갑자기 두들겨맞은 사람처럼 저는 앗 소리와 함께 펄쩍 물러났습니다. 전등을 켜고 돌아선 가이난 씨의 놀라움은 그 이상이었습니다. 으으……, 하고 신음하는 듯한 소리를 흘리며 취한 사람처럼 비틀비틀

벽에 쓰러졌을 정도였습니다. 그런데 바로 그 순간 쓰러져 있던 서장님이 굉장한 몸놀림으로 벌떡 일어나더니 던져진 돌멩이처럼 가이난 씨를 향해 달려들었습니다. 동시에 탕, 탕 2발. 다시 권총이 발사되었으나 그것은 유리를 바른 천장을 깼을 뿐이었습니다.

"실패하신 듯합니다, 가이난 씨." 서장님이 억지로 빼앗은 권총을 주머니에 넣으며 예의 나른하다는 듯한 목소리로 말했습니다. "조금 전에 정당방위네 아니네 말씀하신 듯합니다만, 이젠 그럴 필요도 없을 것 같습니다. 그러니, ……편지에 적힌 용건에 대해서 얘기하고 싶은데, 죄송하지만 아래층까지 발걸음을 옮겨주시겠습니까? 모두 모여 있습니다."

정신을 잃은 것 같은 모습으로 멍하니 서 있는 가이난 씨의 팔을 쥐고, 서장님은 제게 눈짓을 하며 슬금슬금 방 밖으로 나갔습니다. ……가이난 씨와 마찬가지로 저 역시 뭐가 어떻게 된 일인지 어리둥절한 채로 목각인형처럼 뒤를 따라갔습니다.

아래 응접실에서는 언제 온 것인지 누마다 청년이 유미코 양과 기다리고 있었습니다. 가이난 씨는 그를 보자 가늘게 몸을 떠는 듯하더니, 더는 아무런 말도 하지 않고 고개를 숙인 채 서장님이 하자는 대로 몸을 맡겼습니다. 서장님은 씨를 의자에 앉히고 누마다 청년과 아가씨를 부른 뒤, 천천히 양복의 안주머니에서 편지 한 통을 꺼냈습니다.

"여기에 어제 누마다 군에게 보낸 가이난 신이치로 씨의 편지가 있습니다. 읽을 테니 여러분도 잘 들어보시기 바랍니다. ……앞의 인사말 부분은 생략하겠습니다. ……나는 생각한 바가 있어서 곧 재산을 정리할 생각이네만, 그와 동시에 과거 전부를 청산할 생각으로 있네.

그 가운데는 물론 자네와의 관계도 포함되어 있네. 종전의 내 행동에는 잘못된 부분도 있었던 듯하네. 그 일부는 스스로도 인정하고 있네. 이에 모든 과거 문제를 단번에 해결하여 서로의 관계를 새로이 평안한 상태로 돌려놓기 위한 조건으로 나는 다음의 3가지 일들을 자네에게 제공하겠네.

1. 양녀인 유미코를 자네에게 주겠네.

2. 자산 가운데 국채와 부동산을 합쳐 20만 엔을 자네에게 넘겨주겠네.

3. 자네와 유미코 사이에서 태어나는 첫째 아들을 가이난 가의 양자로 삼겠네.

위의 3가지 조건을 자네가 승낙할 생각이라면 이 편지를 가지고 밤 12시에 비상계단을 이용해서 나의 방으로 와주었으면 하네. 이런 시간을 선택한 것은 오로지 자존심에 관한 문제 때문이지만, 다른 이유는 만난 뒤에 자세히 이야기하도록 하겠네……. 운운."

서장님은 여기서 읽기를 마치고 그 편지를 가이난 씨 앞으로 내밀며 물었습니다.

"이건 당신이 쓰신 게 분명합니까?"

"……." 씨는 백치처럼 고개를 끄덕였습니다.

"알겠습니다. 그렇다면 당신은 이 편지의 내용대로 실행할 수 있으시겠죠?"

"……." 씨는 기계처럼 고개를 끄덕일 뿐이었습니다.

"축하하네, 누마다 군." 서장님은 누마다 청년을 향해 크게 손을 내밀었습니다. "이것으로 유미코 양과 당당히 결혼할 수 있게 되었네.

유미코 양, 축하합니다. 저는 이 편지의 증인입니다만, 동시에 중매자 역도 맡기로 하겠습니다. 혹시 경찰서장이 중매를 서는 건 마음에 들지 않으십니까?"

이렇게 말하고 웃으며 서장님은 누마다 청년에게서 유미코 양에게로 악수의 손을 옮겨갔습니다. 청년도 아가씨도……. 아니, 그런 말은 할 필요도 없을 듯합니다. 그때 시계가 2시를 쳤습니다.

*　　　*　　　*

"공갈도 협박도 가이난 씨가 만들어낸 걸세. 그 사람은 유미코 양을 사랑하고 있어." 돌아오는 길에 서장님이 설명을 해주었습니다. "씨의 사랑은 언제부턴가 부녀관계라는 울타리를 넘어서고 말았네. 스스로는 의식하지 못했지만 그야말로 남녀관계였다네. 그 점에 있어서는 딱하다고밖에 달리 할 말이 없어. ……씨는 유미코 양이 누마다 청년을 미워하게 만들려고 시도를 했네. 협박장이 그것일세. 할멈도 씨 편에 가담했어. 누마다가 집에서 나갈 때 소리를 질렀다는 말도 씨가 만들어낸 것을 할멈이 퍼트린 거야. 자세히 해부를 해보자면 이 부근의 사정만으로도 훌륭한 소설이 될 걸세. ……내가 어시장에 간 것은, 씨의 참된 과거를 알기 위해서였어."

"어시장에서, ……가이난 씨의 과거를 말씀이십니까?"

"그러니까 어시장은 대명사일세. 자네의 조사는 너무 단순했어. 상당한 근거가 되어주기는 했지만. 가이난 씨는 업계에도, 정계에도 상당한 부정과 독직의 증거를 남겨놓았네. 나는 그 증거를 손에 넣었고,

그래서 절개수술을 단행한 걸세."

"그 공갈장은 바로 알아보았습니다."

"그 사람은 수술대 위로 올라와주었어. 씨는 유미코 양에 대한 도를 넘어선 사랑과, 누마다가 정말로 자신이 저지른 부정의 증거를 손에 넣었다고 생각하여 마침내 그를 죽일 결심을 한 거야. 그리고 3가지 조건을 제공한다며 불러들인 거지. ……청원경찰을 요구한 것은 정당방위에 대한 증인으로 삼기 위해서였어……. 심야 12시, 비상사다리로 사람이 들어온다, 그것이 공갈장을 보낸 당사자라면 사살해도 정당방위가 성립되니까. 다리의 통풍은 덤과 같은 것이었지. ……하지만 정작 들어온 사람은 다른 사람이었어. 누마다 청년이 아닐 뿐만 아니라 그가 자신에게 살의를 품고 있다는 사실을 깨달았어……. 어쨌든 두 번째 발은 위험했어."

"그 편지가 어떻게 해서 서장님 손에 들어간 겁니까?"

"누마다가 가지고 왔네. 나는 그 청년에게 가게 문을 닫고 몸을 숨기고 있으라고 했어. 씨가 어떻게 나올지를 보기 위해서……. 전부 나의 어설픈 장난이었네."

길은 어둡고 공기는 한없이 맑았습니다. 저는 문득, '가이난 씨는 어떻게 되는 겁니까?' 라고 묻고 싶었으나, 그때 언젠가 서장님이 한 말이 퍼뜩 떠올랐기에 암담한 기분이 들었습니다.

"부정을 저질렀으면서 법의 심판을 피해 부를 쌓고 번성하고 있는 것처럼 보이는 자라 할지라도 어딘가에서 반드시 벌을 받게 되는 법이다. 부정이나 악은 그것을 저지르는 것 자체가 이미 그 사람에 대한 겁벌이다."

# 진주 한 알

## 一粒の真珠

### 1

빈민가 사람들이 우리의 잠꾸러기 서장님을 흠모했다는 사실은 처음에 잠깐 말했었습니다. 실제로 긴바나초에서부터 도미야초 일대 주민들의 서장님에 대한 신뢰와 경애의 정은 상당한 것이어서 본서로도, 관사로도 서장님을 찾아오는 그들의 모습이 보이지 않은 날은 없었다고 해도 좋을 정도였습니다. 꾀죄죄한 차림의 할머니가 손수 만든 떡을 가져오기도 하고, 생선가게 안주인이, "제가 직접 만든 거예요. 아주 맛있으니 서장님 도시락의 반찬으로 써주세요."라며 전갱이 말린 것을 3개 가져다주기도 하고, 갓난아기를 업은 여자아이가 들꽃을 다발로 만들어 서장실에 모습을 드러내기도 했습니다. 언제였던가, 한번은 7살쯤 된 사내아이 셋이 민물 게를 양동이 가득 담아가지고 온 적도 있었습니다.

"이건 동남참게, 이건 비단게."라며 그들은 서장님에게 설명했습니다. "그리고 이건 모말게, 이건 체조게. 보세요, 집게를 이렇게 올렸다 내렸다 하잖아요. 재미있죠, 서장님."

"그래, 재미있구나, 얘들아."

"이거 전부 드릴게요." 그들은 호기롭게 이렇게 말했습니다. "재미없어지면 삶아 먹으면 돼요. 맛있어요, 서장님."

"이거 먹어도 되는 거냐?"

"되고말고요." 한 아이가 자랑스럽다는 듯 어깨를 들어올렸습니다. "아버지가 일을 얻지 못하면 우리 집에서는 늘 이걸 반찬으로 먹어요. 몰랐어요?"

"으, 응." 서장님은 완전히 당황한 듯 양동이 속에서 게 한 마리를 집어올려, "이게 모말게였냐?"라는 등 분위기를 맞추려 했는데 갑자기 커다란 집게로 손가락을 세게 물려 깜짝 놀라 의자에서 벌떡 일어났습니다.

이런 선물뿐만이 아니었습니다. 일자리가 없어서 곤란하다는 둥, 집주인이 매정하다는 둥, 남편이 싸움박질만 한다는 둥, 술집에서 술에 물을 탄다는 둥, 딸이 말을 듣지 않는다는 둥, 학교 선생이 편애를 한다는 둥, 자잘한 불만이나 상의거리를 가지고 오는 사람도 끊이지 않았습니다.

언제였던가 짐마차꾼인 데쓰(鉄)라는 사내가 약병을 하나 들고 크게 흥분해서 찾아온 적이 있었습니다. 그것은 '사마귀뚝'이라는 약으로, 사흘만 붙이면 제아무리 질긴 사마귀라도 뚝 떨어진다는 내용의 효능서가 붙여져 있었습니다. 그는 벌써 열흘이나 붙였는데 사마귀는 꿈쩍도 하지 않는다는 것이었습니다.

"짐마차를 끌고 있기는 하지만 글자 정도는 읽을 줄 압니다." 그는 이렇게 말했습니다. "저는 이 효능서를 믿었기에 산 것입니다. 서장님

앞이기는 합니다만, 저는 시판약을 좀 볼 줄 아는 눈을 가지고 있어서 이루(耳漏)나 설사나 뇌가 아픈 현기증이 있다고 하는 사람에게는 이런 걸 써봐, 그 약이 들을 거야, 라고 가르쳐줄 정도입니다. 저희처럼 가난한 사람들은 말입니다, 서장님, 함부로 의사를 찾을 수도 없습니다. 또 그렇게 했다 한들 잠깐 맥을 짚어보고 진찰료 50센[7]이라는 어마어마한 돈을 뜯기기보다, 대부분의 병은 시판약으로도 꽤 좋아지는 법입니다. '위말끔'이라는 약은 10년이나 앓던 덴로쿠 할아버지의 위장병을 완전히 씻은 듯이 낫게 했습니다. 물론 그해 초봄에 할아버지는 암으로 돌아가셨지만, 위암하고 위장병은 다른 거니 다른 병이 생긴 겁니다. 다시 말해서 저희에게 시판약은 의사와 병원을 겸한 것 같은 겁니다. 그런데 서장님, 효능서에 사흘이라고 되어 있는 것을 열흘 붙여도 낫지 않습니다. 겨우 사마귀가지고, 라고 말할지 모르겠지만, 이게 만약 폐병이나 심장 같은 거였다면 인권유린입니다. 저는 무슨 일이 있어도 이 회사를 적발할 겁니다."

데쓰 씨를 타일러서 돌려보낸 뒤 서장님은 오랜 시간 무엇인가 생각에 잠겨 있었습니다. 그로부터 1년쯤 지나서 사카에마치(栄町)에 무료 진료소가 생겼습니다만, 그것은 지금 관계없는 이야기이니 생략하겠습니다. 그들의 서장님에 대한 이와 같은 신뢰에는 물론 이유가 없는 것이 아니었습니다. 그렇게 되기까지에는 고도 서장님의 커다란 사랑과 끊임없는 노력이 축적되어 있었습니다. 실제로 가난한 사람들에 대한 서장님의 사랑은 끝이 없는 것이었습니다. 부임해온 직후부터

---

7) 화폐단위로 1엔의 100분의 1.

매주 한 번은 사복차림으로 빈민가에 가서 거의 한나절에 걸쳐 극빈자나 환자가 있는 집을 돌아보기도 하고 불평이나 푸념을 들어주기도 했습니다. 저는 그때 언제나 서장님을 수행했는데 그 어떤 무뢰한에게도 대등하게 말을 걸었으며, 거지움막 같은 곳에도 아무렇지도 않게 앉으러 들어가시는 서장님의 태도에는 몇 번이고 진심에서 우러나는 존경심을 품었던 일을 기억하고 있습니다. 이러한 습관은 다른 곳으로 떠나실 때까지 한 번의 휴식도 없이 계속되었습니다. ……그리고 지금부터 이야기할 사건에도 그러한 서장님의 마음이 잘 나타나 있다고 생각합니다.

2월 15일의 일이었습니다. 이는 기원절[8]에 일어났기에 분명히 기억하고 있습니다만, 15일 아침에 마흔대여섯 살쯤으로 보이는 초라한 차림의 마른 여자가 작업복을 입은 젊은 남자와 함께 서장님을 찾아왔습니다. 긴바나초에 사는 사람이라고 했습니다. 서장님은 마침 사무를 보고 있었지만 펜을 내려놓고 바로 만났습니다.

"저는 모리타 미키(森田みき)라는 사람으로 지금 이쪽의 신세를 지고 있는 오스기(お杉)의 어미입니다." 그 여자는 이렇게 말했습니다. "그리고 여기에 있는 사람은 분지(文次)라고 하는데 오스기와 부부가 되기로 약속한 사람입니다. 오스기를 풀어주셨으면 해서 이렇게 함께 청을 하러 왔습니다."

8) 紀元節(기겐세쓰). 진무(神武) 천황이 즉위했다고 하는 일본의 건국일.

## 2

“오스기 씨라는 사람이 무슨 일을 한 건가?”

“네, 저택에서 아가씨의 목걸이를 훔쳤다는 혐의로 갇혀 있습니다. 다른 사람은 몰라도 그 애가 그런 짓을 할 리가 없고, 갇힌 지 벌써 나흘이나 되었기에 모쪼록 서장님의 처분으로 풀어주셨으면 해서.”

그런 일이 있었느냐며 서장님은 제 쪽을 돌아보았습니다. 그리고 제가 있었습니다, 라고 대답하자 그럼 오타 군을 불러달라고 했습니다. 곧 사법주임이 들어왔는데, 들어오자마자 거기에 있던 분지라는 젊은 이를 보고 묘한 소리를 올렸습니다.

“이야, 짝배기 분지 아닌가? 오랜만이로군.” 주임은 이렇게 말하며 젊은이의 어깨에 손을 얹었습니다. “자네에게 볼일이 있어서 부르러 가려던 참이었어. 나중에 잠깐 형사실로 와주게.”

“제가 뭘 했다고 그러십니까?” 분지라는 젊은이가 발끈하더니 뒤이어 백짓장처럼 하얗게 변해버렸습니다. 왼쪽 어깨를 쳐들고 주임을 올려다본 눈이 갑자기 날카로운 반항의 빛을 내보인 데에는 깜짝 놀랐습니다. “저는 마음을 완전히 고쳐먹은 사람입니다. 이번 일에 대해서도 아무것도 모릅니다. 이상한 의심은 하지 말아주시기 바랍니다.”

“이번 일로 의심을 받고 있다는 사실을 잘도 알고 있군. 나는 단지 볼일이 있다고 말했을 뿐이야.” 주임이 냉소하며 그에게서 떨어졌습니다. “어쨌든 상관없으니 나중에 형사실로 와. 참된 인간이 되었다면 무서워할 건 아무것도 없잖아.”

서장님은 보고도 못 본 척했습니다. 그리고 주임이 의자에 앉기를 기다렸다가 모리타 오스기의 사건에 대해서 자세히 들려달라고 말했습니다. 주임은 그 자리에 있던 미키를 노려본 뒤, 다음과 같이 사건의 경위를 들려주었습니다.

우리 시에는 막부 시절[9]부터 내려오던 명문가가 12집 있습니다. 명문이라는 것은 이름뿐, 대부분은 몰락한 집입니다만 그 가운데서도 옛 번주[10]인 미쓰타(満田) 가와 나카자와(中沢) 가, 오키하라(沖原) 가, 세 집은 부호이기도 하고 정치적으로도 시의 유력자로 꼽힙니다. 사건은 나카자와 만자부로(万三郎) 씨의 저택에서 일어났는데, 당시의 시장은 오키하라 주조(忠造) 씨로 그 앞선 해의 시장선거에서 격렬한 각축전이 있었기에 이후부터 두 사람 사이가 원만하지 못하다는 소문이 돌던 때였습니다. ……사건이란 이렇게 된 것이었습니다. 11일의 기원절이 되면 시의 공회당에서 축하 무도회가 열립니다. 이는 시장의 주최로 매년 열리는 행사인데 오키하라 시장이 취임한 뒤 첫 번째로 열리는 무도회였기에 도쿄(東京)에서 밴드를 부를 것이라는 둥, 상공회의소에서 샴페인을 기부한다는 둥, 뭐라고 하는 가부키[11] 배우의 극단이 여흥을 돋울 것이라는 둥, 여러 가지 떠들썩한 소문이 나돌고 있었습니다. 그 무렵, 나카자와 가에 유미코(由美子)라는 아가씨가 있었습니다. 아마 스물두엇쯤 되었을 겁니다. 두 번째 딸로 장녀인 기미(樹美)라는 사람은 이미 결혼을 해서 아이도 2명 정도 있었던 것으로 기억하고 있습니다. ……나카자와 만자부로 씨는 오키하라 시장의 주최이기에 무도회에 참석하는 것을 금했다고 합니다만, 유미코

---

9) 무가정권인 에도 막부(江戸幕府)가 통치하던 시절. 1603~1867년.
10) 막부시절 1만 섬 이상의 영지를 보유한 영주(다이묘大名)가 지배하던 지역을 번(한藩)이라고 했으며, 그 영주를 번주(한슈藩主)라고 했다.
11) 歌舞伎. 일본 전통의 민중 연극.

양은 무슨 일이 있어도 참석할 생각으로 어머니에게도 비밀로 하고 몰래 몸단장을 했습니다. 그 몸단장 가운데 문제의 목걸이가 있었던 것입니다. 149알의 진주를 늘어놓은, 시가 9만 몇 천 엔이라고 하는 멋진 물건이었다고 합니다. 아가씨는 창고의 금고에서 이것을 꺼내와 자기 방에 있는 작은 장의 귀금속이나 보석류를 보관하는 서랍에 넣어두었습니다. 그리고 11일 저녁이 되어 모든 몸단장을 마치고 이제는 목걸이를 하려고 서랍을 열어보니 케이스만 남아 있고 목걸이는 보이지 않았습니다. 아가씨도 당황하지 않을 수 없었습니다. 가능한 한 찾아보았으나 찾지 못했고 더는 비밀로 해둘 수도 없었기에 어머니에게 사실을 털어놓았습니다. 원래 아가씨는 자신의 방에 사람이 들어오는 것을 싫어해서 외출할 때는 방 문을 잠그기까지 했기에 다른 사람의 출입은 거의 없었습니다. 특히 지난 며칠 동안은 몸종인 오스기 외에 거기에 다가간 사람도 없었기에 오스기를 가장 먼저 의심하게 되었습니다. 그리고 흔히 있는 일입니다만 세 사람의 입회하에 오스기의 물건을 살펴보기로 했습니다.

"그랬더니 고리짝 속에서,"라고 오타 주임이 말을 이었습니다. "작은 진주가 한 알 나왔습니다. 아무리 봐도 진주목걸이에서 떼어낸 것임에 틀림없었습니다. 이에 여러 가지로 캐물었으나 그저 아무것도 모른다는 답변뿐, 목걸이가 어디에 있는지도 말하지 않았고 그 진주 한 알이 어디서 나왔는지도 말하지 않았습니다. 어쩔 수 없이 우리 서에 전화를 걸어 수사를 의뢰하게 된 것입니다."

서장님은 언제나처럼 눈을 감고 반쯤 잠이 든 듯한 자세로 듣고 있었습니다. 그리고 주임이 여기까지 말하자 조용히 마른기침을 하고 모리타 미키 쪽을 돌아보았습니다.

"모리타 씨, 이건 아무래도 조금 어렵겠는데. 기껏 여기까지 왔지만 오늘 당장 오스기를 돌려보낼 수는 없을 것 같아."

"그런 매정한 소리 하지 마십시오. 오스기에 대해서는 어미인 제가 누구보다 잘 알고 있습니다. 그 애만은 그런 엄청난 짓을 할 리가 없습니다. 무슨 일만 있으면 가난한 사람이 바로 의심을 받습니다만, 서장님께서는 가난한 사람들 편 아니십니까? 모쪼록 잘 좀 조사해보시기 바랍니다. 그럼 오스기가 아니라는 사실을 바로 알 수 있을 테니."

### 3

"나는 누구의 편도 아니야, 모리타 씨." 서장님이 곤혹스럽다는 듯 말했습니다. "그리고 올바른 사람에게는 편들어줄 사람 같은 건 필요 없는 법이야. 왜냐하면 올바르다는 사실이 무엇보다 강하고 든든한 아군이니까. ……그래도 오스기의 일은 내가 맡아서 조사하기로 할게. 대략 며칠도 걸리지 않을 테지만, 오늘 바로 해결할 수는 없으니 어쨌든 우선은 돌아가도록 해. 틀림없이 좋은 소식을 가져다줄 테니."

미키는 납득했습니다. 분지의 일로 약간 옥신각신하기는 했으나 오타 주임이 무슨 일이 있어도 남아야 한다고 말했기에, 결국 미키는 혼자서 돌아갔습니다.

미키가 떠나고 분지를 조사주임에게 맡긴 뒤, 오타 주임은 서장실로 돌아왔습니다. 주임은 이미 이번 사건을 꿰뚫어보고 있다는 듯 다음과 같은 설명을 거침없이 했습니다.

"대충 오스기의 범행이라 생각하고 있습니다만, 이유는 3가지가 있습니다. 오스기의 가정은 아버지가 5년 전에 죽고 자녀가 6명이나 되는데, 어머니인 미키가 허드렛일을 하고 있고 열다섯 살이 된 장남 이치로(一郞)가 작은 공장의 직공으로 있으며, 거기에 오스기의 급료를 합쳐 근근이 살아가고 있습니다만, 물론 빠듯한 생활로 자잘한 빚이 꽤 쌓여 있는 듯합니다. ……또 하나는 저 분지입니다."

젊은이의 이름은 니시야마 분지(西山文次)입니다. 10세 전후에 고아가 되어 도미야초의 큰길에 가게가 있는 창호업자의 집에서 자랐는데 주인의 이름은 스즈키 히데요시(鈴木秀吉), 분지를 아끼며 일을 가르쳤고 본인도 왼손잡이라 어려움을 겪기는 했지만 손재주가 있었기에 16, 7세가 되자 혼자서도 일을 맡아서 할 수 있게 되었습니다. 그런데 그것이 화근이 되어 어린 나이에 한 사람 몫의 임금을 받게 되자 세상을 만만하게 보는 버릇이 생겼고 그때부터 비뚤어지기 시작해서 주인집에서도 쫓겨났으며 마침내는 '짝배기 분지'라고 불리는 불량배로 전락하게 되었습니다.

"그로부터 5, 6년 동안은 유명한 건달로 유치소의 맛도 알게 되었으나, 재작년 여름이었던가 이번에야말로 마음을 고쳐먹겠다며 눈물로 맹세, 그 이후부터는 얌전히 창호가게에서 임금을 받으며 살아온 듯합니다." 주임은 이렇게 설명을 계속해나갔습니다. "……나카자와 가로수사를 갔을 때였습니다. 아가씨의 이야기로, 오스기에게 혼담이 있어서 이번 초여름 무렵에 결혼을 하게 될 것이라는 사실을 알게 되었으며, 10일 밤에도 결혼상대인 젊은이가 찾아와서 30분쯤 뭔가 이야기를 나누고 갔다는 사실을 알게 되었습니다. 그 뒤의 조사로 혼담 상대는 분지이며, 그는 오스기와의 결혼에 앞서 창호가게를 내기 위해 꽤나 조바심을 치고 있다는 사실도 알게 되었습니다."

실제로 고리짝 속에서 한 알이기는 하나 진주가 나왔습니다. 목걸이에 달려 있던 것 가운데 한 알임에 틀림이 없다고 하고, 가정에 그러한 사정이 있다면 오타 주임이 아니라도 오스기의 범행이라고 보는 것은 당연한 일일 것입니다.

"아마도 10일 저녁 오스기와 만났을 때, 목걸이는 이미 그의 손에 넘어가 있었던 듯합니다. 물건이 물건인 만큼 아직 팔지는 못했을 것입니다. 분지를 다그치면 틀림없이 나올 것이라 믿습니다."

"오스기를 불러주지 않겠나." 주임의 설명이 끝나자마자 서장님이 가라앉은 목소리로 이렇게 말했습니다. "잠깐 하고 싶은 이야기가 있으니."

"뭔가 짚이는 것이라도 있으십니까?" 주임은 아무래도 불만인 듯했습니다. "혹시 그게 아니라면 이번 사건은 제게 맡겨주셨으면 합니다만."

"자네에게는 부탁할 일이 있네. ……유미코 양에 대해서 서둘러 조사를 해주게. 여학교 시절에서부터 최근까지의 소행, 연애관계의 유무, 가능한 한 자세한 편이 좋겠네."

"하지만 아가씨는 피해자입니다만."

"아니, 범인이 밝혀지기 전까지는 누가 피해자인지 단정 지을 수 없네. 서둘러주었으면 하네."

주임이 나간 뒤 얼마 지나지 않아서 수사과의 형사가 오스기를 데리고 들어왔습니다. 열아홉 살이라고 했으나 나이 들어 보였습니다. 그건 담갈색이라고 해야 할지 곱고 탱탱한 피부의, 키가 작은 편의 몸매였으며, 이마가 약간 튀어나온 얼굴이었으나 하관이 빠르고 눈썹이 짙고 영리해 보이는 인상이었습니다. 서장님은 형사를 물러나게 한 뒤, 오스기를 불러 당신 옆에 있는 의자에 앉게 했습니다.

"조금 전에 어머니께서 오셨었어." 서장님이 다정한 어조로 이렇게 말했습니다. "오스기를 걱정해서 말이지, 분지라는 사람과 함께 오셨었어. 착실하고 좋은 사람 같았어."

오스기는 고개를 숙인 채 미동도 하지 않았습니다. 서장님은 그 모습을 따뜻한 눈길로 바라보며 마치 일가의 딸이라도 위로하는 듯한 목소리로 말을 이었습니다.

"분지 군은 예전에 한 번 비뚤어진 적이 있었다고 하더군. 하지만 대부분의 사람들은 한 번씩 비뚤어지는 법이야. 이르냐 늦느냐의 차이지. ……일찍 비뚤어졌던 사람은 그만큼 일찍 견실해지는 법이야. 둘이 하나가 되면 틀림없이 돈을 잘 버는 남편이 될 거야. 네가 진심으로 사랑을 해준다면."

"……."

"그건 그렇고,"라며 서장님은 언제나처럼 눈을 감았습니다. "여기서 한두 가지 물어보고 싶은 것이 있어."

## 4

"오스기는 목걸이가 없어진 일에 대해서 뭔가 알고 있는 게 없나?"

"……모릅니다."

"이게 좀 이상하다 싶은 정도의 이야기라도 상관없어."

"……아무것도 모릅니다." 오스기가 깜짝 놀랄 만큼 단호한 목소리로 말했습니다. "전 아무것도 모르고, 아무것도 말씀드릴 수 없습니다."

"말할 수 없다?" 서장님은 눈을 감은 채였습니다. "말할 수 없다니, 뭔가를 알고 있군."

"아니, 아닙니다."

그리고 여전히 뭔가 외치고 싶어 하는 듯했으나 오스기는 목이 메어버린 사람처럼 말을 끊어버리고 말았습니다. 서장님은 조용히 눈을 떠서 상당히 오랜 시간 오스기의 얼굴을 바라보았습니다.

"그럼, 한 가지 더. 오스기의 고리짝에서 진주가 한 알 나왔다고 하더군. 그 일에 대해서 뭔가 아는 건 없나?"

"……모릅니다."

"네가 아닌 것만은 확실하지?"

"……네."

"하지만 누가 그랬는지는 짐작이 간다, 그런 거지?"

일순 오스기의 몸이 딱딱하게 굳었습니다. 머리끝에서부터 발끝까지 전기에 감전이라도 된 사람처럼 단번에 굳어지는 모습이 제 눈에도 보였습니다. 물론 그것은 아주 짧은 순간의 일로 그녀는 곧 얼굴을 들어 조금 전처럼 매우 단호한 목소리로 외쳤습니다.

"아니요, 모릅니다. 아니요, 전 아무 것도 모릅니다."

서장님은 뚫어져라 오스기의 표정을 들여다보고 있었습니다. 그러다 천천히 고개를 끄덕이더니, "이삼일만 더 참고 있도록 해."라고 말하며 탁자 위의 벨을 눌렀습니다. ……조금 전의 형사가 와서 오스기를 데리고 나가자 서장님은 의자의 등받이에 기대어 깊은 한숨을 내쉬며 눈을 감고 팔짱을 낀 채 무엇인가를 골똘히 생각하는 듯했습니다. ……조용해진 방 안에서 난로의 타는 소리가 갑자기 뚜렷하게 들리기 시작한, 눈이 내릴 것처럼 묵직하게 흐린 날의 일로, 유리창의 차가운 빛이 참으로 슬픈 기분을 불러일으켰습니다.

"가난은 슬픈 거야." 서장님이 문득 혼잣말처럼 이야기를 시작했습니다. "조금 전에 미키라는 아주머니가 말한 것처럼 이럴 때 가장 먼저 의심을 받는 건 가난한 사람들이니. 하지만 가난은 그들 혼자만의 죄가 아니야. 가난하다는 이유로 그들이 사회에 대해서 눈치를 볼 이유는 어디에도 없어. 오히려 사회가 그들의 눈치를 보아야 해. ……정말로 가난해서 입에 풀칠을 하기에도 바쁜 생활을 하고 있는 사람들은 결코 이런 죄를 저지르지 않아. 그들에게는 그럴 시간조차 없으니까. ……범죄는 게으른 환경에서 태어나. 안일에서, 교활함에서, 무위도식에서, 사치, 허영에서 태어나는 법이야. 결코 가난에서 태어나는 게 아니야, 결코."

서장님의 목소리에는 마치 호소하는 것처럼 침통한 울림이 있었습니다. 그리고 한동안 시간이 흐른 뒤, 역시 눈을 감은 채로 더욱 느릿하게 다음과 같이 말을 이었습니다.

"뒷골목 나가야[12] 사람들의 삶을 봐. 그들은 의리가 두텁고 단순한 이웃사이라도 아주 가까운 친척사이처럼 보여. 타인의 슬픔에는 함께

12) 長屋. 단층이나 이층으로 된 일본식 공동주택. 주로 서민들이 살았다.

울고, 가끔 행복한 일이 생기면 진심으로 서로 기뻐해. ……그건 그들이 가난해서 서로가 서로를 돕지 않으면 안심하고 살아갈 수 없기 때문이야. 잘못된 행동을 하면 삽시간에 다 알려지고 그렇게 되면 나가야에서는 살 수 없게 돼. 그런데 그들이 주거를 옮긴다는 것은 그대로 생계의 파탄으로 이어지는 경우가 많아. 가능한 한 의리를 지키도록, 잘못된 행동을 하지 않도록, 그들은 이 두 가지를 수호신처럼 생각하며 살아가고 있어. 그들만큼 나쁜 짓이나 도리에 어긋나는 행동을 미워하는 자들도 없어."

그로부터도 가난론은 계속 이어졌으나 더는 기억하고 있지도 못하고, 또 필요도 없을 테니 생략하기로 하겠습니다. 이렇게 제 입으로 전달을 하면 평범하고 재미없는 설이 되어버리고 맙니다. 설 그 자체는 특별히 진기할 것도 없지만, 그때 보여준 서장님의 모습이나 목소리의 울림은 잊기 어려운 것이었습니다. 저는 말로 표현할 수 없는 따뜻한 감동을 받아 인생이 넓고 깊다는 사실, 그 어떤 빈궁 속에도 각자 살아있는 생활이 있다는 사실, 그런 막연하지만 기쁜 상상에 빠져들었던 것을 기억하고 있습니다.

그날 오후, 조사주임이 와서 니시야마 분지를 돌려보냈다는 사실, 동시에 그의 가택을 수색했으나 목걸이는 나오지 않았다는 사실을 보고했습니다.

"유치하지 않은 것은 오타 형사의 의견으로, 풀어주면 훔친 물건을 처분할 것이라고 보았기 때문입니다. 감시를 위해서 2명을 붙여두었습니다."

서장님은 그러냐고도 말하지 않고, "오타 군에게 부탁한 일을 신속히 해달라고 전해주게."라고 다짐을 두었을 뿐이었습니다. 그리고 시간에 맞춰 퇴근했습니다.

오타 주임으로부터 조사서가 도착한 것은 그로부터 나흘 뒤의 일이었습니다. 그에 의하면 유미코 양은 도쿄의 한 호화로운 여학교를 졸업하고 음악학교를 중간에 그만둔 뒤 귀향했습니다. 중퇴 이유는 명확히 밝혀내지 못했지만, 연애사건인 듯 신문에까지 실렸었다는 사실을 급우 가운데 한 명에게서 들었다고 합니다.

## 5

귀향한 지 2년 반쯤 지났는데 상당한 미모와 좋은 머리와 지기 싫어하는 성격과 그리고 눈에 띄게 화려한 행동으로 우리 시 상류사회의 중심적 존재가 되어 음악회에서도, 정구시합에서도, 바자회에서도, 무도회에서도 수많은 청년들에게 둘러싸인 그녀의 모습이 보이지 않은 적이 없었으며, 승마클럽에서는 유일한 여성 멤버로 장애물넘기에서, 폴로에서, 이웃 현으로의 원정에서 늘 상쾌한 손놀림을 보이고 있다고 합니다. 이런 이유로 그녀 주위에는 늘 청년들이 모여들어 떠들썩한 소문도 여럿 있지만, 연애관계 같은 것은 없는 듯합니다. 단, 오키하라 시장의 아들 가운데 다다오(忠男)라는 청년이 있는데 이 사람과는 상당히 깊은 관계가 아닐까 하는 평판이 있었습니다. '있었다.' 고 말한 것은 예의 시장선거 이후 지금까지 양 집안의 교제가 끊겼고 그에 따라서 유미코와 다다오의 교제도, ……적어도 표면적으로는…… 멀어졌기 때문입니다. 그러나 두 사람은 가끔 은밀히 만나고 있는 듯합니다.

주임의 조사서에는 이렇게 적혀 있었습니다.

서장님은 읽기를 마친 것을 제게 보이며 서둘러 오키하라 다다오의 현상을 조사해달라고 말했습니다. “나카자와 양과의 관계는 아무래도 상관없어. 현재 무엇을 하고 있는지, 교우관계와 소행, 그것만을 가능한 한 빨리 조사해줘.” 물론 저는 바로 자리를 떠나려 했습니다. 그런데 그때 젊은 순사와 승강이를 벌이며 한 소년이 달려 들어왔습니다. 아홉 살이나 열 살쯤 되었을 것입니다. 차림새로 빈민가의 아이라는 사실을 바로 알 수 있었는데 어딘가에서 본 적이 있는 듯 여겨졌습니다. 드문 일도 아니었기에 돌려보내려는 순사에게, “그만, 됐네.”라며 손을 흔들고 서장님은 그 아이를 향해 미소를 지어 보였습니다.

“그래, 무슨 볼일이라도 있는 거냐, 꼬맹아?”

“……아아.” 소년은 상당히 화가 난 듯한 기색이었습니다. 뭔가 적의를 품은 눈빛으로 서장님을 바라보며, “서장님, 저를 기억하세요?”라고 물었습니다.

“기억하고 있지. 그런데 잠깐, 누구였더라?”

“까먹었군.” 소년은 아랫입술을 깨물었습니다. “까먹었다면 알려주겠는데, 언젠가 친구들하고 게를 가져다주었잖아요.”

“아아, 그랬었지. 알고 있다, 꼬맹아.”라며 서장님은 크게 고개를 끄덕였습니다. “그때는 게를 잔뜩 받았었지. 모말게네, 동남참게네.”

“그 게……, 전부 돌려주세요.”

“그 게를 어쩔 셈이지?”

“돌려달라고요.” 소년이 진지한 목소리로 외쳤습니다. “서장님은 좋은 사람이라고 하기에 내가 친구들을 모아서 게를 잡아다 준 거예요.

그런데 서장님은 좋은 사람이 아니잖아요. 나, 주기 싫어졌어요. 그게 전부 돌려주세요."

"게는 말이다," 서장님은 재미있다 싶을 정도로 당황했으며, 심지어는 허둥지둥했습니다. "……그, 그 게는 먹어버렸어. 물론 바로 먹은 건 아니야. 보는 게 재미있었을 때는 그걸 봤어. 너희들이 그렇게 말했었으니까. 미안하게 됐구나, 그래서 돌려줄 수가 없단다, 꼬맹아. 그런데 어째서 아저씨가 좋은 사람이 아니라고 말하는 거지? 아저씨가 뭔가 나쁜 짓이라도 한 거냐?"

"우리 누나를 잡아와서 돌려주지 않았잖아요." 소년은 손등으로 눈을 벅벅 문질렀습니다. "우리 누나는 아무 나쁜 짓도 하지 않았어요. 와다(和田) 씨의 집으로 애를 봐주러 들어가 있을 때도 5엔이나 돈을 주웠는데 그 주인에게 돌려주고 사례금도 받지 않았을 정도예요. 그렇게 정직한 사람도 없을 거라고 모두들 말해요. 거짓말 같으면 나가야 사람들한테 전부 물어보세요."

"그럼 너는 오스기 누나의 동생이로구나."

"누가 아니랬어요? 그러니까 게를 돌려줄 수 없다면 누나를 돌려주세요. 아저씨는 여기서 제일 높은 사람이잖아요."

서장님은 꿀 먹은 벙어리처럼 어찌해야 좋을지 모르겠다는 듯한 모습이었습니다. 그리고 점점 열을 올려 여전히 말하는 소년 앞에서 한동안 고개를 숙인 채 말이 없다가 마침내 얼굴을 휙 들어, 꼬맹아, 몇 살이냐, 라고 물었습니다.

"열 살이요. 긴바나 소학교 3학년이에요."

"그러냐? 그럼 말이다," 서장님은 테이블 위에 있던 종이와 연필을 집으며, "아저씨가 너희 누나를 집으로 얼른 돌려보낼 수 있도록 생각을 해볼 테니, 너도 아저씨를 좀 도와줄 수 없겠냐?"

"내가? 내가 할 수 있는 일이에요?"

"할 수 있고말고." 서장님은 종이에 무엇인가를 적으며 고개를 끄덕였습니다. "……이 편지를 전해주고 말이다, 뭔가 건네주는 물건이 있으면 조심해서 가져다주기만 하면 된다."

"어디에 전해주는데요?"

"고텐초(御殿町)라는 곳 알고 있지?"

아무래도 소년의 일은 잘 얼버무려진 듯했습니다. 저는 웃으며, "그럼 조사를 하러 다녀오겠습니다."라고 인사를 하고 자못 심각하게 머리를 갸웃거리며 무엇인가 쓰고 있는 서장님을 남겨둔 채 오키하라 다다오에 대한 조사를 위해 밖으로 나섰습니다.

## 6

저는 조사를 아주 손쉽게 할 수 있었습니다. 혼마치(本町) 거리에 고란샤(香蘭社)라는 클럽이 있습니다. 지금도 그렇지만 시의 상류사교장인데, 그곳의 매니저로 있는 아오타 유사쿠(青田勇作)라는 사람이 장기에 있어서 저의 호적수였습니다. 저는 그를 만났습니다. 사교클럽의 매니저란 스캔들의 스크랩북이나 다를 바 없습니다. 그 대신 입도 무겁습니다만 사정에 따라서는 이야기를 하는 경우도 없지는 않습니다. 저는 2시간쯤 만에 필요한 것들을 전부 들었습니다. ……그에 의하면 다다오는 도쿄의 모 사립대학 법과 출신입니다만 성적이 그렇게 좋은 편은 아니었습니다. 나이는 28세, 외아들이지만 아버지인 주조 씨가 비할 데 없이 엄격한 사람이기에 손에 꼽히는 부호이자 시장의 아들이면서도 용돈조차 부족한 딱한 생활을 하고 있습니다. 그런데 흔히 있는 일입니다만, 그다지 질이 좋지 못한 중매인에게 휘둘려 2년쯤 전부터 주식에 손을 대기 시작했습니다. 이것이 어떤 결과를 낳았는지는 말할 필요도 없을 것입니다. 요즘에는 상당한 금액의 빚이 쌓여 클럽에서 홧술을 마시는 경우가 많다고 합니다. 그리고 한 가지 더, 도쿄 유학 중에 나카자와 유미코 씨와 연애관계에 있었던 것은 다다오 군으로, 이곳으로 돌아온 뒤에도 상당히 오랜 시간 관계를 지속해온 듯했습니다. 그러한 이야기까지 들었습니다.

"요즘에는 만나지 않는가?"

"만나지 않는 듯합니다. 어젯밤에도 오셨었는데 바에서 심하게 취해서 조만간에 도쿄로 나갈 거라고 말한 듯합니다."

저는 이거면 충분하겠다 싶어 서로 돌아갔습니다.

제가 서로 돌아갔을 때는, 마침 오스기가 동생이라는 그 소년과 함께 집으로 돌아가려던 참이었습니다. 오타 주임이 곁에 있었으며 서장님은 문까지 배웅을 나오셨습니다.

"어머님께 잘 좀 말해줘." 서장님은 아가씨에게 이렇게 말했습니다. "조만간에 내가 인사를 드리러 가겠다고. 그때는 오스기에게도 사과의 표시로 뭔가를 들고 갈게."

"나도 또 게를 가져다드릴게요."라고 소년이 말했습니다. "여름이 되면요, 서장님. 앞으로는 돌려달라고 하지 않을게요."

오스기는 말없이 머리를 숙인 뒤, 동생의 손을 잡고 오타 주임과 함께 떠나갔습니다. ……서장실로 들어간 저는, "저 아가씨는 혐의를 벗은 겁니까?"라고 물었습니다. 서장님은 그건 말할 필요도 없다는 듯 손을 흔들고, "자네의 보고를 듣기로 하지."라고 재촉했습니다. 저는 아오타에게서 들은 것들을 이야기했습니다. 마치 예기하고 있던 대로라는 듯 서장님은 말없이 끝까지 듣고 나더니 언제나처럼 깊은 생각에 잠겼다가 마침내 한숨을 내쉬며 이렇게 중얼거렸습니다.

"1시간쯤 전에 목걸이 건은 대충 해결의 실마리를 찾았네. 남은 건 마무리뿐이야. 하지만 자네가 조사해온 내용도 헛된 것은 아니었어. 그게 아니었다면 나는 마무리에서 과도한 행동을 했을지도 몰라. …… 부정이나 교활함을 보면 사람은 분노를 느끼지. 하지만 경찰관은 그것만 가지고는 안 돼. 처녀가 아이를 낳아도 할 말이 있다는 것을 인정하지 않으면 경찰관은 단지 게비이시13)로 떨어져버리고 말아. ……이번 사건은 어디서나 흔히 볼 수 있는 흉계에 지나지 않아. 섣부른 속임수와도 같은 교활함이야. 그런데 그게 나약하고 힘없는 사람을 희생으로 하고 있기에 나는 화가 났었어. 오늘처럼 화가 났던 적은 없었을지도 몰라. 그래서 조금 전까지만 해도 아주 매몰찬 방법으로 마무리를 지어야겠다고 생각하고 있었어."

그리고 서장님은 두 팔꿈치를 테이블 위에 놓고 두 손 사이에 얼굴을 끼운 채로 한동안 말이 없었습니다. '흉계' 등과 같은 고풍스러운 표현과 '나는 화났다.'는 등의 말이 마치 중학생처럼 들려서, 실례인 줄은 알지만 저는 웃고 싶어졌을 정도였습니다. 그러나 그때 서장님의 머릿

---

13) 検非違使. 예전에 비위를 감찰하기 위해 설치한 벼슬(검찰 · 경찰 · 재판업무를 겸했다.

속에서는 최고의 '마무리'가 계획되고 있었습니다. 사람을 사랑하는, 우리가 상상하는 것 이상으로 깊이 사람을 사랑하는 서장님에게는 언제나처럼 사건의 처리보다, 관계자를 사건에서 구하는 것이 진작부터 중요한 문제가 되어 있었던 것입니다.

"대가는 이미 치렀어." 잠시 후 서장님은 이렇게 중얼거렸습니다. "그만큼의 것은 얻지 않으면 안 돼. 대가에 값하는 만큼의 것은 말이지."

3시 무렵이었을 겁니다. 서장님은, "어시장에 다녀오겠네."라고 말한 뒤 혼자서 어딘가로 나갔습니다. 돌아온 것은 5시 무렵이었습니다. 어시장은 예의 에두른 표현일 것임에 틀림없으며, 어디서 무엇을 하고 왔는지는 모르겠으나 어쨌든 계획대로 일이 잘 풀린 듯 기분이 완전히 좋아져서 평소의 밝고 느긋한 모습으로 돌아와 있었습니다.

"아오타 군은 꽤나 좋은 인물이더군."

"……아오타라고요?" 저는 조금도 알아듣지 못했습니다.

"고란샤의 주사(主事)말일세. 아오타 유사쿠 군."

"아아, 그 사람 말씀이십니까? 거기에 가셨었습니까?"

"내일 뭔가 맛있는 것이라도 먹으러 갈까 싶어서 말이지. 자네도 함께 가주었으면 하네. 그곳의 베네딕틴은 참으로 굉장하더군."

저는 말없이 서장님의 얼굴을 바라보았습니다.

이튿날 오전 11시 무렵, 서장님과 저는 사복으로 갈아입고 고란샤로 향했습니다. 아오타 유사쿠는 백년지기라도 맞아들이는 듯한 태도로 부지런히 서장님의 외투와 모자를 받아들었으며 뚝뚝 흘러내릴 것 같은 웃음으로 식당까지 안내해주었습니다.

## 7

식당은 200명의 회식에도 사용할 수 있을 만큼 널따란 곳으로, 정면에 스탠드바가 있으며 오른쪽에는 특별실 부스가 5개 늘어서 있었습니다. 그곳은 두껍고 어두운 색의 커튼이 입구를 막고 있어서 안에 있는 손님의 모습을 밖에서는 볼 수 없게 되어 있었습니다. 여자를 데리고 온 손님이나 방해를 받지 않고 마시거나 이야기를 나누고 싶은 손님을 위한 방일 것입니다. 아오타는 서장님과 저를 그 방 가운데 한 곳으로 안내했습니다.

"준비는 되어 있는가?"

"네, 전부 준비해두었습니다."

"시험해볼 필요는 없겠는가?"

"저희가 시험을 해보았습니다." 이렇게 말하고 옆방과의 칸막이 가장 안쪽에 해당하는 부분을 서장님께 보였습니다. "이곳을 이만큼 열어보았습니다만, 물론 눈치를 채지 못했으며 상당히 작은 목소리라도 선명하게 들렸습니다."

이 말을 듣고 바라보니 마호가니 칸막이의, 벽에 접한 부분이 3치(약 9㎝) 정도 열려 있었습니다. 서장님은 고개를 끄덕이며 손목시계를 보고,

"그럼, 이제 식사를 해보기로 할까."라고 말했습니다. ……채소와 함께 볶은 야생오리가 주된 요리였으며, 스프와 튀김류도 아주 맛있는 점심이 들어왔습니다. 저는 지금부터 무슨 일이 일어날까 하는 흥미와

호기심 때문에 차분하게 맛볼 여유를 가지고 있지 못했으나, 서장님은 제법 미식가인 양 적포도주를 따르기도 하고 백포도주를 마시기도 하며 참으로 맛있다는 듯 한 접시 한 접시를 즐겼습니다.

식후 커피를 마시고 나자 이른바 '굉장한' 베네딕틴이 나왔습니다. D·O·M이었습니다. 급사가 놓고 간 은쟁반 위에는 술병 외에 리큐르 글라스가 4개 놓여 있었습니다. 저는 서장님의 얼굴을 보았습니다. 그런데 그때 마침 아오타의 안내를 받으며 한 중로의 신사가 들어왔습니다. 키가 작고 단단하게 살이 쪘으며 눈이 날카롭고 하얀 콧수염을 기른, 매우 고집스럽게 보이는 용모였습니다. 서장님이 자리에서 일어나, "아아, 나카자와 씨, 어서 오십시오."라며 안쪽의 의자를 권했습니다. "자, 이쪽으로 앉으십시오." 신사는 저를 힐끗 한 번 보고 말없이 눈인사를 한 뒤 그 의자에 앉았습니다. 그는 나카자와 만자부로 씨였습니다. 그리고 서장님이 한마디 말을 건넸을 때 아오타가 비슷한 연배의 또 다른 신사 한 명을 안내해 들어왔습니다. ……이번에는 제법 키가 크고 안경을 꼈으며 신경질적으로 보이는 얼굴이었는데 애써 위엄을 지키려 하는 행동이 눈에 띄었습니다. 저는 그 사람이 시장인 오키하라 주조 씨라는 사실을 바로 알 수 있었습니다.

오키하라 씨는 부스 안을 한 번 둘러보자마자, "제가 방을 잘못 찾은 듯합니다."

이렇게 말하고 돌아가려 했습니다. 물론 거기에 있던 나카자와 씨를 보았기 때문일 것입니다. 그러자 서장님이, "아니, 여기입니다, 오키하라 씨."라고 조용히 말했습니다. 조용하기는 했으나 그 목소리에는 차가운 위압과 반대를 용납하지 않겠다는 듯한 엄격한 울림이 있었습니다.

"자, 이쪽으로 앉으시기 바랍니다. 이유는 곧 알게 될 겁니다. 자자."

오키하라 씨는 잠시 망설이는 것 같았으나 서장님의 태도에 압도당한 듯했습니다. 나카자와 씨 쪽으로는 눈길도 주지 않고 가장 안쪽의, 나카자와 씨와 마주보는 자리에 앉았습니다. 서장님은 4개의 잔에 술을 따라 스스로 모두의 앞으로 돌린 뒤, "우선 한마디만 해두도록 하겠습니다."라고 냉정하게 말했습니다.

"오늘 이렇게 모신 것은 저 혼자만의 생각으로, 오키하라 씨는 물론 나카자와 씨도 모르셨던 일입니다. 아마 두 분 모두 불쾌하게 여기시리라 생각합니다만 이는 단지 저의 취흥에서 마련한 자리가 아니라 반드시 두 분을 함께 모실 필요가 있었기 때문입니다. 어떤 이유에서인지는 곧……." 서장님은 손목시계를 보았습니다. "그렇습니다, 30분 이내로는 아시게 될 것입니다. 그때까지는 모쪼록 불쾌함을 참아주시기 바랍니다. 그리고 제가 부탁을 드리면 무슨 일이 있어도 침묵을 지켜주셨으면 합니다. 두 분께는 매우 뜻밖의 일이 일어나리라 여겨집니다만, 말없이 끝까지 보아주셨으면 합니다. 이것만은 부탁드리도록 하겠습니다."

그리고 비로소 평소의 말투로 돌아가, "어떻습니까, 이 놈은 꽤 괜찮지 않습니까? 아페리티프 삼아서 드셔보시기 바랍니다." 상냥하게 이렇게 권했습니다. ……절교 상태에 있는 두 사람을 한 자리에 불렀다는 사실만으로도 상당히 당황스러운 일이었는데, 지금부터 다시 무슨 일인가가 시작될 것이라는 말을 들었기에 저의 호기심은 더욱 강해질 뿐이었습니다. 오키하라 씨와 나카자와 씨도 마찬가지였을 겁니다. 잔에는 형식적으로만 입을 대며 서로를 무시한 채 가만히 '그때'가 오기를 기다리고 있는 듯했습니다.

20분쯤 지났을까, 커튼이 닫혀 있기에 모습은 보이지 않았으나 급사의 안내를 받아 옆 부스로 손님이 한 명 들어갔습니다. 서장님이 목소리를 낮추어, "말없이, 소리도 내지 말아주시기 바랍니다."라고 속삭였습니다. 나카자와 씨는 팔짱을 꼈으며, 오키하라 씨는 의자의 등받이에 몸을 기댔습니다. 저도 온몸의 신경을 귀에 집중시키고 마른침을 삼키며 옆방에서 들려오는 소리에 귀를 기울였습니다.

## 8

"네, 커피면 충분해요." 옆방에서 젊은 아가씨의 목소리가 들려왔습니다. "아직 저를 찾아온 사람은 아무도 없었나요?"

"네, 아직 아무도 오시지 않았습니다."

"오면 이쪽으로 부탁해요."

이런 대화가 뚜렷하게 들려왔습니다. 그리고 서장님이 불쑥 손을 내밀어 나카자와 씨의 팔을 잡았기에 깨달았습니다만, 씨는 커다란 눈을 둥그렇게 뜨고 의자에서 일어서려 하던 참이었습니다. 하지만 곧 침착함을 되찾아 다시 팔짱을 꼈습니다.

옆 부스에서 의자 삐걱거리는 소리와 커다란 한숨소리가 몇 번이고 들려왔습니다. 매우 초조해하는 것 같은 느낌이었습니다. 잠시 후 급사가 커피를 가져왔으나 거기에는 손도 대지 않는 듯했으며, 여전히 일어섰다 앉았다 하는 소리가 계속 들려왔습니다.

이렇게 다시 20분쯤 흘렀을까, 마침내 급사의 안내로 새로운 손님이 들어온 듯했습니다. 급사가 나갈 때까지 아무런 말도 하지 않았으며, 그로부터 20초 정도 숨이 막힐 것 같은 침묵이 이어졌습니다. 젊은 사람의 지나친 상상력 때문이었는지, 제게는 옆 부스에서 서로를 격렬하게 포옹하고 있는 남녀의 모습이 보이는 듯했습니다.

"이런 곳에서 만나서, 너 괜찮겠어?" 젊은 남자가 이렇게 말했습니다. "만약 누군가의 눈에 띄기라도 하면……."

이번에는 오키하라 씨가 의자에서 거의 몸을 일으켰습니다. 하지만 서장님이 재빠르게 그를 제지하여 조용히 자리에 앉게 했을 때 옆방에서 다음과 같은 대화가 들려왔습니다.

"그렇게 생각하기는 했지만 다른 적당한 장소도 없고, 당신이 급하다고 하시기에……."

"내가 급하다고 했다니, 뭐가 급하다는 거지?"

"어머, 이거 말이에요." 이렇게 말함과 동시에 테이블 위에 무엇인가 꺼내놓는 소리가 들렸습니다. "그 목걸이만큼은 안 될지 몰라도 어쨌든 이걸 가져왔어요. 어머니 몰래 가져와야 했기에 한꺼번에 가져올 수는 없었어요."

"이게……, 이게 어떻게 된 일이지?"

"어떻게 된 일이라니요?"

"어째서 이런 걸 가지고 온 거야? 나는 정말 영문을 모르겠어. 대체 무엇 때문에."

"하지만 다다오 씨, 당신이 어제……."

"내가 어제 어쨌다는 거지?"

"아아."라는 아가씨의 공포에 잠긴 목소리가 들려왔습니다. "당신이 아니었군요. 다다오 씨가 아니었던 거예요. 아아, 이를 어쩌지?"

"유미코, 뭔가 일이 잘못된 거야?"

"저희 들키고 말았어요." 아가씨의 목소리는 가엾을 정도로 흥분되어 있었습니다. "누군가가 우리들이 한 일을 눈치 챈 거예요. 분명해요. 그런데 누굴까요, 대체 누굴까요?"

그때였습니다. 서장님이 조용히 일어나 구두소리를 죽여가며 밖으로 나갔습니다. 그리고 아가씨의 질문에 답하듯, "그건 저입니다, 아가씨." 이렇게 말하며 옆 부스로 들어가는 소리가 들려왔습니다. 물론 청년은 오키하라 다다오, 아가씨는 나카자와 유미코였습니다. 저는 오키하라 씨와 나카자와 씨를 지켜보며 가만히 옆 부스의 대화에 귀를 기울였습니다.

"당신은 누구지?" 다다오 군의 목소리였습니다. "허락도 없이 남의 자리에 들어오다니 무례하잖아. 당장 나가."

"이야기를 간단히 하기 위해서 말씀드리겠습니다. 저는 이 시의 경찰본서장인 고도 산쇼라는 사람입니다. 잠깐 개인적으로 할 얘기가 있어서 실례를 했습니다. 개인적이라는 것은 물론 당신들에 관해서라는 의미입니다. 두 분 모두 의자에 앉아주셨으면 합니다." 경찰서장이라는 말이 결정적이었던 듯했습니다. 두 사람이 의자에 앉은 듯했습니다. 서장님은 바로 뒤이어 이렇게 말했습니다.

"제가 여기에 왔다는 것만으로도 당신들은 이야기의 내용을 깨달으셨으리라 생각합니다. 하지만 일에는 순서가 있으니 일단은 제 말을 들어주시기 바랍니다. 문제는 나카자와 씨의 집에서 진주목걸이를 도둑맞은 건입니다. ……지금까지의 경과로는 오스기라는 하녀의 고리짝 속에서 그 목걸이의 진주 가운데 한 알이 나왔기에 오스기가 훔친 것처럼 되어 있습니다. 물론 이는 거짓말로 목걸이는 전혀 다른 사람의 손에 있습니다. 분명하게 말하자면 유미코 씨의 손을 거쳐서 다다오 씨의 손에 건네졌을 겁니다."

이때 오키하라, 나카자와 두 사람은 크게 경악했습니다.

"여기에는 그럴 필요가 있었던 겁니다. 말하자면 다다오 군이 목걸이를 처분할 때까지 다른 사람이 의심을 받게 할 필요가. ……저도 그 점은 알고 있으며 동정할 만한 부분도 있다고 생각합니다. 하지만 아가씨, 당신은 어째서 그 대상으로 몸종을 고른 거죠? 당신 입장에서는 가장 가깝고 또 이용하기도 쉬웠기 때문일 테지요. 하지만 오스기는 나약한 사람입니다. 당신들에게는 명문가라는 권력과 부가 있습니다. 설령 이번 잘못이 드러난다 할지라도 나카자와 가, 오키하라 가라는 집안이 힘을 발휘하여 신문에도 싣지 못하게 할 것이며 세상에도 알려지지 않을 것입니다. 그냥 어둠 속에 묻혀버리고 말 것입니다. ……하지만 오스기에게 그러한 비호는 어디서도 찾아볼 수 없습니다. 나중에 혐의가 풀린다 할지라도 단지 경찰의 유치소에 들어갔었다는 사실 때문에 평생 씻을 수 없는 상처를 받게 될 사람입니다. 가난한 사람들은 가엾을 정도로 힘이 없습니다. 당신들은 그처럼 가엾은 사람을 희생양으로 삼았습니다. 그리고 당신들 두 사람의 행복을 설계했습니다. 하지만 그것으로 행복을 얻을 수 있다고 생각하십니까?"

## 9

"행복은 다른 사람의 희생으로 얻을 수 있는 게 아닙니다." 서장님은 이렇게 말을 이었습니다. "그것 때문에 누군가가 불행해지고 희생을 당해야 하는 행복은 그것만으로도 곧 무너져버리고 맙니다. 저는 당신들을 동정하고 싶지만, 그 나약하고 힘이 없는 몸종을 이용했다는 점 때문에 도저히 동정을 하거나 용서를 하고 싶은 마음이 들지 않습니다. 다다오 군, 유미코 양. 어디 한번 설명을 해보시기 바랍니다. 무슨 일이 있어도 오스기를 이용하지 않으면 안 되었는지, 그 이유를 제게 설명해 주시기 바랍니다. 그에 따라서는 당신들이 명문가의 자녀들이라 할지라도 저는 결단코 이번 사건을."

"잠깐, 제가 전부 말씀드리겠습니다." 다다오 군의 비명과도 같은 목소리가 들려왔습니다. "전부 제 잘못입니다. 유미코 씨에게는 죄가 없습니다. 제 책임입니다."

"아니요, 잘못한 건 저예요. 다다오 씨는 아무것도 몰라요. 전부 제가……."

"우선 다다오 군의 설명을 듣기로 하겠습니다."

"이렇게 된 것입니다." 덜컹 의자 소리가 난 것은 아마도 다다오 군이 일어섰기 때문일 것입니다. 그에 이어서 울먹이는 듯한 투의 절박한 목소리가 들려왔습니다. "저희는 도쿄의 학교에 있을 때부터, …… 사랑하는 사이였습니다. 이렇게 말하는 것을 용서해주시기 바랍니다. 정말 진심으로 사랑했으며 장래를 약속했습니다. 그런데 유미코 씨의 급우 가운데 한 명이 기숙하고 있던 집의 주인과 스캔들을 일으켰고 그것이 계기가 되어 저희들의 일도 한 일류 신문에 실리게 되었습니다.

밑도 끝도 없는 내용이라기보다는 추하게 일그러진, 악의를 품고 쓴 기사였습니다. ……그 일로 유미코 씨는 음악학교를 중간에서 그만두었는데 이 사건이 저희 아버지와 유미코 씨의 아버님을 노하게 만들었고 그것이 시장선거와 뒤얽혀 나카자와 씨와 오키하라는 철저하게 절교 상태가 되어버리고 말았습니다. ……저희의 장래는 절망적이었습니다. 아무리 생각해봐도 두 사람은 결혼을 허락받을 수 있을 것 같지 않았습니다. 하지만 그렇게 포기하기에 저희들은 이미 정신적으로나 육체적으로나 너무 깊은 사이가 되어 있었습니다. ……방법을 생각해 내지 않으면 안 된다, 어떤 어려움을 물리치고서라도 두 사람이 결혼하기 위해서. ……그러기 위해서는 제가 생활의 토대를 만들 필요가 있었습니다. 그렇게만 한다면 집을 나와서라도 결혼할 수 있을 테니. 저는 조바심을 쳤습니다. 그러다,"

"그러다 주식에 손을 댔지요?" 입을 다물어버린 청년의 말을 재촉하듯 서장님이 낮은 목소리로 이렇게 말했습니다.

"그렇습니다. 속았다는 사실은 나중에 알게 되었습니다. 그렇게 해서 제 힘으로는 도저히 감당할 수 없는 거액의 빚이 생기게 되었습니다."

"목걸이는 제가 드린 거예요." 유미코 양이 더는 듣고만 있을 수 없다는 투로 말했습니다. "다다오 씨는 받지 않겠다고 말했지만, 기일까지 돈을 넣지 않으면 중개인이 아버님을 찾아가겠다고 말했어요. 저도 다른 생각은 할 겨를이 없었어요. 그저 이 발등의 불을 끄기만 하면 된다고 생각하여 다다오 씨에게 억지로 목걸이를 받게 했어요. 다른 것은 돌아볼 여유도 없었어요, 아무것도……. 오스기가 경찰에

끌려가고 난 뒤에야 비로소 저는 제가 한 짓의 무시무시함을 깨닫게 되었어요. 며칠 밤이고 며칠 밤이고 잠도 자지 못한 채 울며 마음속으로 오스기에게 사과를 했어요. 하지만 도저히……."

유미코 양의 말은 거기서 격한 울음소리로 바뀌었습니다. 그것은 정말로 무엇인가가 찢어지는 것처럼 비통한 울음소리였습니다. ……서장님이 우리의 부스로 들어왔습니다. 그리고 나카자와 씨와 오키하라 씨에게, "자, 가보시기 바랍니다."라고 말하여 두 사람을 데리고 옆 부스로 돌아갔습니다. 물론 저도 뒤를 따라갔습니다. ……서로를 끌어안듯 하여 울고 있던 다다오 군과 유미코 양은 갑자기 모습을 드러낸 아버지들을 보고 몸을 떨며 의자에서 일어났습니다. 서장님이 두 아버지를 향해 두 사람의 모습을 가리키며 힘이 담긴 낮은 목소리로 이렇게 말했습니다.

"들으신 대로입니다. 오키하라 씨, 나카자와 씨, 당신들이 지금 무엇을 하셔야 하는지는 잘 알고 계시겠지요?"

두 아버지는 서장님 앞에서 머리를 숙였습니다. 그러다 나카자와 만자부로 씨가 바로 결연하게 얼굴을 들고 오키하라 씨 쪽으로 걸어가 손을 내밀었습니다. 오키하라 씨는 그것을 두 손으로 맞아들였습니다. 그와 동시였습니다. "다다오 씨."라는 외침과 함께 유미코 양이 울며 청년의 가슴에 안겨든 것은. 이번에는 기쁨으로 떨리는 울음소리를 올리며. ……서장님은 천천히 크게 고개를 끄덕였습니다.

"이것으로 됐습니다. 두 집안의 행복을 빌며 저는 이만 물러나도록 하겠습니다. 단, 한 가지 두 집안의 행복을 굳건한 것으로 하기 위해서 제게 한 가지 청이 있습니다. 몸종인 오스기에게는 약혼자가 있는데,

그가 창호가게를 여는 것과 동시에 결혼을 하기로 약속했다고 합니다. 모쪼록 두 집안에서 두 사람을 후원해주셨으면 합니다. 돈은 안 됩니다. 돈에 대한 가난한 사람들의 생각만큼 결벽한 것도 없으니. 그 외의 다른 방법으로 원조를 해주시기 바랍니다. ……이것으로 저는 실례하겠습니다만, 저기에 4인분의 식사를 준비해달라고 말해놓았으니 여러분께서 천천히 드시기 바랍니다. 아무런 걱정도 마시고. this time it's on the house."

그리고 서장님과 저는 그곳에서 나왔습니다. ……미리 말을 해두었던 듯합니다. 기다리고 있던 자동차로 고란샤를 출발하자마자 저는 바로, "마치 연극의 네 번째 막 같다는 느낌이 듭니다만, 대체 어떻게 해서 그런 장면을 연출할 수 있었던 것입니까?"라고 물어보았습니다. 서장님은 흥하고 코를 울린 뒤 상의의 속주머니에서 종잇조각 하나를 꺼내 건네주었습니다.

"시작은 이거였네."라고 말했습니다. 거기에는 연필로 마구 흘려 쓴 글씨로,

〈목걸이는 팔리지 않으니 다른 물건을 급히 마련해주십시오.〉

이렇게 적혀 있었으며, 그 아래에 펜으로 쓴 여자의 글씨가 있었는데 그것도 상당히 급하게 쓴 필체로,

〈내일 오후 2시, 고란샤 특별실에서, 유〉

라고 적혀 있었습니다.

"앞의 연필로 쓴 것은 서장님의 글씨 아닙니까."

"그때 오스기의 동생에게 들려 보낸 것이 그걸세." 서장님이 천천히 따분하다는 듯 말했습니다. "한번 시도해볼 만한 일이다 싶어서 말이

지. 나는 아가씨가 한 일이라고 직감하고 있었으니까. ……오후 2시 고란샤, 이 7글자로 모든 일이 해결된 셈이야."

서장님은 배 위에서 깍지를 끼고 뒤쪽으로 몸을 기대며 눈을 감았습니다.

"오스기는 눈치를 채고 있었어, 그 아이에게도 사랑하는 사람이 있기에. 사랑을 아는 자의 민감함으로 아가씨의 괴로운 사랑을 눈치 채고 있었던 거야. 그랬기에 알고 있었으면서도 말을 하지 못했던 거지. ……오스기야말로 참된 진주알이야."

말을 마치자마자 우리의 잠꾸러기 서장님은 기분 좋다는 듯 가볍게 쿨쿨 숨소리를 내며 바로 잠들어버리고 말았습니다.

## 신생좌 사건
## 新生座事件

1

지금 도쿄의 신극계에서 가장 주목받고 있는 극단 가운데 '신생좌(新生座)' 라는 곳이 있지 않습니까. 자신들의 소극장을 가지고 있고 스태프들도 모두 뛰어나며, 레퍼토리도 탄탄하고 청신해서 좋은 쪽으로든 나쁜 쪽으로든 늘 문제가 되는 것을 끌어안고 있고, 무엇보다 강한 단결과 상호신뢰의 힘으로 지금은 확고부동하고 당당한 존재가 되어 있다고 합니다. 몰리에르[14]를 공연하기도 하고, 구보타 만타로[15]를 공연하기도 하고, 드 퀴렐[16] 이후에는 지카마쓰[17]의 새로운 상연에 성공을 거두는 식이었기에 일부 비평가들의 반감은 피할 수 없는 것이겠지만, 계몽시대를 막 벗어난 신극계에서는 누가 뭐래도 상당한 인정을 받는 것도 부당한 일은 아니라 여겨집니다. ……제가

14) Moliere(1622~1673). 프랑스의 극작가, 배우. 성격희극으로 유명하다.
15) 久保田万太郎(1889~1963). 소설가, 극작가. 도쿄 서민들의 생활과 정서를 묘사했다.
16) de Curel(1854~1928). 프랑스의 극작가.
17) 近松 지카마쓰 몬자에몬(1653~1725). 인형극 및 가부키 작가.

이런 말을 하면 틀림없이 같잖다고 생각하실 테지만, 우리 시는 신기하게도 연극계와 깊은 인연이 있습니다. 언제부턴가 "그 시에서 공연하여 성공을 거두면, 극단으로서 당당히 설 수 있다."는 말까지 돌기 시작했으며 지금도 흥행사들 사이에서는 상당히 유명한 말이라고 합니다. 아마도 우연의 결과가 몇 번인가 모여 운수를 중히 여기는 사람들이 그런 말을 하기 시작한 것이라 여겨지지만, 한편으로는 우리 시의 각 계급 모두가 연극에 상당한 흥미와 감식안을 가지고 있는 것도 사실이며, 그에 대한 단적인 발로 가운데 하나로 관대한 검열제가 있습니다. 도쿄나 오사카는 물론 다른 도시에서는 상연금지 처분을 받은 것이 우리 시에서는 허가를 받는 예가 적지 않습니다. 사상적인 작품에 대해서도 상당히 관대하며, 명백하게 풍속을 어지럽히는 것이 아닌 한 그랑기뇰[18]풍의 잔학극에 가까운 작품도 몇 번인가 상연된 적이 있었습니다. 워낙 '그곳은 연극의 자유시다.'라는 말이 있었을 정도였으니.

신생좌가 우리 시에서 처음 공연했을 때의 소동은 지금도 잊을 수가 없습니다. 열흘 동안의 공연 내내 객석과 배우들의 대기실에는 사복경관이 매일 10명씩 임검했을 뿐만 아니라, 신문에서는 사회면의 톱기사로 〈무대 위의 살인?〉이라거나 〈공포의 연극〉이라는 기사를 대문짝만하게 써댔기에 시의 모든 이목이 시립극장으로 쏠렸다고 해도 좋았을 정도였습니다.

옛 성터 공원의 벚꽃이 피기 시작할 것 같은, 전원의 작은 강과

---

18) grand guignol. 살인이나 강간, 유령 따위를 통해 관객에게 공포와 전율을 느끼게 하는 연극. 19세기 말 멜로드라마풍의 공포극을 상연한 프랑스의 극장 이름에서 유래했다.

논도랑 등에 산란을 위해 물을 거슬러 올라가는 붕어를 노리고 낚싯대가 늘어서는 그런 계절이 되었을 때의 어느 날, 서장님에게 온 우편물 가운데 1통의 묘한 편지가 섞여 있는 것이 보였습니다. 봉투에 친전(親展)이라고 적힌 것 외에는 제가 대충 훑어본 뒤, 필요하다고 판단되는 것만 서장님께 전해드리도록 되어 있었는데, 그때는 문면이 너무나도 이상했기에 서장님께 건네드려야 할지 그냥 빼놓아야 할지 약간 망설였습니다. 그도 그럴 것이 받는 사람으로는 단지 '서장님'이라고만 적혀 있었으며, 보내는 사람도 '미쓰(みつ)'라고만 되어 있었기 때문이었습니다. 게다가 편지의 내용이, 잠깐만 기다려주십시오. 이번 이야기에 관해서는 두어 가지 자료가 있습니다. ……금방 가지고 올 테니.

아아, 이겁니다. <살려주세요.> 다짜고짜 이렇게 시작되었습니다. <저는 살해를 당하려 하고 있습니다. 바로 와서 살려주시기 바랍니다. 하지만 편지를 보낸 것은 비밀로 해주시기 바랍니다. 그렇게 해주시지 않으시면…….> 그리고 마지막에 <신생좌 미쓰>라고 적혀 있었습니다. 매우 급하게 서두른 듯 수첩을 찢어 연필로 흘려 쓴 것이었습니다. 너무 큰 소리는 소리처럼 들리지 않는다고 합니다만, 내용이 너무나도 이상했기에 저로서는 아무래도 믿을 수 없다는 기분이 강하게 들었습니다. 그리고 거의 묵살해버릴 생각으로 있었는데, 그때 마침 마이아사 신문의 기자인 아오노 쇼스케(青野庄助)라는 청년이 방을 엿보았습니다.

"영감님은 안 계신가?"

"아니, 계셔." 제가 턱으로 가리켰습니다.

"평소와 다름없으신가?" 그가 모자를 뒤로 젖히며 들어왔습니다.

"영감님이 졸고만 계시기에 세상도 잠들어버리고 말았어. 이렇게 평온무사해서야 사회부 기자는 장사를 해먹을 수가 없어. 뭐 좀 없는가?"

아오노와는 친하게 지내고 있었으며 정의감 강하고 신뢰할 수 있는 사내였기에 저는 문득 그 편지를 꺼내서 보여주었습니다. 그는 탁자에 앉아 흥하고 코를 울리며 거듭 읽다가, "신생좌라면 내일부터 시립극장에서 공연을 시작하는 극단이잖아." 이렇게 중얼거린 순간 그의 눈이 반짝였습니다. "이거 가져가도 돼?"

"무슨 소리야? 지금 막 온 거라고."

"하지만 어차피 쓰레기통으로 들어갈 거 아니야?"

"그건 내가 결정할 일이 아니야."

"나한테 맡겨줘." 그는 탁자에서 뛰어내렸습니다. "탐방 결과에 따라서는 연락을 취할게. 양심 없이 특종기사로 다루는 짓은 결코 하지 않을 테니, 부탁이야."

신문기자의 제6감이라는 것이 어떤 것인지 저는 잘 알고 있었습니다. 그는 무엇인가를 느낀 것입니다. 그것이 저를 오히려 더 신중하게 만들었습니다. 제가 거절하자 그는 그 편지를 들고, "알았어. 그렇다면 영감님하고 직접 담판을 짓도록 하지." 이렇게 말하고 서장실로 들어갔습니다. ……제가 우편물 정리를 마치고 의자에서 일어섰을 때였습니다. 아오노가 모자를 움켜쥔 채 뛰쳐나와서는 아주 험악한 표정으로, "썩을, 잠꾸러기 서장놈."하고 외쳤습니다.

"기면성 뇌염에라도 걸려서 개한테 물려버려라." 그리고 있는 힘껏 문을 밀치더니 밖으로 나가버리고 말았습니다.

## 2

관사로 돌아가 저녁식사를 마치고 난 뒤였습니다. 서장님이 양복으로 갈아입으며, "신극의 배우라는 자와 만나볼 마음은 없는가?"라고 말했습니다. 저는 바로 아침의 편지를 떠올렸습니다.

"아니, 그런 의미는 아니야." 서장님은 머리를 흔들었습니다. "그 극단에 아는 사람이 있어. 가도야 사다오(角谷貞夫)라고 말이지, 아마도 와 있을 거라 생각하네만……."

저도 바로 일어나 옷을 갈아입었습니다.

"신생좌는 꽤나 고투를 벌여온 극단이야." 관사에서 나오자 서장님이 한숨을 내쉬는 듯한 투로 이렇게 말했습니다. "신극계에서는 개척자라고도 할 수 있으며, 시류에 야합하지 않고 올바른 연극정신을 지킨다는 점에서는 매우 드문 존재일세. 참으로 가치 있는 것이 대접을 받는 시대라면 제1류로 주목도 받고 보답도 받았을 걸세. 그러나 슬프게도 일본에서는 관객도 그렇고 비평가도 그렇고 신기한 것을 좇기에만 급급해서 착실하게 정도를 걷는 우직한 일에는 쉽게 질려버리고 말아. 경영은 넉넉해지지 않고 일은 어디까지나 연구적이야. 그렇기에 젊은 이들은 약간 활약하게 되어 인기를 얻으면 성에 차지 않아서 뛰쳐나가 버리고 마네. 좀 더 수입이 좋고 세상의 평판이 좋은 화려한 극단으로. ……좋지 않은 일도 종종 있었지. 질이 좋지 않은 흥행사에게 걸려든 적도 여러 번 있었어. 관객이 없어서 반년이나 쉬기도 하고, 몇 번이고 주연 여배우를 다른 곳에 빼앗기기도 하고. ……하지만 처음부터 몸을 담았던 간부들은 끝까지 버텼어. 그야말로 악전고투였다고 할 수 있지."

"아주 자세히 알고 계시네요, 서장님."

"나 말인가?" 서장님이 거북하다는 듯한 눈을 했습니다. "아아, 경찰청에서 검열을 하던 때부터 알고 지냈었네."

"서장님께서 지금 여기에 계시다는 사실을 알고 있습니까?"

"모르겠지." 이렇게 말하고 서장님은 머리를 흔들었습니다. "신생좌가 여기에 온 것은, 여기서 어느 정도 인기를 얻어보겠다는 생각일 게야. 모쪼록 성공을 해주었으면 좋겠는데 뚜껑을 열기도 전부터 이런 불길한 일이 일어나서야, 원……."

역시 그랬군, 서장님의 머릿속에는 그 문제의 편지가 있었던 거야, 저는 이렇게 생각함과 동시에 신생좌에 대한 서장님의 호의가 이번에도 좋은 결실을 맺어주기를 기도했습니다. ……극단 사람들은 사카에마치 5번가의 요시다야(吉田屋)라는, 3류쯤 되는 여관에 묵고 있었습니다. 이름만 전해달라고 했기에 단지 극단을 좋아해서 찾아온 손님이라고 생각한 것일 테지만, 마주보고 앉아서도 서장님이 "날세."라고 말하기 전까지 상대방은 알아보지 못했습니다.

"이거 참 기이한 인연입니다." 가도야 사다오라는 사내의 얼굴이 순간 반짝이기 시작했습니다. "고도 씨가 계실 줄은 생각지도 못했습니다. 이건 좋은 징조입니다. 우선 건배를 할 수 있게 해주십시오."

"그럼, 이걸로 부탁하네." 서장님이 준비해온 봉투를 건네주었습니다. "아니, 사양할 정도의 것도 아닐세. 어차피 후원을 해줄 만큼은 되지도 못하니. 그저 축하의 마음을 전하는 것뿐일세."

승강이가 있었습니다.

"그럼 받기로 하겠습니다. 하지만 미리 말씀드리겠는데 이번의 개막극은 쿠르틀리누[19]의 「사람 좋은 서장님」입니다."

"그걸 먼저 물어볼 걸 그랬군."

모두가 기분 좋게 웃었습니다.

널따란 방에 자리가 마련되어 18명의 단원이 늘어앉았고 간단한 안주의 술상과 맥주, 포도주, 사이다가 나왔습니다. 다섯 명의 간부들은 서장님과 친분이 있었으나 다른 단원들은 첫 대면인 사람들이 많았기에 단장 격인 가도야가 한 사람씩 소개를 해주었습니다. 저는 그때 여배우의 이름에 주의를 기울였는데 하가와 미쓰코(葉川美津子)라는 사람이 한 명 있을 뿐, 그 외에 '미쓰'라는 것에 부합하는 이름은 없었습니다. 그런데 하가와 미쓰코는 벌써 서른 살이 넘었을 것이라 여겨졌으며, 거뭇한 피부에 매우 활달하고 평범한 용모의 여자였기에 도무지 그런 편지를 보낼 성격으로는 보이지 않았습니다. 저는 기다리기로 했습니다. 조만간 어떤 형식으로든 본인이 그 존재라는 사실을 반드시 드러낼 것이라 믿고 있었기에. ……술잔이 돌자 추억담과 높다란 웃음소리가 떠들썩하게 울리기 시작했습니다. 모두 유쾌한 듯했습니다. 지적인 일을 하는 사람들 특유의 뛰어난 이해력으로 서로 해학을 던졌으며, 말장난과 가벼운 농담으로 흥이 무르익었습니다. 그러나 그들 가운데 그러한 분위기에는 녹아들지 못하고 남몰래 반감까지 품고 있는 것처럼 보이는 사람들이 있다는 사실을 저는 곧 깨닫게 되었습니다. 그것은 간부인 와타나베 겐이치(渡辺謙一)와 젊은 인기 배우라고 하

19) Courteline(1858~1929). 프랑스의 극작가, 소설가. 서민생활을 페이소스와 골계미 넘치는 간결한 문체로 희화화했다.

는 호시노 긴조(星野欣三), 그리고 아직 매우 젊은 여배우 가운데 한 명인 사타 레이코(佐多玲子) 세 사람이었습니다.

—저 세 사람에게는 분명히 무엇인가가 있어. 수수께끼는 반드시 저들 가운데 있어.

이런 생각이 들어 저는 남몰래 계속해서 감시를 했습니다. 서장님은 평소와 달리 좋은 기분으로 취했습니다. 그리고 잠시 후, "이 가운데 밋짱[20]이라고 불리는 사람이 있는가?"라고 커다란 목소리로 말했습니다. 저는 깜짝 놀라서 무심코 서장님의 얼굴을 훔쳐보았습니다.

"내 예전 애인의 이름이 미쓰였기에 같은 이름을 가진 사람에게는 반드시 경의를 표하기로 하고 있거든. 있으면 이쪽으로 와줘."

"네에, 제가 미쓰예요." 여배우 가운데 한 사람이 한쪽 손을 들었습니다. "본명을 하시모토 미쓰(橋本みつ)라고 해요."

"전 하야시 미쓰코(林三都子)예요."

"저는 오노 미쓰노(小野美津乃)라고 해요."

그러니까 3명이 있었던 것입니다. 그리고 오노 미쓰노가 아까부터 남몰래 감시하고 있던 사타 레이코의 본명이라는 사실을 알았기에 저는 갑자기 신경이 곤두섰습니다.

## 3

"그럼 하시모토 밋짱부터 이리로 와줘."

---

20) みっちゃん. '짱'은 사람을 친근하게 부를 때 이름이나 별명 뒤에 붙이는 말. '밋'은 '미쓰'의 줄임말.

서장님께서 이렇게 말하자 박수가 일었으며 그 여배우가 활달하게 일어나 다가갔습니다. 저는 세 사람쯤을 사이에 두고 앉아 있었기에 몸을 조금 앞으로 내밀 듯하여 귀를 기울였습니다. 서장님은 무엇을 마실지 묻고 사이다를 따라주며 빠르게 무엇인가를 속삭였습니다. 그러나 내용은 들리지 않았습니다. 하시모토 미쓰는 의아하다는 표정으로 서장님의 얼굴을 멍하니 바라볼 뿐이었습니다. 그것으로 충분했던 듯합니다. 서장님은 잔을 부딪힌 뒤, "하야시 밋짱."하고 다음 사람을 불렀습니다. 그런 다음 오노 미쓰노를. ……그러나 세 사람 모두 기대했던 반응은 전혀 보이지 않았던 듯, 서장님은 아주 김이 샌 모양이었습니다.

하지만 저는 보았습니다. 오노 미쓰노가 일어나 서장님께 다가가자 와타나베 겐이치와 호시노 긴조가 그녀의 모습을 가만히 지켜보았다는 사실을. 와타나베의 엉겨붙을 것 같은(독기가 느껴질 정도로) 눈빛과, 호시노의 불타오를 것처럼 무엇인가 한 가지 생각에 몰두하는 것 같은 눈빛을.

사람들과 함께 슈미트본[21]의 「거리의 아이」를 합창한 뒤, 서장님과 저는 그 여관에서 나왔습니다. 따뜻하고 으스름한 달빛이 황홀할 정도의 밤이었습니다. 술과 문예론, 우리들의 생활과는 거리가 먼 청춘의 꿈과 기쁨으로 가득했던 연회가 끝난 뒤, 이처럼 조용한 밤거리를 걷는다는 것은, 만약 마음에 걸리는 일이 아무것도 없었다면 참으로 즐거웠을 것입니다. 그러나 저는 곧 제가 관찰한 세 사람에 대해서 이야기를

21) Schmidtbonn(1876~1952). 독일의 시인, 소설가. 자연에 대한 친화감과 소박한 인간애를 그린 작품을 남겼다.

했습니다. 서장님은 말없이 듣고 있다가, "아무래도 단순한 일이 아니야."라고 중얼거리듯 말했습니다.

"어떤 아가씨가 편지를 보냈는지 떠보았지만 알아내지 못했어. 도움을 청할 정도였으니 뭔가 신호 정도는 보냈을 만도 한데. ……그것조차도 하지 못할 만큼의 사정이 있었던 걸까. 그도 아니라면, ……어쨌든 내일은 극장에 가보기로 하세."

서장님의 말대로였습니다. 살해당할 것 같으니 도와달라는 편지를 보냈으면서 찾아간 우리에게는 그런 기색을 보이는 자조차 없었습니다. 그 정도로 위험하다면 그 자리에서 '살려주세요.'라며 달려들 법도 합니다. 그렇다면 단순한 장난이었을까요? 아니, 저의 머릿속에는 그 세 사람의 이상한 태도가 들러붙어 있었습니다. 무엇인가 있다, 뭔가 사건이 일어나려 하고 있다, 그런 생각이 머릿속에서 도무지 떠나려 하지 않았습니다.

이튿날 저는 서장님을 따라서 신생좌의 공연을 보러 갔습니다. 시립극장은 그렇게 크지도 않고 오래 되었으며 조명과 그 밖의 설비 등도 좋지는 않지만, 영국풍의 튼튼하고 차분한 건물로 신극 상연 등에는 참으로 어울리는 분위기를 가지고 있습니다. 우리는 우선 대기실로 갔습니다. 그리고 간부들의 방으로 안내를 받았는데 들어서려는 순간 안에서 격렬하게 말다툼하는 소리가 들려왔기에 문가에서 발걸음을 멈췄습니다. 그만큼 다투는 목소리가 컸습니다. ……우리가 들어서자마자 와타나베 겐이치가 일그러진 듯한 냉소(이번에도 독기가 느껴질 정도의)를 흘리며 밖으로 나갔습니다. 가도야 사다오는 애써 태연한 척 우리를 맞아들였으나 크게 흥분한 것인지 손가락이 떨리고 있었으며, 자리에 있던 다른 간부들도 묘하게 불안한 듯했습니다.

"어젯밤에는 일부러 찾아와주시고 참으로 감사했습니다." 가도야는 이렇게 말하며 우리를 곧 복도로 데리고 나갔습니다. "이제 곧 시작될 테니 자리로 안내하겠습니다."

"……무슨 일 있었는가?"

"아니, 별 일 아닙니다." 서장님의 질문을 피하듯 그는 허둥지둥 이야기를 바꾸었습니다. "이번의 「배상」이라는 5막은 꼭 보시기 바랍니다. 창작극으로는 보기 드물게 심리를 깊은 곳까지 파고들어 묘사한 작품이니. 작가가 아직 젊고 독일의 근대극에 상당한 영향을 받기는 했으나, 어쨌든."

"그 희곡은 읽었네." 서장님이 이렇게 말을 가로막으며 대답했습니다. "『비극희극』의 1월호에 실려 있던 것을. 여자를 3명 살해하는 그것이지?"

"그렇습니다. 벌써 읽으셨습니까?"

"주인공은 아마도 이케다(池田)였나 그랬던 것 같은데, 누가 그 역을 맡지, 자넨가?"

"아니, 하루씩 교대를 합니다. 오늘 밤은 저입니다만 와타나베와 사토(佐藤)와 구라시마(倉島)와 이치키(一木), 이렇게 5명이서 번갈아가며 연기합니다. 살해당하는 여자 3명도 마찬가지입니다."

"다시 말해서 경연인 셈이군."

"모두의 연기력을 봐주었으면 한다는 의미입니다. 새로운 지역에서는 이것이 극단을 친근하게 만드는 가장 좋은 방법이라고 생각했기에."

대기실에서 무대 밑으로 내려갔다가 관객석으로 나선 우리는 2층으로 올라가 정면의 첫 번째 줄에 자리를 잡았습니다. 거기에는 신문기자 대여섯 명이 이미 자리를 잡고 있었는데, 낯익은 사람들이 우리에게 인사를 했습니다. 그 가운데 마이아사의 아오노도 있었습니다만, 그는 몸을 웅크려 저와 서장님의 눈에서 벗어나고 싶어 하는 사람처럼 보였습니다. 사회부 전문기자가 연극 첫날에 모습을 드러냈다, 더구나 어제 그 편지의 일이 있었기에 저는 그의 의도를 바로 간파할 수 있었으며 우리에게 모습을 보이고 싶어 하지 않는 마음도 이해할 수 있었기에 쓴웃음을 지음과 동시에 저도 긴장이 되는 것을 느꼈습니다.

## 4

관객은 그리 많지 않았습니다. 첫 번째 공연인 「사람 좋은 서장님」의 개막까지 간신히 4할 정도라는 한심한 상황이었습니다. 그 단막극은 잘 아시는 것처럼 사람 좋은 경찰서장이 여러 인물들에게 농락당하다 마지막에는 정신이상자 때문에 석탄창고에 갇혀버리고 만다는 프랑스류의 익살과 해학으로 넘쳐나는 작품으로, 호시노 긴조가 서장을 연기했습니다. 누가 뭐래도 경찰서장이라는 사람이 호되게 당하는 연극이었고 여기에는 '잠꾸러기 서장님'이 있었기에, 신문기자들의 기쁨은 이만저만한 것이 아니었으며 막이 내려가자 일제히 박수와 함께 얼굴을 이쪽으로 돌려 껄껄 웃었습니다.

「배상」 5막은 무지근하고 어두운 연극이었습니다. 한 실험의학 연구소에 다니는 청년 자산가가 평화롭고 즐거운 신혼생활을 보내고 있습니다. 어느 날 맹독이 든 병을 잘못 놓아둔 바람에 아내가 그것을 먹고 몸부림치다 목숨을 잃습니다. 5년쯤 지나서 사내는 전처의 여동생과 결혼합니다. 그런데 함께 생활을 시작함과 동시에 죽은 아내의 환영에 시달리게 됩니다. '잠재의식 속에서 동생을 원하고 있었기에 언니를 독살한 것이다.' 이런 망상에 사로잡힙니다. 두 번째 아내는 그를 도와 연구 쪽으로 마음을 돌리게 하기 위해 노력합니다. 어느 날, 아내와 사냥을 가기 위해 총을 살펴보던 중, 엽총이 갑자기 발사되어 아내가 즉사하고 맙니다. 10년 동안의 방랑생활, 주색, 도박, 그리고 세 번째 여자가 그를 구하려 합니다. 그러나 이번에도 망상과 환영이 그를 사로잡습니다. 죄악감이 「배상」을 요구합니다. 그는 세 번째 여자를 죽임으로 해서 배상을 하려 합니다. 그리고 침실에서 그것을 결행합니다. ……과실에 의한 2번의 우연한 살인은 그를 괴롭혔습니다. 그러나 계획적인 살인 후에는 그것이 법률에 의해 처벌받기에 오히려 망상에 시달리는 괴로움은 없었습니다. 선과 악, 양심과 법률, 이러한 문제들을 상당히 깊은 곳까지 파고들어 묘사했습니다.

그날 밤에는 주인공인 이케다 고이치(池田公一)를 가도야 사다오, 첫 번째 아내를 이치카와 아야메(市川あやめ), 두 번째 아내는 이름을 잊었으나 세 번째 여자를 하가와 미쓰코가 연기했습니다. 제1막의 독사와 제3막의 엽총 오발, 제5막의 침실에서의 살인, 이 세 장면의 연기는 박진감 넘치는 상당히 강렬한 것이었으나 안타깝게도 사람이 많지 않은 관객석에서는 반향이라고 할 만한 것이 보이지 않았습니다.

연극이 끝난 뒤 서장님은 저를 데리고 대기실로 가서 혼잡한 가운데서도 축하인사를 하며 돌아다녔습니다. 거기에 신문기자 두어 명도 찾아왔는데 그 가운데 아오노 쇼스케가 있다는 사실을 확인했을 뿐,

서장님과 저는 먼저 극장에서 나왔습니다.

"좋은 연극입니다만, 반응은 별로 좋지 않은 것 같습니다."

"자네는 연극을 보고 있었는가?" 서장님이 이렇게 반문했습니다. "그렇다면 틀림없이, ……그 일은 전혀 눈치 채지 못했겠군."

"그 일이라니, 무슨 일이 있었습니까?"

서장님은 대답하지 않았습니다.

"무슨 일이 있었습니까, 서장님?" 저는 이렇게 거듭 물었습니다. "말씀해주십시오. 대체 무슨 일이……."

"제3막일세." 서장님은 이렇게 불쑥 말했습니다. "그 엽총이 발사되는 장면일세."

저는 생각해보았습니다. 그러나 특별한 인상은 아무것도 받지 못했습니다. 그 이상은 물어도 답하지 않을 것이라는 사실은 명료했습니다. 관사로 돌아오기까지, 그리고 돌아와 잠자리에 든 뒤에도 서장님의 말과 제3막의 강렬한 총성이 저의 귀에서 떠나지 않았습니다.

이튿날 아침, 서에서 우편물 정리를 하고 있자니 예의 '미쓰'라는 여자 글씨의 편지가 또 와 있었습니다. 이번에는 그대로 서장님께 가져다드렸습니다.

"반드시 올 거라고 생각했어." 서장님이 중얼거리며 봉투를 뜯었습니다. "하지만……."

슥 훑어보고 무엇인가 뜻밖의 내용이라도 읽은 것처럼 잠시 편지를 바라보고 있다가 마침내 제게 편지를 건네주었습니다. 거기에는 다음과 같은 의미의 내용이 적혀 있었습니다. <앞서 드렸던 편지는 없었던 것으로 해주십시오. 제 일에 대해서는 상관하지 말아주십시오. 모두

착각이었습니다. 어젯밤에는 여관으로 찾아와주셨습니다만, 두 번 다시 그렇게는 하지 말아주시기 바랍니다. 제 일에는 상관 말아주시기를 간곡히 부탁드리겠습니다. 신생좌, 미쓰.> 이번에는 펜으로 또박또박 쓴 글씨였습니다.

"이건 무슨 의미입니까?"

"적혀 있는 대로이거나, 그 반대야." 서장님은 의자의 등받이에 머리를 댔습니다. "……의사는 환자보다 총명하지 않으면 안 돼."

"제게는 위험신호처럼 여겨집니다만."

"해볼 마음이 있다면 자네에게 맡기도록 하겠네."

"해보고 싶습니다. 적어도 눈에 띄는 세 사람은 찾아냈으니."

"섣부른 판단은 좋지 않아." 서장님이 가만히 저를 보았습니다. "상대방은 배우니까. 표정이네 몸짓이네 발성이네, 타인의 감정을 움직이는 여러 가지 무기를 가지고 있어. 조심하게."

저는 웃으며 머리를 숙였습니다. 그러나 아마도 확신은 없는 웃음이었을 것입니다. 서장님이 머리를 살짝 흔들며 이렇게 중얼거렸습니다.

"한낮에는 하늘을 올려다보아도 파란 하늘과 구름밖에 보이지 않지만, 깊은 우물 속에 들어가면 대낮에도 별을 볼 수가 있어. ……밤에는 나도 극장으로 가겠네. 오늘 밤에는 연극을 보러."

## 5

오후 3시에 저는 허락을 받아 서에서 나섰습니다. 그리고 시립극장 앞에 있는 '판정'이라는 요리점으로 들어가 마이아사 신문의 아오노에게 전화를 걸었습니다. 저는 그에게 조력을 구한 것이었습니다. 아오노 쇼스케는 바로 달려왔습니다. 맥주와 커틀릿을 주문한 뒤, 저는 우선 예의 편지를 보이고 그의 의견을 들어보았습니다.

"나도 위험신호라고 생각해." 그가 편지를 돌려주며 말했습니다. "사실은 나도 한번 슬쩍 떠보았거든. 그 극단에는 무엇인가가 있어. 분명히 무엇인가가 일어나려 하고 있어."

"슬쩍 떠보았다는 건 어젯밤 대기실에서였나?"

"아니, 여관에서 그제 인터뷰를 했어."

"그날에는 서장님과 나도 갔었어. 물론 밤이었지만."

"나는 오전 중에 갔었어. 주요한 배우들과 만났었는데 내부에 상당히 험악한 분위기가 있다는 사실을 느꼈어. 한 젊은 여배우를 둘러싸고."

"그 사람, 사타 레이코 아닌가?"

"응, 본명은 오노 미쓰노라는 아가씨야. 하지만 단순한 연애문제가 아니야. 극단 내부에 무엇인가 트러블이 있고 거기에 연애문제가 심각하게 얽힌 거야. 내게는 그렇게 보였어."

"그렇다면 이 편지의 주인은 결국 사타 레이코일까?"

"아직 모르겠어. 직접 만날 수 있으면 좋겠지만 극단에서 혼자서는 절대 밖으로 내보내지 않아."

"시도는 해보았는가?"

"가도야라는 단장과 교섭을 해보았어. 같이 밥을 먹고 싶다고 말이지. 하지만 단원은 남녀를 불문하고 혼자서는 외출할 수 없다는 답이었어. 그리고 실제로도 그랬고."

아오노는 여관 주위를 감시하기도 하고 여관의 여종업원들에게 물어보기도 하는 등, 상당히 열심히 탐색을 하고 있었습니다. 그에 의하면 신생좌에는 엄격한 규칙이 있는데, 원정공연 중에는 단독으로 외출하거나 손님의 부름에 응해서는 안 된다는 규칙이 굳게 지켜지고 있다, 따라서 이번과 같은 경우에도 당사자가 적극적으로 뛰쳐나오기라도 하지 않는 한 밖에서 동정을 살피기란 불가능에 가까운 일이라는 것이었습니다.

"그렇다면 역시 기다릴 수밖에 달리 방법이 없군."

"맞아." 아오노는 고개를 끄덕였습니다. "만약 지금 경찰이 손을 댄다 할지라도 아마 알아낼 수 있는 건 아무것도 없을 거야. 그런 점에 있어서는 참으로 빈틈이 없어."

"자네는 오늘 밤에도 연극을 보러 갈 생각인가?" 테이블 위에 나온 커틀릿으로 나이프를 가져가며 제가 물었습니다. "서장님은 가시겠다고 하셨네만……."

"물론 가야지. 문제는 그 무대에 있다고까지 생각하고 있으니까."

"어떤 의미에서……."

"어젯밤 「배상」의 세 번째 막에서," 이렇게 말하고 맥주를 죽 들이켠 그는, 갑자기 머리를 흔들며 말을 끊었습니다. "아니, 이건 아직 말하기 이른 것 같군. 어쨌든 그 무대는 주목할 만한 가치가 있어."

「배상」의 세 번째 막, 그것은 어젯밤에 서장님의 입을 통해서도 들은 말이었습니다. 아오노도 같은 말을 했으니, 눈치를 채지 못한 저의 어리석음은 별개로 하더라도, 무엇인가 있었던 것만은 틀림없는 사실인 듯했습니다. 저는 새삼스레 오늘밤의 연극이야말로 주의해서 보겠다고 다짐했습니다.

그날 밤에도 관객은 그렇게 많이 들어오지 않았습니다. 어쩌면 첫날보다 더 적었을지도 모르겠습니다. 배우들은 열성적이어서 관객의 숫자 따위는 염두에도 없는 듯 최선을 다해 연기를 펼쳤습니다만, 그것이 오히려 공허하게 느껴질 만큼 객석은 한산하기 짝이 없었습니다. ……아오노는 「배상」의 두 번째 막이 끝나자마자 서둘러 2층의 자리로 왔습니다.

"자네는 대기실에 가지 않았었지?" 그가 내 옆에 앉자마자 바로 이렇게 말했습니다. "나는 지금까지 있었어. 재미있는 사실을 하나 알아냈어."

"뭐지?" 저도 모르게 그 쪽으로 몸을 가져갔습니다.

"사타 레이코는 하가와 미쓰코의 딸이야."

"하지만 성이 다르잖아."

"아니, 하가와는 예명이고 본명은 오노 요코야. 그리고 트러블의 중심에 그 모녀가 있어. 나는 그렇게 생각해. 다른 얘기도 있지만 나중에 하기로 하지, 막이 올랐어."

문제의 세 번째 막이 올랐습니다. ……주인공인 이케다는 이치키 효에가 맡았으며 두 번째 아내를 사타 레이코가 맡았습니다. 저는 무슨 일이 일어나도 놓치지 않겠다는 듯 모든 주의를 기울여 무대를 바라보았으나, 좋은 각본과 훌륭한 연기에 이끌려 어젯밤과는 또 다른 의미에서 언제부턴가 연극에 몰두해버리고 말았습니다. 엽총이 잘못 발사되었을 때, 총성이 어젯밤만큼 크지 않았던 것처럼 여겨졌을 뿐, 결국은 이렇다 할 일도 없이 세 번째 막이 끝났습니다.

"사타 레이코의 지금 연기는 아주 좋았어." 복도로 나와 휴게실로 들어서며 아오노가 성급하게 말했습니다. "어젯밤의 배우와는 커다란 격차가 있어. 그녀는 굉장한 배우가 될 거야. 그런데, ……쳇, 극장의 커피는 왜 이렇게 맛이 없는 걸까?"

"오늘밤에도 세 번째 막에 뭔가가 있었는가?"

"아니, 없었어. 하지만 없었다는 사실이 어젯밤에 무엇인가가 있었다는 사실을 증명하고 있어. ……그 전에 하가와 모녀의 이야기를 계속하자면, 그 레이코를 중심으로 적어도 세 남자가 대립하고 있어."

## 6

"한 사람은 간부인 와타나베 겐이치지?" 제가 이렇게 말했습니다. "그리고 젊은 배우인 호시노 긴조. 나는 그렇게 봤는데."

"호시노는 틀림없어. 와타나베는 잘 모르겠지만 나루세 교타로(成瀬京太郎)와 요시오카 도사쿠(吉岡東作), 이 세 사람이 레이코를 둘러싸고 격렬한 다툼을 벌이고 있어. 자네가 본 와타나베 겐이치까지 넣는다면 네 사람이로군."

"레이코는 누구에게 호의를 품고 있지?"

"모르겠어. 오히려 누구에게도 호의를 품고 있지 않은 것처럼 여겨져. 그 아가씨는 연기도 잘하지만, 남자를 다루는 솜씨도 좋아. 그들을 잡아당기기도 하고 밀쳐내기도 하고, 기쁘게도 하고 실망시키기도 하고, 참으로 교묘하게 조종하고 있어. 물론 거기에는 어머니인 하가와가 참모로 관여하고 있는 듯하지만. 어쨌든 그 네 사람 말고도 하야마모녀에게 조종당하고 있는 사내가 꽤 있는 것 같아. 다시 말해서 신생좌의 암적인 존재라고 해도 좋을 거야. 하지만 어머니는 나이 든 역할을 맡는 여배우로는 훌륭한 솜씨를 가지고 있고, 딸 역시 지금 본 것처럼 군계일학이라고 할 수 있을 정도로 뛰어나. 모녀를 내쫓는다면 극단은 치명적인 타격을 입게 될 거야. ……비극이 일어난다고 한다면 이 점에 중심이 있을 거야."

"그럴 듯한 사회면 기사가 완성되었군." 우리 뒤에서 갑자기 이렇게 말하는 목소리가 들려왔습니다. "신문기자는 과연 눈과 귀가 빨라."

돌아보니 언제 온 것인지, 바로 뒤 테이블에서 우리의 잠꾸러기 서장님이 홍차를 마시고 있었습니다.

"하지만 기사화해서는 안 되네, 아오노 군." 서장님이 은화를 테이블 위에 놓으며 사람을 경시하는 듯한 투로 이렇게 말했습니다. "써서는 안 돼. 그렇지 않으면 자네는 후회를 하게 될 거야."

그리고 천천히 복도로 나갔습니다. 저는 아오노를 보았습니다. 그는 서장님의 뒷모습을 향해 주먹을 휘두르며, "음흉한 영감."이라고 작은 목소리로 화를 냈습니다.

"저 영감이 서장으로 온 뒤부터 경찰에 관한 기사는 중단된 상태야. 사건다운 사건에 대한 기사는 완전히 끊겨버리고 말았어. 하지만 이번만은 그렇게 되지 않을 거야. 두고 봐, 이번만은."

그의 말에 장단을 맞추기라도 하듯 잠시 후 뜻밖의 일이 벌어지고 말았습니다. 그것은 다섯 번째 막을 공연하던 중이었습니다. ……다섯 번째 막은 주인공인 이케다 고이치가 10년 동안의 방랑생활 끝에 세 번째 여성(하야시 미쓰코 분)에 의해 다시 일어서는데, 앞서도 이야기한 것과 같은 심리적 원인으로 침실에서 그녀를 살해한다는 줄거리입니다. 연기는 카타스트로피를 향해 점점 다가가고 있었습니다. 그리고 침실에서 오가던 남녀의 대화가 격렬해지더니 남자가 여자를 침대 위로 내던졌습니다. 여자가 비명을 지르자 남자는 그 위에 걸터앉아 침대 위에서 여자의 목을 쥐었습니다. 여자의 머리카락이 하얀 시트 위에서 바닥으로 떨어졌습니다. 남자가 여자의 목을 졸랐습니다.

여기까지 왔을 때였습니다. 아래층 관객석에서 갑자기 날카로운 여자의 목소리로, '안 돼요, 안 돼.' 라고 외치는 사람이 있었습니다.

"안 돼요. 여러분 말려주세요. 저 사람, 진짜로 죽일 거예요."

그것은 매우 날카롭고 힘껏 쥐어짜내는 듯한 외침이었습니다. 무대 위의 숨 막힐 것 같은 연기와 그 이상하고 날카로운 외침이 극장 안에 있던 사람들을 자극하여 섬뜩함을 느끼게 했습니다.

관객들은 의자에서 반쯤 일어나 외침이 들려온 곳이 아니라 무대 위로 일제히 주의를 기울였습니다.

두 배우의 연기도 일순 멈춘 듯했습니다. 그러나 그것은 아주 짧은 순간이었으며, 무대 위는 곧 암전되었고 장내에 밝은 전등이 켜졌습니다. 물론 관객들의 호기심이 그것으로 잦아들 리 없었습니다. 지금 막 어두워진 무대에서 과연 살인은 벌어지지 않았는지, 갑자기 소리를 지르기 시작한 여자는 누구인지, 모두가 각자의 의견과 상상을 주고받았기에 객석이 한동안 술렁였습니다.

장내가 밝아졌을 때 저는 아오노가 없어졌다는 사실을 알게 되었습니다. 서장님은 하고 돌아보니, 조금 떨어진 뒷자리에서 망연히 콧수염을 쓰다듬고 있었습니다. 저는 서둘러 복도로 나가려 했으나 서장님이 불러 세웠습니다.

"대기실로 가보겠습니다. 지금의 여배우가."

"앉아 있게." 서장님이 귀찮다는 듯 무대 쪽으로 턱을 까닥였습니다. "설명이 시작될 거야. 아무것도 걱정할 건 없어."

실제로 그때 암막 앞으로 스포트라이트를 받으며 가도야 사다오가 모습을 드러냈습니다. 그는 명백히 흥분해 있었으며, 그렇게 생각해서인지 목소리도 떨리고 있는 듯했습니다. 객석에서 박수가 일었으며 가도야가 말을 하기 시작했는데 매우 감정적이고 도전적인 목소리가 귀에 거슬렸습니다.

"소란을 피워서 죄송합니다. 조금 전의 외침은 연기를 방해할 목적으로 악의를 품고 친 장난 같습니다. 저희 극단에서 그와 같은 일은 결코 일어나지 않을 것입니다. 안타깝게도 장난을 친 사람을 붙잡지 못해서 무엇 때문에 방해를 하려 했던 것인지 판명하지는 못했으나 앞으로 그 어떤 악의 넘치는 방해를 받는다 할지라도 저희의 연극에 대한 정열은 부동의 것입니다. 모쪼록 공연 중, 여러분의 성원을 부탁드리겠습니다."

"어젯밤의 세 번째 막은 어떻게 된 거지?" 갑자기 2층 구석에서 부르짖은 사람이 있었습니다. "엽총에 탄환이 장전되어 있었잖아."

가도야는 입을 다물었으며 객석은 술렁이기 시작했습니다. 저는 소리가 난 쪽을 바로 돌아보았으나 거기에는 이미 누구의 모습도 보이지 않았습니다.

## 7

가도야는 다시 변명을 거듭한 뒤 물러났으나, 객석에는 석연치 않은 분위기가 짙어서 다섯 번째 막의 두 번째 장은 커다란 긴장 속에서 주목과 흥미를 받으며 공연되는 결과가 되었습니다. ……그 두 번째 장이 시작되자마자 아오노가 곧 자리로 돌아왔습니다. 그가 헉헉 가쁜 숨을 몰아쉬며 흥분한 목소리로 서장님에게 이렇게 말했습니다.

"내일 마이아사 신문을 꼭 봐주시기 바랍니다, 서장님. 그런 다음에 누가 후회하게 될지 정했으면 합니다. 저는 먼저 실례하겠습니다."

그런 다음 그는 복도로 뛰어나갔습니다.

"조금 전에 저쪽 구석에서 외친 것은 아오노 아니었습니까?" 저는 퍼뜩 그런 생각이 들었기에 서장님에게 이렇게 속삭였습니다. "그 목소리는 아무래도 아오노였다고 여겨집니다만."

"괜찮은 야유였지. 물론 그 사내였어."

"그렇다면 그건 사실입니까? 어젯밤 세 번째 막의 엽총에 총알이 장전되어 있었다는 것은?"

"내일 마이아사 신문을 보도록 하게. 아마도 내가 이야기하는 것보다 더 자세히 적혀 있을 테니. 단, 자세하다는 것뿐일 테지만……."

극장에서 벌어진 일과 이튿날의 기사가 우리 시 전체를 들끓게 만들었습니다. ……여기에 그 기사를 오려낸 것이 있습니다. 보시는 것처럼 사회면 톱에 초호활자[22]로 <무대 위의 살인>이라는 표제어를 뽑아 실었습니다. 차마 이름까지는 싣지 않았으나, <모 여배우를 둘러싼

22) 가장 큰 활자로 42포인트 정도 된다.

사랑의 분쟁〉이네, 〈간부 배우 사이의 질시, 반목〉이네, 〈과실을 가장한 무대 위의 모살〉이네, 선정적인 소제목이 붙어 있습니다.

요약해서 말씀드리자면 조금 전에 이야기했던, 하가와 모녀를 둘러싼 사랑의 경쟁, 연기상의 대립 때문에 생긴 간부 사이의 반목, 거기에 극단을 숙정하려는 양심파가 더해져 그것이 지금은 모 여배우를 중심으로 분규의 폭발점에 이르렀다. ……그리고 그 위험은 이미 현실화되었다. 「배상」의 세 번째 막에 엽총을 잘못 발사하여 아내를 즉사시키는 장면이 있다. 통상적으로 연극에서의 총소리는 무대 뒤에서 음향담당이 행한다. 첫날의 연극에서는 무대 뒤에서도 음향담당이 총성을 냈으나, 무대의 주인공이 가지고 있던 총에서도 굉장한 총성이 들렸다. ……엽총에 실탄은 아니나 공포탄이 장전되어 있었던 것이다. 기자는 무대의 배경화 일부가 희미하게 타는 것을 실제로 보았다. 만약 첫날의 관객 가운데 형안을 가진 인사가 있었다면 그때 무대 위의 두 배우가 커다란 경악에 휩싸였다는 사실을 놓치지 않았을 것이다. 극의 줄거리 자체가 경악을 묘사하고 있기는 하나 그때 두 배우의 놀라움은 연기를 훨씬 뛰어넘은 것이었다. 즉, 거기서 과실을 가장한 모살이 행해지려 했던 것이다.

그리고 이틀째 되던 날 밤, 같은 극의 다섯 번째 막에서 외침이 있었다. '말려주세요. 저 사람 정말로 죽일 거예요.' 라고 외쳤던 사건을 언급한 뒤, 이는 단원 가운데 누군가가 객석에서 보고 있다가 막 일어나려 하고 있는 사건의 두려움을 견디지 못하고 자신도 모르게 절규한 것임에 틀림없다. 그때 2층에 있던 기자는 곧장 1층으로 달려내려갔는데 안내인의 증언에 의하면 극장에서 밖으로 나간 자는 없었다고 한다. 그리고 객석은 4할 정도만 드문드문 메워져 있었기에 소리를 지른 당사자가 장내에 있었다면 발견되지 않을 리 없었다. 즉, 소리를 지른 자는 단원 가운데 한 명으로, 내부의 격렬한 분규와 무슨 일이 일어나려 하고 있는지를 알고 있는 사람인 듯하다. 〈수천 명이 보고 있는 무대 위에서 공공연하게 살인이 행해지려 하고 있다.〉 기사는 이렇게 매듭지어져 있습니다. 〈오늘 밤이 될지, 내일 밤이 될지. 언젠가 반드시 그 무대 위에서, 대중이 보고 있는 앞에서 보이지 않는 손이 누군가를 살해할 것이다. ……당국은 즉각 신생좌에게 공연의 중지를 명해야만 한다.〉

이 기사를 읽은 서장님은 흥 콧방귀를 뀌었습니다. 그리고 화창한 봄의 아침 햇살이 드는 창가로 가서 산성공원 쪽을 한동안 바라보았습니다. 저는 왠지 머쓱한 기분이 들었습니다.

“이거 아무래도 아오노가 한 발 앞서 나간 듯합니다.”

“……뭐가?”

“제가 사건을 맡았습니다만 단서는 사라져버렸고, 아오노가 이런 특종을 쓰게 되었습니다. 죄송하게 됐습니다.”

“아, 그런 뜻이었나?” 서장님은 몸을 돌려 천천히 의자에 앉았습니다. “그거라면 조금도 미안할 거 없네. 사건은 아무것도 시작되지 않았어. 사람들은 산을 보나 나는 물을 보네. 무슨 일인가 벌어진다면 지금부터일 거야. 서두를 건 없어.”

“수사계에 부탁을 해도 괜찮겠습니까?” 솔직히 말하자면 이건 나약한 마음을 드러낸 소리였습니다. “저 혼자서는 아무래도 불안합니다만.”

"이미 10명씩 배치하기로 했네." 서장님은 커다랗게 하품을 했습니다. "대기실과 객석을 감시하기 위해서. 교대로 매일 밤 보내기로 정했네. 좋은 연극을 보는 것만으로도 헛수고는 아니니까."

"10명씩 말입니까?" 저도 모르게 반문했습니다. "서장님께서도 그만큼 신경을 쓰고 계시다는 말씀이시군요."

"사람들은 산을 보나 나는 물을 보네, 일세."

저는 절반쯤 어리둥절해져서 더없이 졸리다는 듯한 서장님의 옆얼굴을 바라보았습니다.

## 8

그날 밤부터 신생좌의 공연만큼 관객에게 흥분과 전율을 전해준 연극도 없었을 것입니다. 전날 밤의 사건에 대한 소문과 마이아사 신문의 기사로 호기심이 생긴 관객들이 개장 2시간 전부터 몰려들어 개막 전에 이미 만원사례 깃발이 내걸렸습니다. 그리고 대기실에 5명, 객석에 5명, 각각 제복과 사복을 입은 경관이 배치되어 끊임없이 주위를 경계했는데 그것이 장내의 분위기를 한층 더 긴장하게 만들고 있는 듯했습니다.

대기실에는 잠복형사들이 있었기에 저는 평소의 자리에서 가만히 연극을 보았습니다. 「배상」의 막이 오른 뒤의 객석의 모습은 상상에 맡기겠습니다.

그날 밤에는 아무런 일도 없이, 오히려 커다란 성공 속에서 연극의 막이 내려졌습니다. 이튿날의 신호치(新報知) 신문에 신생좌 이름으로 마이아사의 기사에 대한 항의가 실렸는데, 그것은 오히려 시민의 호기심을 자극하기만 할 뿐이었습니다. 나흘째도 만원, 닷새째도 마찬가지였으며, 연극은 전례 없는 갈채 속에서 끝났습니다. 그런데 엿새째 되는 날, 사타 레이코의 결장과 대역에 대한 게시가 있었습니다. ……그것은 「배상」이 시작되기도 전의 일로 내림 막 위에 그러한 내용의 게시가 내걸리자 옆에 있던 아오노가 튕겨져오르듯 의자에서 벌떡 일어났습니다.

"이봐, 함께 가세." 그가 저의 팔을 잡았습니다. "드디어 시작됐어."

"대기실에는 잠복형사가 있어."

"아무런 도움도 되지 않을 거야. 어서 와."

그는 거의 우격다짐이었습니다. 저는 자리에서 일어나 그와 함께 갔습니다. ……그러나 마이아사 신문의 기자이자 예의 기사를 쓴 장본인이라는 사실을 알고 있었기에 대기실에서는 그와의 면회를 거절했습니다. 그것을 뿌리치고 억지로 만날 권리는 없었습니다. 그는 응대를 위해 나온 젊은 단원을 붙들고, "사타 레이코가 결장한 이유는?"이라고 질문했습니다.

"사타는, 그 사람은, 병에 걸렸습니다."

"병명은 뭔가요?" 그가 캐물었습니다.

"저는 모릅니다."

"여관에 누워 있나요, 대기실에 있나요?"

"어디에도 없을 겁니다." 이렇게 말하고 나서 젊은 단원은 크게 당황했습니다. "아, 아니, 모릅니다. 저는 아무것도 모릅니다."

"같은 단원으로 같은 여관에 묵고 있는데 이 정도의 사실도 모르십니까?"

"모르는 건 모르는 겁니다. 더는 아무것도 말할 수 없으니 돌아가주십시오."

"돌아가도 상관은 없어. 하지만 가도야 씨에게 이 말만은 전해줘. 나는 사타 레이코의 신변에 뭔가 좋지 않은 일이 벌어졌다고 생각해. 이는 앞서 쓴 기사와 관계가 있다고 보고 있어. 이것으로 상관이 없는지, ……기다리고 있을 테니 물어보고 와줘."

젊은 단원은 간부실로 갔다가 바로 되돌아와서, "사타는 여관에 누워 있습니다."라고 대답했습니다.

그것으로 우리는 대기실에서 나왔으나 아오노는 자리로 돌아가지 않고, "오늘밤에는 더 이상 여기에 오지 않을 거야."라고 말한 뒤 뛰쳐나가듯 극장 밖으로 나갔습니다. 사타 레이코의 결장은 단지 아오노와 저뿐만이 아니라, 그날 밤 관객들 전부에게 의문부호였을 것입니다. 그리고 연극이 끝날 때까지 극장 전체가 마치 무엇인가에 씌운 것 같은 긴장감에 휩싸여 세 번째 막의 엽총 오발 때에는 총성과 동시에 무대 정면의 객석에서 여자의 비명이 올랐을 정도였습니다. 그것은 아마도 사실감 넘치는 연기를 보고 공포에 민감한 사람이 자신도 모르게 내지른 비명인 듯했습니다. 그 사람 주위에서 킥킥 웃음 참는 소리가 들려왔으니. 하지만 갑자기 '꺅' 하고 외쳤을 때는 장내의 모든 사람들이(무대 위의 배우들까지) 매우 짧은 한순간이기는 했으나 틀림없이 기겁을 했으리라 생각합니다. 결국 그날 밤도 상당한 호평 속에서 연극은 막을 내렸습니다.

이튿날의 마이아사는, 이번에도 사회면 톱기사로 사타 레이코의 희

한한 실종을 크게 보도했습니다. 이것이 그 기사를 오려낸 것입니다. <인기 여배우의 기괴한 결장>이라는 커다란 표제어입니다. 내용은, 병 때문에 결장이라고 하기에 기자가 확인하려 하자 책임자는 애매한 말로 둘러대며 만나주지 않았으나, 끝까지 취재한 결과 '숙소에 병으로 누워 있다.'는 답을 얻었다. 기자는 즉각 극단이 숙박하고 있는 여관으로 가보았으나, 거기에 사타 레이코는 없었으며 여관 사람들의 말에 의하면 어젯밤 이후 그 모습을 볼 수 없었다고 한다. ……며칠 전, 기자는 머지않아 비극이 일어날 것이라고 예고했다. 혹시 사타 레이코가 그 첫 번째 희생자는 아닐지? 잠을 자고 있는 사법당국에게 묻겠다. 사타 레이코는 어디에 있는가? 이렇게 마무리 지어져 있습니다. 참으로 시원시원한 기사입니다.

마이아사가 이렇게까지 써대니 다른 신문들도 묵살하고 있을 수 없게 되어 <살인무대>라거나 <공포의 연극>이라는 등의 표제어로 각자 기사를 게재했습니다. 마이아사에게 특종을 빼앗기고 난 뒤였기에 그 뒤를 따르는 정도에 지나지 않았으나, 이것이 시민들의 흥미를 자연스레 자극하여 신생좌의 공연은 열흘 가운데 여드레 연속으로 만원이 이어지는 미증유의, 그리고 매우 아이러니한 결과를 맞이하게 되었습니다. 그리고 마지막 날이 찾아왔습니다.

## 9

그날 아침, 가도야 사다오가 서장님을 찾아왔습니다. 서장님은 흔쾌히 만나주었습니다.

"성적이 좋았다고 하던데, 축하하네."

"여러 가지로 불쾌한 일들도 있었습니다만, 덕분에 성공했습니다. 힘을 써주신 데 대해서는 뭐라 감사의 말씀을 올려야 할지 모르겠습니다. 감사합니다."

"고맙다는 말은 내가 해야지." 서장님이 양담배인 파파스트라토스 상자를 권하며, "오랜만에 연극다운 연극을, 그것도 공짜로 보았으니. 한 대 어떤가?"

"감사합니다." 가도야는 담배에 불을 붙인 뒤 잠깐 눈이 부시다는 듯한 표정을 지었습니다. "사실은 한 가지 부탁이 있습니다만, 앞으로 일주일만 더 공연 허가를 내주실 수 없으시겠습니까?"

"……." 서장님은 말이 없었습니다.

"극장에서는 빌려주겠다고 합니다. 간만에 관객이 몰려들고 있기에 모두가 안타까워하고 있습니다."

"안 되겠네." 서장님이 천천히, 한마디씩 대답했습니다. "나는 여기서 잠꾸러기 서장이라는 이름을 가지고 있네. 거기에 사람 좋은 서장이라는 이름까지 얻기는 싫으니."

"그렇다면 첫 번째 작품을 변경해서."

"가도야 군." 이렇게 말을 막은 뒤 서장님은 가만히 상대방의 눈을 바라보았습니다. "자네에게는 내가 그 정도로 멍청하게 보이는가?"

가도야 사다오는 흠칫했습니다. 그리고 시선을 내리깐 채 한동안은 미동조차 하지 않았습니다. 그것은 마치 뺨을 얻어맞은 사람처럼 풀이 죽은 모습이었습니다. 서장님은 담배를 (예의 어설픈) 손놀림으로 만지작거리며 차분한 어조로 이렇게 덧붙였습니다.

"나는 자네들 극단을 좋아하네. 지금까지 인기를 얻지 못했다는 사실을 늘 안타깝게 생각하고 있었어. 하지만 이번에는 자네들의 연기력을 관객들도 충분히 알게 되지 않았는가? ……우리 시에서 이 정도로 성공했으니, 틀림없이 흥행계의 주목을 받게 될 걸세. 힘을 내게. 자네들의 고투가 보답을 받을 때가 왔네. 신생좌는 곧 일류 극단이 될 걸세."

신생좌는 열흘 동안의 공연을 마치고 예상 외의 수확을 얻은 뒤 시를 떠났습니다. 둘째 날 밤에 있었던 사건과 마이아사의 기사가 불러일으킨 의문은 미해결인 채로 한동안 시민들의 좋은 화젯거리가 되었습니다. 아오노는 극단을 따라서 다음 흥행지까지 탐방의 손길을 뻗었을 정도였습니다. 그러나 수수께끼는 끝까지 수수께끼로 남았으며, 언제부턴가 소문도 사라졌고 마침내는 잊히고 말았습니다.

그렇습니다, 그것은 사건 이후 반년쯤 지났을 때의 일이었을 것입니다. 어느 날, 아오노가 전화로 불러내기에 저는 예의 '판정'으로 갔습니다. 그는 혼자서 맥주를 마시고 있었는데 제가 자리에 앉기를 기다리기도 답답하다는 듯, "한방 먹었어."라고 외치기 시작했습니다.

"한방 먹었어. 제대로 한방 먹었어."

"갑자기 왜 그래? 대체 뭘 먹었다는 거야?"

"그 신생좌 사건 말이야." 그가 벌써 취기가 오르기 시작한 얼굴로 저를 노려보며 이렇게 말했습니다. "그건 광대극이었어. 살해당할 것 같으니 도와달라는 첫 번째 편지도, 엽총의 총알도, 객석에서 일어난 여자의 외침도, 전부 계획적인 광대극이었어."

"하지만 그건 실제로 자네가 탐방해서……."

"그래서 한방 먹었다고 하는 거야." 아오노가 맥주를 들이켜고 말을 이었습니다. "그 극단은 해산되기 일보직전이었어. 그 연극의 흥행에 따라서 극단의 운명이 결정될 판이었어. 우리 시에서 성공을 거두면 살아남을 수 있고, 실패하면 해산. 다시 말해서 극단의 운명을 걸고 온 거야."

"그건 너무 지나친 생각 아닐까? 설령 그것이 교묘한 선전이었다고 치세. 하지만 그 결과 마이아사 신문에서 쓴 기사는 어땠는가? <당국은 즉각 상연 중지를 명해야 한다.>는 것 아니었나? 그리고 실제로 그런 소동이 벌어졌으니 상연 중지가 될지도 모를 일이었어."

"그렇게는 되지 않았잖아."

"우리 어르신이셨기 때문이야."

"신생좌에서도 그걸 알고 있었던 거야."

아니! 저는 반대하려고 했습니다. 처음 여관을 찾아갔을 때 서장님이, '날세.'라고 말하기까지 극단 사람들은 알아보지 못했다는 사실을 알고 있었기에. 하지만 다음 순간 가도야 사다오가 공연 연장을 의뢰하러 왔을 때의 대화가 퍼뜩 떠올랐기에 저는 입을 다물어버리고 말았습니다. "잠꾸러기 서장에 더해서 사람 좋은 서장이라는 이름까지 얻기는 싫네." 그리고 "내가 그 정도로 멍청하게 보이는가?"라는 그 말이었습니다.

"본서장이 고도 산쇼라면 괜찮다. 그들은 이렇게 예상하고 행동한 거였어." 아오노가 계속해서 말을 이었습니다. "그런데 그 능구렁이도, 그 기면성 뇌염 영감쟁이도 그걸 알고 있었어. 알고 있었으면서도 실실 웃으며 영문을 알 수 없는 일들을 했던 거야. 기사를 써서는 안 되네, 아오노 군."

그는 매우 그럴 듯하게 서장님의 목소리를 흉내 냈습니다. "그 살살 달래는 듯한 목소리는 또 어떻고. 써서는 안 되네, 그렇지 않으면 후회할 거야, 아오노 군. 쳇, 하지만 나는 써버리고 말았어. 닥치는 대로 써댔어. 선전이 멋지게 들어맞아서 그처럼 커다란 성공을 거두었어. 그리고 홀로 딱하게 된 건 아오노 쇼스케 한 사람뿐이야."

"하지만 사타 레이코를 둘러싼 연애사건까지 광대극은 아니었겠지? 레이코의 실종까지 만들어낸 거라고 한다면, 그건 너무 공을 들인 것 아닐까?"

"그것만은 광대극이 아니었어. 하지만 내용은 극히 단순한 것이었어. 와타나베 겐이치라는 자가 그 모녀를 중심으로 새로운 극단을 조직하려 꾀하고 있었어. 그리고 우선 레이코를 먼저 빠져나가게 했지만 결국은 실패해서 와타나베만 극단을 떠나게 된 듯해."

"꽤 자세히 조사했군."

"잠꾸러기 서장을 호되게 필주(筆誅)해야겠다 싶어서 말이지." 그가 눈을 날카롭게 번뜩였습니다. "그 광대극을 알고 있었으면서도 은근슬쩍 편을 들어주었으니 그건 직권남용이니까. 하지만 난 그렇게 하지 못했어. 그 능구렁이 아제의 커다란 애정을 알게 되었기에. ……자네는 아직 모르겠지만, 신생좌는 그 이후 연달아 호평을 얻어 곧 도쿄에 자신들의 소극장을 짓는다고 하더군. 그 계기가 된 것이 바로 우리 시에서의 성공이었어. 영감의 관대한 애정이 그 뒤에 있었어. 능구렁이는 그 실낱같은 눈으로 이 모든 일들을 가만히 지켜보고 있었던 거야. 시선을 다른 곳으로 돌려 모르는 척하면서 말이지. 나는 그 기면성 뇌염 영감쟁이가 아주 마음에 들어. 홀딱 빠져들고 말았어."

이렇게 말하자마자 아오노 쇼스케는 탁자 위에 엎드려버리고 말았습니다. —그래, 서장님은 전부 보고 계셨던 거야. 저도 이렇게 고개를 끄덕이며, "나 물을 본다."라고 한 서장님의 말을 입 안에서 중얼거려 보았습니다.

# 눈 속의 모래

## 眼の中の砂

## 1

죄를 지은 사람에 대해서 우리의 잠꾸러기 서장님이 얼마나 깊은 동정과 연민을 품고 있었는지는 벌써 몇 번이고 이야기한 적이 있습니다. 하마터면 죄에 빠질 뻔한 사람을 구한 예도 많으며, 이미 죄를 범한 자라도 가능한 한 법의 심판에서 벗어나게 하여 갱생의 길을 열어준 숫자도 적지 않습니다. 물론 개중에는 서장님의 힘이 미치지 못해서 송치할 수밖에 없었던 경우도 있었습니다. 그럴 때마다 서장님이 보여준 슬프다는 듯한, 잔뜩 미련이 남는다는 듯한 표정을 저는 잊을 수가 없습니다. 그를 송치하여 범죄자라는 낙인을 찍게 만든 것은 자신의 책임이라고 느끼기라도 하는 양, 며칠 동안은 이유도 없이 풀이 죽어서 한숨만 쉬곤 했습니다. 언젠가 살인죄로 잡혀온 사람이 있었습니다. 아무리 좋게 봐주려 해도 동정의 여지가 없는 사건으로 일련의 조사를 마치자마자 바로 송치해버렸으나, 그때조차 서장님은 우울하다 듯 입을 다문 채 방에 틀어박혀 탁자 위에 팔꿈치를 대고 두 손으로 머리를 감싸안으며 마치 양심의 가책에 시달리기라도 하는 사람처럼 깊은 한숨을 내쉬었습니다. 저는 그때 아주 낮은 목소리로 서장님이 이렇게 중얼거리는 것을 들었습니다.

—신이시여, 용서하소서. 그들은 그들이 하는 행동을 알지 못하니.

성경에라도 나오는 말일까요? 저는 알지 못합니다만, 인간의 법률은 용서할 수가 없다, 하지만 신이시여 당신께서는 용서해주시기 바랍니다, 아마도 이런 마음을 담은 기도였을 것입니다. 듣고 있던 저는 자신도 모르게 머리를 숙이지 않을 수 없었습니다. 한번은 다음과 같은 시의 일부를 적어서 보여준 적도 있었습니다. 이름은 벌써 잊어먹었지만 영국의 화가이자 시인이라는 사람의 작품이라고 합니다.

Where Mercy, Love, and Pity dwell

There God is dwelling too.

자비와 사랑과 연민이 있는 곳에 신도 역시 있다는, 머리를 숙인 채 저는 그 구절을 떠올리며 이것이야말로 서장님의 마음을 가장 잘 표현한 말이 아닐까 생각했습니다. 하지만 모든 일이 전부 그런 식이었다고는 말할 수 없습니다. 가끔은 진심으로 화가 나서 가차 없는 방법을 취한 적도 있었습니다. 하지만 그것이 독특한 방법이었기에 저희가 보기에는 오히려 너무 관대한 것 아닌가 느껴진 적이 많기는 했습니다만. ……그렇습니다, 냉혈한 도쿠(德)의 사건이 그 대표적인 예일 것입니다. 하지만 우선은 커피라도 새로 끓여온 뒤 이야기를 시작하기로 하겠습니다.

꽃이 지고 새잎들이 돋기 시작하는 나른한 계절의 일이었습니다. '다선(茶仙)' 이라는, 공원 아래의 커다란 요정을 알고 계십니까? 옛 성터의 일부를 활용한 곳으로 이끼와 양치류가 밀생한 바위틈에서 솟

아오르는 물을 끌어다 만든 연못이 있고, 컴컴할 정도로 울창하고 무성한 고목들이 서 있는 등, 자연 그대로 그다지 손을 대지 않은 2천 평(약 6,612㎡)쯤의 정원 안에 건물 5동이 복도로 연결되어 있습니다. 지금이야 광천욕 등을 즐길 수 있어 번창하고 있다고 합니다만, 그 무렵에는 주로 연회에 이용될 뿐 평소에는 한산하여 한나절 정도는 편안하게 쉬러 갈 수도 있었습니다. 저는 서장님을 따라서 그곳에 곧잘 가곤 했었습니다. 물론 먹고 마시는 것은 중요한 일이 아니었으며 머리와 몸을 쉬게 하는 것이 목적이었던 듯합니다. 두 가지나 세 가지쯤의 요리에 청주나 맥주를 마시고 나면 나머지는 잠을 자거나 저와 서툰 장기를 두며 시간을 보내는 식이었으니. ……그날도 식사를 마친 뒤 브랜디를 시켜서 그것을 홀짝이며 장기를 두기 시작했습니다. 저도 물론 서툽니다만, 서장님은 저보다 한 수 아래였으며 거기에 언제나 장고를 거듭했는데 치명적인 수가 뻔히 보이는데도 깊은 생각에 빠지는 식이었습니다. 게다가 평소와 다름없이 생각하는 건지 잠을 자는 건지 알 수 없는 모습이었기에 승패를 염두에 두면 상대방이 질려버리고 말 정도였습니다. 그랬기에 그저 상대방에게 말을 움직이게 하는 정도로만 장기를 두며 저는 제가 좋아하는 일을 생각하는 식이었습니다.

1판에 대략 2시간쯤 걸리는 장기가 거의 중반쯤 접어들었을 때, 서장님은 교환한 말을 두기 위해 생각에 빠져 있었습니다. 늦은 봄, 기울기 시작한 오후의 햇살을 받아 정원의 나무들은 각자 그슬린 듯한 새잎의 색을 낡은 고대의 비단처럼 함초롬히 드러내고 있었습니다. 새잎의 색이 저렇게도 아름답고 다양한 것이었나, 저는 거의 깜짝 놀라서 바라보고 있었는데, 문득 건물 사이를 연결하는 복도에서 사람의 발소리가 들리더니 옆방으로 누군가 들어가는 소리가 들려왔습니다. 여종업원이 필요한 것 없느냐고 물으러 온 것일까 싶었으나, 그 옆방에서 소곤소곤 이야기하는 소리가 들려왔습니다.

"이거, 지난번에 이야기한 약이야." 남자의 목소리가 이렇게 말했습니다. 쉰 듯한, 그러면서도 묘하게 가늘고 째지는 듯한 목소리였습니다. "일주일분 들어 있어. 아침 먹기 전에 한 번, 밤에 자기 전에 한 번, 하루에 두 번씩 먹어야 돼. 알았지? 하루에 두 번이야."

"전 싫어요." 이번에는 여자의 목소리였습니다. 울먹이는 듯한, 그리고 공포로 몸을 움츠리고 있는 듯한 목소리였습니다. "가만히 생각해봤는데, 저 너무너무 무서워서 그런 짓은 할 수 없을 것 같아요."

"이제 와서 그런 소리를 하면 어떻게 해? 현의회의 선거도 얼마 남지 않았는데 혹시라도 정심회(政心會) 녀석들이 이 사실을 알게 돼봐. 그야 말로 모든 것이 끝장이잖아. 너도 이렇게 젊은데 벌써 애 딸린 엄마가 될 필요는 없지 않겠어? 아이가 갖고 싶은 거라면 조금 더 시간이 흐른 뒤에라도 가질 수 있잖아. 모르는 소리 하지 말고, 이걸 먹고 훌훌 털어버려. 그렇게 하면 그 허리띠하고 옷을 사줄 테니, 후미짱(文ちゃん)."

## 2

그 자리에 여러분들이 있었다면 어디서나 흔히 볼 수 있는 정사의 한 장면을 들은 것이라고만 생각할 뿐 커다란 흥미는 느끼지 못할 테지만, 우리는 이러한 경우 아무래도 직업의식에 휩싸이기 쉬운 법입니다. 서장님은 그것을 무엇보다 싫어하기에 저도 가능한 한 듣지 않으려 노력했습니다만, 옆방에서 소곤거리는 소리만큼 귀에 잘 들어오는 것도 없습니다. 잠시 후 여자는 울기 시작했습니다. 그리고 결국은 남자의 요구를 승낙한 듯했습니다. 두 사람은 곧 복도로 나가 다른 곳으로 가버렸습니다.

서장님은 눈을 감은 채 기분 좋다는 듯 쿨쿨 자는 소리를 내고 있었습니다. 저는 브랜디를 잔에 따라 마셨습니다. 조금 전 사내의 천박한 목소리와 말투가 머릿속에 들러붙어 있어서 견딜 수 없는 기분이 들었던 것입니다. 순수한 서쪽 지방의 사투리도 아니었고, 어딘가 사람을 속이려는 듯한, 교활한 울림이 있는 말투였습니다. 저의 지인 가운데 T……라고 하는 서양화가가 있습니다. 추일회(秋日會)의 회원으로 상당히 알려져 있기도 하고, 그림은 어딘가 지저분하게 느껴지는 묘한 것이었으나 잘 팔렸기에 유명했습니다. 그는 쇼난 지방[23]에서 태어났음에도 불구하고 서쪽 지방의 사투리를 아주 잘 구사했는데 그것이, "영업의 비결일세."라고 말한 적이 있었습니다. "표준어로 하면 그림을 팔기 힘들지만, 서쪽 지방 사투리로 하면 일이 술술 풀리고 필요할 때면 상당한 이문을 남길 수도 있어." 이렇게 말했었습니다. 깍쟁이 같은 놈이라고 생각했었는데 옆방 남자의 말투가 그것과 비슷한 느낌이었기에 저의 인상에 강하게 남았습니다.

그로부터 보름 정도 지난 어느 날이었습니다. 관사에서 서로 출근했

23) 湘南地方. 가나가와(神奈川) 현의 해안지대를 일컫는다.

는데 본서의 문 앞에서 10명쯤, 가난한 차림을 한 남녀가 기다리고 있다가 서장님을 보자마자 우르르 달려와 서장님을 둘러싸고 저마다 무엇인가를 호소하기 시작했습니다. 모두가 한꺼번에 이야기를 했기에 무슨 말을 하는 건지 알아들을 수가 없었습니다. 저는 커다란 목소리로 제지하고, "할 얘기가 있으면 대표가 나와서 하세요."라고 말했습니다.

"거봐, 이래서 내가 이런 일에는 대표가 필요하다고 말했던 거야." 마흔 줄의 짐수레꾼인 듯한 사내가 이렇게 말하며 앞으로 나섰습니다. "이거 죄송하게 됐습니다. 저희는 에이큐초(栄久町)의 고짓켄나가야(五十軒長屋)에서 살고 있는 사람들입니다만, 오늘 아침에 저희 나가야를 허물겠다고 사람들이 몰려왔으니, 모쪼록 경찰 나리들의 힘으로 당장 말려주셨으면 합니다."

"나가야를 허물기 위해 사람들이 왔다고?" 서장님은 어디 코라도 가려운 듯한 얼굴을 했습니다. "대체 무슨 이유가 있어서 허물겠다는 거지?"

"이유야 여러 가지가 있습니다만, 우선은 그 사람들을 말려주셨으면 합니다. 이거, 그렇게 해주시지 않으면 저희는 오늘밤부터 노숙을 하지 않으면 안 됩니다. 제발 지금 바로 부탁드리겠습니다."

"그렇다면 누군가를 보내기로 하지. 그런데 먼저 길을 좀 비켜주지 않겠는가?"

그들은 길을 열어주었습니다. 서장님은 보안과 사람 둘을 불러 그들과 함께 가서 사정을 알아보고 오라고 명령했습니다. ……매일 아침 처리해야 하는 정해진 사무를 마치고 1시간쯤 지났을 때 보안과의 형사 한 사람이 보고를 하러 왔습니다. 사정이라는 것은 간단했습니다.

에이큐초와 이웃한 땅에 살고 있는 야마키 도쿠베에(八巻徳兵衛)라는 금융업자가 고짓켄나가야의 토지를 사들여 3개월 전에 나가야 사람들에게 퇴거를 명령했다, 그러나 기한이 되어서도 퇴거할 기색을 보이지 않았기에 강제적으로 나가야를 허물기 시작한 것이다, 라는 얘기였습니다.

"야마키라면, 현의회 의원후보로 나선 그 야마키 씨인가?"

"그렇습니다. 예의 냉혈한 도쿠라는 별명이 있는."

"그런 험담은 좋지 않네."

"하지만 아주 악독한 짓을 하고 있는 듯합니다. 인사상담과에 울며불며 찾아온 사람도 상당수 있습니다만, 조정 등에서 양보를 한 적이 한 번도 없습니다. 야마키 도쿠베에라고 하면 누구지 싶다가도 냉혈한 도쿠라고 하면 모르는 사람이 없을 정도입니다."

"그런 직업을 가진 사람은 과장되게 반감을 사는 법일세. 그리고 세상의 평이란 무책임한 법이야. 그런 눈으로 사람을 보는 것은 자중하지 않으면 안 돼. 그건 그렇고 나가야 건은 어떻게 처리하고 왔지?"

"오리이(折井) 군이 야마키 씨와 교섭을 해보겠다고 남았습니다."

"오리이 군으로는 힘들 거야."

서장님이 혼잣말처럼 중얼거렸습니다. 과연 그 말대로 오리이 형사는 그로부터 1시간쯤 뒤에 돌아왔는데, 나가야 사람 5명과 야마키 도쿠베에 씨가 함께 왔습니다. 서장님은 그들을 만났습니다. ……나가야 사람 5명은 오늘 아침에 본 얼굴들로 예의 짐수레꾼인 듯한 사내가 주로 말을 했습니다. 야마키 씨는 55, 6세쯤 되어 보였습니다. 단단하게 살이 찐 굵은 목에 팔다리가 굵고 짧은 땅딸한 몸, 혹처럼 부풀어오른 뺨, 눈에 띄게 짙은 눈썹과 커다란 입, 어딘가 노골적인 느낌을 주는 얼굴이었습니다. 그리고 말을 할 때마다 입 안 가득 금니를 보이는 점도 그렇고, 쉴 새 없이 움직이는 눈매도 그렇고 냉혹함과 교활함이 그대로 드러나 있었습니다. 실제로 그처럼 전형적이라 느껴질 만큼 불쾌한 풍모도 드물 것입니다. 게다가 그 가늘고 귀에 거슬리는, 찢어지는 듯한 목소리는 절대로 잊을 수 없는 것이었습니다.

## 3

“전 야마키입니다.” 의자에 앉자마자 야마키 씨가 간살부리는 듯한 옅은 웃음을 지으며 서장님에게 이렇게 말했습니다. “말씀은 진작부터 듣고 있었습니다. 꼭 한 번 뵙고 고견을 듣고 싶었으나 아직 기회를 얻지 못해 안타깝게 생각하고 있었습니다. 앞으로도 잘 부탁드리겠습니다.”

“자네, 그 창문을 좀 열어주지 않겠나.” 서장님이 상대방의 말을 끊고 제게 이렇게 명령했습니다. 상당히 거슬린 모양이었습니다. 서장님에게 있어서 이처럼 예의를 무시한 행동은 거의 찾아볼 수 없는 것이었습니다. 그런 다음 가볍게 고개를 숙이고 조용히 말을 건넸습니다. “……실례했습니다. 그럼 용건으로 들어가볼까요. 바쁜 일이 좀 있으니 가능한 한 간단히 해주시기 바랍니다.”

“네, 사건은 극히 명료합니다.” 야마키 씨가 청산유수처럼 시작했습니다. “알고 계시리라 생각합니다만, 저의 저택은 5년쯤 전에 건축한 것으로 부지는 200평(약 727㎡)쯤 됩니다만, 그것은 니이무라 씨, 알고 계시겠지요? 그 자산가인 니이무라 쇼고(新村正吾) 씨, 그분의 소유지로 제 마음에 쏙 들었기에 꼭 양보를 해주셨으면 좋겠다고 생각하고 있으나 도무지 손에서 놓으려 하지 않습니다. 물론 니이무라 씨는 그처럼 대자산가이시기에."

"실례합니다만, 말씀을 간단히 해주시기 바랍니다."

"알겠습니다. 아주 간단히, 그러니까 그렇게 해서 제 저택의 부지와 이어져 있는 토지를 150평(약 496㎡) 정도 사들였습니다. 아시다시피 그곳에는 고짓켄 나가야라고 불리는 빈민굴이 있습니다. 벌써 썩어문드러진 것이나 다를 바 없는 건물이고, 도랑은 늘 넘쳐나고, 누더기를 입은 부스럼투성이 아이들이 우글우글하고, 싸움박질과 주정뱅이와 부도덕의 소굴 같은 곳입니다. 그런 곳은 사회가."

"다시 한 번 부탁드리겠습니다. 모쪼록 용건만 말씀해주시기 바랍니다, 용건만."

"하지만 이건 상당히 중요한 점입니다. 제가 그 토지를 매수해서 저택을 넓힌다는 건, 그와 같이 불결한 지구를 없애 얼마간이나마 시의 풍기숙정을 위해 이바지한다는, 아아, 알겠습니다. 저도 알고 있습니다." 야마키 씨는 서장님의 눈썹이 사납게 일그러지는 것을 보고 당황해서 머리를 흔들었습니다. "그럼 당면한 문제에 한해서만 말씀드리도록 하겠습니다. 그렇게 해서 토지를 매수한 것이 1월 20일입니다. 그 이후 바로 나가야의 소유주, 가와구치 이쿠조(川口幾三)라는 자입니다만, 그를 중개인으로 해서 나가야의 34세대에 퇴거비를 건네주고 3개월 이내로 이전하겠다는 계약을 맺었습니다. 그 기일이 닷새 전에 지났습니다만, 나가야 사람들이 이랬다저랬다 말을 바꾸며 퇴거하지 않기에.”

“퇴거비의 나머지 금액을 주지 않기 때문입니다, 서장님.”하고 예의 짐수레꾼풍의 사내, 그는 기무라 구마조(木村熊造)라는 이름이었습니다만, 그가 매우 다급하게 서장님에게 이렇게 호소했습니다. “저희가 아무리 빈민굴 사람들이라 할지라도 한 집당 2엔 50센이라는 퇴거비는 말도 안 됩니다. 야마부키초(山吹町)에서 퇴거가 있었을 때는 5인 가족이 20엔, 3인 가족이라도 15엔은 받았으니.”

“아니, 내 손에서는 1세대당 3엔 80센씩 나갔어.” 야마키 씨가 그를 향해 이렇게 말했습니다. “그 차액은 집주인인 가와구치가 취득한 것이라고 벌써 몇 번이고 말했잖아. 계약은 이미 서류가 되어 엄연히 존재하고 있으니, 법률상 어떠한 이의도 끼어들 여지가 없어.”

“하지만 이보슈, 1세대당 5엔씩 추가해달라고 말했을 때는 생각해 보겠다고 약속했잖수.”

“물론 고려해보겠다고는 했지. 하지만 고려한 결과 그럴 필요를 느끼지 못했다면 이미 완료된 계약을 실행하는 데 조금도 구속받을 이유는 없는 거야.”

“그건 당신 쪽의 주장이지.” 나가야 사람 가운데 노인 하나가 이렇게 말했습니다. “주정뱅이가 어땠다는 둥, 누더기를 입은 아이가 어땠다는 둥 말하지만 빈민굴에 살아도 사람은 사람이요. 우리는 초라한 삶을 살고 있소. 그런 거지움막 같은 곳이라도 있기에 일가가 비와 이슬을 피할 수 있는 게요. 그곳에서 쫓겨난다면 오늘 당장 잠을 잘 곳조차 없소. 그런데 빈민굴은 지저분하다는 둥, 나쁜 놈들의 소굴이라는 둥, 사람다운 사람은 없는 것처럼 말하며 억지로 철거를.”

"할아버지 그만 됐어요." 서장님이 조용히 제지했습니다. 그리고 언제나처럼 눈을 감더니 훅 한숨을 내쉰 뒤 말을 이었습니다.

"어떻게 된 일인지 대충 알겠습니다. 여기서 야마키 씨에게 한 가지 묻겠는데, 당신은 나가야를 그대로 내버려둘 생각은 없으십니까? 만약 그렇게 해줄 생각이 있으시다면 나가야 사람들에게 커다란 도움이 될 듯합니다만."

"서장님." 야마키 씨가 바로 이렇게 대답했습니다. "제게는 저택을 넓혀야 할 필요가 있고, 시의 풍기를 생각한다는 의미에서도 그런 불결한 지역은 없애지 않으면 안 됩니다."

야마키 씨가 갑자기 서쪽 지방 사투리를 쓰기 시작했을 때 저는 깜짝 놀라서 서장님의 얼굴을 바라보았습니다. 들어본 적이 있는 목소리였습니다. 틀림없이 '다선'의 옆방에서 들은 목소리였습니다. 서장님은……, 눈치를 채지 못한 것인지 변함없이 가만히 눈을 감은 채였습니다.

"그럼 이건 어떻겠습니까? 사람들이 주거를 마련할 때까지 퇴거를 연기해줄 수는 없겠습니까?"

## 4

"아니, 그것 때문에 3개월 전부터 기한을 두고 퇴거를 통고했던 것인데 여기서 다시 연기한다 한들 마찬가지일 겁니다. 어차피 약속 같은 걸 지킬 사람들도 아니고."

"한 가지 더 묻겠습니다. 사람들에게 퇴거비를 추가로 주실 수는 없겠습니까? 1세대당 2엔 50센은 조금 적은 듯합니다만, 어떻습니까?"

"미안하지만 계약은 끝났고 기한도 경과한 일입니다. 이제 와서 그런 귀찮은 일은 생각하고 싶지도 않습니다. 게다가 얼마를 주든 전부 술을 마셔버리는 사람들입니다. 걱정을 해줘봐야 쓸데없는 짓이라고 생각합니다. 돈을 주면 줄수록 나쁜 습관을 들이게 하는 셈입니다."

"결론적으로 양보의 여지는 없다는 말씀이시군요."

"여기에 이의가 있다면 법률의 판단을 받아보면 될 것이라 생각합니다. 일본은 법치국가입니다. 법률이 틀림없이 올바른 판단을 내려줄 겁니다."

"잘 알겠습니다." 서장님이 눈을 떠 아마키 씨를 바라보았습니다. "그렇다면 더는 이야기할 필요도 없을 테니 그만 돌아가주시기 바랍니다. 나가야 사람들에게는 제가 잘 얘기하도록 하겠습니다."

아마키 씨는 다시 간살거리는 듯한 웃음을 지으며, 한 번 천천히 '고견을 듣고 싶다.'는 등의 말을 한 뒤 혼자서 후다닥 먼저 나가버렸습니다. ……서장님은 잠시 시선을 내리깐 채 말이 없었습니다. 그러다 마침내 사죄라도 하는 듯한 표정으로 5명을 바라보며 낮은 목소리로 이렇게 말했습니다.

"들은 대로일세. 나의 힘으로는 더 이상 어떻게 해볼 수가 없어. 그래서 다시 한 번 상의를 해봤으면 하는데, 경찰서의 기숙사를 비워줄 테니 당분간은 거기로 들어가서 생활해줄 수 없겠는가?"

"기숙사를 비워주시겠다고요?"

"서른 몇 세대라고 했었지? 조금 좁을지도 모르겠지만 조금만 견디면 되니 거기서 참아줬으면 해. 반년쯤 지나면 다시 지금 같은 주거를 주선해줄 테니."

5명은 얼굴을 마주보았습니다. 그들 입장에서는 이보다 더 고마운 일도 없을 테지만, 너무나도 기쁜 소식에 오히려 당혹스러움을 느낀 듯했습니다. 그러나 오늘 밤에 잘 곳조차 없는 형편이니 달리 문제 삼을 필요도 없는 일이었습니다.

"그게 정말이십니까?"라고 조금 전의 노인이 말한 것을 시작으로 5명은 번갈아가며 꼭 좀 그렇게 해주셨으면 좋겠다고 청했습니다.

"그렇게 할 생각이라면 돌아가서 이사 준비를 하도록 하게. 기숙사도 바로 비워놓고 기다리고 있을 테니."

"감사합니다. 덕분에 87명이 노숙을 면하게 됐습니다." 구마조가 이렇게 말하며 이마를 탁자에 콩 부딪쳤습니다. "얼른 돌아가서 모두를 안심시키겠습니다. 그럼 잠시 후에 다시……."

다행이다, 다행이야, 라며 되살아난 듯 기운을 차린 5명도 밖으로 나갔습니다. 서장님은 바로 담당자를 불러 기숙사에 있는 사람들을 경찰서의 도장으로 옮기라고 명령했습니다. 비번인 사람들을 불러들여 짐을 옮기고 깔끔하게 청소를 해두라는 것이었습니다. 담당자는 곤혹스러워 했습니다.

"하지만 서장님, 그건 규칙에 어긋나는 일 아닙니까?"

"규칙이라는 건 지키기보다 잘 쓰는 게 더 중요한 일일세. 책임은 내가 질 테니 자네는 시킨 대로만 하면 되네. 지금 바로 부탁하네."

담당자가 나가자 서장님은 열어놓은 창가로 가서 오래도록 밖을 바라보았습니다. 그 듬직한 어깨 부근에 억누르려 해도 억누를 수 없는 분노의 자세가 나타나 있는 것처럼 보였습니다. 그렇게 5분 동안이나 가만히 서 있다가 서장님이 웅얼거리는 듯한 목소리로 이렇게 말했습니다.

"눈 속의 모래, 귀 속의 흙이라는 말이 있어. 누구도 눈 속에 들어간 모래나 귀에 들어간 진흙은 그대로 두지 않아. 어떻게 해서든 바로 제거하지 않고는 견디지 못해. ……안 그런가?" 이렇게 말하고 뒤를 돌아 저의 얼굴을 무시무시한 눈으로 노려보았습니다. "법률의 가장 커다란 결점은 악용을 거부하는 원칙이 없다는 점이야. 법률에 대한 지식이 있는 사람은 지식이 없는 사람을 제 마음대로 조종해. 법치국가가 어쩌네 하는 말을 곧잘 듣지만, 사람이 그런 말을 입에 담는 건 인정을 짓밟으려 할 때뿐이야. 악용이야. 그런데도 법률은 그의 편을 들어줄 수밖에 없어. ……자네는 또 중학생 같은 말을 한다고 생각하겠지? 상관없어. 자네 마음대로 생각하라고. 하지만 중학생은 자신의 이익을 위해서 공분(公憤)을 감추거나 하지는 않아. 나가야겠네, 준비를 해주게."

"오늘은 오후에 분서 회의가 예정되어 있습니다만."

"그런 건 개에게나 줘버려. 연기야."

잠꾸러기는커녕 이건 마치 떼쟁이였습니다. 저는 서둘러 주임에게 분서 회의가 연기되었음을 알리고, 서장님의 뒤를 따라 달려나갔습니다. ……자동차로 가장 먼저 찾아간 곳은 에이큐초였습니다. 거기서는 부지런히 허물고 있는 나가야 속에서 남자와 여자가 모두 흙먼지를 뒤집어쓴 채 초라한 짐을 옮기기도 하고 수레에 싣기도 하고 있었습니다. 서장님이 그쪽으로 걸어가 철거를 지도하고 있는 사내를, "이보게,

자네.”하고 불렀습니다.

“저렇게 이사를 시작하지 않았는가. 철거는 조금 기다렸다가 하도록 하게.”

“뭐라고!” 골프 팬츠에 굵직한 벚나무 지팡이를 쥔 상대방 사내가 무슨 소리를 지껄이는 거냐는 표정으로 이쪽을 돌아보았습니다. 서장님은 양복을 입고 있었기에 얼핏 알아보지 못한 듯했습니다. 그러나 옆에 있는 제가 관복을 입고 있는 것을 보고, 직업이 직업인만큼 과연 바로 눈치를 챈 듯 허둥지둥 쓰고 있던 사냥모를 벗었습니다.

**5**

“얘기는 이미 다 끝났네. 너무 인정머리 없는 짓을 할 필요는 없잖나.” 서장님이 불쾌하다는 듯한 표정을 노골적으로 드러내며 이렇게 말을 이었습니다. “그 보다는 사람들이 모였으면 이사하는 것이라도 돕도록 하게. 그러는 편이 일이 더 빨리 진행될 테니.”

말을 마치자마자 바로 발걸음을 돌린 서장님은 나가야의 옆으로 해서 뒤편으로 돌아가 야마키 씨의 이른바 ‘저택’이라는 것을 바라보았습니다. 대못을 거꾸로 심어 둘러놓은 높다란 판자울타리 안으로 잎이 적갈색으로 물든 길쭉한 노송나무 우듬지가 보였으며, 담장을 따라 돌아가자 ‘야마키 가의 뒷문’인 나무문이 있고 그 옆에 커다랗게 ‘맹견주의’라고 쓴 판자가 못으로 박혀 있었습니다. 서장님은 휙 등을 돌려 나가야 앞으로 되돌아왔습니다.

“저속함과 열등함의 전형이로군.” 자동차에 오른 뒤 서장님은 이렇게 중얼거렸습니다. "가엾게 여겨야 할 인간이야……."

그런 다음 눈을 감고 생각에 잠겼습니다. 자동차는 다음으로 공원 밑에 있는 '다선'에 도착했습니다. 저는 서장님이 무슨 생각으로 거기에 간 것인지 어렴풋이나마 추측할 수 있었기에 가볍게 설레는 가슴을 억누를 수가 없었습니다. 언제나 머무는 방으로 들어가자 아니나 다를까 서장님은 안내를 해온 안주인에게, "오후미라는 종업원이 있는가?" 라고 물었습니다.

"네, 있기는 있습니다만."

"잠깐 만나보고 싶은데, 여기로 보내줄 수 있겠는가?"

"그게." 안주인이 난처하게 됐다는 표정을 지었습니다. "다른 손님은 받게 하지 않겠다는 약속으로 그 아이를 데리고 있는 것입니다만……."

"어쩔 수 없지. 그렇다면 서장으로서 만나보기로 하지."

"그 아이가 뭔가 잘못이라도……."

"만나보지 않으면 알 수 없는 일일세. 일단은 여기로 불러주게."

안주인은 바로 한 젊은 여종업원을 데리고 왔습니다. 나이는 스무 살 안팎이었을 것입니다. 앓고 난 사람처럼 혈색은 좋지 않았지만 아직 젊은 아가씨다운 몸매였으며, 굳게 다문 입술 양 끝에 옴폭 보조개가 생기는, 쓸쓸한 듯한, 그러나 천진해 보이는 얼굴이었습니다. 안주인이 나가고 난 뒤에도 서장님은 한동안 아무런 말도 하지 않은 채 오래도록 가만히 눈을 감고 있었습니다. 아가씨는 점점 불안한 듯한 기색을 내보이기 시작하더니 무릎 위에서 자꾸만 두 손의 손가락을 풀었다 끼었다 하고, 겁먹은 비둘기 같은 눈으로 가끔 서장님의 얼굴을 훔쳐보았습니다.

"너는 꿈을 꾸지 않니?" 서장님이 마침내 낮은 목소리로 말했습니다. "……꾸고 있을 거라 생각하는데."

"그게……." 아가씨가 당혹스럽다는 듯한 얼굴로 빠르게 제 얼굴을 슬쩍 보았습니다. "꿈이라면, 어떤 꿈을 말씀하시는 건지요."

"꿈 말이야. 아기의 꿈."

"……."

"아직 이렇게 조그만, 이제 막 형태를 갖추기 시작한 아기의 꿈 말이야."

갑자기 꺄악 하고 날카로운 비명을 올린 아가씨가 두 손으로 귀를 막고 그 자리에 쓰러져 엎드려, "거짓말이에요, 거짓말이에요. 전 아니에요."라고 절규했습니다.

"전 몰라요. 싫다고 했어요. 그렇게 끔찍하고 무서운 짓을 할 수는 없어요. 저는 결코 하지 않을 거예요. 한 건 그 사람이에요. 그 사람이, 그 사람이 억지로 한 거예요. 그 사람이."

신경증에 의한 발작처럼 갈피를 잡을 수 없는 말이었으나 분명히 고백의 의미를 담아 외쳤습니다. 그리고 이후로는 몸을 떨며 울기만 할 뿐이었습니다. 서장님은 말없이 눈을 감은 채 아가씨가 진정되기를 기다리고 있었습니다. 약한 자에 대해서 누구보다도 깊은 동정과 연민을 품고 있는 서장님이 그때 얼마나 괴로운 기분이었을지는 충분히 짐작하실 수 있을 것입니다. 저는 꼭 감은 서장님의 눈가에서 눈물이 넘쳐나고 있었다는 사실을 잊을 수가 없습니다.

"그만 일어나라. 같이 가자." 아가씨의 울음소리가 잦아들기를 기다렸다가 서장님이 다정하게 말했습니다. "더러워진 것은 얼른 씻어내지 않으면 안 돼. 씻어내서 깨끗해지기로 하자. 나는 오후미의 조력자야."

아가씨는 각오를 한 듯 훌쩍이며 자리에서 일어났습니다. 서장님은 아가씨의 물건은 나중에 서로 보내라고, 그리고 아가씨를 구인했다는 사실은 절대로 비밀로 해두라고 안주인에게 엄하게 말하고 자동차에 올랐습니다. 밖은 언제부턴가 보슬비가 내리고 있었습니다. 서장님은 우울하다는 듯한 눈으로 창을 통해 하늘을 바라보며, "이사는 아직 안 끝났겠지."라고 중얼거렸습니다.

자동차가 큰길로 접어들었을 때였습니다. 기계에 고장이라도 난 것인지 본서와는 반대 방향으로 광기어린 질주를 하기 시작했습니다. 저는 몸을 앞으로 내밀어, "어떻게 된 거야?"라고 물었습니다. 운전수가 돌아보며 외쳤습니다.

"닥치고 있어. 방해하면 자동차를 부딪쳐서 모두 함께 죽을 거야."

저는 목구멍이 막혀 소리를 낼 수 없었습니다. 돌아본 것은 운전수가 아니었습니다. 상의와 모자는 같은 것이었으나 사람이 전혀 달랐습니다. 저는 서장님을 보았습니다. 서장님은 눈썹 하나 까딱이지 않고 전방을 바라보고 있었습니다. 자동차는 튕겨 오르기도 하고 옆으로 미끄러지기도 하며 보슬비 내리는 거리를 쏜 살처럼 달려 교외로 향하고 있었습니다.

## 6

이 운전석에 있는 낯선 사람이 어떤 자이며 무슨 음모를 꾸미고 있는 것인지 저는 물론 바로 짐작할 수 있었습니다. 말할 필요도 없이 야마키 씨의 수하임에 틀림없을 터였습니다. '다선'에서 우리가 아가 씨를 조사하고 있을 때, 아마도 야마키 씨가 우연히 찾아와서 그 사실을 알게 되었고, 선수를 쳐서 우리의 유괴를 꾀한 것임에 틀림없는 듯했습니다. 저는 그렇게 생각했습니다. 씨의 입장에서 보자면 오후미가 검거 된다는 것은 낙태교사가 발각되는 것이나 다를 바 없는 일이니 비상수단을 써서라도 방해하려 하는 것은 당연한 일이었습니다. 그렇다면 우리는 어떻게 되는 걸까? 상대는 사리사욕으로 똘똘 뭉친, '냉혈한 도쿠'라는 별명까지 가진 냉혹한 인간이었습니다. 경우에 따라서는 생명의 위험까지도 생각하지 않으면 안 될 터였습니다. 솔직히 말해서 저는 겨드랑이에 식은땀이 흐르는 것을 느꼈습니다. 뭔가 이 위기에서 벗어날 방법은 없을까, 저는 도움을 청하는 기분으로 몇 번이고 서장님을 보았습니다만, 서장님은 여전히 전방을 주시한 채 눈 하나 깜빡이지 않았습니다. 자동차는 이미 시가지를 벗어나 밭과 잡목림이 이어지는 지방도로를, 북쪽을 향해 똑바로 달려나가고 있었습니다. 그리고 그 나카노가와(中野川)의 긴 철교로 접어들기 직전에 갑자기 급정거했습니다. 난폭하기 짝이 없는 급정거로 요란하게 울리는 소리와 함께 자동차가 미끄러져 하마터면 도로에서 제방 아래로 굴러떨어질 뻔했습니다.

"두 사람만 내려." 운전석에 있던 사내는 이렇게 외치며, 권총이라도 들어 있는 것인지 오른손을 주머니에 넣은 채 내밀었습니다. "여자를 남겨두고 두 사람만 내리는 거야. 쓸데없는 짓을 하면 쏠 거야."

"내리기로 하지." 서장님은 이렇게 말하고 천천히 몸을 움직였습니다. "단, 한 가지만 묻고 싶은데……."

"아무 말도 하지 마. 얼른 내려."

저는 그때 비로소 사내의 얼굴을 똑바로 볼 수 있었습니다. 나이는 27, 8세쯤 된 듯했습니다. 마르고 신경질적으로 보이는 얼굴이었는데 약간 갈색 빛이 도는 충혈된 눈을 커다랗게 뜨고, 창백해진 얇은 입술을 부들부들 떨고 있었습니다. 이상한 흥분……. 그렇습니다. 계획적으로 악행을 저지를 만한 인상이 아니었습니다. 매우 소심한 인간이 이상하게 흥분한 상태에 있는 것 같다는 느낌이었습니다. ―이 녀석은 잡을 수 있어. 저는 이렇게 생각했기에 서장님이 내려선 순간 아가씨의 몸을 끌어안아 앞으로 내밀어 사격에 대비하며 이렇게 외쳤습니다.

"서장님 부탁드립니다."

운전석의 사내는 앗 하는 외침과 함께 오른손을 넣은 주머니를 내밀며 엉거주춤한 자세를 취했습니다. 그러나 아가씨가 앞에 있었기에 바로 쏠 용기는 나지 않는 듯했습니다. 동시에 서장님이 운전석 문을 열고 뛰어들었습니다.

"고로(五郎) 씨, 그만둬요."

아가씨의 찢어지는 듯한 비명과 귀를 때리는 듯한 총성이 동시에 들리더니 자동차의 유리가 튀어올랐습니다. 5초 정도 잠깐 격투가 이어졌습니다. 서장님이 젊은이를 좌석의 구석으로 몰아붙여 권총을 빼앗으며, "오랏줄을 건네줘."라고 제게 말했습니다. 저는 오랏줄 같은 것 들고 다닌 적이 없었습니다. 허리띠라도 풀어줄까 싶었으나, 그에 앞서 젊은이가 이렇게 애원했습니다.

"더 이상 저항하지 않겠습니다. 부디 묶는 것만은 용서해주시기 바랍니다. 얌전히 있겠습니다."

"이 차의 운전수는 어떻게 했지?"

"다선에서 술을 마시고 있습니다."

"공범자가 어딘가에 숨어 있는 건 아니겠지?"

"그런 사람은 없습니다. 맹세할 수 있습니다."

이렇게 말하는 젊은이를 가만히 바라보던 서장님은 마침내 고개를 끄덕임과 동시에 당신이 운전석에 앉아 핸들을 쥐었습니다. ……그로부터 본서에 도착할 때까지, 아가씨와 젊은이는 울음을 그치지 않았습니다. 아까 아가씨가 '고로 씨'라고 외친 일이나, 이후 둘이서 소리를 죽여 울고 있는 모습을 보니, 그들의 관계는 처음 제가 추측한 것과는 다른 관계인 듯했습니다. 이 젊은이는 아마키 씨의 수하가 아니라 오히려 오후미와 직접적인 관계를 가진 사람인 듯하다, 이렇게 생각하며 저는 빨려들어가듯 그 우는 소리를 듣고 있었습니다.

서에 도착하자마자 바로 다선에 전화를 걸었습니다. 운전수가 아직 거기서 차가 돌아오기를 기다리고 있었기에 본서로 가지러 오라고 전하고, 아울러 젊은이와의 관계를 물었으나 그는 젊은이가 말한 대로 전혀 관계가 없는 사람이라는 사실을 알게 되었습니다. ……두 사람을 따로 보호실에 넣은 뒤 그날은 그대로 신문도 하지 않고 관사로 돌아갔습니다. 저녁식사를 마친 뒤 저는 명령에 따라서 기숙사의 상황을 살펴보러 갔는데 마침 내리기 시작한 비 때문에 이사는 오히려 빨리 끝난 듯, 벌써 깔끔하게 정리된 방들에서는 분주하게 저녁을 준비하는 활기찬 소리가 들려왔습니다. 관사로 돌아와보니 서장님은 외출을 하셨습니다. 산책을 하고 오겠다고 말한 뒤 나갔다고 했는데, 돌아온 것은

12시 가까운 시간이었습니다.

"어시장에 다녀오셨습니까?" 제가 묻자,

"응? ……아아, 그런 셈이지." 서장님은 이렇게 말하고 천천히 머리를 흔들었습니다. 예의 고개를 까닥이는 장난감 호랑이처럼. "태어나서 처음으로 빚이라는 걸 지고 왔어. 한심한 얘기지."

"어딘가에 필요한 일이 생기셨습니까?"

서장님은 더 이상 대답하지 않고 말없이 침실로 들어가버렸습니다.

이튿날, 서장님이 우선은 젊은이를 불러다 조사했는데 사건은 우리들의 예상과는 상당히 다른 내용이었습니다. 젊은이의 이름은 야마키 고로였는데 도쿠베에 씨의 외아들로, 사실 오후미의 상대는 그 고로 군이었던 것입니다.

## 7

"이 세상의 그 어떤 사람보다도 저는 저희 아버지를 증오합니다."

이런 말로 시작한 고로 군의 이야기를 요약해보겠습니다. 도쿠베에 씨가 오늘의 자산을 축적하기에 이른 경위에 대해서는 생략하기로 하겠습니다. 이른바 고리대금업자라는 존재의 전형적인 모습으로 그 탐욕스러움과 냉혹함과 비열함에는 동정의 여지도 없으며, 입에 담기조차 불쾌하니. ……야마키 씨는 가게에 고용인을 두지 않고 (사람을 믿지 않는 성격이기에) 아내와 고로 군을 고용인처럼 부렸습니다. 아내는 남편을 닮아서 욕심이 많은 데다 인색했으며, 직업상의 어떤 면에서는 오히려 야마키 씨보다 뛰어난 수완을 가지고 있었다고 합니다. 이러한 부모 사이에서 태어났으나 고로 군은 매우 온화하고 다정한 성격이었습니다. 부모가 부모였기에 어렸을 때부터 친구가 없었으며 혼자서 산이나 들로 가서 소나무와 삼나무의 묘목이네, 꽃이 피는 풀 등을 캐다 정원 구석에 심어놓고 기르는 것이 유일한 즐거움이었습니다. 떠돌이 개나 버려진 새끼 고양이를 보면 그냥 내버려두지 못하고 몰래 창고 안으로 데리고 와서 자신의 밥을 나누어주며 기르곤 했습니다. 물론 들키면 가차 없이 내쫓고 자신도 호되게 야단을 맞았지만 그런 개나 고양이를 보면 역시 데리고 오지 않을 수 없었다고 합니다. ……고로 군은 중학교에 들어가고 싶었습니다. 그러나 고등과에조차 보내주지 않았으며 6학년을 졸업하자마자 그대로 가게에서 일을 하게 되었습니다. 여러 가지 일들을 당했으나, 그 가운데서 한 가지만 예를 들도록 하겠습니다. 그것은 좀처럼 돈을 갚지 않는 집으로 가서 '우는 일'이었습니다. 돈을 빌려간 수많은 사람들 가운데는 냉혈한 도쿠 부부보다 더 지독한 사람들도 있었습니다. 그런 집으로 보내지는 것입니다. 그리고 "돈을 받아가지 못하면 집에 가도 안으로는 들어갈 수 없습니다. 밥도 주지 않습니다. 제발 부탁입니다. 조금이라도 좋으니 얼마간 돈을 주십시오. 부탁드리겠습니다."라며 심지어는 흙바닥에 꿇어앉아 머리를 땅에 대고 울었다고 합니다. 가능한 한 크게, 그리고 서럽게. ……물론 이건 전부 부모에게서 배운 연극이었습니다.

"자네 정말로 그런 일까지 했단 말인가?" 여기까지 들은 서장님은 이렇게 말하며 눈을 휘둥그렇게 떴습니다. 탁자 위에서 맞잡은 손이 떨리고 있었습니다. "열서너 살 때, 자네는 정말로 그런 일을……."

"했습니다. 그런 생각이 떠오를 때마다 저는 부끄러워서 죽고 싶습니다. 어린 마음에도 얼마나 괴로운 일이었는지 여러분이 상상이나 하실 수 있으시겠습니까?"

상처받은 영혼, 저는 숨이 막혀버릴 것 같은 의분을 느끼며 마음속으로 이렇게 중얼거렸습니다. 고로 군의 말이, 학대받고 상처받은 영혼의 고백처럼 들렸기 때문이었습니다. 하지만 더는 말하고 싶지 않습니다. 이야기를 서두르도록 하겠습니다. ……끊임없는 정신적 압박과 불량한 영양 때문에 고로 군은 매우 허약한 청년으로 성장했습니다. 병역은 면제를 받았다고 합니다. 그 무렵에 오후미가 아마키 가에 하녀로 들어왔습니다. 그녀는 극히 가난한 일용직 근로자의 딸로 8남매 가운데 셋째 딸이었는데 20엔이라는 돈 대신 10년 동안 일하기로 약속했으며 처음 왔을 때의 나이는 13세, 마음씨가 곱고 밝았으며 바지런해서 무슨 일에나 도움이 되는 소녀였다고 합니다. 3년쯤 지났을 때 고로 군과 그녀는 어렴풋이 애정을 느끼기 시작했으며, 마침내는 그것이 사랑으로 발전했습니다. 그런 가정이었기에 둘이서만 이야기를 나눌 기회는 물론, 가만히 눈길을 주고받는 일조차 부모님을 두려워하지 않으면 안 되었습니다. 마치 이끼의 꽃처럼 슬프고 축복받지 못한 사랑이었습니다. 억눌린 열기는 누르는 힘이 클수록 강렬해지는 법입니다. 두 사람의 정열은 어떤 우연한 계기를 얻자 단번에 불타오를 수 있는 곳까지 불타오르고 말았습니다. ……단 한 번이었습니다. 그러나 그녀는 그 결과를 몸 안에 받아들게 되었습니다. 3개월 되었다는 사실을 어머니가 알았을 때의 소동은 이야기할 필요도 없을 것입니다. 아마키 씨는 금융관계로 교섭이 있는 '다선'의 안주인에게 그녀를 맡겼습니다. 그리고 매일처럼 다니며 낙태를 강요한 것이었습니다.

"오후미의 임신이 발각되었을 때 저는 집에서 뛰쳐나왔습니다. 그리고 아즈마 자동차상회에 운전 조수로 들어갔습니다. 어제의 운전수와는 그때부터 말을 트게 되었는데 그렇게 아즈마 택시에서 일을 하며 저는 오후미를 데리고 함께 달아날 생각이었습니다. 하지만 딱 한 번 다선의 안주인에게 부탁하여 이야기를 나누었을 뿐, 그 이후부터는 만날 수조차 없었습니다. 소심한 저는 여러 가지로 생각에 잠겨 절망감에 빠져들게 되었습니다. 딱 한 번 만났을 때 오후미는 아버지의 강요에 못 이겨 아이를 지웠다는 사실, 그 죄책감에 따른 두려움, 어둠 속에 묻어버린 아이에 대한 가엾음 때문에 더는 살고 싶지 않다고 말했습니다. 저는 오후미의 말을 진지하게 생각했고, 마침내는 둘이서 함께 죽어야겠다고 결심했습니다."

"권총은 그것 때문에 가지고 있었던 거로군."

"집에서 나올 때 몰래 가지고 나왔습니다. 그때는 그런 일에 사용하게 될 줄은 꿈에도 생각지 못했습니다." 고로 군은 앞으로 고꾸라지는 게 아닐까 싶을 정도로 고개를 숙였습니다. "……어제 그 다선으로 가서 한두 마디라도 좋으니 잠깐 이야기를 하게 해달라고 부탁했더니 경찰에서 조사를 하러 왔다고 하기에 저는 이것이 마지막이라고 생각했습니다. 그래서……."

## 8

고로 군을 보호실로 돌려보내고 이번에는 오후미를 불렀습니다. 낙태 방법과 일시, 태아의 처치에 대한 조서를 작성하는 것이 주요한 목적이었는데, 야마키 씨가 강요했다는 점, 약품의 효과가 없었기에 씨가 나이 든 조산부를 데리고 와서 시술을 했다는 점 등을 특별히 자세하게 기록했습니다. ……끝난 것은 정오를 지난 시각이었으나 서장님은 식사를 하려 하지도 않고 입맛이 없다는 듯 차만 마신 채 자리에서 일어났습니다.

"자네는 수사계 사람들과 협력해서 이 조산부 할멈을 찾아주도록 하게. 가능한 한 빨리. 우물쭈물했다가는 저쪽이 먼저 손을 쓸 거야. 나는 2시간쯤 나갔다 오겠네."

이렇게 말하고 서장님이 나간 뒤, 저는 수사계장과 상의하여 바로 명령받은 일에 착수했습니다. ……그 조산부를 찾아내 서로 데리고 온 것은 그로부터 사흘 뒤였습니다. "야마키 씨가 인공유산의 필요가 있다는 내과의의 증명서를 보이며 부탁했습니다."라고 의외로 술술 사실을 인정했습니다. 내과의의 이름은 기억하고 있지 못했으며 증명서도 보관하고 있지 않았습니다. 물론 위법이라는 사실을 알고 행한 일이었습니다. 서장님은 조서를 작성하기만 했을 뿐, 그 할멈도 그냥 돌려보냈습니다.

"할머니, 조사받았다는 건 비밀로 해야 돼." 서장님은 이렇게 다짐을 두었습니다. "만약 할머니가 이야기를 해서 누군가에게 알려지기라도 하면 공개적으로 일을 처리해야 하니까. 절대로 다른 사람한테 말해서는 안 돼."

이렇게 해서 패는 전부 모였습니다. 드디어 야마키 씨에게 손을 쓸 순서였습니다. 서장님은 과연 어떤 방법을 취할지, 저는 두근거리는 마음으로 그것을 기다렸습니다. 그런데 아무런 일도 일어나지 않았습니다, 아무런 일도. ……고로 군과 오후미 두 사람은 엿새째 되던 날 서에서 나가 그대로 우리들의 눈앞에서 모습을 감추었습니다. 아마키 씨는 얼마 뒤 치러진 현의회의 의원선거에 당선되어 화려하게 현의 정계에 진출하게 되었습니다. 그리고 아무 일도 없었다는 듯 평온무사하게 시간이 흘렀습니다.

"태산이 울리도록 법석을 떨었으나 쥐새끼 한 마리 안 나온 셈이군." 저는 그냥 이렇게 말해보았습니다. 약간 화가 나 있었던 것입니다.

"무슨 소린가, 그건?" 서장님이 졸린 눈으로 저의 얼굴을 바라보았습니다. "태산이 어디서 울렸단 말인가?"

"아마키 씨는 벌써 활발하게 이권을 챙기기 시작했다고 합니다." 저는 일부러 시치미를 떼고 이렇게 말했습니다. "적자생존은 역시 철칙인 듯합니다."

"그렇겠지."

서장님은 이 말만을 한 채 눈을 감아버리고 말았습니다. ……여름이 지나고 가을이 되었습니다. 10월로 들어선 지 얼마 되지 않던 어느 날, 경찰 기숙사에 있던 나가야 사람들의 이사가 있어서 하루 종일 떠들썩하고 분주했습니다. 어떤 이유에서인지 그들의 기쁨은 도를 넘어선 것처럼 보였는데, 그보다 6개월 동안이나 도장에서 생활했던 경관들의 기쁨이 더 컸을 것입니다. 저희는 그날 밤 기숙사로의 복귀를 축하하는 잔치를 성대하게 열었습니다.

그런 떠들썩한 날이 지나고 그로부터 이틀 뒤의 아침, 아마키 씨가 면회를 요청해왔습니다. 서장님은 기다리게 하라고 말하고 1시간쯤 사무를 본 뒤, 그것이 정리되자 기자실에 있던 신문기자 5명 모두를 서장실로 불렀습니다. 이런 적은 거의 없었습니다. 뭔가 중대사건에 대한 발표가 있으리라 생각한 모양입니다. 기자들 모두 긴장한 얼굴로 들어오자마자 손에 손에 연필과 종이를 쥐었습니다.

"우리 시의 어떤 곳에서 임신 4개월이 된 태아의 사체가 발굴되었네." 서장님은 이렇게 말을 시작했습니다. "대략 7개월쯤 전의 것으로 추정되네. 거의 부패했으나 숙련되지 않은 자의 손으로 분만집게를 사용한 흔적이 남아 있네. 명료한 낙태사건일세. 지금부터 실지검증을 갈 예정이니 함께 가도록 하세. 그런데 지금 면회를 요청한 사람이 있으니 그 손님과의 이야기를 마칠 때까지 기다려줬으면 하네. 아니, 자리를 비켜줄 필요는 없네. 모두 여기에 있어도 상관없어. 손님은 현의회의 새로운 의원이신 야마키 씨이니."

그런 다음 야마키 씨를 불러달라고 말했습니다. ……반년 전에 비해서 한층 더 살이 찐 듯, 씨의 굵고 짧은 목을 조이고 있는 목깃이 갑갑하게 보였습니다. 씨는 흥분했다기보다 격앙되어 새빨개진 얼굴로 모여 있는 기자들을 힐끗 보았습니다.

"저는 서장님하고만 말씀을 나누고 싶습니다만." 씨가 위엄을 내보이려는 듯 가슴을 펴고 말했습니다.

"이 사람들은 모두 우리 시의 신문기자들입니다." 서장님이 생글생글 웃으며 이렇게 대답했습니다. "그런 식으로 말씀하시면 기자들은 이렇게 생각할지도 모릅니다. 새로 현의원이 된 쟁쟁한 인물이 경찰서장과 은밀하게 이야기를 나누려 한다, 거기에는 뭔가……."

"됐습니다. 기자들이라면 상관없습니다." 야마키 씨가 당황한 듯 고개를 끄덕였습니다. "공명한 비판을 해줄 수 있을 테니 오히려 잘 됐습니다."

"그럼 얘기를 들어보겠습니다."

"저는 공무로 시찰을 하기 위해 20일 정도 여행을 다녀왔습니다. 현의 산업에 관한 중요한 시찰이었습니다." 씨는 말의 효과를 확인하기 위해 빠르게 사람들의 얼굴을 돌아보았습니다. "그리고 오늘 아침 일찍 돌아왔습니다만, 집을 비운 사이에 제 주거권에 대한 중대한 침해가 있었습니다. 주거권에 대한 침해이자 개인적 목욕입니다."

"그 말씀만으로는 알아들을 수가 없습니다. 조금 더 구체적으로 말씀해주시기 바랍니다."

"현장을 직접 보시지 않는다면 이해할 수 없으실 겁니다. 부탁드리겠습니다. 같이 가주시기 바랍니다. 자동차가 기다리고 있으니."

## 9

"모두 들은 대로일세." 서장님이 기자들에게 말했습니다. "어차피 조금 전에 말했던 실지검증 건도 있네. 괜찮다면 같이 가지 않겠나?"

이렇게 해서 모두가 함께 서를 나섰습니다. ……기다리고 기다리던 순간이 왔다, 서장님의 이른바 '마무리'가 시작된 거야. 저는 이렇게 생각하며 남몰래 회심의 미소를 지었습니다.

2대의 자동차는 곧 야마키 씨의 '저택'에 도착했습니다. 씨가 우리를 정원 쪽으로 안내해주었는데 거기에서 본 풍경만큼 진귀하고 기묘한, 사람을 조롱하는 듯한 풍경을 저는 한 번도 본 적이 없었습니다. ……닥치는 대로 돌과 석등롱을 늘어놓은 벼락부자 취향의 조악하기 짝이 없는, 그러나 한껏 공을 들인 정원을 절반으로 갈라 거기에 거지움막 같은 초라한 나가야가 서 있었습니다. 이쪽이 요란스러운 벼락부자 취향을 자랑하고 있는 만큼, 그 대담할 정도로 지저분한 건물이 주는 효과는 만점이었습니다. 만국기처럼 기저귀와 작업복과 속옷을 널어놓은 아래를, 야마키 씨가 말한 이른바 '부스럼투성이 아이들'이 요란스럽게 뛰어다니고 있었고, 거기에 아낙네들의 거칠 것 없이 떠들어대는 소리까지 더해져 참으로 장관이라 할 수 있는 광경을 연출하고 있었습니다. 저는 그때 서장님이 빙그레 웃으며, "음, 아주 좋군."이라고 혼잣말로 중얼거린 것을 들었습니다. 기자들은 껄껄 웃기도 하고, 손뼉을 치며 환성을 지르기도 했습니다.

"이거 굉장한데. 근래 들어 최고의 걸작이야."

"훌륭한 사진기사가 될 거야. 바로 전화를 해서 사진반을 불러야겠어."

"모두 그만 하십시오." 야마키 씨가 벌겋게 달아오른 얼굴로 외쳤습니다. "이건 웃을 일이 아닙니다. 진지한 눈으로 봐주시기 바랍니다. 이와 같은 불법이 여러분들 눈앞에서 자행되고 있습니다. 이는 야마키 개인의 주거권을 침해하는 일임과 동시에 현의회의 의석을 점하고 있는 공인에 대한 모욕입니다. 이 점을 공평하게 관찰해주시기 바랍니다."

"알겠습니다." 서장님이 온화하게 고개를 끄덕이며 말했습니다. "틀림없이, 이건, 그, 뭐라고 해야 좋을지, 그러니까……."

이때 기자들이 한꺼번에 웃음을 터트렸습니다.

"모두들 웃지 말게." 서장님이 웅얼거리는 듯한 목소리로 제지했습니다. “이건 진지한 문제일세. 눈앞의 풍경은 다소간 진지하지 못하지만.” 여기서 다시 커다란 웃음이 터졌습니다. “저런 나가야를 저런 곳에 갑자기 짓다니, 이건 아무래도 사람을 꽤나 우롱하고 있는 듯합니다. 야마키 씨, ……그런데 당신은 어째서 가만히 지켜보시기만 한 겁니까?”

“폭력입니다. 법의 유린입니다. 저 토지를 사들인 사람이 제가 집을 비운 동안에 집안사람들이 말리는 것도 무시한 채 지은 겁니다.”

“상대는 어떤 사람입니까?”

“사나다(真田)라는 변호사가 대리인으로 나서고 있을 뿐, 당사자는 애초부터 교섭에 나오지 않았습니다.”

“흠, 그렇다면 그 변호사를 데리고 오후에라도 서에 함께 와주시겠습니까? 이처럼 진지하지 못한 일은 저로서도 그냥 보아 넘길 수 없으니.”

“알겠습니다. 잘 좀 부탁드리겠습니다.”

“그건 그렇고 이건 또.”

이렇게 말하며 서장님이 나가야 쪽을 돌아보았을 때였습니다. 본서의 수사계장과 두 형사가 검사국 사람 셋을 안내해서 이쪽으로 오고 있었습니다. 기자들이 얼른 알아보고 그 사실을 알려주자 서장님이 이상하다는 듯 형사를 불렀습니다.

“무슨 일인가? 이런 곳에 무엇을 하러 온 거지?”

“예의 실지검증입니다.”라고 계장이 대답하며 다가왔습니다. “이 바로 맞은편입니다.”

“뭐라고? 현장이 여기였다는 말인가?” 서장님은 이렇게 말하고 야마키 씨를 돌아보았습니다. "저는 잠깐 실례하겠습니다, 수사상의 용무가 생겼으니. 오후에 서에서 기다리고 있겠습니다."

"네, 그런데……." 야마키 씨는 갑자기 안절부절 하지 못했습니다. "여기서 뭔가 범죄사건이라도 있었습니까?"

"네, 그런 셈입니다." 서장님은 벌써 발걸음을 옮기기 시작했습니다. "모두 따라오게. 나는 까맣게 잊고 있었는데 현장이 여기라고 하는군. 아아, 수고하십니다."

검사들과 이렇게 인사를 나눈 뒤 서장님은 수사계 사람들과 앞서 걷기 시작했습니다. ……저는 야마키 씨가 어떻게 하는지를 지켜보았습니다. 씨는 불안하다는 듯한 모습으로 모두의 뒤를 따라갔습니다. 일행은 정원을 가로질러 나가야의 북쪽 끝에 있는 공터로 나갔습니다. 그곳은 잡초가 드문드문 자라 있고 비틀어진 감나무가 네다섯 그루 서 있을 뿐, 햇빛도 잘 들지 않는 습한 땅이었습니다. 그런데 감나무 사이에 한 군데, 1말(약 18ℓ)짜리 통이 들어갈 만한 구멍이 파여 있었습니다.

"여깁니다." 형사 가운데 한 사람이 구멍을 가리키며 말했습니다. "여기에 묻혀 있었습니다."

"네, 약식도만 그리고 바로 서로 옮겼습니다.

검사와 수사계의 문답을 들으며 저는 가만히 야마키 씨를 보았습니다. 씨는 사람들 뒤에 서 있었습니다. 낯빛을 완전히 잃었습니다. 아랫입술을 축 늘어뜨린 채 공허해진 눈을 튀어나올 듯 둥그렇게 뜨고 두 손의 손가락을 힘껏 문지르고 있었습니다. 그리고 씨의 이마에서부터 귀밑머리로 식은땀이 줄줄 흘러내리는 것이 보였습니다. 저는 사람의 얼굴에 그처럼 선명하게 '공포'의 표정이 드러난 것을 본 적이 없었습니다. 씨가 졸도하는 것 아닐까 여겨지기까지 했습니다.

"저 나가야를 세운 것이 발견의 단서였다고 합니다." 서장님이 야마키 씨 따위는 눈에도 들어오지 않는다는 듯한 태도로 검사 한 명에게 이렇게 말하며 걷기 시작했습니다. "생각해보면 섬뜩한 기분이 듭니다. 대체 이 땅 아래에 얼마나 많은 범죄가 빛을 보지 못하고 숨겨져 있을지. 얼마나……."

## 10

아마도 야마키 씨는 서에 오지 않을 것이다, 저는 이렇게 생각하고 있었습니다. 그 정도의 타격을 입고도 나가떨어지지 않을 사람이 있으리라고는 생각지 못했기에. 그런데 씨는 찾아왔습니다. 사나다 도라이치(真田虎市)라는, 시에서도 저명한 변호사와 함께 오후 2시 조금 전에 태연하게 서장실로 모습을 드러냈습니다.

"기다리고 있었습니다. 이리로 오십시오." 이렇게 말하며 서장님은 두 사람을 의자 쪽으로 불렀습니다. "죄송한 말씀입니다만, 급한 용무가 생겼으니 용건을 가능한 한 간단하게 말씀해주셨으면 합니다. 자, 편안하게."

"저도 바쁘니."

사나다 씨는 이렇게 대답하며 벌써부터 그곳에 서류를 꺼내놓았습니다. "얼른 말씀드리도록 하겠습니다. 야마키 씨 쪽의 사정은 들으셨으리라 생각합니다. 저는 제가 의뢰받은 건에 대해서만 말씀드리겠습니다.”

이렇게 말하고 사나다 씨가 이야기한 바에 의하면, 지금으로부터 6개월 전, 어떤 사람이 야마키 저택의 부지 가운데 일부를 니이무라 씨에게서 사들여 거기에 집을 지을 생각이니, 야마키 씨에게 정원의 철거를 청구해달라고 의뢰를 해왔다고 합니다. 이에 수차례에 걸쳐서 야마키 씨와 교섭을 벌인 결과 권리금으로 3천 엔을 지불하겠다는 계약이 성립되었습니다. 그 계약은 야마키 씨가 부재중이었기에 씨의 아내와 맺은 것이었습니다. 그런데 나중에 야마키 씨가 권리금에 불복하여, 1만 엔 이하로는 승낙할 수 없다고 말하기 시작했습니다. 계약서를 보였으나, “이건 아내가 맺은 것인데, 일본에서 여자에게는 법률적 책임이 없다.”라며 일축해버리고 말았습니다.

“저도 의뢰인에게 사정을 이야기해서 5천 엔까지 권리금을 올렸습니다.” 사나다 씨가 계약서라는 것을 펼치며 말을 이었습니다. “그러나 야마키 씨는 아무래도 승낙하시지 않으셨습니다. 저로서는 의뢰인에 대한 책임도 있고, 또 언제까지고 그렇게 연기할 수만도 없었기에 의뢰인이 청구한 대로 건축을 실행했습니다.”

“하아.” 서장님은 천천히 고개를 끄덕였습니다. “그렇게 된 거라면 야마키 씨, 당신 말씀과는 조금 다른 듯합니다.”

“하지만 서장님.” 야마키 씨는 다급한 듯했습니다. “그 정원을 만드는 데 막대한 비용이 들었습니다. 그걸 철거하는 데 3천이나 5천 엔 가지고는 어림도 없습니다. 사람들에게 물어보시기 바랍니다. 그런 돈으로는 절대 어림도 없습니다.”

“알겠습니다. 그런 돈으로는 어림도 없다고 합시다.” 서장님이 커다랗게 고개를 끄덕이며 말했습니다. “그리고 그런 가격으로는 계약을 맺을 수 없다. ……그런데 그렇게 하면 사모님이 문제가 됩니다.”

“집사람이 문제……, 무슨 말씀이신지?”

“여자이기에 계약에 대한 법률적 책임은 없다 할지라도, 계약서에 날인했으니 사인(私印)도용이라는 죄가 성립됩니다.”

“하지만 그건, 그건 물론.”

“빠져나갈 구멍이 있습니까?” 서장님이 시익 웃었습니다. “틀림없이 법률만큼 불완전한 것도 없습니다. 한번 생각해보시기 바랍니다, 당신답게 교묘히 빠져나갈 구멍을. ……하지만 저로서는 이 계약서를 승인하거나, 혹은 사인도용을 인정하거나, 이 두 가지 외에 방법은 없다고 말씀드릴 수밖에 없을 듯합니다.”

“잘 알겠습니다.” 야마키 씨가 손을 떨며 의자에서 일어났습니다. “더 이상 아무런 말도 하지 않겠습니다. 하지만 고도 씨, 전 이대로는 물러나지 않을 겁니다. 저는 현의회의 의석을 차지하고 있는 사람입니다. 현의회에 호소해서라도 일을 매듭짓도록 하겠습니다. 사나다 씨도 의뢰인에게 이렇게 전해주시기 바랍니다. 야마키는 냉혈한 도쿠라는 별명을 얻었을 정도의 사람이니 우습게 보았다가는 큰 코 다칠 줄 알라고. 이만 실례하겠습니다.”

예의 어색하기 짝이 없는 천박한 서쪽 지방 사투리로 이렇게 말하고 나가려 하는 야마키 씨를 서장님이 조용히 불러 세웠습니다.

“야마키 씨, 죄송하지만 당신을 돌려보낼 수는 없습니다.”

“어째서죠?” 야마키 씨가 돌아보았습니다.

“실례가 되는 말씀일지 모르겠으나 당신은 낙태교사와 사체유기 혐의를 받고 있습니다. 번거로우시겠지만 신병을 구속해야겠습니다."

"마, 말도 안 되는. 말도 안 되는 소리를."

"이걸 보시기 바랍니다." 서장님은 탁자의 서랍에서 서류 3통을 꺼냈습니다. "고로 군과 오후미, 당신이 의뢰한 산파, 이 세 사람의 공술서입니다. 태아의 사체도 나왔습니다. ……여기에도 빠져나갈 구멍이 있습니까?"

쿵 하는 커다란 소리와 함께 야마키 씨가 거기에 쓰러져버리고 말았습니다.

*　　　*　　　*

사나다 씨가 돌아가고 야마키 씨가 유치소로 끌려간 뒤, 서장님은 커다란 한숨과 함께 의자의 등받이에 몸을 기댔습니다. 저는 그 풀이 죽은 듯한 얼굴을 보며 사나다 변호사가 말한 의뢰인이 누구인지를 비로소 깨닫게 되었습니다. 언제였던가 밤에, '태어나서 처음으로 빚이라는 걸 졌어.'라고 했던 말, 그리고 그 나가야를 세웠다는 사실, 변호사가 끝내 의뢰인의 이름을 밝히지 않았다는 점 등, 이 모든 것이 잠꾸러기 서장님 자신이라는 사실을 증명하고 있는 것이나 다를 바 없었습니다.

"눈 속의 모래를 빼내셨습니다, 서장님." 저는 이렇게 말했습니다. "하지만 서장님께서는 꽤 비싼 대가를 치르신 듯하던데."

"……너무 지나쳤다고는 생각지 말아주게." 서장님이 낮은 목소리로 이렇게 말했습니다. "그 정원에 그 나가야를 세워 만들어진 한심한 풍경이 이번 사건에서 얻은 작은 위안일세."

"한 가지 더 위안거리가 있지 않습니까? 고로 군과 오후미는 어떻게 되었습니까?"

"아아, 그 젊은 부부 말인가?" 서장님의 눈이 반짝반짝 밝게 빛났습니다. "맞아, 그 사람들이 또 나의 마음을 위로해주고 있어. 고로 군은 말이지, 지금 도쿄의 경찰청에서 운전수를 하고 있어. 부부 원만하게 말이지. ……얼마 전에 온 편지에 의하면 오후미의 몸에 축복할 일이 일어났다고 하더군."

# 매일 밤 12시
## 夜每十二時

**1**

그해 5월은 장마가 일찍 시작된 것처럼 우울한 가랑비가 하순 가까이까지 계속 내렸고, 그것이 그쳤나 싶더니 단번에 더위가 찾아왔습니다. 습기가 높은 데다가 갑작스러운 더위였기에 파리와 모기의 번식도 예년과 달리 심해서 유행병을 경계하는 선전이 일찍부터 행해졌습니다. ……그런 계절의 어느 날, 고도 산쇼라는 개인명으로 등기속달 우편이 서장님에게 도착했습니다. 보낸 사람은 구루와초(曲輪町)의 나루세 마사히코(成瀨正彦), '필친전(必親展)'이라고 커다란 글씨로 적혀 있었습니다. 구루와초의 나루세라면 옛 번주의 일족인데 그 커다란 자산과 괴팍한 성격으로 유명한 사람이었습니다. 저는 그 편지를 바로 서장님께 가지고 갔습니다.

"무슨 소린지 하나도 모르겠군." 읽기를 마친 서장님이 편지를 밀어 건네주며 지긋지긋하다는 듯 그 떡 벌어진 어깨를 들썩였습니다. "이런 사람들은 경찰을 어떻게 생각하고 있는 걸까? 자신의 고용인이라고 생각하기라도 하는 걸까? 어쨌든 읽어보게."

저는 편지를 집었습니다. 그것은 매우 간단한, 그러나 어린아이가 쓴 것처럼 연필로 비뚤비뚤 서툴기 짝이 없게 흘려쓴, <나의 목숨에 관한 건으로, 반드시 극비리에 상의하고 싶은 일이 있다. 오늘 밤 10시 정각에 만사 젖혀두고 와주었으면 한다. 그때 가능하다면 공증인을 데리고 와주도록. 또한 방문할 때는 반드시 사복으로, 현관에서는 이시다 산조(石田三造)라고 이름을 대기 바란다.> 이런 내용의 글이었습니다.

"하지만 목숨에 관한 일이라고 하니 그냥 내버려둘 수도 없는 일 아닙니까?"

서장님은 잠시 무엇인가를 생각하다가 마침내 저를 휙 바라보더니, "자네는 반년쯤 전에 어딘가의 신문에서 나루세 가에 대해 쓴 기사를 읽은 기억이 없는가?"라고 물으셨습니다. 이 말을 듣고 생각이 났는데 오랜 병상에 누워 있는 나루세 씨와 젊은 부인에 관해서, 틀림없이 미담풍의 기사가 어느 신문엔가 실린 적이 있었습니다.

"내용은 잊었지만 읽은 기억이 있습니다."

"미안하지만 찾아와주지 않겠는가?"

저는 바로 서고로 가서 사환의 도움을 받으며 철해놓은 자료를 넘겨보았습니다. 그것은 5개월 전의 『석간 호치(報知)』에 실려 있었습니다. <현대 선연전(嬋娟傳)>이라는 제목이었는데, 미인으로 평판이 높은 우리 시의 명류 부인이나 아가씨를 평하는 형식으로 쓴 연재물이었습니다. 나루세 부인에 관한 기사는 그 5번째에 해당하는데, 3회에 걸친 자세한 내용이었습니다. ……간단히 말하자면 이런 내용이었습니다. 나루세 마사히코 씨는 옛 번주의 일족이자 굴지의 자산가로 저명한

데 괴팍하고 고고한 성격으로 세상과의 교섭이 전혀 없으며 자신의 저택 안에 깊이 숨어 선자(禪者)와도 같은 생활을 해왔다. 5년 전, 건강이 쇠해가고 있음을 느낀 씨는 부인을 맞아들였다. 부인의 집안 역시 옛 번주의 방계이기는 하나 완전히 몰락해서 몇 년 전부터 나루세 씨의 보조를 받고 있었다. 새로운 부인의 이름은 사치코(佐知子), 나이는 18세로 여학교를 막 졸업했다. 나루세 씨는 벌써 56세로 나이 차도 컸으며, 부인은 그 모교에서도 미인으로 이름이 높았기에 두 사람의 결혼은 세상으로부터 좋지 못한 평을 얻었다. 그런데 얼마 후 나루세 씨가 뇌익혈로 쓰러져 반신불수가 되어 병상에 눕게 된 이후, 부인은 헌신적으로 남편을 간호하며 오늘에까지 이르렀다. 이러한 점을 고려했을 때 세상은 부인에 대한 편견을 바로잡지 않으면 안 된다. 가정은 나루세 씨가 어렸을 때부터 데리고 있던 이즈미(和泉) 비서와 나이 든 하인, 그리고 하녀밖에 없는 쓸쓸한 구성원이다. 방문객도 없고 외출도 하지 않아 열릴 날이 없는 문, 닫힌 창문, 음울하고 어두운 저택 안에서 나이 들고 병든 남편을 위해 행복해야 할 날들을 바친 채 비구니와도 같은 나날을 보내고 있는 가인, 이야말로……. 대충 이런 식이었습니다.

"가보기로 할까." 신문을 읽고 난 서장님이 이렇게 말했습니다. "아름다운 영부인을 만날 수 있다는 것만으로도 가치는 있을지 모르니."

"공증인은 어떻게 하시겠습니까?"

"자네가 대리하면 될 걸세. 정말 필요하다면 다시 데려가기로 하지. 아마도 그럴 일은 없을 테지만."

그날 밤 10시 5분 전에 우리는 나루세 저택을 방문했습니다. 기와를

없은 흙담으로 둘러친 널따란 저택 안은 빈틈이 없을 정도로 물참나무와 비자나무와 모밀잣밤나무 등의 상록수가 가지를 뻗고 있어서 그것만으로도 어둡고 축축한 느낌이 들었는데 건물이 메이지[24] 초기의 서양식 건물로 탄탄하기는 하나 창문이 작은 영국풍의 음침한 구조였기에 갑갑하고 차갑게 압박하는 듯한 분위기가 감돌고 있었습니다.

"죄송합니다만 나리는 병중이시고, 어떤 분과도 만나지 않으시겠다고 하셨기에."

현관으로 나온 노인이 이렇게 답했습니다. 허리가 굽기 시작한 백발의, 무뚝뚝한 노인이었습니다. 그가 그 집안에서는 '할아범'으로 불리는 기우치 마타헤이(木内又平)였습니다.

"아니, 나리께서는 만나주실 겁니다." 서장님은 이렇게 말했습니다. "이시다 산조가 왔다고 말씀을 전해주시기 바랍니다. 틀림없이 허락을 해주실 겁니다."

노인은 여전히 무표정한 눈빛으로 의심스럽다는 듯 우리를 보고 있다가 마침내는 안으로 말을 전하러 들어갔고, 잠시 후 돌아와서는 입을 다문 채 언짢다는 듯한 표정으로 들어오라는 손짓을 했습니다. 우리는 복도를 돌아 이미 낡아 삐걱거리는 소리가 들리는 계단을 올랐고, 그곳의 3개가 늘어서 있는 방 문 가운데 가장 끝에 있는 방 앞에 섰습니다. 복도를 사이에 두고 맞은편에도 문이 2개 있었으며, 복도 끝은 발코니에라도 나갈 수 있는 것인지 묵직하고 튼튼해 보이는 두짝 열개로 이루어져 있었습니다. ……노인이 노크를 하자 방 안에서 맑은

24) 메이지(明治) 시대는 1868~1911년.

방울소리가 들려왔습니다. 그것을 귀 기울여 듣고 난 뒤 노인은 문을 열었고 그런 다음 드디어 우리를 위해서 몸을 비켜주었습니다. 그 엄격한 태도가 이 집안의 평소 고리타분하고 낡은 습관과 주인의 고집스러운 취향을 나타내고 있는 것 같아서 저는 벌써부터 불쾌한 기분에 휩싸였습니다.

## 2

그곳은 2간(약 3.5m)에 3간(약 5.5m) 정도 되는 매우 음울한 느낌의 방이었습니다. 거뭇한 녹색 커튼이 닫힌 창 쪽으로 머리를 두고 커다란 마호가니 침대가 떡하니 놓여 있었습니다. 방의 장식은 단순하고 묵직했으며 천장과 벽과 무늬가 들어간 나무 바닥도 시간의 켜와 가라앉은 광택을 드러내고 있었습니다. 침대 오른쪽에 선반이 달린 협탁이 있고 그 위에 짙은 보라색 갓을 씌운 취침등이 켜져 있었습니다. 가느다랗고 희미한 그 빛이 침대 위에 누워 있는 노인을 우리에게 보여주었습니다. ……빛이 바랜 삼베처럼 섬뜩한 백발과 부은 눈꺼풀과 힘없이 틀어진 입술이 가장 먼저 주의를 끌었습니다. 그러나 거기까지 보는 것이 전부였습니다. 자존심 강한 사람들이 누구나 그런 것처럼 나루세 씨도 우리에게 얼굴을 보이는 것이 불쾌했던 것이겠지요. 눈썹을 잔뜩 찌푸리며 취침등의 빛을 외면하더니 불편한 오른손을 무겁다는 듯 움직여 의자에 앉혀달라는 신호를 보냈습니다.

"틀림없이 고도 군이겠지?" 나루세 씨가 취침등의 갓을 기울여 빛이 이쪽으로 똑바로 오게 하며 낮고 어눌하고 매우 메마른 목소리로 이렇게 말했습니다. “틀림없이 고도 산쇼 군이시겠지? 만약 당신이…….”

“틀림없이 고도입니다. 상의하실 일이라는 걸 들어보기로 하겠습니다.”

“나는 몸이 말을 듣지 않네. 이렇게 혀도 마음대로 놀릴 수가 없어. 아마 사물을 판단하는 힘도 정확하지 않으리라 여겨지네. 그러니 자네가 고도 군의 이름을 도용하고 있다 해도 꿰뚫어볼 능력이 없을지도 몰라. ……그렇게 생각하지 않나?”

혀가 잘 돌지 않아 알아듣기 어렵고 편집적으로 의심이 많아 집요한 느낌이었기에 서장님도 얼마간 마음이 상했는지, “그렇게 의심스러우시다면 이대로 돌아가도록 하겠습니다.”라며 의자에서 일어서려 했습니다.

“화가 나신 건가?” 나루세 씨가 이렇게 말했습니다. “자자, 앉도록 하게. 난 대체로 사람이라는 것을 믿지 않는 성격이니. 하지만 자네가 고도 군이라는 사실만은 틀림없는 듯하군. 알겠네, 믿기로 하겠네.”

“말씀을 들어보겠습니다.”

“이걸…….” 이렇게 말하며 나루세 씨는 예의 말을 잘 듣지 않아 부들부들 떨리는 오른손으로 종이 한 장을 내밀었습니다. “이걸 읽고 자네와 거기에 있는 공증인이 입회 보증을 해주셨으면 하네.”

서장님이 받아 펼쳐보았습니다. 그것은 유언장이라고 할 수 있을 만한 것으로, 〈내가 죽은 뒤 나루세 가에 속한 전 자산을 조카인 마쓰카와 이쿠조(松川郁造)에게 물려주겠다. 이쿠조는 그 가운데서 현금으로 1만 엔을 나의 아내인 사치코에게 줄 것, 우리 시의 자선사업에 1만 엔을 기부할 것, 위의 2개 조항을 실행할 의무가 있다. 이에 대해서 친족들의 이의는 어떠한 경우에라도 허락하지 않는다.> 이런 내용 뒤에 서명, 날인이 되어 있었습니다. 서장님은 난처하게 되었다는 듯 한숨을 내쉬었습니다.

"이건 상당히 중요한 문제입니다. 사정이야 있으실 테지만 어째서 저를 입회인으로 선택하신 겁니까?"

"달리 사람이 없었기 때문일세." 나루세 씨가 냉소하는 듯한 투로 이렇게 대답했습니다. "내 주위에는 믿을 만한 사람이 아무도 없어. 하나같이 범이나 승냥이 같은 놈들뿐일세. 게다가 나는 목숨을 위협받고 있어, 목숨을……. 고도 군에 대해서는 신문에서 종종 보았고, 경찰서장이라는 신분이 내 유언의 입회인으로, 또 내가 살해당하려 하고 있다는 사실에 대해서도 누구보다 유력한 입장에 있다고 생각했기 때문일세."

"아무래도 믿을 수가 없습니다." 서장님은 이렇게 말하며 불쑥 손을 뻗어 나루세 씨의 뺨에 앉은 모기를 쫓았습니다. "당신과 같은 신분에 계신 분이 그런 위험한 상태에 있으리라고는 믿겨지지 않습니다."

"믿고 말고는 자네 마음일세. 그리고 나 역시도 나의 감각이 더없이 건전하다고는 말하지 않겠네. 하지만 나는 내 눈으로 보고 있어." 나루세 씨는 잠깐 말을 끊은 뒤 어딘가를 응시하듯 눈동자에 힘을 주며 말을 이었습니다. "매일 밤 12시 무렵이면 누군가가 이 방으로 들어오네. 그리고 그 협탁 위의 브롬제 시럽이 들어 있는 작은 주전자 속에 무엇인가 약 방울을 넣네. 그런 다음 다시 조용히 나가네. ……매일 밤일세. 매일 밤 12시 무렵이 되면 이러한 일들을 반드시 보네."

"그것만으로는 아무래도." 서장님은 환자의 얼굴을 가만히 바라보고 있었습니다. "조금 더 자세히 들려주셨으면 합니다."

"내 몸은 이제 브롬제밖에 듣지 않게 되었네. 그것도 오후와 한밤중에 2번. 심계항진이 일어날 때만. ……브롬제 시럽은 2번 모두 조카인 이쿠조가 만들어주고 있네. 오후 1시에 1번, 오후 8시에 자신의 집으로 돌아가기 전에 1번. 내가 보는 앞에서 저쪽 선반에 있는 약을 꺼내서 만들어주지."

"어째서 사모님이 하지 않으시는 겁니까?"

"아아, 입을 좀 다물어주게. 자네는 나의 입장을 알지 못해." 나루세 씨가 거의 화난 듯한 투로 말했습니다. "이즈미는 우리 집에서 어렸을 때부터 자란 사람이야. 사치코는 나의 아내야. 하지만 나는, ……나는 식사를 할아범에게 만들게 하고 있어. 약은 조카 외에 다른 사람에게 손을 대게 할 마음이 없어, ……절대로. 하지만 이런 가정 내의 사정은 자네와 상관없는 일일세. 매일 밤 12시면 내가 먹는 시럽 안에 누군가가 약 방울을 넣고 있어. 자네는 이 사실만 알아두었으면 해."

"대충 누구인지 짐작은 하고 계십니까? 남자인지, 여자인지, 젊은 사람인지, 나이 든 사람인지……."

"이 취침등은 빛이 약하고 그 사람은 약이 있는 선반 저쪽으로 빛을 피해서 오고, 거기에 시력이 완전히 떨어져 있어서 남자인지 여자인지조차 구별하기 어렵네만……."

### 3

네만……, 이라고 말한 순간 나루세 씨의 왼쪽 뺨이 꿈틀꿈틀 경련을 일으켰습니다. 커다란 줄무늬모기가 한 마리 거기에 앉아 피를 빨고 있었습니다. 서장님은 다시 조용히 손을 뻗어 쫓아주었습니다.

"그렇다면 당신께서 자신의 생명에 위험을 느끼고 있다는 건, 한밤중에 누군가가 와서 당신이 드시는 약 속에 뭔가 독극물 같은 것을 넣는다는 그 사실을 말하는 겁니까?"

"음식에도 넣을지 모르네." 나루세 씨가 억양이 없는 목소리로 말했습니다. "하지만 내게 있어서 그건 더 이상 중요한 일이 아닐세. 난 이렇게 거의 전신불수가 되어 살아 있는 송장이나 다를 바 없네. 죽음을 두려워하지는 않아. 하지만 나의 목을 조르는 손에 나의 유산을 쥐어줄 수는 없네. 그것만은 결코 용납할 수가 없어. 알겠는가, 고도 군."

"실례합니다만." 서장님이 잠깐 사이를 두었다가 말했습니다. "집안에 관한 일을 두어 가지 여쭈어봐도 되겠습니까? 예를 들자면 이즈미라고 하는 사람의……."

"아니, 거절하겠네. 나는 나루세 마사히코일세. 내가 살아 있는 한 집안의 사정을 탐색하는 일은 용납할 수 없네. 또 그럴 필요가 어디에 있는가? 그런 일은 내가 죽은 뒤에 하면 충분할 걸세." 나루세 씨는 흔들흔들 예의 오른손을 흔들었습니다. "……그리고 자네는 여기서 그 유언장에 서명, 날인을 해주게. 물론 그쪽의 공증인도 그렇게 해주고. 저기에 벼루와 붓을 내어놓았으니."

침대 이쪽 편, 즉 우리가 앉아 있는 의자 바로 옆에 조그만 책상이 있고 그 위에 훌륭한 나전칠기 벼루 상자가 놓여 있었습니다. 어르신, 어떻게 하시려나 생각하며 저는 바라보고 있었습니다. 그런데 서장님은 태연하게 책상을 향하더니 벼루 상자를 열어 붓을 쥐었습니다. 그런 다음 서명을 한 뒤 엄지손가락 안쪽에 인주를 묻혀 지장을 찍고, 뒤를 돌아 제게도 똑같이 하라는 신호를 보냈습니다. 어쩔 수가 없었습니다. 저도 똑같이 서명을 하고 지장을 찍었습니다.

"흠, 됐네." 나루세 씨는 면밀하게 두 사람의 이름을 살펴본 뒤 그것을 서장님에게 돌려주었습니다. "이걸로 됐네. 자네가 잘 맡아두도록 하게."

"제게 맡기시겠다는 말씀이십니까?"

"그 외에 안전한 보관법은 없네. 부탁이니 그걸 확실하게 맡아주었으면 하네. 그리고 미안하지만, 지쳤으니 이만 돌아가주었으면 하네."

나루세 씨는 깊은 한숨을 내쉬고 부어오른 눈을 감은 채 침묵했습니다. 어딘가 구석에서 모기가 둔탁한 날개 소리를 내고 있을 뿐, 조용해서 아무런 소리도 들리지 않았습니다. 서장님은 마침내 몸이 무겁다는 듯 의자에서 일어나, "몸조리 잘 하시기 바랍니다."라고 말하고 그 방에서 나왔습니다.

"그런 서류에 서명을 해도 괜찮은 겁니까?" 어두운 밤길을 돌아오며 제가 이렇게 물었습니다. "아무리 그래도 조금은 무모하다고 생각합니다만."

"조그만 자선일세. 우리가 서명했다고 해도 법률적 효력은 없어. 하지만 그렇게 해서 환자의 마음이 놓인다면 그것으로 되지 않았는가?"

"만약에 정말로 살인이라도 행해진다면 어떻게 되겠습니까? 이러한 경우에는 법률적 효력이 없는 유서에 본인의 의지가 있으니, 나루세 씨에게 만약의 일이 벌어지면."

"망상이야." 서장님은 머리를 흔들었습니다. "그 사람은 평소에도 일종의 편집증 환자였어. 그런데 침대에 누운 채 간신히 오른손만 움직일 수 있는 몸으로 마지막을 기다리고 있네. 그 고통이 여러 가지 망상을 만들어내고 있는 거야. 정말로 살의를 가진 사람이 있다면 매일 밤 12시에 와서 어쩌고 하는 변죽을 울리는 듯한, 서툴기 짝이 없는 방법을 쓸 리가 없지 않은가."

"저는 아무래도 그렇게 여겨지지 않습니다. 뭔가 자꾸만 마음에 걸리는 것이 있습니다. 그렇다고 특별한 이유가 있는 것은 아니지만."

"아름다운 부인을 보지 못했기 때문일세. 살짝 기대에 어긋났던 거겠지." 이렇게 말하고 서장님은 웃었습니다. "어쨌든 나루세 씨는 쉽게 죽을 사람이 아니야. 그건 내가 보증하지. 당사자에게는 오히려 딱한 일이지만."

그 이후 서장님은 나루세 씨에 대해서 말을 하지 않았습니다. 그러나 저는 신경이 쓰여서 견딜 수가 없었습니다. 음울한 그 저택 안의 풍경, 거만의 부와 누운 채 거동을 하지 못하는 환자, 손녀만큼이나 아직 젊고 아름다운 아내, 청년비서, 병든 주인의 조카, 그 까탈스럽고 무뚝뚝한 할아범, 어둡고 갑갑한 방 안에서 윙윙거리는 모기 한 마리. ······이러한 것들이 머릿속에서 자꾸만 깜빡거렸습니다. 그리고 매일 밤 12시 무렵에 환자의 방으로 몰래 숨어들어 브롬제 시럽 속에 무엇인가 약 방울을 넣는 수상한 사람, ······저는 아무래도 마음이 가라앉지 않았기에 결국에는 스스로 나루세 씨 집안의 사정을 조사해보기로 했습니다. 닷새쯤 걸려서 조사를 했으나 커다란 수확은 없었습니다. 비서인 이즈미 유사쿠는 소년 시절부터 집안에 들였는데 나루세 씨의 도움으로 약학전문학교를 졸업했습니다. 그러나 씨는 이즈미 군을 독립시키려 하지 않고 그 이후 줄곧 자산관리 조수와도 같은 일을 시켜왔습니다. 이즈미 군은 내성적이다 싶을 만큼 온화한 성격으로 나이도 벌써 32세나 되었지만 아직 독신으로 요즘에는 매우 짜증스럽고 초조한 듯한 모습을 보이고 있다고 합니다. 이는 나이나 환경이나 당사자의 위치로 봐서 당연한 일이겠으나, 저는 거기에 어떤 위험한 조짐이 있는 듯 여겨져, "이건 주의를 기울이지 않으면 안 돼."라고 혼자 중얼거렸을 정도였습니다.

4

마쓰카와 이쿠조는, 나루세 씨의 동생으로 마쓰카와 가의 양자가 된 요시히코(良彦)라는 사람의 아들입니다. 중학교 2학년 때 부모님과 함께 미국으로 건너가 로스앤젤레스에서 살며 농원을 운영했는데 곧 유행병으로 부모님을 여의고 농원마저 잃어 이리저리 일자리를 찾아 방랑한 끝에 C라는 대학에서 일을 하며 법과를 졸업했다고 합니다. 그리고 샌프란시스코에서 5년쯤 변호사로 있었으나 일이 뜻대로 풀리지 않아 반년쯤 전에 귀국하여 큰아버지를 찾아왔다고 합니다. 나루세 씨는 오랜 투병생활로 마음이 약해져 있던 차에 핏줄인 조카를 보았기에 매우 기뻐했다고 합니다. 그리고 앞으로는 자기 신변의 일들을 보살펴달라고 말했습니다. 이쿠조 씨는 우리 시에서 변호사 일을 할 생각이었으나 큰아버지의 부탁을 받았기에 그 일은 나중으로 미루었으며, 쓰지초(辻町)의 하숙집에서 그 저택으로 매일 다니며 오전 9시부터 오후 8시까지 나루세 씨 곁을 떠나지 않고 돌봐주고 있습니다. 집으로 들어와 살라고 했으나 큰어머니가 너무 젊고 아름다우며 자신은 아직 독신이라는 이유를 들어 이쿠조 씨는 여전히 하숙집에서 묵고 있습니다. ……대략 이런 상태였습니다. 참으로 보기 좋은 큰아버지와 조카의 관계였으나 미국에서의 생활이나 귀국한 이유에 숨겨진 이야기가 있을지도 모를 일이었습니다. 섣불리 보기 좋은 관계라는 한마디로 표현하기에는 너무 성급하다고 저는 생각했습니다. 그 외에도 아직 사치코 부인과 기우치 할아범에 관한 이야기도 있으나 특별히 이야기할 필요도 없고 재미도 없을 테니 생략하기로 하겠습니다. 저는 조사한 모든 사실을 서장님께 말씀드렸습니다. 서장님은 졸린 눈으로 저를 보고 있다가 커다란 하품을 하며 이렇게 말했습니다.

"그런가?"

즉, 전혀 문제 삼고 있지 않다는 뜻이었습니다. 저는 풀이 죽어 그 자리에서 물러났습니다. ……틀림없이 그 이튿날이었을 겁니다. 출근하자마자 수사주임이 사건이 있었다는 사실을 알리러 왔습니다.

"독살 의혹이 짙은 사망신고가 들어왔기에 시바야마(芝山) 군(경찰의입니다.)과 함께 다녀오도록 하겠습니다."

"그게 어디지?"

"구루와초에 있는 나루세 씨의 저택입니다. 그 집의 어르신인 마사히코 씨가 피해자인 것 같다고 들었습니다."

서장님의 상체가 단번에 경직되더니 그 손에서 펜이 굴러떨어졌습니다. 서장님은 저를 보았습니다. 그리고 "같이 가겠네."라고 말하자마자 바로 모자를 들고 의자에서 일어났습니다. ……저의 흥분이 얼마나 켰는지는 헤아려주시기 바랍니다. 자동차가 나루세 저택에 도착할 때까지 저는 혼자 머릿속에서 여러 가지 인물과 여러 가지 장면을 조합했다가는 허물곤 했습니다. "결국은 사실이 되고 말았어, 결국은."이라는 등의 말을 중얼거리며. 하지만 어쨌든 이야기를 서두르도록 하겠습니다.

나루세 저택에 도착하자 처음으로 불려와 사체를 보았던 이케자키(池崎)라는 내과 박사가 우리를 2층의 그 방으로 안내해주었습니다. 나루세 씨는 침대 위에서 한 손에 유리로 된 주전자를 쥔 채 죽어 있었습니다. 누른빛의 지저분한 백발이 헝클어져 있었으며 눈을 부릅뜬 채 입을 벌리고 있었습니다. 무엇인가 커다란 경악에 빠진 듯한 표정으로 머리는 약간 오른쪽으로 기울어 있었으며, 주전자에서 쏟아진 약물에 잠옷의 가슴팍에서부터 시트까지가 젖어 있었습니다. 커튼이 열려 있었기에 모든 것을 분명하게 볼 수 있었는데 그 외에는 움직인 물건도 없었으며 무엇인가 바뀐 모습도 눈에 띄지 않았습니다.

"오늘 아침 5시 무렵에 전화가 왔습니다." 이케자키 박사가 이렇게 설명했습니다. "바로 와서 진찰했는데 아무래도 사체의 표정이 이상하고 쏟아진 약물에서 살구냄새 같은 것이 나기에 주전자 속에서 소량을 채취하여 일단 집으로 돌아가 바로 시험을 해보았더니 청산가리가 검출되었습니다. 그래서 부랴부랴 신고를 한 것입니다."

"물론 치사량이겠지요?" 이렇게 말하며 서장님은 침대 아래서 무엇인가 주워 살펴보다가 바지 주머니에 빠르게 넣고, "그럼 여기서 더 이상 검시할 필요도 없겠습니다. 혹시 모르니 나중에 해부만은 해보겠습니다만."

수사주임이 와서 검사국에 전화를 걸었다는 사실, 아래층에 가족들이 모여 있다는 사실을 전해왔기에 이케자키 박사는 돌려보내고 우리는 아래층의 응접실로 갔습니다. 그곳에는 대리석선반이 딸린 당당한 난로가 있었으며, 널따랗고 위엄이 있는 훌륭한 방이었습니다. 고블랭 벽걸이도, 의자와 안락의자와 탁자 등의 가구도 전부 고상하고 우아한 세공이 들어간 튼튼한 것이었습니다. ……집안사람들은 이미 그 방에 모여 있었으나 기묘하게도 각자가 따로따로 떨어져 있었습니다. 부인은 안락의자에, 기우치 할아범은 벽 앞에, 하녀는 문가에, 이즈미 군은 창에 기대어 있었습니다. 이 불행을 함께 나누려 하는 듯한 모습은 누구에게서도 찾아볼 수 없었으며, 서로 반발하고 꺼리는 듯한 느낌이었습니다.

"마쓰카와라고 고인의 조카 되시는 분이 있다고 들었기에," 수사주임이 의자에 앉으며 이렇게 말했습니다. "조금 전에 전화를 걸었더니 여기로 곧 오겠다고 했습니다."

서장님은 고개를 끄덕인 뒤, "그럼 여러분께 잠깐 여쭙겠습니다."라고 신문을 시작했습니다. ……서장님이 발견자인 기우치 할아범을 신문하는 동안 저는 사치코 부인과 이즈미 비서를 가만히 관찰했습니다. 부인은 예상했던 것보다 훨씬 더 아름다웠습니다. 그것만은 틀림없는 사실이었으나 그 아름다움에는 어딘가 싸늘한 기운이 도는, 예를 들자면 석상처럼 차가운 느낌이 있었습니다. 너무나도 반듯한 미인은 매정하게 보이는 법입니다. 부인의 아름다움은 그런 종류의 것이었을지도 모릅니다. 게다가 그 얼굴에 슬픔의 빛이라고는 조금도 없었으며, 오히려 냉소하는 사람처럼 철저한 무관심만 느껴졌을 뿐……. 저는 문득,

'주전자 속에 독을 넣은 사람은 부인이 아닐까?' 라는 의심이 들었는데 그것이 조금도 부자연스럽게 느껴지지 않았기에 스스로도 깜짝 놀랐습니다.

5

창에 기대어 있는 이즈미 비서는 이상할 정도로 흥분해 있었는데 그것을 겉으로 드러내지 않으려 애써 노력하는 것이 분명히 보였습니다. 그는 마른 체형에 상당한 장신이었는데 갸름하고 우울해 보이는 얼굴이었습니다. 혈색이 좋지 않았으며 이마에는 고뇌하는 자처럼 깊은 주름이 새겨져 있었고 잠을 자지 못한 듯 입술은 메말랐으며 눈은 신경질적으로 끊임없이 움직이고 있었습니다. 서 있는 다리의 중심을 쉴 새 없이 바꿨으며 팔짱을 끼었다 풀었다, 전체적인 태도에서 차분함이라고는 찾아볼 수 없었습니다. ……그 사이에 서장님은 기우치 할아범에 대한 신문을 마치고 하녀를 신문하기 시작했는데 거기서 하나의 사실이 발견되었습니다. 그것은 어젯밤 12시 무렵에 부인이 안채에서 어딘가로 나갔다가 30분쯤 뒤에 돌아온 것을 하녀가 보았다는 사실이었습니다.

"너는 어떻게 해서 그 사실을 알게 된 거지?"

"얼마 전부터 짓고 있던 홑옷이 거의 완성되어가고 있었기에 그만 시간을 잊고 옷 짓기를 마친 것이 12시 조금 전이었어요. 그런 다음 정리를 하고 화장실에 가려 했는데 사모님 방의 문이 열리더니 나오셨기에, 잔소리를 들어서는 안 되겠다고 생각하여 전등을 끄고 가만히

서 있었어요. 사모님께서는 복도를 따라 이쪽으로 오셔서 제 방 앞을 지나 서양관이 있는 쪽으로 가셨어요. 그래서 저는 화장실에 갔다가 돌아와서 곧 잠자리에 들었는데 그로부터 30분쯤 뒤에 사모님이 방으로 돌아가시는 소리가 들려왔어요."

"그때 뭔가 이상한 점은 못 느꼈나?"

"네, 아무것도 못 느꼈어요."

뒤이어 서장님은 이즈미 비서를 불렀습니다. 그는 반항하는 듯한 자세로 의자에 앉아 신문에 대해서는 건성으로 무뚝뚝하게 대답했습니다. 그는 10시에 누워 1시간쯤 책을 읽다 그대로 잠들었기에 아무것도 모른다, 아침 일찍 기우치 노인의 요란한 외침에 눈을 떴으며 병실로 달려가 처음으로 어르신의 죽음을 알게 되었다고 말했습니다.

"그때 병실에서 뭔가 이상한 점은 보지 못했는가?"

"별다른 느낌은 없었습니다. 바로 아래층으로 내려와 의사에게 전화를 걸고 그대로 아래층에서 의사가 오기를 기다리고 있었습니다."

서장님은 두어 가지 질문을 더 던진 후, 이번에는 사치코 부인의 신문을 시작했습니다. 부인은 그 표정과 마찬가지로 냉담하고 조금도 감정이 겉으로 드러나지 않는 태도로, 그리고 적은 말수로 대답했습니다. 나루세 씨가 그녀의 보살핌을 내켜하지 않게 되었기에 오후에 1번 5분쯤 문병을 가는 것 외에 반년 전부터 병실에는 거의 접근하지 않았다는 사실, 오늘 아침에는 역시 기우치 할아범의 외침을 듣고 비로소 변사를 알게 되었다는 사실 등……, 서장님은 언제나처럼 눈을 감고 졸려서 견딜 수 없다는 듯한 자세로 신문을 이어나갔습니다.

"어젯밤 12시 무렵에 방을 나섰다가 30분쯤 뒤에 돌아오셨다고 하던데, 그런 습관이 있으신 겁니까?"

"습관이라고까지는 할 수 없지만 요즘 계속 불면증이 있어서 가끔 기분전환을 위해 방에서 나가는 적이 있습니다."

"어젯밤에는 어디에 가셨었나요?"

"어젯밤에는……." 부인은 잠깐 멈칫거리는 듯했습니다. "그러니까 어젯밤에는 서양관 쪽에서 무슨 소린가 들린 것 같아서 잠깐 가봤었습니다."

"어떤 소리였습니까? 그리고 당신은 어디까지 가셨었습니까?"

"글쎄요, 흔들리는 문이 부딪칠 때와 같은 소리라고 하면 될지요. 그것이 2번쯤 희미하게 들려온 듯한 기분이 들었기에 서양관의 대문까지 가서 한동안 귀를 기울이고 있었습니다. 하지만 이후로는 아무런 소리도 들리지 않았기에 방으로 돌아왔습니다."

"댁에 흔들리는 문이 있습니까?"

부인은 말없이 고개를 흔들었습니다. 그때 한 사내가 형사의 안내를 받으며 서둘러 들어왔습니다. 그는 벌써 마흔 살 가까운 나이로 머리가 살짝 벗겨졌으며 마른 뺨에 극히 평범한 얼굴이었으나 입고 있는 옷은 외국에서 만든 것인지 만듦새도 좋고 천도 좋았지만 매우 화려한 무늬가 있는 것이었고, 굵은 사선 무늬의 요란한 넥타이를 매고 있었으며 오른손에서는 커다란 반지가 빛나고 있었습니다. 역시 한 핏줄이어서 그런지 풍모에 어딘가 나루세 씨와 닮은 점이 있었기에 저는 바로 마쓰카와 이쿠조 씨라고 생각했습니다. 서장님은 부인에 대한 신문을 중단하고 그에게로 다가갔습니다.

"그렇습니다, 마쓰카와 입니다. 마쓰카와 이쿠조입니다." 그가 침착하려 노력하며, 그러나 불안을 견딜 수 없다는 모습으로 말했습니다.
"대체 어떻게 된 일입니까? 큰아버지께 뭔가 변고라도……."

"이층으로 가시죠." 서장님이 가라앉은 목소리로 이렇게 말했습니다. "그러나 너무 놀라시지는 말기 바랍니다."

서장님과 제가 그를 병실로 안내했습니다. 그는 그곳에 들어서자마자 아아, 라며 멈춰 선 채 마치 두들겨 맞기라도 한 사람처럼 전신을 떨었습니다. 그러나 그것은 아주 짧은 순간이었습니다. 뒤이어 그는 떠밀리기라도 한 사람처럼 침대 옆으로 달려가 사체를 가만히 바라보다가 전율하는 듯한 목소리로, "자연스럽지 않아, 자연스럽지 않아."라고 중얼거렸습니다. "마침내 사실이 되어 나타났어. 타살이야, 살해당한 거야. 아아, 큰아버지."

저는 서장님을 보았습니다. 의사와 우리 외에 나루세 씨가 독살당했다는 사실을 아는 사람이 아직 있을 리 없을 텐데 그가 갑자기 이런 말을 한 데에는 이유가 있지 않으면 안 됩니다. 그러나 서장님은 말없이 마쓰카와 씨의 팔을 잡아 침대에서 떼어내듯 해서 아래층으로 내려갔습니다.

## 6

마쓰카와 이쿠조까지 더해졌으며 서장님은 원래의 자리에 앉았습니다. 이것으로 관계자 모두가 모인 셈입니다. 서장님은 이쿠조 씨에게, 오늘 아침 4시 반 무렵 기우치 할아범이 언제나처럼 아침식사를 가지고 갔다가 나루세 씨의 죽음을 발견했다는 사실, 불려온 의사가 사인에 의문을 품었기에 우리들이 일단 조사를 위해 왔다는 사실을 설명하고 이에 관해서 이쿠조 씨에게 뭔가 짚이는 것 없느냐고 물었습니다. …… 그는 때때로 사치코 부인과 이즈미 군에게 날카로운 시선을 던지며 귀국한 뒤 이 집으로 큰아버지를 돌보기 위해 다니게 된 이후의 일들을 유창한 영어를 섞어가며 차분한 어조로 이야기했습니다. 그러나 나루세 씨의 죽음에 관해서는 짚이는 것이 아무것도 없다고 대답했을 뿐이었습니다. 서장님은 잠시 그의 얼굴을 바라보고 있다가 마침내, "그렇다면 조금 전에 침대 옆에서 당신이 한 말의 의미를 설명해주시기 바랍니다."라고 갑자기 파고들었습니다.

"이건 자연스럽지 않아, 타살이야, 살해당한 거야. 당신은 이렇게 중얼거렸습니다. 그건 어떤 뜻이었는지 들려주셨으면 합니다."

"그건, 아니. 그건." 이쿠조 씨는 크게 당황하여 얼굴을 붉혔습니다. "제가 좀 흥분해 있었습니다. 큰아버지의 죽음이 너무나도 갑작스러운 것이었기에. 그건 실언입니다. 역시 그럴 리 없지 않습니까? 그 말은 취소하겠습니다."

"하지만 당신은 이렇게도 말했습니다. 마침내 사실이 되어 나타났어. ……이렇게 말한 데에는 뭔가 이유가 있을 듯합니다. 혹시나 싶어서 말씀드리는데 이러한 증언은 신성한 것입니다. 때로 그것은 죽은 자를 대변하는 것이 되기도 합니다. 용기를 내서 당신이 알고 있는 사실을 들려주시기 바랍니다. 진실은 언젠가 밝혀지는 법이니."

"말씀드리겠습니다." 거의 1분쯤이나 생각한 뒤, 이쿠조 씨가 낮은 목소리로 이렇게 말했습니다. "사실은 보름쯤 전부터 큰아버지께서 가끔 이런 말씀을 하셨습니다. 매일 밤 12시 무렵, 누군가가 병실로 들어와서 브롬제 시럽이 든 주전자에 무엇인가 약 방울을 넣고 있다, 나는 틀림없이 독살당할 것이다……. 이렇게 말씀하셨습니다. 저는 믿지 않았습니다. 아마도 병이 큰아버지의 뇌까지 침범한 결과 그런 망상이 일어난 것이 아닐까 생각했습니다. 그런 끔찍한 일이 이 집에서 벌어질 리 없으니. 하지만 큰아버지의 말씀을 잊지는 못하고 있었던 모양입니다. 조금 전에 돌아가신 모습을 본 순간 반사적으로 그 말이 현실이 된 것이라고 생각하여 저도 모르게 그런 말을 해버리고 만 것을 보니."

"매우 중대한 얘기로군요." 서장님이 무엇인가 생각에 잠기는 듯한 투로 이렇게 말하며 눈을 들었습니다. "사모님, 들으신 대로입니다만, 당신은 남편에게서 그런 이야기를 들으신 적이 있으셨습니까?"

"아니요." 부인은 백짓장처럼 하얘진 얼굴을 보일 듯 말 듯 옆으로 흔들었습니다. "전 들은 적 없습니다."

이즈미 비서, 기우치 할아범, 하녀는 물론 누구 하나 들은 적이 없다고 대답했습니다. 그러자 서장님은 의자에서 조용히 일어나 엄숙한 목소리로 다음과 같이 말했습니다.

"참으로 안타까운 일입니다만 부인, 저는 직무상 당신을 본서로 데려가지 않으면 안 되겠습니다. 이즈미 군도 마찬가지입니다. 두 사람 모두 바로 채비를 해주시기 바랍니다."

"내가 어째서, 내가." 이즈미 군이 분연히 외쳤습니다. "대체 무슨 생각이십니까? 제게 어떤 혐의가 있다고 이러시는 겁니까, 어떤?"

"보고 싶은가?" 서장님이 싸늘한 목소리로 말하더니 바지 주머니에서 꼬깃꼬깃해진 손수건 한 장을 꺼냈습니다. "여기에 이즈미라고 성을 수놓은 손수건이 있네. 이건 자네 물건인 듯한데, 아닌가?"

"물론 제 것입니다." 이즈미 군의 얼굴에 격렬한 동요가 나타났습니다. "그게 어쨌다는 말씀이십니까?"

"이게 병실의 침대 밑에 떨어져 있었네, 침대 밑에." 서장님이 평소와 달리 찌르는 듯한 목소리로 이렇게 말했습니다. "자네는 약학전문학교를 나왔다고 하더군. 독극물의 치사량도 잘 알고 있을 거야. 이것이 자네에게 혐의를 둔 이유일세. 하지만 단지 이것만이 아니야. 밤 12시에 병실로 가서 주전자 속에 독약을 넣은 사람이 있었어. 그런데 그렇게 할 수 있는 사람은, 죄송한 말씀입니다만, 부인과 자네밖에 없어. 이런데도 자네에게는 뭔가 이의가 있는가?"

이즈미 군은 머리를 숙였습니다. 그것은 커다란 힘에 제압을 당해버린 사람처럼 절망적이고 맥이 빠져버린 모습이었습니다. 사치코 부인은 돌처럼 굳어버린 표정으로 듣고 있다가 서장님의 말이 끝남과 동시에 자리에서 일어나 하녀와 함께 방에서 나갔습니다. 서장님은 형사 가운데 한 사람을 불러, "이 사람이 채비하는 걸 지켜보도록 하게."라며 이즈미 군을 가리켰습니다. 그리고 두 사람이 나가자 곧 마쓰카와 씨 쪽을 돌아보며,

"지금까지 들으신 대로입니다만, 만약을 위해서 나루세 씨의 유해를 해부하게 되리라 여겨집니다. 가슴 아픈 일입니다만 허락해주시기 바랍니다." 이렇게 말한 뒤 주임을 불렀습니다. "검사국에서는 아직 오지 않았는가? 너무 늦는 것 같으니 다시 한 번 독촉해주게. 나는 이층에 있을 테니……."

그리고 서장님은 제게 눈짓한 뒤 의자에서 일어났습니다. 저는 숨이

막힐 것 같은 그 방에서 나가게 되었다는 사실에 마음이 놓였으며, 서장님과 함께 이층으로 올라갔습니다.

## 7

이층으로 올라간 서장님은 병실 앞에 멈춰 서서 복도 좌우를 살펴보다가 곧 병실 반대편에 있는 문을 열었습니다. 안은 칠흑 같이 어두웠습니다. "성냥 없는가?"라고 하기에 저는 주머니를 뒤져보았으나 마침 가지고 있지 않았기에 사체를 지키고 있는 형사에게 가서 빌려왔습니다. 서장님은 그것을 20개비 정도나 태워가며 꼼꼼하게 방 안을 살펴보았습니다. ……그곳은 가구와 집기들을 넣어두는 곳인 듯, 선반을 짜서 달아놓았으며 침대네 의자네 하는 가구들이 가득 쌓여 있었습니다. 한동안 드나든 사람도 없었는지 공기는 탁했으며 곰팡내가 코를 찔렀습니다. 서장님은 바닥을 면밀하게 살펴보았으며 하얀 커버를 씌워놓은 침대 위를 손으로 문질러보는 등 약 10분 동안 열심히 돌아다니다, "된 듯하군."이라고 중얼거리며 그 방에서 나왔습니다.

"이 방도 뭔가 관계가 있습니까?"

이상히 여긴 제가 이렇게 물어보았으나 서장님은 아무런 대답도 하지 않고 이번에는 복도 끝까지 가서 거기에 있는 두짝열개를 열어보았습니다. 그것은 쉽게 열렸습니다. 밖으로 나서면 발코니였는데 철제 비상사다리가 정원으로 뻗어 있었습니다. 서장님은 그 사다리를 내려가며 한 단씩 꼼꼼하게 살펴보았고, 그런 다음 사다리 주위의 흙까지 몸을 웅크려가며 둘러보았습니다. ……영문을 알 수 없는 이 조사가 끝났을 때 주임이 검사국 사람들을 안내해서 왔습니다. 그들은 자동차 고장으로 늦어진 것이라고 했는데 바로 병실로 들어가 현장조사를 시작했으나, 이는 이야기할 필요가 없을 듯합니다. 우리는 증거물건을 챙기고 나루세 씨의 유해를 밖으로 옮긴 뒤 사치코 부인과 이즈미 비서를 데리고 그 저택에서 나왔습니다.

"애통하신 중에 참으로 죄송한 말씀입니다만," 저택을 나설 때 서장님이 마쓰카와 씨에게 이렇게 말했습니다. "부인이 안 계시는 동안 저택에 관한 일은 당신께 부탁드리도록 하겠습니다. 곧 상의해야 할 일도 있으니."

"도움이 될지는 모르겠으나 그렇게 하겠습니다." 이쿠조 씨는 이렇게 말한 뒤 갑자기 목소리를 낮추어 애원이라도 하는 듯한 태도로 서장님의 눈을 올려다보았습니다. "그건 그렇고 저 두 사람의 혐의가 벗겨지기를 기원하겠습니다. 그런 짓을 할 수 있을 만한 사람들이 아니니까요. 큰어머니도 그렇고 이즈미도 그렇고 선량한 사람들입니다. 틀림없이 뭔가 오해가 있었을 것이라 여겨집니다."

서장님은 미소 지으며 어깨를 들썩인 뒤 아무런 말도 하지 않고 현관으로 내려섰습니다. ……자동차를 타고 서로 돌아가는 도중에 서장님은 깊은 한숨을 내쉬며 피곤에 가라앉은 듯한 목소리로 이렇게 말했습니다.

"나루세 씨는 가엾은 사람이야. 나는 전에도 그 사람의 특이한 성격에 대해서 여러 가지로 들은 적이 있었는데, 참으로 비극적인 일생이라고밖에 달리 말할 길이 없어. 살아 있는 동안 친족과도 오가지 않았고, 친구도 없었고, 세상과의 교류도 없었기에 사랑하고 사랑받은 적이 없었어. 그 정도의 부를 가지고 있으면서도 물려줄 자식조차 없고, 죽어도 누구 하나 진심으로 슬퍼하는 자가 없어. ……이 모든 것이 나루세 씨의 편집적인 독선주의에서 온 거야. 누구의 죄도 아니야. 게다가 이와 같은 독선주의는 주위로 독을 내뿜어. 이런 좋지 않은 가스는 반드시 사람을 중독시키지. ……어떻게 해야 그 중독에서 벗어나게 할 수 있을지. 어떻게 해야……."

저도 모르게 '아하.' 하며 고개를 끄덕였습니다. 사건은 이미 해결에 다가가고 있다, 언제나처럼 서장님의 머릿속에서는 벌써 '마무리' 계획이 시작되었다는 사실을 알 수 있었기 때문이었습니다. 그러나 저는 아무런 말도 하지 않고, 반쯤 눈을 감고 있는 서장님의 옆얼굴을 바라보았습니다.

서에 도착하자마자 서장님은 주임을 불러 부인과 이즈미를 '특5호'에 넣으라고 명령했습니다.

"같은 곳에 넣으라는 말씀이십니까?" 주임이 눈을 휘둥그렇게 뜨며, "부인과 그 남자를 같이 넣으라는 말씀이십니까?"

"그걸 위해서 청사실(聽査室)이 있는 게 아닌가?" 서장님이 상의의 단추를 풀며 말했습니다. "둘이 함께 있는 편이 얘기도 빠르고 뜻밖의 말도 들을 수 있을 거야. 한번 해보게."

미덥지 못하다는 듯 주임은 밖으로 나갔습니다. '특5호'는 청사실이라고도 불리는 보호실 가운데 하나로, 방의 삼면에 마이크로폰이 장치되어 있어 안에서 하는 이야기 전부를 그곳과 떨어진 다른 방에서 들을 수 있게 되어 있습니다. 이 두 사람과 같은 경우에는 가장 적합한 방이었습니다. ……서장님이 상의 앞자락을 벌린 채 의자에 축 늘어져 앉았을 때 저는 예의 유언장에 대한 이야기를 꺼내보았습니다.

"드디어 그게 문제로 떠오르게 되었습니다, 서장님. 고인의 뜻을 이루어주기 위해서는 거기에 법률적 효력을 부여하지 않으면 안 됩니다. 그렇게 하지 못한다면 저희는……."

"알겠으니 30분쯤 잠을 자게 해주게." 서장님은 이렇게 말한 뒤 의자 등받이에 몸을 기대고 눈을 감으며 커다란 하품을 했습니다. "30분쯤. 오늘은 주제 넘는 짓을 해서 완전히 지쳐버렸네. 부탁이니 잠깐 그냥 내버려두게."

그날 밤에는 주임과 함께 서에서 묵었습니다. '특5호'에서 언제 두 사람이 이야기를 시작할지 알 수 없었으며, 이야기를 시작하면 듣지 않을 수 없었기 때문이었습니다. 그러나 아침까지 아무런 연락도 없었으며, 스피커 앞을 지키던 내근자의 말에 의하면 마치 아무도 없는 방처럼 조용했다고 합니다. ……아침이 되어 서장님이 출근하자 시바야마 경찰의가 사체 해부에 대한 결과를 보고하러 왔습니다. 그런데 그때 '특5호'에서 이야기가 시작되었다는 전갈이 와서 저는 바로 뛰어갔기에 부검 결과는 듣지 못했습니다. 달려들어간 그 방에는 이미 주임이 와 있었으며, 내근자가 조절하고 있는 스피커에서는 여자의 흐느끼는 소리가 흘러나오고 있었습니다. 저는 얼른 종이와 연필을 꺼내 속기하기 시작했습니다.

## 8

"당신이 저를 싫어하신다는 사실은 잘 알고 있어요." 마침내 흐느낌

사이로 이런 부인의 목소리가 들려오기 시작했습니다. "하지만 당신은 모르실 거예요. 제가 어떤 마음으로 살아왔는지. 5년이라는 세월 동안 어떤 마음으로 제가 살아왔는지를……."

치밀어오르는 오열 때문에 말이 끊겼습니다. 가슴 아프다고 해야 할지 애달프다고 해야 할지, 말로 표현하기 어려운 그 오열이 제 눈앞에 문득 늦가을의 황야를 펼쳐놓았습니다. 쓸쓸하게 바람이 지나가는 넓디넓은 초원, 한쪽으로 흔들흔들 나부끼는 가을 풀 속에서 끊어질 듯 끊어질 듯 소리를 울리며 울고 있는 벌레, 묵직한 회색 구름으로 뒤덮인 하늘, 아득히 먼 곳에 뻗어 있는 지평선, 세상 모든 것들의 목숨이 끊어진 듯 쓸쓸한 풍경 속에서 흐느끼듯 울고 있는 벌레. ……이런 생각들이 저의 가슴을 가득 채웠습니다.

"당신의 차가운 몸짓이, 증오하고 매도하는 듯한 눈빛이 밤이고 낮이고 저를 괴롭혔습니다. 잠을 잘 때조차 거기서 달아날 수 없었어요. 저는 슬프고 괴로워서 살아 있다는 사실조차 견디기 어려운 마음이었어요, 5년 동안. ……언젠가 참된 나를 알아주실 때가 오리라. ……오직 그 한 가지 생각에만 의지해서 오늘까지 살아온 거예요."

"무엇 때문에," 약간 긴 시간이 흐른 뒤에 남자의 냉담한 목소리가 들려왔습니다. "이제 와서 무엇 때문에 그런 말씀을 하시는 겁니까?"

"모든 것이 끝났기 때문이에요. 이제는 당신과도 만날 수 없게 되겠지요. 살아 있는 동안에, 이렇게 뵐 수 있는 동안에 한마디 들어주셨으면 하는 말이 있기 때문이에요."

"당신이 괴로웠다는 말을 하고 싶으신 겁니까? 그걸 저보고 믿으라는 말씀이십니까?"

"아니……." 부인의 목소리는 쥐어짜내듯 비통한 것이었습니다. "아니에요. 제가 사랑하고 있었다는 사실을 말하고 싶었던 거예요. 제가 당신을 사랑하고 있었다는 사실을요."

애간장이 끊어진다는 표현이 있다면, 이때 부인의 오열이야말로 애간장이 끊어질 듯한 외침이었다고 할 수 있을 겁니다. 아슬아슬한 궁지에 빠져, 벗어날 수 없는 입장으로까지 내몰려, 몸도 마음도 내던진 채 한 고백임에 틀림없었습니다. 그 호화로운 응접실에서 보았던 부인의 아름다운 자태, 그 매정하고 차가운, 감정의 냄새라고는 조금도 느껴지지 않던 그 아름다움 속에 이처럼 격렬한 정열이 숨겨져 있었던 것입니다. ……부인의 오열을 뚫고 이즈미 비서의 낮은 목소리가 들려왔습니다. 그것도 고뇌에 짓눌린 것 같은 애처로운 신음이었습니다.

"당신이 사랑하고 있었다고요? 당신이 저를 사랑하고 있었다고요? ……사모님, 무슨 말씀이십니까? 당신은 그것이 반대였다는 사실을 잘 알고 계시지 않습니까?"

"사랑했어요. 이 말 말고는 들어주셨으면 하는 것은 없어요. 저, 당신을 사랑했어요."

솟구쳐오르는 오열 때문에 자꾸만 끊기는 그 속삭임에는 제아무리 작은 의심이라도 끼어들 여지가 없는 진실함이 담겨 있었습니다. 아아, 하는 남자의 탄식이 흘러나왔으며 그대로 오랫동안 부인의 훌쩍임만이 들려왔습니다. 부인은 어떤 모습으로 울고 있을지, 남자는 어떤 기분으로 그것을 보고 있을지, 앞으로 무슨 말을 하게 될지, 저는 커다란 호기심과 기대감 때문에 땀이 배어나올 만큼 세게 연필을 쥐었습니다.

"저는 당신을 미워하고 있었습니다." 시간이 한참 흐른 뒤에 이즈미 비서가 이렇게 말했습니다. "당신이 그토록 아름답고 그토록 젊은 나이에, 그런 노인에게 시집을 왔기에. ……돌처럼 냉혹하고 인간다운 감정이라고는 털끝만큼도 찾아볼 수 없는 그런 노인에게, 당신은 어째서 시집을 오신 겁니까, 무슨 이유로?"

"그 이유는 당신도 아시잖아요. 당신만은 저를 가엾게 여겨주시리라 생각했어요."

"제가 처음 뵈었을 때," 이즈미 군이 먼 과거를 떠올리듯 이렇게 말했습니다. "당신은 아직 여학교 1학년생이었습니다. 그로부터 학교를 졸업하실 때까지 매달 말이면 저는 틀림없이 댁으로 보조금을 가져다드리러 갔습니다. 그 동안에도 아름답게 자라고 있는 당신을 보고 제가 꿈과 절망으로 얼마나 괴로워했는지 모르실 겁니다. 저는 저 스스로의 가치를 알고 있었습니다. 장래 역시 너무나도 뻔한 것이었습니다. 결국은 포기할 수밖에 없다, 그러기 위해서는 이곳에서 달아날 수밖에 없다고 생각했습니다. 그런데 그렇게 결심한 순간 당신이 나루세 씨에게로 시집올 것이라는 사실을 알게 되었습니다. ……저는 움직일 수 없게 되어버리고 말았습니다. 어째서였을까? 나루세 씨는 당신 집안과 그런 조건으로 보조를 했던 것이라고 말했습니다. 그 말을 들은 저는 증오에 사로잡히고 말았습니다. 제가 그토록 고통스러워하고 괴로워하던 당신, 그 무엇과도 바꿀 수 없다며 그리워했던 당신, 그 사람이 얼마 되지도 않는 보조금 대신 몸을 판 겁니다. 그래, 지켜보겠다. ……저는 이렇게 생각했습니다. 이 부도덕한 결혼이 평안할 리가 없다, 나루세 씨는 처음부터 환자였다, 당신과는 단 한 번도 침실을 같이 쓴 적이 없다, 이런 부자연스러운 관계는 언젠가 틀림없이 파멸할 때가 온다,

반드시. ……그리고 저는 하루하루 당신을 미워하고 나루세 씨를 미워하며, 그 집이 파멸할 때가 오기를 기다리고 있었습니다."

"전 당신을 사랑했어요. 당신을 사랑하고 있었어요." 부인은 흐느끼며 단지 이렇게만 말했습니다. "당신을 사랑하고 당신을……."

## 9

이때 누군가가 뒤에서부터 스피커로 손을 내밀어 스피커의 스위치를 툭 껐습니다. 깜짝 놀라서 뒤를 돌아보니 언제 온 것인지 거기에 서장님이 있었습니다. 무슨 일이냐고 물을 새도 없이, "그만 됐네. 가세."라고 말하며 자리에서 일어났습니다. 두 사람의 대화가 막 클라이맥스에 이른 참이었기에 아쉽다는 생각이 들었으나 저도 어쩔 수 없이 뒤를 따라 나갔습니다.

"결국은 저 증오가 이번 사건의 원인이었던 것이겠지요?" 복도로 나서자마자 저는 서장님께 이렇게 말했습니다. "부도덕한 결혼에 대한 증오와 그 밑바닥에 깔려 있는 부인에 대한 격렬한 사랑이 결국은 그런 이상한 형태로 나타난 것인 듯합니다."

"그건 표현이야." 서장님이 대수롭지 않다는 듯 대답했습니다. "증오 같은 건 존재하지도 않아. 그건 이즈미 군의 애정이 얼마나 깊은지를 표현한 말이야. 내가 듣고 싶었던 건 그 말이야. 두 사람은 서로를 사랑하면서도 환경에 지배받아 그런 기색조차 내보이지 못했어. 응접실에서 신문하며 나는 대충 그렇게 된 것이라 짐작했어. 유별나게 서로 반발하는 두 사람의 태도는 그대로 사랑을 표명하는 것처럼 보였으니까. ……나루세 씨가 죽어서 사슬이 끊어졌어. 하지만 그것만으로는 서로의 마음을 드러낼 수 없을 만큼 두 사람은 중독되어 있었어. 시간을 놓쳐서는 안 된다, 가능한 한 빨리 서로에게 진실을 말할 기회를 주어야 한다, 라고 나는 생각했어. 그리고 다행히도 그게 성공을 거두었어. 이것으로 두 사람에 대해서는 마음을 놓을 수 있게 됐어."

"그렇다면 나루세 씨를 독살한 것은 누구입니까? 그 두 사람은 관계가 없다면……."

"나루세 씨는 독살당한 게 아니야."

"뭐라고요?" 저는 서장실의 문 앞에서 몸이 굳은 채 멈춰 섰습니다. "그렇다면 대체……."

"그 사람은 심장마비로 죽은 거야. 뭔가 아주 커다란 충격을 받은 결과 말이지. 사체를 해부한 결과 그 사실이 분명해졌어. 독살범은 존재하지 않아."

"하지만 서장님, 실제로 저희는 매일 밤 12시 무렵이라는 예의 이야기를 나루세 씨에게서 직접 듣지 않았습니까? 그리고 실제로 그 주전자를 들고."

"그 다음은 침대 밑에 떨어진 손수건을 말하고 싶은 건가?" 서장님은 이렇게 말하고 웃으며 검을 차고 모자를 집어들었습니다. "그럼 가보기로 하세. 자네의 순박한 의문을 풀어주기로 하지. 자동차는 이미 불러놓았네."

서장님은 발걸음을 한 번 돌려 주임에게 무엇인가를 말해두었습니다. 그리고 우리는 자동차로 서에서 나왔는데, 도착한 곳은 나루세 저택이었습니다. 마중을 나온 기우치 할아범에게, "마쓰카와 씨에게 말을 전해주게."라고 부탁해서 면회를 요청했고, 응접실로 안내를 받았습니다. 5분쯤 기다렸을까, 마쓰카와 씨가 기모노 차림으로 깊은 우수를 억지로 끌어내려는 듯 힘없는 미소를 보이며 들어왔습니다. ……인사를 마치고 의자에 앉자마자 서장님이 바로, "당신의 기도가 통했습니다."라고 말했습니다. "조사를 해본 결과 그 두 사람에게는, 즉 사모님에게도 이즈미 군에게도 의심스러운 점은 조금도 없었습니다. 잠시 후면 두 사람 모두 이곳으로 돌아올 것입니다."

"그렇다면, 그러니까," 이쿠조 씨는 소맷자락에서 담배를 꺼냈습니다. "결국 혐의는 풀렸다는, 그런 말씀이십니까?"

"두 사람을 위해서 기도하겠다고 말씀하셨던 당신에게는 무엇보다 기쁜 소식이되리라 생각했기에 그들보다 한 걸음 앞서 온 것입니다."

"다시 말해서 범인은, 범인은 다른 곳에 있다, 그런 말씀이십니까?"

"그렇게 되는 셈입니다. 만약 범인이 있다고 한다면 말입니다." 서장님은 여기서 몸을 뒤로 훽 젖히더니 예의 편안한 자세가 되어 눈을 감았습니다. 드디어 본령을 드러내기 시작한 것입니다. "제게는 도저히 풀리지 않는 문제가 한 가지 있었습니다. 그것은 말입니다, 나루세 씨가 어째서 그 주전자 안의 약을 먹었을까 하는 점입니다."

"그건 대체 어떤 의미이신지……."

"당신께서도 들으셨다고 하셨습니다만, 사실은 저도 나루세 씨께 들었습니다. 매일 밤 12시 무렵에 누군가가 와서 브롬제 시럽 안에 독극물인 듯한 것을 넣는다는 말을 말입니다. 어떤 기회가 있어서 저도 씨의 입을 통해 들었습니다."

"저는, 하지만 저는 믿지 않았습니다. 왜냐하면."

"잠시 들어보세요. 설령 당신은 믿지 않았다 할지라도 말입니다, 나루세 씨는 누군가가 와서 독극물인 듯한 것을 넣는 모습을 보았다고 말했습니다. 그렇게 말한 이상 씨는 믿고 있었을 겁니다. 그렇다면 씨는 그 주전자에 절대로 손을 대지 않았을 것 아닙니까? 다른 사람이라면 모르겠지만 나루세 씨만은 먹을 리가 없습니다. 왜냐하면 그 안에 독극물과도 같은 것이 들어 있다는 사실을 알고 있었으니까요."

"……그렇군요." 이렇게 말하고 마쓰카와 씨는 비로소 담배에 불을 붙였습니다. 제 느낌 때문인지 성냥불이 흔들리는 것처럼 보였습니다. "그 말씀을 들으니 이상하기는 합니다. 하지만 큰아버지는 병 때문에 신경도 상당히 무뎌져 있었으니."

"그런 식으로 해석할 수도 있지만, 저는 그와는 달리 이렇게 생각해 보았습니다. 그건 말입니다, 그 매일 밤 12시 운운하는 이야기는 당신과 저희들밖에 듣지 못했습니다. 그 외에는 누구도 듣지 못했습니다. 역으로 말하자면 저희와 당신만은 알고 있었으나 다른 누구도 그런 이야기는 몰랐다. ……그런데 그 주전자의 약을 먹었으니 나루세 씨도 몰랐던 것이 아닐까 하는 해석입니다."

"무슨 말씀이신지 잘 모르겠습니다만." 마쓰카와 씨는 무슨 말인가를 갑자기 영어로 중얼거리더니 눈썹을 찌푸리며 서장님을 보았습니다. "큰아버지가 무엇을 모르셨다는 말씀이십니까?"

## 10

"그 주전자 속에 누군가가 독을 넣는다는 그 이야기 말입니다." 서장님은 커다랗게 마른하품을 하고 의자 위에서 몸을 뒤로 젖혔습니다.
"다른 사람과 마찬가지로 나루세 씨도 몰랐다, 그랬기에 그 주전자 속의 약을 먹었다, 이렇게 생각하면 가장 자연스럽지 않습니까?"

"하지만 당신은 실제로 큰아버지께 들었다고 말씀하시지 않으셨습니까? 제가 들었다는 것은 그렇다 치더라도, 만약 당신이 들었다는 것이 사실이라면."

"사실이라고 한다면, 아시겠습니까? 제가 들은 것이 사실이라고 한다면 말입니다, 그건 나루세 씨가 아니었다는 말이 됩니다."

그 순간, 마쓰카와 씨는 갑자기 담배 연기에 목이 메어 몸을 웅크리고 쿨럭쿨럭 심하게 기침을 했습니다. 서장님은 느긋하게 그것이 가라앉기를 기다렸다가 졸린 사람처럼 느릿한 말투로, "병실은 어두웠습니다. 머리맡의 전등에는 짙은 색 갓, 빛도 약했으며 지저분하게 헝클어진 백발의 가발을 쓰고 이불에 감싸여 있으면, 안 그래도 처음 보는 우리는 그 사람이 진짜 나루세 씨인지 알 수가 없습니다. 실제로 그때는 저도 몰랐습니다. 그런데 바로 그저께 밤이었습니다만, 저는 잠자리 속에서 모기에게 뺨을 물렸습니다." 이렇게 말하며 서장님은 자신의 오른쪽 뺨을 가리켰습니다. "이곳을 말입니다. 순간적으로 찰싹하고 잡았습니다만, 그 순간 문득 병실에서 있었던 일이 떠올랐습니다. 그건, 제가 침대 옆에서 나루세 씨의 이야기를 듣고 있을 때, 2번이나 모기가 나루세 씨의 뺨에 앉았었습니다. 씨의 뺨이 그것에 반응해서 꿈틀꿈틀 경련하는 것을 보고 저는 가만히 그 모기를 쫓아주었습니다. 그 사실이 떠올랐던 겁니다. 그리고 신경이 불수인 부분인데 모기가 앉았다고 해서 신경이 반응할 리가 없다는 사실을 깨닫게 되었습니다. ……어떻습니까, 마쓰카와 씨?"

"무슨 말씀이신지 얼핏 이해가 되지 않습니다만."

"그럼 설명해드리겠습니다." 서장님은 여전히 나른한 듯한 목소리로, "어떤 사람이 나루세 씨를 침대에서 안아올려 병실 맞은편의 물건을 쌓아놓는 방으로 옮긴 겁니다. 그리고 준비해두었던 분장을 하고 침대로 들어가 고도 산쇼가 오기를 기다렸다가 그 독약에 대한 이야기를 한 겁니다. 그 사람은 나루세 씨의 역할을 훌륭하게 수행했지만, 건강한 불수의신경까지 지배할 수는 없었던 겁니다. ……이제는 분명히 이해하셨겠지요?"

"그렇다면 대체 누구란 말입니까? 그런 짓을 벌인 남자는 누구였단 말입니까?"

"다른 누구도 알지 못하는 사실을 알고 있는 사람입니다. 매일 밤 12시 운운하는 이야기를 알고 있는 사람, 즉 저 아니면 당신, 둘 중 하나입니다."

그 순간의 숨 막힐 것 같은 침묵은 잊을 수가 없습니다. 창백해진 얼굴로 서장님을 노려보던 마쓰카와 씨가 항변을 해보려 입을 두어 번 꿈틀거렸습니다. 그러나 더는 그럴 만한 힘이 남아 있지 않았던 듯, 낮게 신음하는가 싶더니 두 팔로 얼굴을 감싸쥐고 탁자 위에 엎드렸습니다.

"전 이 이상 아무런 말도 하지 않겠습니다." 서장님이 조용히 말을 이었습니다. "당신에게만 말해두고 싶은 사실이 있습니다. 나루세 씨는 독을 먹지 않았다는 사실입니다. 커다란 쇼크에 의한 심장마비입니다. 무엇이 쇼크를 주었는지는 잘 아시겠지요? ……어쨌든 당신에게 있어서는 행운이었습니다. 하지만 이런 행운은 두 번 다시 경험하지 않는 편이 좋을 것이라고 충고하도록 하겠습니다."

그때 밖에서 자동차 멈추는 소리가 들려왔습니다. 서장님이 의자에서 일어서며 종이 한 장과 손수건을 탁자 위에 올려놓고, "이건 언젠가의 유언장입니다."라고 말했습니다. 그것은 위로를 하듯 따스함이 담긴 목소리였습니다.

"그리고 이 손수건을 당신 손으로 이즈미 군에게 돌려줄 만큼의, 속죄를 위한 용기를 기대하겠습니다. 그것이 당신의 새로운 출발점이니."

서장님은 이렇게 말하고 응접실에서 나왔습니다. 현관으로 나서자 마침 부인과 이즈미 군이 막 들어오려던 참이었습니다. 두 사람은 우리를 보고 깜짝 놀란 듯했으나, 서장님은 빙그레 웃으며 그들에게로 가다갔습니다.

"이거 여러 가지로 폐를 끼쳐서 참으로 죄송하게 됐습니다. 전부 저의 착각이었던 듯합니다. 이런 적은 거의 없었는데, 다시 한 번 사과드리겠습니다. 용서해주시기 바랍니다." 사과라기보다는 거의 축사라도 하는 사람처럼 매우 들뜬 목소리였습니다. 그리고 두 사람에게는 대답할 틈도 주지 않고, "이즈미 군."이라고 다정한 목소리로 이름을 불렀습니다. "……자네도 알고 있는 것처럼 사모님은 혼자 몸이 되셨네. 앞으로는 자네가 힘이 되어주지 않으면 안 되네. 사모님이 의지할 곳이라고는 자네밖에 없질 않은가. 그러니 속 좁은 생각은 버리고 마음 가는 대로 힘차게 살아가도록 하게."

그리고 서장님답지 않게 이즈미 군의 어깨를 두드린 뒤 부인과 두

사람을 번갈아 바라보듯 하며,

"사람은 죽을 때까지밖에 살지 못합니다. 실제로 서로를 사랑할 수 있는 것은 살아 있는 동안뿐입니다. 사랑하는 사람이 있다면, 그리고 그 기회가 왔다면 때를 놓치지 말고 사랑을 해야 합니다. ……사과의 표시로 이 말씀을 두 사람에게 해두겠습니다. 실례하겠습니다."

사치코 부인이 울 것 같은 표정이 되었다는 건 저만의 착각이었을까요? 자동차에 오른 뒤에도 저는 부인의 기쁨에 넘친 오열이 들려오는 것 같아 견딜 수가 없었습니다. ……그러나 제게는 아직 하나의 의문이 남아 있었습니다. 그것은 나루세 씨가 받았던 커다란 충격이었습니다.

"자네는 머리가 나쁘군." 서장님이 나른한 목소리로 이렇게 설명해 주었습니다. "나루세 씨는 마쓰카와에 의해서 한 번 물건을 쌓아두는 방으로 옮겨진 적이 있어. 그 놀라움이 아직 남아 있었어. 그런데 마쓰카와의 모습이 또 다시 나타난 거야. 그는 깊은 밤에 비상사다리를 이용해서 병실로 들어가 자신이 내게 이야기한 것처럼 주전자 속에 독극물을 넣었어. 그리고 빛이 닿지 않는 곳에서 상황을 지켜보고 있었던 거지. 나루세 씨는 주전자를 집어 그것을 입에 댄 순간 마쓰카와의 모습을 발견한 거야. 그 공포와 놀라움이 심장마비를 일으킨 거야. 그런데 마쓰카와는 독 때문에 죽은 줄 알고 이즈미 군의 손수건을, ……쳇, 자네는 아직도 내게 이런 하찮은 이야기를 하게 만들 생각인가? 그러고 나서는 마무리가 여전히 물러터졌다고 말하겠지? 나는 물러터졌어, 하지만 나는……." 그리고 우리의 잠꾸러기 서장님은 코를 골기 시작했습니다.

# 게보네야 두목

# 毛骨屋親分

1

나미키초(並木町)에서 기타하라초(北原町)에 걸쳐서 매일 밤 떠들썩하게 노점들이 늘어서고 있다는 사실은 알고 계시겠지요? 그건 원래 야나기초의 전차거리에 있던 것으로 닭꼬치집이네 소고기덮밥집이네 어묵집이네, 먹을 것을 파는 포장마차도 함께 어우러져 있었는데 그런 업자들과는 분리하여 지금의 거리로 옮긴 것입니다. 그 야시장은 다른 곳과는 달리 업종이 매우 다양해서 서적이나 의류, 일용잡화, 주방용품에서부터 화장품까지 있으며, 근처 농가에서 야채나 곡물을, 해안가 마을에서는 기차를 타고 어패류를 싣고 오는 등, 평소에도 500에서 700개쯤 점포가 늘어서고 많을 때에는 1,000개를 넘어설 정도입니다. 물론 이것은 옛 막부시대 때부터 '성 아랫마을의 장날'이라고 불렸던 유명한 것으로, 즉 교역도시의 전통이 남아 있는 것입니다. ……그것을 야나기초에서 지금의 장소로 옮긴 데에는 복잡한 사정이 있고, 또 우리의 잠꾸러기 서장님의 과감한 결단과 정의를 지키려는 불굴의 용기가 숨겨져 있기도 하니 그 일에 대해서 짧게 말씀드리도록 하겠습니다.

이야기를 시작하기에 앞서 한 가지 말씀드릴 것이 있습니다. 지금까지도 종종 소개한 것처럼 서장님은 넓은 도량과 독특한 성격으로, 부임 당초에는 어땠을지 모르겠으나 날이 갈수록 각층의 호의와 지지를 얻게 되었습니다. 빈곤계급은 특별한 경우라 치더라도, 이처럼 시민들로부터 신뢰와 사랑을 얻고 믿음을 주었던 서장님은 그 전에도 없었고 이후에도 없을 것입니다. 그러나 그 가운데 도저히 융화되지 않는 한 무리의 사람들이 있었습니다. 그들은 어느 도시에나 존재하는 이른바 '암흑가의 거물' 이나 '보스' 등과 같은 존재였습니다. 정치상의 온갖 빈틈으로 파고들어 이권을 쟁탈하고 통제를 허물고 기강을 유린하고, 폭력과 위협을 가하여 질서를 어지럽히는 이러한 존재들은 중앙이네 지방이네 할 것 없이 암적인 존재입니다만, 우리 시에도 그러한 무리들이 현의회와 시의회 안에 뿌리 깊게 세력을 뻗치고 있었습니다. 우리의 잠꾸러기 서장님이 막 부임해 왔을 때의 일이었습니다. 서의 회의실 벽면에 공로자의 표창장이 걸려 있었습니다. 도장의 건물을 기부했다거나, 신축 · 개축비용을 부담했다거나, 비품이나 후생비를 기증했다거나, 여러 가지로 경찰사업에 공헌한 사람들을 표창한 것인데, 그 대부분이 무슨무슨 구미[25]나 무슨무슨 토건회사로, 즉 '암흑가의 거물' 과도 같은 사람들이었습니다. 서장님이 그 액자를 바라보며 옆에 있던 주임에게, "이게 우리 시의 보스들이로군."이라고 말했습니다.

"이런 사람들에게서 기부를 받지 않으면 일을 할 수 없다는 말인가?"

---

25) 組. 한 패의 사람들을 이르는 말. 폭력조직을 일컫는 경우도 흔하다. 우리나라의 '~파' 와 비슷한 쓰임.

“워낙 경비가 부족해서.” 주임은 지극히 당연하다는 듯 이렇게 대답했습니다. “건물을 개축한다거나 숙소를 만든다거나, 서원의 의료비나 생활비 보조 등 급하게 필요한 임시비용은 대부분 기부를 받는 것이 관례입니다. 이는 물론 다른 경찰서에서도 마찬가지입니다만…….”

“경비가 부족하다면 예산의 증액을 신청하면 되지 않는가?” 서장님은 명백하게 불쾌하다는 듯한 목소리였습니다. “적어도 내가 있는 동안에는, 이러한 사람들의 기부는 거절하겠네. 이것만은 잘 새겨두도록 하게. ……그리고 이 표창장이 담긴 액자들은 어디 다른 곳으로 치우도록 하게.”

“알겠습니다. 하지만 어디로 옮기면 좋을지…….”

“어디든 상관없네. 창고도 좋고, 천장 위도 좋고, 눈에 띄지 않고 걸리적거리지만 않는다면 어디든 상관없어.”

그리고 같은 해 연말의 일이었습니다. 앞서 이야기했던 무슨무슨 구미 사람들의 기부로 서원의 망년회가 행해질 예정이었고 이는 연례 행사와도 같은 것이었으나, 잠꾸러기 신임 서장님은 그것을 분명하게 금지시켰습니다. 놀란 것은 서원들이라기보다 기부자들로, “이건 오랜 관례에 어긋나는 일이다.”라거나, “당국과 시민의 친목을 깨는 행위다.”라며 설득을 하기 위해 찾아왔습니다. 서장님은 예의 나른한 목소리로 경찰권의 독립과 존엄의 의미를 설명하고 앞으로 이런 종류의 기부는 절대로 받지 않겠다며 조금도 양보하지 않았습니다.

“왜냐하면 말입니다.” 그때 서장님은 매우 온화한 목소리로 이렇게 말했습니다. “당신들 유력자들의 기부로 경찰서를 개축하거나 증축하거나 서원의 생활비를 보조하거나 하는 일은, 경찰권의 독립이라는 점은 차치하고서라도, 국가를 모욕하는 결과가 되기 때문입니다."

"국가를 모욕한다는 건 또 무슨 의미입니까?"

"예를 들어서 부모가 있는데 돈이나 옷 등을 다른 사람에게서 원조받는다면 어떻겠습니까? 그것은 부모를 모욕하는 일 아닐까요?"

그들은 다시 온갖 말을 다 동원해서, 경찰관은 때로 생명의 위협을 무릅쓰면서까지 시의 치안을 위해 밤낮없이 격무에 시달리고 있는데 그에 대한 보답이 너무나도 박하기에 자신들은 순수한 마음에서 그 노고를 치하하고, 한편으로는 감사의 뜻을 표하기 위해 가능한 한 봉사를 하고 싶은 것일 뿐이지 기부금에 그 외의 어떠한 타의도 없다는 뜻을 강조했습니다.

"그렇게 알아주시는 것만으로도 저희에게는 충분합니다." 서장님은 부드럽게 미소 지었습니다. "그런 마음이야말로 100만 엔으로도 대신할 수 없는 기부입니다. 앞으로도 그러한 점에서 조력을 부탁드리겠습니다."

그들은 헛되이 돌아가고 말았습니다. 그리고 그 후에도 타협을 위해 갖은 방법으로 서장님을 회유하려 했으나, 서장님은 예의 뜨뜻미지근한 태도로 그러나 단호하게 그것을 거절했습니다. ……이 정도의 사실을 말씀드린 뒤 본론으로 들어가겠습니다만, 우선은 목을 좀 축이기 위해서 아이스크림이라도 가져오겠습니다. 편안히 계시기 바랍니다.

## 2

장마가 걷히고 갑자기 여름이 찾아온 듯한 계절의 어느 날 저녁이었습니다. 식사를 마친 서장님이 전례 없이 산책을 나가자고 하기에 홑옷 차림으로 함께 관사를 나섰습니다. 비라도 내리고 난 뒤처럼 공기가 상쾌한 저녁으로 강가와 다리 위 등에서는 벌써 더위를 식히러 나온 사람들의 모습이 보였고, 스쳐지나는 사람들 속에는 반딧불이를 잡아 담을 통을 들고 있는 아이들도 있어서, 거리 전체에 활기찬 여름의 술렁임이 넘쳐나고 있었습니다. 밤의 산책은 드문 일이었으며 나선다 할지라도 성이 있는 산 부근을 한 바퀴 둘러보고 오는 정도였으나, 그날 밤에는 강을 건너서 대로를 빠져나가 전차가 다니는 길을 따라 야나기초까지 걸어갔습니다. 4번가의 교차로를 넘어선 곳에서부터가 야시장이 서는 지대였습니다. 그 모퉁이에 왔을 때였습니다. 길가 가로수 부근에 사람들이 모여 있고 뭔가 커다랗게 외치는 소리가 들려왔습니다. 들여다보니 건장한 체격의 젊은 사내 하나가, 꽃을 파는 18세쯤의 아가씨를 붙들고 소매를 걷어붙여가며 고함을 지르고 있었습니다.

"벌레 한 마리 못 죽일 것 같은 얼굴을 해가지고는 사람을 바보로 아는 거야? 스가와(須川)구미를 뭐로 보는 거야?" 이렇게 말하자마자 그는 아가씨의 손에 있던 꽃바구니를 쳐서 떨어뜨리고 무참히도 짓밟았습니다. "네놈들이 우습게 본다고 손가락만 빨고 있을 만큼 만만하지는 않아. 스가와구미에는 눈도 있고 완력도 있다고."

오른손이 움직이는가 싶더니 아가씨의 따귀를 힘껏 갈겼습니다. 아가씨는 앗 하는 소리와 함께 비틀거렸는데 젊은이가 한 손으로 그 어깨를 잡더니 거칠게 잡아당겨 다시 때리려 했습니다. 더는 보고 있을 수 없어서 제가 나서려던 순간 서장님이 성큼성큼 다가가서 젊은이의 팔을 쥐었습니다.

"무슨 짓이야. 놔." 상대방이 험상궂은 얼굴로 돌아보았습니다. "……넌 뭐야."

"지나가던 사람이야." 서장님이 상대방의 팔을 꺾으며 대답했습니다. "어린 아가씨를 남자가 때린다는 건 있을 수 없는 일이야. 이유는 모르겠지만 어쨌든 폭력만은 그만두게."

"쓸데없는 일에 참견하지 마. 노점에는 규칙이 있어서 야나기초의 양쪽 길 5정(약 550m) 사이에서 장사를 하게 되어 있어. 그런데 이 계집은 언제나 그 구역 밖에서 장사를 하고 있어. 5정의 노점가는 스가와구미의 구역이야. 이 계집처럼 우리를 우습게 보면 스가와구미의 체면이 구겨질 뿐만 아니라 경찰로부터 위임받은 단속을 할 수가 없게 돼. 너 그런 거나 좀 알고 참견을 하는 거야?"

"난 아무것도 몰라. 하지만 아무리 그래도 번듯한 젊은이가 이런 아가씨를 때리거나 치는 건 좋지 않아. 조금 더 부드럽게 얘기하는 편이 좋지 않을까 생각했을 뿐이야." 서장님은 이렇게 말한 뒤 젊은이의 팔을 놓고 짓밟힌 꽃바구니를 주워 아가씨의 손에 건네주었습니다. "자, 아가씨, 아가씨도 앞으로는 이런 곳에 오지 말도록 해. 규칙은 잘 지키지 않으면 안 돼. 이 꽃은 내가 사줄 테니 그만 돌아가도록 해."

"너, 잘 기억해둬." 젊은이가 어깨를 흔들며 이렇게 외쳤습니다. "다음에 또 눈에 띄면 발모가지를 비틀어놓겠어. 잘 기억해둬."

그리고 인파 속으로 사라져버렸습니다. 서장님은 아가씨를 부축하듯 해서 인적이 없는 골목까지 가더니 끝까지 거부하는 손에 5엔 지폐를 쥐어주었습니다. 평범하게 둥근 얼굴로, 하지만 상당히 사랑스러운 이목구비에 매우 마음이 약하고 유순한 성격인 듯 보였습니다. 꽤나 힘껏 때렸는지 오른쪽 뺨이 빨갛게 부어올라 있었습니다. 어째서 야시장의 노점가 안으로 들어가지 않는 것인지, 지금까지도 종종 이런 일을 당했었는지, 가족은 있는지……. 서장님이 여러 가지로 물어보았으나 아가씨는 무엇인가를 상당히 두려워하고 있는 듯 한마디도 속 시원한 대답을 하지 않았습니다. 서장님도 억지로는 묻지 않고,

"뭔가 난처한 일이 생기면 상의를 하러 와." 이렇게 말하며 명함을 건네주고 그녀와 헤어져 관사로 돌아왔습니다.

"얼마 전부터 그 야시장에서 뭔가 시끄러운 일들이 벌어지고 있다는 이야기를 들은 듯한데, 아는 거 없나?"

"자세히는 모르겠습니다만, 싸움인지 상해사건인지가 대여섯 건 있었다고 들은 듯합니다. 하지만 그런 곳에서는 흔히 있는 일이니."

"한번 조사를 해보게. 하는 김에 스가와구미와의 관계도 함께 부탁하네."

스가와구미의 주인은 스가와 겐주(須川源十)라는 사람으로 시의 '암흑가 거물' 가운데서도 오래된 축에 드는, 이른바 큰형님의 부류에 속하는 사람이었습니다. 토목공사의 청부도 받고, 노점이나 축제가 벌어지는 곳에 자신의 구역도 가지고 있으며, 저급한 흥행물도 공연을 하고, 도박판의 자릿세도 받고 있었습니다. 무슨 일이 벌어지면, 목숨을 아끼지 않는 젊은이 30여 명이 어디로든 달려가는 듯했습니다. 상당히 눈꼴사나운 일이 벌어져도 현의회의 흑막으로서 상당한 세력을 가지고 있었기에 지금까지 경찰에서도 거의 손을 대지 못하고 있었습니다. ……'하지만 우리의 잠꾸러기 서장님이라면 손을 쓸지도 몰라.' 라

고 저는 그때 생각했습니다. 예의 기부 문제는 그들에 대한 단교 선언이기도 했습니다. '저 반쯤 잠들어 있는 것 같은 머릿속에 의외로 뭔가 비책이 있는 걸지도 몰라. 만약 그렇다면…….' 저도 모르게 주먹을 불끈 쥐고 서장님을 위해서 가능한 한 모든 힘을 보태자고 마음속으로 맹세했습니다.

당시에는 저도 아직 서장님이 어떤 사람인지 잘 몰랐습니다. 그랬기에 주제넘게도 그런 생각을 했던 것인데, 어쨌든 그 이튿날 저는 곧장 마이아사 신문사로 가서 아오노를 만났습니다. 아오노 쇼스케는 저와 아주 친하게 지내는 기자로 기개도 있고 도전정신도 강하고 씩씩한 청년이었습니다.

"스가와구미에 손을 대겠다고?" 그가 콧방귀를 뀌듯 말했습니다. "그만두라고 해. 그런 잠꾸러기 너구리가 뭘 할 수 있겠어? 그냥 의자를 소중히 여기며 느긋하게 잠이나 자는 게 인상에 어울리는 행동이야. 지나가던 개가 웃겠군."

## 3

저는 그를 설득했습니다. 물론 그도 진심으로 그렇게 매도한 것은 아니었습니다. 스가와구미가 저질러온 무도하고 불법적인 사실은 사회부 기자인 그가 저보다도 훨씬 더 자세히 알고 있었습니다. 따라서 공분도 훨씬 더 컸기에 일종의 화풀이로 그렇게 말한 것인 듯합니다. 열심히 사정을 설명했더니 얼마간 마음이 움직였는지, "어차피 헛수고가 될 테지만."이라고 말하면서도 어쨌든 조사부에서 확실한 사실을 살펴보겠다고 대답해주었습니다.

아오노는 그날 오후에 경찰서로 왔습니다. 저는 그를 서장님께 소개하고 가져온 조사서를 읽어보았습니다. 참으로 면밀한 조사였기에 깜짝 놀랐습니다만, 여기서 하나하나 이야기할 필요는 없을 듯합니다. 중요한 것은 야나기초의 5정에 걸친 야시장과 관계된 일이었는데, 종전의 일은 그렇다 쳐도, 지난 수개월 동안 눈에 띄게 악독한 짓을 해오고 있었습니다. 예를 들어서 지금까지는 노점업조합에 가입할 때 20엔을 내고, 다음부터는 '자릿세'로 매일 밤 10센씩 내면 됐었습니다. 그런데 요즘에는 자릿세가 30센이 되었고, '지정제'라며 가게를 내는 장소에 따라서 따로 얼마간의 권리금 같은 것도 받고 있었습니다. 그리고 5년이고 10년이고 전부터 일정한 장소에 나오던 자라도 '자리 정리'가 행해지면 그곳을 물려주고 다른 곳으로 옮겨야만 했습니다. 이것이 매일 밤 행해졌기에 소박한 장사를 하는 사람에게는 부담할 길이 없어서 점점 끝자락 쪽으로 쫓겨나게 되었습니다. 그리고 만약 거기에 불복하거나 자릿세를 내지 못하면 예의 젊은이들이 폭력을 휘둘러서 자릿세에 상당하는 물건을 가게에서 가져가곤 했습니다. 자잘한 일들까지 들자면 훨씬 더 많지만, 이 정도만 말해도 다른 일들은 추측할 수 있으리라 여겨집니다. ……서장님은 한동안 아무 말도 없다가 조용히 아오노를 보며 이렇게 말했습니다.

"고맙네, 덕분에 잘 알았네. 이걸 보니 스가와라는 사람은, 다시 말해서 상당한 덕망가, 라고 해야 할지, 그러니까 굉장히 인덕이 있는 사람인 듯하군."

"인덕이라고요? 덕망가라고요?" 아오노는 눈을 부릅떴습니다. "서장님께서는 이 조사를 보고 그런 결론을 내리셨단 말씀이십니까? 대체 어디를 봐서 당신은."

"결론은 내가 내린 게 아니야." 서장님은 천천히 하품을 했습니다. "나는 아무것도 파악하지 않았어. 단지 이렇게 생각했을 뿐이야. 즉, 이처럼 분명한 사실이 있는데도 스가와 겐주 씨는 오늘 더욱 왕성하게 번영하여 현의회와 시정에 커다란 세력을 펼치고 있지만 누구 하나 이를 지탄하는 자가 없지 않은가? ……상당한 덕망가가 아니라면 그럴 수 있겠는가? 자네는 그렇게 생각하지 않는가, 아오노 군?"

"비아냥거리시는 것이라면, 실례합니다만 그대로 돌려드리겠습니다. 가만히 앉아서 혀를 놀리는 정도의 재주라면 꼭두각시라도 할 수 있습니다. 지금까지도 저는 종종 그런 허풍을 들어왔습니다. 상당히 의욕적으로 일을 시작한 서장님도 있었습니다. 하지만 모두……." 아오노는 휙 손을 흔들며 의자에서 일어났습니다. "모두 그것뿐이었습니다. 서장님의 의자는 따뜻하고 편안하게 보이니까요."

"그건 맞는 말일세. 이 의자는 아주 푹신하고 따뜻하니까." 서장님은 천천히 고개를 끄덕였습니다. "나 역시 섣부른 짓을 해서 이 의자를 잃고 싶지는 않아."

"그렇다면 더욱 소중히 여기시기 바랍니다. 망가지면 스가와구미에서 공짜로 바꿔줄 테니. 이건 제가 가져가겠습니다. 실례."

아오노는 잔뜩 화가 나서 조사서를 집더니 총알처럼 달려나갔습니다. 아오노의 급한 성격은 잘 알고 있었습니다만, 서장님의 응대 역시 일부러 그를 화나게 만들려는 것처럼 보였습니다. 그를 소개하여, 그를 통해서 마이아사 신문을 우리 편으로 만들려 했던 계획은 이것으로 완전히 역효과를 내게 된 셈이었습니다. 얼마간 뜻밖이라 여겨졌기에 저는 그 불만을 토로했습니다. 서장님은 눈을 감은 채 듣고 있다가 나른하다는 듯 어깨를 흔들고 의자 등받이에 털썩 몸을 기대며 이렇게 대답했습니다.

"곪아버린 충수돌기는 절개수술을 할 수밖에 달리 방법이 없네. 약을 먹거나 부적을 붙여봐야 소용없는 일이야. 환자에게 메스를 대는 것이 유일한 수단이야."

"하지만 신문의 힘은 부적보다 약하지 않다고 생각합니다만……."

"힘은 나일세." 서장님은 천천히 이렇게 말했습니다. "사내가 일을 할 때 의지해야 할 것은 자신의 힘 하나뿐일세. 조금이라도 다른 데 의지하려는 마음이 생기면 일의 형태는 갖출 수 있을지 몰라도 혼이 빠져버리고 말아. 물론……, 아오노 군에게는 따로 부탁할 것이 있기는 하지만."

힘은 자신이라는 말은 저에게 강한 인상을 주었습니다. 서장님은 틀림없이 무엇인가를 하려하고 있다, 그렇다면 대체 어떤 비책이 있는 걸까, 거의 호기심에 가까운 기대감을 품은 채 저는 그 모습을 가만히 바라보았습니다. ……그로부터 사오일, 억지로 짬을 내서 서장님은 어딘가에 다녀왔습니다. 무슨 목적으로 어디에 가는 건지, 1시간쯤 만에 돌아오는 경우도 있고 한나절쯤이나 자리를 비우는 경우도 있었습니다. 그러던 어느 날 오후, 이번 이야기의 제3막이라고 할 수 있을 만한 일이 일어났습니다.

## 4

"언젠가 야나기초에서 도와주셨던 사람입니다만."하며 면회를 요청해온 사람이 있었습니다. 제가 나가보니 지난번에 꽃을 팔던 아가씨가 오픈셔츠를 입은 낯선 청년과 접수처에 서 있었습니다. 스물대여섯 살쯤으로 보이는 각진 얼굴에 가냘픈 몸매를 한 청년이었는데 상당히 말을 더듬는 성급한 투로, "요코의 일로 꼭 좀 부탁드릴 것이 있습니다."라고 애원하듯 말했습니다. 아가씨는 완전히 겁을 먹은 듯한 표정으로 청년의 팔에 찰싹 달라붙어 있었습니다. 저는 두 사람을 서장실로 데리고 갔습니다.

"인사는 생략하기로 하고, 우선은 거기에 앉게." 서장님은 두 사람에게 의자를 가리키고 담배에 불을 붙이며 그들을 부드럽게 바라보았습니다. "……여기에 와야겠다고 잘도 기억하고 있었군. 그럼 들어보기로 할까, 무슨 일이 있었는지."

"이 아이를 경찰에 보호검속해주시기 바랍니다."

"오호……, 이 사람을?"

"그렇습니다. 그렇게 해주시지 않으면 이 아이도, 이 아이의 가족도 무사하지 못할 겁니다. 저는 오구리 고헤이(小栗公平)라는 사람입니다만."

그의 이야기를 간단히 요약해서 말씀드리겠습니다. 아가씨의 이름은 시마무라 요코(島村洋子)로 19세, 병으로 3년 전부터 몸져누운 어머니와, 63세가 된 할아버지 사다스케(貞助)와 셋이서 살고 있습니다. 10년쯤 전에 돌아가신 아버지는 젊었을 때 도쿄에서 생선초밥 만드는 법을 배웠고 거기서 아내를 얻어 돌아와서는 야나기초의 노점가에

서 포장마차를 시작했는데 에도(도쿄)식 생선초밥으로 상당히 번창했었습니다. 그곳은 아버지 사다스케가 15년 동안이나 어묵집을 하던 자리로 인연이 깊은 장소였는데 영화관과 작은 공연장이 늘어서 있는 번화한 길목이기도 했기에, 아내의 이름에서 따온 '기쿠즈시(菊ずし)'는 한때 꽤나 유명세를 탔습니다. 요코가 초등학교 3학년이 되었을 때 아버지가 돌아가시고 나서는 할아버지와 어머니가 한동안 가게를 이어나갔습니다. 그러던 어느 날 한 손님으로부터, "기쿠즈시의 맛이 아니야."라는 말을 들었고, 그래서는 세상을 떠난 사람에게 면목이 없다며 과감하게 가게를 접고 다시 할아버지의 어묵가게로 돌아갔습니다. 그것도 장사가 꽤 잘 되기는 했으나 오키쿠(お菊)가 병으로 몸져누운 뒤부터는 돈 들어갈 일들만 계속돼서 생활은 힘들어지기만 할 뿐이었습니다. ……거기에 야시장의 '자릿세'가 3배가 되었고 또 '권리금'을 내야 한다는 규칙까지 생겼습니다. 사다스케가 장사를 하던 곳은 번화한 거리 중에서도 목이 가장 좋은 위치였기에 30년 가까이나 장사를 하던 자리에서 쫓겨났으며, 지금은 7번가의 가장 끝자락에서 장사를 하게 되었습니다. ……그게 전부라면 모르겠으나 스가와구미의 두목이라는 작자가 가게 일을 돕던 요코를 보고는 첩으로 내놓으라며 언제 적 사고방식인지도 모를 말을 하기 시작했습니다. 거절을 하자 젊은이가 매일 밤 찾아와서 장사를 방해했습니다. 자연스럽게 손님들의 발길이 끊겼으며 환자를 끌어안고 있었기에 생활은 궁핍해져갔습니다. 어쩔 수 없이 요코가 구역 밖에서 꽃장사를 하게 되었습니다. 그들은 집요하게 따라다니며 지난밤처럼 폭력을 휘두르기도 하고 집으로 찾아와 위협을 가하기도 하고 온갖 수단을 동원해서 요코를 괴롭혔으

며, 마침내는 유괴를 해서라도 말을 듣게 하려는 데에까지 이르고 말았습니다.

"저는 긴바나초의 같은 나가야에서 살며 밤이면 야나기초 6번가에 헌책방을 내고 있습니다만," 오구리 고헤이라는 청년이 이렇게 말을 이었습니다. "요코와는 어렸을 때부터 친구였고 사실은……, 얼마 전에 장래를 약속한 사이입니다. 하지만 사정이 이렇게 되었으니 어디 다른 지방에라도 가지 않는 한 결혼은 불가능할 뿐만 아니라 생활조차 어려워질 것입니다. 그래서 저는 K……시에 있는 친구와 상의를 하러 다녀올 생각입니다만, 조금 전에 말씀드린 것처럼 이 아이에게 피하기 어려운 위험이 닥쳐 있기에 제가 돌아올 때까지 여기서 데리고 있어주셨으면 합니다. 어려운 부탁인 줄은 압니다만, 모쪼록 들어주시기 바랍니다."

"데리고 있기로 하지. 하지만……," 서장님이 탁자 위에서 주먹을 쥐며 조용히 상대방을 보았습니다. "하지만 그건 자네들이 여기서 달아나는 것을 돕기 위해서가 아니야. 오히려 이곳에서 평온하게 생활하기 위한 수단으로 그렇게 하는 거야."

"저 역시도 생각할 수 있을 만큼 생각했습니다. 그 외에는 다른 방법이 전혀 없습니다."

"그럼 묻겠는데 K……시로 가면 자네들은 안전할 것이라고 믿는 건가? 스가와구미에서 하고 있는 것 같은 불법과 폭력이 K……시에는 없다고 믿고 있는 건가? 아닐세, 자네가 잘못 생각하고 있는 거야." 쥐었던 주먹을 풀었다가 그것을 다시 힘껏 쥐며 서장님이 강한 어조로 이렇게 말을 이었습니다. "부정이나 불법이나 폭력은 어디에나 있네.

정의가 존중받는 것은 인간의 생활 속에 그것이 극히 적기 때문으로 세계는 부정과 폭력으로 충만해 있네. 올바른 삶은 크든 작든 악과의 싸움 위에 있네. 그 싸움에서 달아난다는 것은 스스로 자신의 생존을 거부하는 것과 다를 바 없는 일일세. 그렇게 생각하지 않는가?"

오구리 청년은 입술을 씹으며 고개를 깊이 숙였습니다. 아마도 대답할 말을 찾지 못한 것인 듯합니다. 서장님의 말씀은 현실감 없는 공식론으로 그것을 제아무리 외쳐봐야 사실의 해결에는 아무런 도움도 되지 않습니다. 무엇을 위해서 이런 말을 하는 건지 저는 이상히 여기며 바라보고 있었습니다. ……오구리 고헤이가 잠시 후 얼굴을 들더니 서장님을 쏘아보듯 하며 말했습니다.

"그렇다면 서장님은 제게 스가와구미와 싸우라는 말씀이십니까?"

"그런 말은 하지 않았네. 다른 지방으로 가도 역시 마찬가지라는 사실, 부당한 박해를 받는다고 해서 달아나려 한다면 이 세상에서는 살아갈 수 없다는 사실을 이야기한 것뿐일세. 여기에 남아 있도록 하게. 자네들은 여기서 정당하게 살아갈 권리를 가지고 있으니." 서장님은 이렇게 말을 맺었습니다. "그리고 자네에게 그럴 결심이 섰다면 나도 가능한 한 돕도록 하겠네. 잘 생각해보도록 하게."

## 5

그날 저녁의 일이었습니다. 평소 같았으면 관사로 돌아갈 시간이었으나 서장님은 자동차를 불러 저와 함께 서를 나섰습니다.

"조금 전에 내가 오구리라는 청년에게 했던 말을 자네는 유치하다고 생각하고 있는 듯하던데.” 차가 달리기 시작하고 얼마 지나지 않아서 서장님은 이렇게 말했습니다. “아니, 알고 있어. 맞는 말이야. 노점가 사람들이 스가와구미의 불법을 눈물로 참고 있는 것은 용기가 없기 때문이 아니라 힘의 비례를 알고 있기 때문이야. 스가와구미가 가지고 있는 폭력에 정면으로 대적하는 것이 얼마나 어리석은 일인지를 알고 있기 때문이야. ……하지만 ‘알고 있다.’, 이 ‘알고 있다.’는 사실이 문제야. 실제로는 힘을 가지고 있으면서도 머릿속 계산만으로 포기해 버리는 그것이 인간을 무력하게 만드는 최대의 원인이야.”

이런 이야기가 나오면 서장님의 말투는 언제나 열기를 띱니다. 얼굴도 빛나고 눈동자도 광채를 머금으며 마치 떼쟁이 어린아이처럼 방약무인한 논법을 마구 사용합니다. 스스로도 자랑하는 ‘중학생적 논리’가 시작된 것입니다.

“대체로 일본인은 쓸데없는 지식이 너무 많아. 『중앙사론』이네 『개작』이네 그런 여러 가지 고급종합잡지를 보기 바라네. 그런 잡지 속에는 다달이 철학, 사회학, 인류학, 과학, 화학, 사학, 국제사정, 경제학 등 온갖 사상, 비판, 논박, 증명 등이 빼곡하게 들어차네. 그리고 그런 잡지들이 많이 팔리고 독자들의 숫자가 점차 늘어나면 그것으로 일본의 문화수준이 높아졌다고 믿으며 그 사실을 과시하네. 어리석구나, 어리석구나, 이를 어찌한단 말이냐.” 서장님은 여기서 연민의 정을 참을 수 없다는 듯 한손을 흔들었습니다. “알겠는가? 잘 들어보게. 그러한 논문을 읽는 것은 틀림없이 식견을 넓히는 일일세. 하지만 식견을 넓히기만 할 뿐, 그것으로 끝이야. 내가 알고 있는 전당포……, 들통이 나고 말았군, 의 주인 가운데 철학, 사회학, 자연과학, 고고학 등에 매우 조예가 깊은 사람이 있었다네. 실제로 놀라울 정도로 잘 알고 있어서 감탄을 했을 정도야. 아마 이러한 예는 어디에나 있을 걸세. 은행의 출납원, 역의 개찰원, 생선가게의 지배인, 상사회사의 사원, 포목점의 종업원, 읍사무소의 공무원, 어디에나 있을 걸세. 하지만 그건 어디까지나 단지 그게 전부일 뿐이야. 전당포의 주인이나 읍사무소의 공무원이 그리스철학에 대해서 논하는 것은, 타르타랑[26]적 성격으로 해학의 부류에 들기는 하지만, 그 이외에는 웃을 가치조차 없는 일일세. 실행력이 수반되지 않는 지식, 사회적으로 개인의 능력을 향상시키지 못하는 지식, 이처럼 그저 아는 것이 전부인 지식은 언제나 사람을 반드시 스포일하게 만들 뿐일세. 그들은 모르는 게 없어. 그렇기에 언제나 모든 일을 지레짐작하지. 모든 것이 한심하게 보이고 이기적이어서 부지런히 일하기를 싫어해. 친구를 경멸하고 자신의 직업을 싫어해. ……사회적인 부정, 국가적인 악처럼 국민 전체에게 가장 중요한 일에 당면해서도 고급 지식인일수록 반드시 복지부동의 자세를 취하네. ……그래서 무엇을 할 수 있겠는가? 울상을 지으며 '힘 앞에는 굴복하라.' 라고 콧소리만 내고 있어서야 사회 전체에 대한, 혹은 문화에 대한 개인의 책임을 수행한다는 건 꿈에서조차 상상할 수 없는 일일세. 하지만 그 책임에 대한 자각 없이 문명국가라는 건 존립할 수 없네. 미안한 얘기지만."

그때 자동차가 한 저택 앞에 멈춰 섰습니다.

"이러한 풍습이 오구리 청년과 노점가 사람들 전체를 무력하게 만든

---

26) 프랑스의 소설가인 알퐁스 도데의 작품 속 주인공. 프랑스 남부 사람으로 허풍쟁이에 활달하고 사람 좋은 모험가.

원인일세. 자신들의 능력은 시험해보지도 않고 암산으로 눈앞의 사실을 지레짐작하는 약삭빠름, 이것을 깨부수지 않으면 안 되네. 온갖 학문과 사상에 정통하면서도 아무 일도 하지 않는 무기력한 근성, 이것도 깨부수지 않으면 안 돼."

"서장님, 차가 멈췄습니다."

"알고 있네. 차는 멈췄어. 내리면 되는 거지? 내, 더 하고 싶은 말이 있지만……, 그만 됐네. 나중에 하기로 하지."

우리는 차에서 내렸습니다. 그곳은 고텐초의 뒤뜰이라 불리는 곳인데, 눈앞에 있는 것은 석조 문기둥에 돌로 담을 두른, 그렇게 크지는 않으나 속된 취향으로 만들어져 눈에 띄는 저택이었습니다. 문패에 스가와 겐주라고 적혀 있었습니다. 서장님은 성큼성큼 걸어 들어가서 당신이 직접 안내를 청했습니다. ……이 방문이 그들을 놀라게 한 것만은 틀림없는 사실이었습니다. 집 안에 잠깐 긴장의 기운이 돌더니 부산스러운 발소리 등이 들려왔습니다. 그리고 "안으로 드십시오."라고 안내를 받은 곳은 10첩 정도의 일본식 방이었는데 그곳에서는 지금 막 식사가 시작되려 하고 있었습니다. 굉장히 크고 요란스러운 조각이 있는 탁자 앞에 스가와 씨가 정면을 향해 양반다리를 하고 앉아 있었으며 다섯 살쯤 된 귀여운 여자아이를 무릎 위에 앉혀 끌어안고 있었습니다. 그 옆에 30세쯤으로 매우 멋을 부린, 그러나 피부가 검고 못생긴 여자가 앉아 있었습니다. 스가와 씨는 얼굴과 몸 모두 단단하게 살이 쪘으며 홑옷의 앞섶이 벌어진 가슴에는 곰처럼 털이 나 있어서 위협적인 가슴털과 짙은 콧수염이 시선을 끌었습니다.

"자, 이쪽으로 앉으십시오." 겐주 씨가 상냥하게 웃으며 이렇게 말하고 서장님에게 자신의 옆자리를 가리켰습니다.

### 6

“마침 막 한잔하려던 참이었습니다. 실례일지 모르겠습니다만, 한잔 어떠십니까?”

“아니, 말씀은 감사합니다만 이런 차림이기에.” 서장님은 이런 말로 술잔을 거절했습니다. “오늘은 당신과 상의할 것이 있어서 왔습니다. 간단한 일입니다만, 여기서 말해도 괜찮겠습니까?”

“어서 말씀해보십시오. 저는 격식에 얽매이지 않고 이놈을 마시면서 듣겠습니다.” 겐주 씨는 이렇게 말하고 옆의 여자에게 술을 따르게 한 뒤 안고 있던 여자아이를 녹아들 듯한 눈으로 바라보며, “이번에는 뭐냐? 계란말이냐, 고구마냐?”라는 등의 달콤한 목소리와 함께 빵을 쓰다듬었습니다.

그것은 허세를 부리며 우리를 무시하려는 듯한 태도로 보이기도 했으나, 실제로는 그 이상으로 아이를 흠뻑 사랑하고 있는 것이 사실인 듯했습니다. 서장님도 아이에게 끌린 듯, “손녀이십니까?”라고 물었습니다.

“손녀라니, 너무하십니다. 딸입니다.” 겐주 씨는 싱글벙글 웃었습니다. “그게 쉰 살이 되어서야 처음으로 생긴 아이로, 그래서 그런지 얼굴은 이렇게 못난이입니다만 그 대신 아주 영리한 아이입니다.”

딸바보임을 그대로 드러내며 자식 자랑을 시작했습니다. 그러한 모습은 참으로 온화한 호인 같아서, 이 사람이 피도 눈물도 없는 스가와 겐주일까 의심스러울 정도였습니다. 서장님은 곧 용무를 이야기하기 시작했습니다.

"상의드릴 얘기란, 노점가에 관한 일입니다만."

"흠, 흠." 겐주 씨는 아이의 단발머리를 쓰다듬으며 여자에게 술을 따르게 해서 태연하게 그것을 마셨습니다.

"자세한 얘기는 하지 않겠습니다만, 야시장 상인들의 부담이 매우 커졌다는 사실, 폭력을 쓰는 일이 크게 증가했다는 사실, 이 두 가지 건에 대해서 당신에게 주의를 주고 싶습니다."

"주의라니, 어떤 의미입니까?" 겐주 씨는 술잔을 입으로 가져갔습니다. "야나기초 양쪽편의 5정에 이르는 노점가는, 그렇군요, 고도 씨는 모르시겠지만, 그곳은 스가와구미가 허가를 얻어 경영을 관리하고 있는 곳입니다. 상인들의 부담이네, 풍기네 하는 점에 있어서 경찰의 신세를 지지 않도록 하기 위해 구미 안에서도 노력하고 있습니다. 결코 비합법적인 일은 하고 있지 않습니다. 그 점은 책임자인 제가 분명하게 말씀드릴 수 있습니다."

"안타깝게도 제가 모은 자료 가운데는 썩 바람직하지 않은 것들이 많습니다. 이대로라면 우리의 직분상 그냥 입을 다물고 있을 수만은 없습니다. 당신 쪽에서 근본적으로 생각을 고치지 않는다면, 우리로서는 그에 상응하는 수단을 강구하지 않을 수 없습니다."

"유키(ゆき)야, 착하지." 겐주 씨는 이렇게 말하며 품에 안고 있던 아이를 내려놓았습니다. "아버지는 잠깐 이야기할 것이 있으니 너는 저쪽 방에 가서 놀고 있어라."

아이는 고분고분 자리에서 일어나 마루를 건너편으로 콩콩콩 달려갔습니다. 저는 별 생각도 없이 그 뒷모습을 바라보고 있었는데, 그때 열려 있는 장지문 너머 기역자로 꺾어진 복도의 모퉁이에서 이 집의 부하인 듯한 젊은이 대여섯 명이 이쪽을 가만히 지켜보고 있는 모습을 발견했습니다. 겐주 씨는 자세를 고쳐 앉더니 갑자기 사람이 바뀌기라도 한 듯한 눈매가 되어 서장님을 위아래로 훑어보았습니다.

"뭐라고 하셨습니까, 서장님. 근본적으로 생각을 바꾸어라, 그렇게 하지 않으면 상응하는 방법을 강구하겠다, ……이렇게 말씀하셨습니까?"

"그렇습니다. 미리 말씀드리겠는데 그것이 그 어떤 속내도 없는 저의 본심입니다."

"재미있군." 겐주 씨가 입끝으로 웃으며 말했습니다. "당신은 우리 시에 부임해온 이후부터 그 자랑거리인 '본심'을 꽤나 보이시고 있는 듯합니다. 언젠가의 기부 문제 때만 해도 우리 시의 유력자와 경찰 사이의 오랜 친목관계를 깨고 저희에게 도전적인 태도를 취하셨습니다. 이번에는 또 스가와 겐주에게 상응하는 방법을 취하겠다고 하셨습니다. 좋습니다, 상관없으니 해보시기 바랍니다."

"그렇다면……." 서장님은 한가로이 손으로 턱을 쓰다듬었습니다. "그렇다면 이번 상의는 결렬된 셈이로군요."

"다짐을 둘 필요도 없어. 이런 지방 도시의 경찰 따위를 무서워해서야 우리 같은 사람은 장사를 해먹을 수가 없어. 해볼 생각이라면 마음 굳게 먹고 해봐."

고함을 치며 있는 힘껏 테이블을 내리쳤기에 접시와 작은 대접들이 요란한 소리를 올리며 춤을 췄고, 술병이 쓰러졌습니다. 본성을 드러낸 것이었습니다. 서장님은 말없이 겐주 씨의 얼굴을 바라보고 있다가 마침내 조용히 인사를 하고 자리에서 일어났습니다.

"그렇다면 하는 수 없습니다. 저는 저대로 대책을 강구하겠습니다."

"단 목숨줄을 내놓고 해야 할 거야." 겐주 씨가 예스러운 말로 날카롭게 말했습니다. "당신이 스가와구미에 손을 내밀기도 전에 당신의 사체가 강물 위로 떠오를지도 몰라. 잘해봐야 다른 곳으로 전임갈 각오 정도는 해두는 게 좋을 거야. 난 스가와 겐주야."

## 7

그로부터 사흘 내내 서장님은 분주하게 무엇인가를 쓰기도 하고 외출하기도 했는데 나흘째 되던 날 아침, 마이아사 신문의 아오노 쇼스케가 뛰어들어와서는, "영감님 계신가?"라고 허겁지겁 물었습니다. 당장 만나고 싶다고 하기에 말을 전하자 서장님은, "왔는가?"하며 신문을 내려놓고 만날 테니 데려오라고 말했습니다.

"석간 호치의 기사가 사실입니까?" 아오노가 서장실로 들어서자마자 외쳤습니다. "그 나미키초에 노점을 허가했다는 기사가?"

"우선 앉도록 하게. 그리고 담배라도 피우지 않겠는가?"

"농담할 시간 없습니다." 아오노가 거칠게 오른팔을 휘둘렀습니다. "도쿄에서 게보네야 뭐라고 하는 두목이 온다는 둥, 그의 구역으로 나미키초에 노점가가 생길 것이라는 둥, 그 기사가 사실인지 아닌지 듣고 싶습니다. 서장님은 알고 계시지 않습니까."

"아아, 그 기사라면 지금 읽었네." 서장님은 이렇게 말하고 기지개를

켰습니다. "언제나처럼 신문답게 앞질러 가고 있더군. 흠, 하지만 대부분은 사실이라고 할 수 있을 듯하네."

아오노에게 지지 않을 만큼 저도 깜짝 놀랐습니다. 나미키초에 새로운 노점을 허가했다는 사실은 처음 듣는 이야기였기에. ……나미키초로 노점가를 옮기자는 안은 10여 년 전부터 이야기되어온 문제로 지역 주민들도 꽤나 운동을 벌였지만 현의회에서 의안이 통과되지 않아 그대로 오늘에까지 이른 것이었습니다. 워낙 때로는 1천 개가 넘는 점포가 나올 정도로 커다란 존재였기에 여러 가지 이권이 얽혀 있는 듯했습니다. 우리 시에서 이는 커다란 문제가 되어 있으니, 그 특종을 석간 호치에게 빼앗긴 아오노가 씩씩거리는 마음도 쉽게 이해할 수 있었습니다.

"그럼 서장님께서는 석간 호치 1개 사에만 자료를 주신 겁니까?"

"나는 아무것도 주지 않았어. 지난 일주일쯤 사이에 기자와는 만난 적도 없어. 자료가 어디서 새어나갔는지는 모르겠지만, ……어쩌면 게보네야 쪽에서 새어나간 걸지도 모르겠군."

"게보네야라는 두목이 벌써 와 있는 모양이로군요." 아오노는 수첩과 연필을 꺼냈습니다.

"대리인은 있지만 당사자는 아직 오지 않았네. 하지만 원한다면,"하고 서장님이 짐짓 딴전을 부리는 듯한 목소리로 말했습니다. "지금부터 새로운 노점조합의 결합회에 함께 가도 상관없네."

"새로운 노점의, ……벌써 그런 곳까지 일이 진행된 겁니까?" 아오노는 눈을 휘둥그렇게 떴다가 문득 목소리를 낮춰서, "그런데 서장님, 이번 허가에 대해서 현의회의 양해는 구하셨겠지요?"

"현의회……, 그런 건 구하지도 않았어."

"그렇다면 서장님 혼자서만의 재결이십니까?"

"현과 시 쪽과는 나중에 절충할 생각일세. 그런 것을 기다리고 있다가는 야시장 상인들이 말라죽고 말거야. ……우선은 씨부터 뿌려라."

"한 가지만 더 들려주십시오. 스가와구미가 가만히 있지는 않으리라 여겨집니다만, 물론 그 배후에 있는 현의회와 시의 거물들도 더해서 말입니다. 그 압박을 이겨낼 대책은 있으십니까?"

"나는 잘 모르겠네." 서장님은 두 다리를 기분 좋다는 듯 길게 뻗었습니다. "그런 일은 게보네야가 알아서 맡아줄 걸세. 도쿄에서는 이름이 조금 알려진 사람이니까."

"어쨌든 서장님의 마음은 정해지신 거겠지요?" 이렇게 말하며 서장님의 눈을 가만히 바라보고, "경우에 따라서는 전근을 가시게 될지도 모르는데 그런 각오도 하고 계신 겁니까?"

"슬슬 시간이 된 것 같군." 아오노의 물음에는 대답하지 않고 서장님은 이렇게 말하며 자리에서 일어났습니다. "자동차가 와 있을 걸세. 같이 가겠는가?"

아오노는 대답을 듣지 못했기에 화가 난 듯했으나 그래도 모자를 집어들고 서장님의 뒤를 따라나섰습니다. 기다리고 있던 자동차에 올라 우리 세 사람이 도착한 곳은 공원 아래에 있는 요정인 '다선'이었습니다. 현관에는 수많은 숫자의 신발들이 나란히 놓여 있었으며, 접수처라고 해야 할지 책상을 놓고 세 남자가 앉아 있었는데 우리의 얼굴을 보자마자 그 가운데 청년 하나가 안내를 위해 나왔습니다. 그는 오구리 고헤이였습니다. 서장님은 신을 벗으며, "모두 모였는가?"라고 물었습니다.

"네, 대표자는 전부 모였습니다." 오구리의 태도는 몰라볼 정도로 씩씩해져 있었습니다. "서장님이 오시기를 기다리고 있습니다. 어서 들어가십시오."

안내를 받아 들어간 곳은 연회에 사용되는 50첩짜리 널따란 방이었는데, 거기서는 잡다한 차림을 한 다양한 연령대의 사람들 50명쯤이 매우 긴장한 듯한 모습으로 우리를 기다리고 있었습니다. 우리가 자리에 앉자 오구리 고헤이가 일어나, "지금부터 새로운 조합의 결합회를 시작하겠습니다."라고 말했습니다. 모두 웅성웅성 자세를 바로하고 앉았습니다. ……오구리 청년이 약간 흥분한 듯한 말투로 예전부터 나미키초에서 기타하라초에 걸친 지역에서의 노점영업허가를 신청하자는 운동이 있었다는 사실, 그것이 이번에 비로소 실현되었으며 도쿄에서 게보네야라는 두목이 와서 조합장이 되어주기로 했다는 사실 등을 이야기하고, 새로운 조합의 규약을 읽겠다며 손에 쥐고 있던 종이 한 장을 읽어내려가기 시작했습니다.

"새로운 조합에 입회하려는 자는 입회비 2엔을 납부할 것, 자릿세는 하룻밤에 5센, 단 입회비 및 자릿세는 모두 조합명의로 저축하여 조합원 상호간의 부조 및 구제비로 충당할 것, 어떠한 이유가 있다 할지라도 조합원 전원의 합의에 의하지 않고는 징집금을 거두지 말 것, 임원은 상임 5명으로 임기는 1년으로 하되 조합원의 엄정한 선거로 선출할 것, 이상 세부는 추후 협정할 것……."

## 8

"이상이 규약의 대강입니다." 오구리 청년은 이렇게 말하고 일동을 둘러보았습니다. "여기에 대해서 뭔가 의문이 있으신 분은 사양 마시고 질문해주시기 바랍니다."

"입회금과 자릿세가,"하고 수염투성이 중년 사내가 손을 들고 말했습니다. "한쪽은 2엔, 한쪽은 5센이라는 것은 너무 싼 듯한데, 어떻게 된 겁니까?"

"그리고 한 가지 더. 그……." 이번에는 구석 쪽에서 노인이 이렇게 말했습니다. "그런 돈들을 전부 조합명의로 저금해서 조합원의 상호 구제에 쓰겠다고 했으니, 그렇다면 그 게보네야라는 두목은 그러니까, 한 푼도 취하지 않겠다는 말이 되는데, 거기에 뭔가 있는 거 아니요?"

"좋은 지적입니다. 그럼 대답하겠습니다." 오구리 고헤이가 기다리고 있었다는 듯 이렇게 말했습니다. "처음의 입회비와 자릿세가 너무 싸다는 질문 말인데, 이는 생각하기에 따라서 달라집니다. 조합원을 대략 500명이라고 친다면 1천 엔이라는 금액이 됩니다. 자릿세도 하룻밤에 25엔, 1달이면 750엔이니 1년 쌓이면 9천 엔으로 결코 싸다고는 여겨지지 않습니다."

모여 있던 사람들은 이 숫자를 듣고 눈을 둥그렇게 떴으며, "그렇다면 스가와구미는 엄청나게 돈을 벌고 있었다는 얘기로군."이라고 중얼거리는 사람도 있었습니다.

"그리고 게보네야 두목은 취하는 돈이 없다는 질문 말인데, 이는 말씀하신 대로 두목은 한 푼도 취하지 않습니다. 왜냐하면 게보네야는 이번의 새로운 조합을 만든 뒤 1년 동안만 그 뒤를 봐주고 그렇게 해서 조합의 기초가 탄탄해지면 이후로는 조합원의 자치적 경영에 맡기고 손을 떼겠다고 약속했기 때문입니다." 오구리는 다시 한 번 사람들을 둘러보았습니다. "이상, 게보네야 두목에게서 위임받은 대리인으로서 제가 책임지고 위의 일들을 실행하도록 하겠습니다. 찬성하시는 분들은 모쪼록 조합에 참가해주시기 바랍니다. 그렇게 해서 저희들의 새로운 생활을 건설해나가기로 하지 않으시겠습니까?"

장내가 터져나갈 것 같은 박수 속에서 오구리 청년은 자리에 앉았습니다. 그러자 이번에는 우리의 잠꾸러기 서장님이 일어나서, "저도 한마디 하겠습니다."라고 조용히 입을 열었습니다. 그리고 이번의 노점 지정을 허가함에 있어서는 경찰도 상당한 결의를 가지고 있다는 사실, 질서 유지에 책임을 지겠다는 사실, 새로운 조합은 어디까지나 협동체 정신을 잊어서는 안 되며 조합원 전체의 이익을 지켜주기 바란다는 사실 등을 이야기하고, 마지막으로 말투를 달리하여 이렇게 마무리 지었습니다.

"사람이 올바르게 살아가기 위해서는 용기가 필요합니다. 여러분께서 용기를 가지고 새로운 조합을 지키시는 한, 500명이라고 한다면 1년에 1만 엔 정도의 자산이 여러분의 소유가 됩니다. 또한 이를 10년 유지하면 연 5부의 이자를 더해서 13만 엔 이상의 금액에 달하게 됩니다. 이는 여러분 공동의 소유이며 누구에게도 침해당할 우려가 없는 자산입니다. 하지만 만약 여러분에게 불법과 폭력에 맞서 싸울 용기가 없다면 이런 적립은 불가능할 뿐만 아니라, 다시 한 번 여러분들 생활의 길을 위협받게 될 것임에 틀림없습니다. 사람은, 혼자서는 나약한 존재입니다. 하지만 힘을 합쳐 나아가면 대부분의 어려움은 극복할 수 있습니다. 모쪼록 용기를 내시어 여러분들 자신의 생활과 조합의 올바른 발전을 위해서 싸워주시기 바랍니다."

서장님이 자리에 앉자 기다리고 있었다는 듯 맞은편에서 작업복 차림의 젊은이가 일어나, "무슨 말씀이신지 잘 알겠습니다. 저는 참가하겠습니다."라고 흥분한 목소리로 외쳤습니다. "저희가 나약했던 것은 자기 혼자만 소중하다고 생각했기 때문입니다. 하지만 이번에는 협동조합이 있습니다. 자신의 생활과 우리들의 조합을 지키기 위해서라면 싸워나갈 수 있습니다. 무슨 일이 있어도 저는 해낼 생각입니다." 그러자 여기저기서, "나도 하겠어.", "이제는 무서울 게 아무것도 없어.", "우리 모두 굳게 손을 잡기로 하세."라는 등의 씩씩한 외침이 들려왔습니다. 이것으로 됐다고 말하기라도 하듯 서장님은 고개를 끄덕인 뒤 마침내 그 자리에서 나왔습니다.

"게보네야 두목은 언제 옵니까?" 다선에서 나오자 아오노가 이렇게 물었습니다. "물론……, 오면 만나게 해주시겠지요?"

"일주일쯤 지나면 올 예정일세. 하지만 그 사람은 신문쟁이를 좋아하지 않아서 말이지." 서장님이 차에 오르며 이렇게 대답했습니다. "그냥 포기하는 것이 좋을 걸세."

"숙소만 알려주시면 됩니다. 신문을 싫어한다고 떠들어대는 사람일수록 신문에 나는 것을 좋아하는 법입니다." 아오노가 아오노답게 말했습니다. "그리고 지금의 회합에 관한 내용을 기사로 써도 되겠습니까? 덕분에 특종을 빼앗긴 것을 만회할 수 있겠습니다."

"게보네야에 대해서는 그다지 쓰지 않는 편이 좋을 걸세."

아오노가 도중에 차에서 내리려 하자 서장님이 다짐을 두듯 이렇게 말했습니다. 아오노는 싱글싱글 웃으며 거기에는 대답하지 않고 힘차게 내려 걸어갔습니다.

### 9

그로부터 며칠 동안의 긴장된 마음은 지금도 잊을 수가 없습니다. 이튿날의 마이아사 신문이 대문짝만 하게 <새로운 노점가 허가와 조합의 발족>이라는 제목을 뽑고, 도쿄에서 게보네야 두목이라는 거물이 와서 그 뒤를 봐줄 것이라는 사실, 그 두목은 간토 지방[27] 일원에서 용기 있고 의협심 강한 인물로 유명한데 이번 조합의 결성에 있어서는 이욕을 버리고 헌신적으로 마지막까지 뒤를 봐줄 것이라는 등의 내용을 보도했기에 현청에서 지사의 비서가 달려오고, 전 신문사에서 기자들이 몰려들고, 시의 거물들이 모인 무쓰미(睦) 연합회에서 문의가 오는 등 서 전체가 술렁술렁 불안한 공기에 휩싸였습니다.

"그렇습니다, 제 책임으로 새로운 지역의 지정을 허가했습니다." 서장님은 질문을 받을 때마다 이렇게 대답했습니다. "지금의 장소는 전차가 다니는 길이기에 교통기관에도, 몰려드는 손님에게도 위험이 많습니다. 그에 반해서 새로 지정한 곳은 철도에서도 가깝고 혼마치 거리와도 접해 있기에 향후 번화가로 발전할 수 있을 만한 좋은 조건을 갖추고 있습니다. 10여 년 전부터 지정지로 삼으려는 운동이 있었다고 합니다만, 저도 깊이 생각한 결과 그것이 가장 합리적이라고 판단했기

27) 関東地方. 도쿄를 포함한 일본 혼슈의 동부 지역.

에 허가를 내준 것입니다. 현의회의 자문을 구하지 않고 독단으로 행한 점은 저의 책임입니다만, 그것은 단지 절차상의 문제일 뿐, 이미 도쿄의 본청에도 연락을 해두었으니 이번 허가가 곧 확인되리라는 점은 조금의 의심도 없이 확신하고 있습니다."

말투는 예의 어눌한 듯 완만한 것이었으나 말 뒤에서는 심상치 않은 결의가 느껴졌으며, 한 가지 더, 마음속에 무엇인가 복안을 준비해둔 것 같은, 일종의 위협과도 같은 인상까지 주었습니다. ……현의회의 일부와 그들을 조종하는 보스들이 부지런히 책동을 시작했으나 나미키초에서 기타하라초에 걸친 지정지에서는 일찌감치 노점가가 화려하게 개점했습니다.

아오노는 매일 같이, "게보네야는 아직 오지 않았습니까?"라고 물으러 왔습니다. 그리고 새로운 노점조합에서도 하루에 한 번씩 오구리 고헤이나 간사 가운데 누군가가 반드시 와서 연락을 취했습니다. 현의회에서도 서장님을 지지하는 일파가 격려를 하기 위해서 찾아왔습니다. 이런 날들이 사오일쯤 이어진 뒤 마이아사 신문에, <임협의 인물, 게보네야 두목 방문>이라는 기사가 실렸습니다. ……<어떤 이유로 숙소는 숨기고 있으나 본지가 믿을 만한 소식통으로부터 입수한 정보에 의하면 게보네야는 이미 5일 이전부터 시에 도착하여 새로운 노점조합의 기초확립을 위해 분주히 뛰어다니고 있다고 한다.>는 등의 내용들이 적혀 있었습니다. 저는 서에 출근한 뒤에 읽었는데 어디서 그런 정보가 나온 것인지 이상히 여겨졌기에, "이게 사실입니까?"라고 서장님에게 물어보았습니다.

"응, 사실이야." 서장님이 시치미를 떼는 듯한 눈으로 천장을 바라보며 이렇게 대답했습니다. "단, 날짜는 틀렸지만. 게보네야는 훨씬 전부터 와 있었어."

"훨씬 전부터라니……, 서장님은 만나셨습니까?"

"그는 사람 만나는 걸 좋아하지 않아서 말이지."

이렇게 말하고 있을 때 오구리 고헤이가 뛰쳐들어왔습니다. 매우 긴장한 모습으로 들어오자마자 갑자기, "왔습니다."라고 다급하게 알렸습니다. 서장님이 평소의 그 졸리다는 듯한 얼굴로, "자네가 만났는가?"라고 천천히 물었습니다.

"간부 모두가 만났습니다." 오구리 청년이 낮은 목소리로, "그래서 말씀하신 대로 대답했더니, 곧 이리로 오겠다고 말하고 돌아갔습니다."

서장님은 흠 하고 콧김을 내뿜더니 팔짱을 낀 채 무엇인가를 생각하는 듯하다가 마침내 몸을 벌떡 일으키며, "그렇다면……."하고 오구리 고헤이의 얼굴을 바라보았습니다.

"그렇다면 자네는 요코 군을 데리고 돌아가도록 하게. 보호실 생활도 이렇게 길어서야 힘들 테고, 또 그쪽 일도 도와주어야 하니."

"그 일을 하실 생각이십니까?"

"승부를 봐야지." 서장님의 목소리에는 묵직한 암시와도 같은 울림이 담겨 있었습니다. "기회는 단 한 번뿐일세. 반드시 성공시켜야 하네. 나머지는 전부 내가 책임질 테니. 할 수 있겠지?"

"조합을 위한 일입니다. 틀림없이 해내겠습니다."

"좋아. 집은 준비를 해두었고 요코 군을 데리고 나가도 걱정할 필요 없도록 경계도 충분히 해두었네. 마음 놓고 틀림없이 하도록 하게."

무슨 소린지 저는 전혀 알아들을 수 없었으나 협의가 끝나자마자 오구리 고헤이는 지금까지 계속 보호실에 있었던 요코를 데리고 자동차로 돌아갔습니다. ……스가와 겐주 씨가 부하 둘을 데리고 온 것은 그로부터 겨우 30분쯤 지났을 때였습니다. 서장님은 웃는 얼굴로 맞아들였으며 당신 스스로가 일어나서 겐주 씨에게 의자를 권하기도 하고 담배를 권하기도 했습니다. 겐주 씨는 잔무늬의 고급 삼베로 지은 홑옷에 셋타[28])를 신었으며, 부하 둘은 오글오글한 비단 홑옷에 삼실로 바닥을 댄 짚신, 꽤나 말쑥한 차림새였습니다.

"이거, 당신에게는 한방 먹었습니다." 겐주 씨가 아주 친하다는 투로 이렇게 입을 열었습니다. "전에는 굉장히 겁을 주시기에 사실은 검거 열풍이라도 불 줄 알았는데, 새로운 지정지를 허가할 줄이야, 뒤통수를 얻어맞은 기분입니다. 고도 씨도 보통내기는 아니십니다."

## 10

"하지만 이대로 그냥 있을 수는 없습니다." 겐주 씨가 온후한 호인이라도 되는 양 싱글싱글 웃으며 말을 이었습니다. "이대로 그냥 내버려 두면 저의 얼굴은 물론 스가와구미의 체면까지 구겨지기에 반드시 피바람이 불겁니다. 그런 사태를 피하기 위해서는 신사협정을 맺을 필요가 있겠습니다."

"신사협정이라……." 서장님이 슬쩍 이를 내보였습니다. "그거 매우 좋은 말씀이십니다만, 어떻게 하면 되겠습니까?"

---

28) 雪駄. 슬리퍼처럼 생긴 신 바닥에 가죽을 댄 것.

"게보네야 씨를 만나게 해주셨으면 합니다. 같은 가업에 종사하고 있는 사람끼리 무릎을 맞대고 간담을 나누면 얘기가 빨라질 겁니다. 어떻습니까?"

"그렇군요. 괜찮은 생각 같습니다만 워낙 사람 만나기를 싫어하는 성격이라." 이렇게 말하고 잠시 생각에 잠겼다가, "……어쨌든 상의를 해보겠습니다. 1시간쯤 뒤에 결과를 전화로 말씀드리겠습니다."

"부탁드리겠습니다. 그것 외에는 분쟁을 피할 수단이 없다는 사실, 그리고 간담은 가능한 한 빠른 편이 좋겠다는 사실에 중점을 두셨으면 합니다. 젊은이들이 꽤나 독이 올라 있으니."

어디까지나 온화하게 하고 싶은 말을 전부 하고 나서 겐주 씨는 부하들을 데리고 나갔습니다. 서장님도 그 이후 어딘가로 혼자 나갔는데 아마도 게보네야를 방문한 것인 듯합니다. 1시간쯤 지나자 돌아와서 바로 스가와 저택으로 전화를 걸었습니다.

"게보네야도 뵙고 싶다고 합니다." 겐주 씨가 전화를 받자 이렇게 말했습니다. "……그렇습니다. 오늘 오후 5시, 공원 밑에 있는 다선이라는 곳입니다만, 시간은 괜찮으십니까? ……그렇습니다. 게보네야는 혼자서 뵙겠다고 했습니다. 물론 저도 소개를 위해서 갈 생각입니다. ……그럼."

전화를 끊음과 동시에 서장님은 의자의 등받이에 몸을 기대고 깊은 한숨을 내쉬었습니다. 참으로 한심하다는 듯한 모습이었습니다. "드디어 클라이맥스로군요." 제가 이렇게 말하자 흠 하고 콧소리를 낸 뒤 눈을 감았는가 싶더니 잠시 후 코를 골기 시작했습니다. ……이번 일에 있어서 저는 완전히 국외자 같아서 무엇이 어떻게 진행되고 있는지 전혀 알 수가 없었습니다. 주요인물인 게보네야 두목이 언제 이곳으로 왔는지도 알지 못했습니다. 서장님은 하나에서부터 열까지 혼자서 계획을 세우고 혼자서 분주히 뛰어다녔습니다. 새로운 조합의 오구리 고헤이와 간부들이 얼마간 도움을 주고 있는 듯했으나 그것도 어느 정도인지 짐작조차 가지 않았습니다. 알고 있는 것이라고는 서장님이 혼자만의 힘으로 일을 여기까지 애써 끌고 왔다는 사실, 게보네야와 스가와 겐주 씨의 대결이 성패의 갈림길이라는 사실, 이 두 가지에 지나지 않았습니다. 어쨌든 두 두목이 대면하는 자리에만은 무슨 일이 있어도 동석하고 싶다고 생각하며 서장님의 모습을 주의 깊게 살펴보았습니다.

오후 4시 반이 되어 자동차가 준비되었기에 그 사실을 알렸으나 서장님은 사무를 보느라 움직이려 하지 않았습니다. "5시가 되었습니다만."하고 말해도, "알겠네."라며 고개만 끄덕였을 뿐, 마침내 의자에서 일어선 것은 5시 30분이었습니다. ……"자네도 오게." 뜻밖에도 이렇게 말씀하셨기에 저는 거의 펄쩍 뛰어올랐을 정도였습니다. 그 모습을 보고 서장님이 빙그레 웃으며, "단, 미리 말해두겠는데."라고 말했습니다.

"그런 사회에서 살아가는 사람들이야. 경우에 따라서는 칼이 춤을 출지도 모르고 권총이 한 발 정도 울릴지도 몰라. 봉변을 당할지도 모른다는 각오로 가야 할 걸세."

"그 정도의 가치는 있다고 생각합니다." 저는 이렇게 말하고 서장님에게 모자를 내밀었습니다. ……약속한 시간보다 50분 늦게 다선에 도착했습니다. 여종업원의 안내를 받아 별채의 방으로 가보니 겐주 씨와 두 부하는 이미 와 있었습니다. 서에 왔을 때와 같은 차림새였는데 홑옷을 입고 조용히 앉아 있는 젊은이의 모습이 그처럼 섬뜩할 수도 있다는 사실을 그때 처음으로 알았습니다. 기다리고 있던 겐주 씨는 초조함이 그대로 묻어나서, 온화하게 응대하려 했으나 말에 가시가 돋치는 것을 억누를 수는 없는 모양이었습니다. 지각한 것에 대한 사과는 제대로 들으려 하지도 않고, "게보네야 씨는 같이 오지 않았습니까?"라고 따지듯이 물었습니다.

"아니, 벌써 와 있을 겁니다." 서장님은 이렇게 말하고 상석을 비워둔 자리에 앉아 탁자 위의 부채를 집었습니다. "푹푹 찌는군요. 편하게 앉으시지요."

"약속은 5시였습니다." 겐주 씨가 부채로 찰싹 소리를 냈습니다. "저는 정각 5시에 와서 기다리고 있었습니다. 이야기를 마무리 지을 수 있도록 일을 처리해주시기 바랍니다."

"알겠습니다. 그럼 지금 불러오겠습니다만, 스가와 씨." 서장님이 차분하게 상대방을 보며 이렇게 말했습니다. "당신이 신사협정이라고 하셨으니 게보네야 쪽의 조건을 먼저 전해두도록 하겠습니다. 새로운 지정지의 노점에서 음식업은 받지 않는 것을 규정으로 하겠다고 합니다. 다시 말해서 음식점은 지금까지처럼 야나기초에 남겨두겠다, 이런 얘기였으니 알아두시기 바랍니다. 그럼 잠시 기다리시길……."

서장님이 방에서 나가자 곧 술상을 준비하기 시작했습니다. 겐주 씨는 부채로 자꾸만 소리를 냈으며 부하 둘은 극도로 긴장한 모습으로, 그러나 미동도 없이 단정하게 앉아 있었습니다. 일이 어떻게 될지 호기심은 점점 더 커져갔으나, 저도 가슴이 두근거리는 것을 억누를 수는 없었습니다.

"

20분쯤 지났을 것입니다. 복도에서 발소리가 나더니 서장님이 들어왔습니다. 관복을 벗고 홑옷에 가벼운 허리띠를 맨 편한 모습으로 바뀌어 있었습니다.

"이거, 죄송합니다."라고 말하며 이번에는 윗자리에 앉아 바로 술병을 들고, "자, 한잔 어떠십니까?"라며 겐주 씨에게 권했습니다.

"아니, 나중에 마시겠습니다." 겐주 씨는 머리를 흔들었습니다. "이번 얘기가 마무리 지어질 때까지는 마시지 않겠습니다."

"얘기는 술을 마시면서도 할 수 있습니다."

"하지만 상대방 없이는 씨름을 할 수도 없습니다. 게보네야 씨에게 인사를 하고 난 뒤에 마시겠습니다."

"게보네야는 와 있습니다."

서장님이 이렇게 말한 순간, 방 안으로 슥 바람이 지나간 듯한 느낌이었습니다. 순간 섬뜩함이 느껴진다는 말은 그럴 때 쓰는 표현일 것입니다. 겐주 씨와 두 부하가 날카로운 눈빛으로 방 문 쪽을 돌아보았습니다.

"그런 곳이 아닙니다, 스가와 씨. 눈앞에." 서장님이 조용히 말했습니다. "……게보네야 산쇼, 저입니다."

두 부하가 반사적으로 품속에 손을 넣었습니다. 겐주 씨는 손에서 부채가 떨어진지도 모른 채, 튀어나올 것 같은 눈으로 서장님의 얼굴을 바라보고 있었습니다. 세상 모든 것이 사멸해버린 듯 깊고 거뭇한 침묵이 10초쯤 이어졌습니다. 그리고 겐주 씨가 갑자기 한쪽 무릎을 세우며 식탁에 손을 턱 얹었을 때, 기선을 제압하는 듯한 느낌으로 서장님이, "겐주."라고 날카롭게 외쳤습니다. "그쪽에서 말한 신사협정, 이쪽의 조건은 조금 전에 말한 대로야. 단, 양보한 게 아니야. 음식업자 가운데는 스가와구미와 인연이 깊은 자가 꽤 있어. 술에 취해서 폭력을 휘두르면 새로운 노점가가 문란해지는 원인이 되기에 제외한 거야. 그쪽과 타협할 마음은 눈곱만큼도 없어. 그 점만은 여기서 분명하게 말해두도록 하지."

"잘 알았네." 겐주 씨가 낯빛이 변해버린 얼굴로 끄덕이며, "경찰본서장인 고도 산쇼, 암흑의 세계에서는 게보네야 산쇼, 그건 몰랐군. 좋은 정보를 줘서 고마워. 감사의 말을 해야 할 테지만 게보네야 씨, 이런 시에도 검사국과 재판소 정도는 있다는 사실을 알고는 있겠지?"

"알고 있으면 겁이라도 먹을 줄 알았는가?" 서장님은 입 끝으로 웃었습니다. "게보네야 산쇼라고 대놓고 이름을 밝혔는데 취할 수 있는 대비책도 취하지 않은 바보는 없을 거야. 그래도 혹시나 싶다면 잘 들어둬. 재판소의 모모이(桃井) 소장은 학교에서 나의 2년 후배였어. 와타나베(渡辺) 검사장은 동기생이었고. 다카라베(財部) 지사와 셋이서 나를 이곳으로 부른 것이니 산쇼에 대해서라면 아주 잘 알고 있을 거야. 소개장이라도 써줄까?"

겐주 씨의 목에서 꿀꺽 하는 소리가 들려왔습니다. 서장님이 오른쪽 소매를 걷어올리고 휙 양반다리를 하는가 싶더니 매우 거친 어조로 이렇게 퍼부었습니다.

"겐주, 요전에 너, 그럴 듯하게 큰소리를 치던데 웃기지도 않는 짓 하지 마. 난 본청에서 13년 동안 경찰청장조차 애를 먹게 했을 만큼 아슬아슬한 짓만 해왔어. 옳은 일이라고 여겨지면 사법대신[29]과 싸워서라도 끝장을 보고 만 사람이야. 세 번이나 경찰청의 관방주임으로 추천받은 것을 세 번 다 걷어찬 것도 그 때문이야. 이런 시골구석의 형님 정도가 무서워서 본청에서 뛰쳐나온 게 아니야. ……새로운 노점가는 게보네야의 구역이야. 손끝 하나 내밀지 못하게 할 테니 그리 알고 있어."

그때 갑자기 부하 가운데 하나가 단도를 빼들었습니다. 겐주 씨도 겉옷의 끈 쪽으로 손을 가져가며 자리를 박차고 일어나 무엇인가 외치려 했습니다. 그러나 서장님이 선수를 치듯, "그래 좋아. 마음대로 해봐."라고 더 없이 차분하게 말했습니다.

"내가 여기에 혼자서 온 건, 혼자 와도 될 만큼 돌을 깔아두었기 때문이야. 겐주, ……네게는 무쓰미 연합회라는 배경이 있어. 현이나 시의 정계를 움직이는 거물, 보스 등과 같은 자들이 붙어 있어. 그것을 알고 온 만큼 게보네야 산쇼도 맨손으로 온 건 아니야." 이렇게 말하며 서장님은 품속에서 한 묶음의 서류를 꺼내 털썩 탁자 위에 놓았습니다. 상당히 두툼한 것으로 겉에 무쓰미 연합회 죄악사(罪惡史)라고 적혀 있었습니다. 서장님은 그것을 겐주 씨 쪽으로 밀어놓으며, "……이 지방으로 온 이후부터 1년 3개월 동안 나의 모든 능력을 동원해서 조사한 자료가 이거야. 필요한 만큼의 증인과 서류도 갖추어져 있어. 이것과

29) 옛 사법성의 장관으로 지금의 법무부장관과 비슷하나 재판소에 대한 권한까지도 가지고 있었다.

같은 서류를 검사국에 제출해두었으니 자네가 어떻게 나오느냐에 따라서는 스가와구미뿐만 아니라 무쓰미 연합회와 그와 관련이 있는 시의 유력자들까지도 일망타진할 수 있어. ……겐주, 이걸 드릴 테니 가져가서 무쓰미 연합회와 잘 상의해봐. 피바람이 불 거라는 둥의 공갈협박과는 조금 다를 테니."

겐주 씨는 그 서류를 집어들었습니다. 그리고 콧방귀를 뀌며 무슨 말인가 하려 한 순간 복도를 달려온 여자 하나가, "아아, 나리."하고 외치며 창백한 얼굴로 겐주 씨 앞으로 달려들었습니다. 언젠가 서장님과 저택을 방문했을 때 겐주 씨의 술시중을 들고 있던 여자였습니다.

"유키 아씨는?" 여자가 할딱할딱 숨을 몰아쉬며 이렇게 말했습니다. "……나리, 유키 아씨는 여기에 오지 않았나요?"

## 12

"유키가 여기에……. 무슨 잠꼬대 같은 소리를 하는 거야? 유키가 어쨌다는 거지?"

"역시 유괴를 당한 거야." 여자가 히스테리라도 일어난 것처럼 몸부림을 친 뒤, "제가 절에 가서 비샤몬텐(毘沙門天) 님께 빌고 돌아왔더니, 유키 아씨는 나리께서 부르셔서 조금 전에 나갔다고 했어요."

"내가 불렀다고……."

"나리께서 같이 저녁을 먹고 싶다고 하시니 곧 사람을 보내겠다는 전화가 걸려왔고, 잠시 후 자동차로 젊은 종업원 같은 아가씨가 데리러 왔었대요. 다선에서 왔다고 하고, 특별히 의심스러운 모습도 아니었기에 데려가라고 했대요. 그 말을 듣고 오늘은 용무가 용무인 만큼 유키 아씨를 불렀을 리가 없다고 생각했기에 확인을 위해서 여기로 전화를 걸어봤더니 아니나 다를까 모른다는 대답이었어요. 그래서 바로 달려온 거예요."

"멍청하기는." 겐주 씨가 주먹을 들어 여자를 때리려 했습니다. "한심한 녀석. 뻔뻔스럽게 여기까지 말을 전하러 올 시간에 다른 데를 알아봤어야지."

"아니요, 부하들이 사방으로 찾으러 바로 달려나갔고, 경찰에도 신고를 해놨어요."

"경찰……." 이렇게 말하다 겐주 씨는 퍼뜩 놀란 듯 돌아보았습니다. 그리고 한가로이 턱을 쓰다듬고 있는 서장님의 얼굴을 잠시 노려보는 듯하다가 갑자기 창백해진 낯빛으로 웅얼웅얼, "……게보네야, 조만간 인사를 하러 가도록 하지." 이렇게 내뱉듯 말하고는 달아나는 사람처럼 복도로 뛰쳐나갔습니다.

부하들과 여자도 나가 둘만 남게 된 뒤에도 저는 한동안 말을 할 수가 없었습니다. 워낙 커다란 놀라움과 극심한 긴장감 때문에 몸과 마음 모두 마비가 되어버린 듯했기에.

"왜 그러는가?" 서장님이 웃으며 술병을 들고, "얼치기 연극은 이제 다 끝났어. 술하고 안주가 듬뿍 남았네. 자네의 입도 단속을 해야 하니 그렇게 알고 마음껏 먹기 바라네. 자, 한잔 마시세."

"하지만 그렇게 한가한 소리만 하고 있어도 괜찮은 겁니까?"

"게보네야의 일은 이미 끝났어. 남은 건 마무리뿐이야. 자, 술잔을 받게."

틀림없이 그 대담이 사건의 절정이었습니다. 무쓰미 연합회와 그들과 관계를 맺고 있는 유력자들이 약간 흥분해서 책동을 부리려는 듯했으나, 서장님이 깔아놓은 포석이 요소요소에서 작용하여 섣불리 움직였다가는 모두가 운명을 같이하게 될 것이라는 사실을 분명히 알게 되었기에 결국에는 손을 뗄 수밖에 없었던 듯합니다.

담판을 벌인 날로부터 일주일이 지났을 때, 겐주 씨가 혼자서 서장님을 찾아왔습니다. 몰라볼 정도로 초췌해졌으며 벌겋게 충혈된 눈만 번득번득 빛나고 있었습니다. 목소리도 완전히 가라앉아 꺼칠꺼칠 갈라져 있었기에 조금 크게 소리를 지르면 괴롭다는 듯 기침을 해대는 형편이었습니다.

"딸을 내놔." 겐주 씨가 갑자기 이렇게 호통을 쳤습니다. "딸을 내놔. 그 애한테 무슨 죄가 있다고 그래. 당장 유키를 내놔."

"무슨 말씀이십니까, 스가와 씨?" 서장님이 의아하다는 듯 눈썹을 찡그렸습니다. "따님을 내놓으라니 무슨 말씀을 하시는 건지 모르겠습니다. 저를 다른 사람으로 잘못 보신 것 아닙니까? 진정하시고 잘 보시기 바랍니다. 저는 경찰서장인 고도 산쇼입니다."

"천하의 협잡꾼 놈, 사기꾼 자식, 악당." 겐주 씨가 한손으로 탁자를 때리며 쥐어짜내는 듯한 목소리로 외쳤습니다. "그 서장인 양하는 얼굴을 한 꺼풀 벗기고 나면 게보네야 산쇼, 어디를 가든 분명하게 말해주기로 하지. 이 사실이 세상에 알려지면 당신도 그냥 넘어갈 수는 없을 거야."

"그렇게 하십시오. 스가와 겐주 씨와 잠꾸러기 서장, 세상이 어느 쪽을 신용할지 시험해보는 것도 재미있겠습니다. 한번 해보시기 바랍니다."

"딸을 내놔." 겐주 씨가 탁자를 내리치며 울부짖었습니다. "유키를 돌려줘. 당신이 정말로 잠꾸러기 서장이라고 불리는 사람이라면 이렇게 무자비한 짓을 할 리가 없잖아. 부탁이야, 유키를 내게 돌려줘."

마지막은 거의 애원하는 듯한 외침이었습니다. 천하의 스가와 겐주가 어린 딸 하나 때문에 어째서 이토록 흐트러진 모습을 보이는 것일까요? ……나중에 알게 된 사실입니다만 그 아이는 자신의 딸이 아니라 손녀였습니다. 겐주 씨는 가정적으로 불행한 사람이어서 아내는 일찍 세상을 떠났으며, 외동딸은 18세 때 상대방이 누구인지도 모르는 아이를 낳았습니다. 아무리 물어도 상대방의 이름을 말하지 않았으며, 이 사건이 있기 1년 전에 병에 걸려 죽고 말았습니다. 이렇게 해서 남겨진 것이 그 어린 여자아이였기에 겐주 씨는 딸과 손녀를 하나로 합친 것과 같은 사랑스러움과 두 사람분의 연민 때문에 체면이고 고집이고 전부 잃고 만 것이었습니다.

"스가와 씨……." 마침내 서장님이 조용히 이렇게 말했습니다. "당신은 지금 무자비라는 말을 입에 담으셨습니다. 당신은 그 의미를 알고 계십니까? 자비도 인정도 없이 가난한 노점상인들을 쥐어짜고 배경과 폭력을 이용하여 약한 사람들을 울려온 그런 당신이 무자비라는 말의 의미를 알기나 하십니까?"

"이렇게 부탁드리겠습니다, 서장님. 이렇게 부탁드리겠습니다." 겐주 씨는 탁자 위에 두 손을 얹고 다른 사람들의 시선에는 신경도 쓰지 않은 채 머리를 숙였습니다. "유키를 돌려주십시오. 원하시는 일이라면 무엇이든 하겠습니다. 무슨 일이든 당신이 말씀하시는 대로 하겠습니다. 그러니 제발 저에게 딸을 돌려주시기 바랍니다."

"스가와구미를 해산시키십시오. 게보네야의 조건은 그것뿐입니다." 서장님의 목소리는 단호했습니다. "……무쓰미 연합회도 머지않아 해산될 것입니다. 스가와구미가 그 선두에 서는 것입니다. 당신으로부터 해산했다는 통보를 받고 사실이 확인 되면 제가 게보네야에게서 따님을 넘겨받아 댁으로 데리고 가겠습니다. 이렇게 하면 되겠습니까?"

겐주 씨는 고개를 떨구었습니다. 철저하게 패배한 사람의 모습이었습니다. 서장님도 가엾다는 생각이 든 것인지 겐주 씨에게서 시선을 돌리고 의자에서 일어나 창가로 가더니 한창 해가 쏟아지고 있는 거리를 바라보았습니다. 사흘 뒤 겐주 씨에게서 스가와구미를 해산했다는 통보가 왔습니다. 서장님은 사오일쯤 상황을 지켜본 뒤 이젠 됐다고 판단했는지 기타하라초의 뒷골목에 있는 나가야에서 유키를 데리고 와서 겐주 씨의 집으로 돌려보냈습니다. 맡겨두었던 곳은 오구리 고헤이의 집이었는데 그와 요코 군은 이미 결혼을 한 상태였던 듯했습니다. ……무쓰미 연합회가 해산된 것은 그로부터 반년쯤 지났을 때였습니다. 물론 그렇다고 해서 이른바 형님이나 보스가 사라진 것은 아니었으나 이전처럼 공공연하게 악덕을 행하는 일은 없어졌습니다. 재미있었던 것은 아오노 쇼스케였습니다. 그는 게보네야에게 완전히 반해버린 듯, 한동안 서장님의 얼굴만 보면, "만나게 해주십시오, 만나게 해주십시오."라고 말했습니다.

"이번 거물들 사냥에 성공한 건 서장님의 힘이 아닙니다. 전부 게보네야 두목 덕분입니다. 만약 그 두목이 나서서 일을 처리하지 않았다면, 흥, 서장님은……."

# 열 개의 눈, 열 개의 손가락

## 十目十指

### 1

여름의 끝자락에서 가을이 시작될 무렵이면 갑자기 싸늘한 바람이 불고 기온이 떨어져 느닷없이 겨울이라도 온 것이 아닐까 여겨지는 날이 흔히 있기 마련입니다. 나뭇가지와 나뭇잎과 잡초 등이 한쪽 방향으로 바스락바스락 흔들리며 내는 소리도 소란스러운 중에 사무치게 쓸쓸한 것을 느끼게 하며, 응달진 지면의 청명한 빛을 바라보고 있으면 올 여름도 가을도 벌써 떠나버려 돌아오지 않는, 쓸쓸하고 어둡고 무료한 겨울이 올 것이라는 계절의 만가라도 듣는 듯한 기분을 느끼게 되는 법입니다. ……그날도 아침부터 차가운 북서풍이 불었습니다. 점심식사를 마친 뒤 서장님은 창밖의 풍경을 바라보고 계셨는데 바람 부는 거리의 풍경에라도 자극을 받은 것인지 암행순찰이나 한번 나가 볼까 하며 모자를 집으셨습니다. 암행순찰이란 파출소를 돌아보는 일로, 예고 없이 가서 집무시찰을 하는 것을 말합니다. 원래 이것은 분서장이 해야 할 일로 본서의 서장이 하는 것은 이례적인 일이었으나, 우리의 잠꾸러기 서장님은 이를 '암행순찰'이라고 부르며 빈민가를 방문하는 것과 마찬가지로 열심히 행하셨습니다. 그런데 때로 예전의 암행어사 이야기에서처럼 뜻밖의 수확을 거두는 적도 있었기에 늘 서장님을 따라나서는 제게는 오히려 즐거운 시간 가운데 하나였습니다. 그날은 시의 남부를 둘러보고 교외에 있는 호라초(洞町)까지 갔습니다. 이미 아시겠지만 그곳은 우리 시의 비지(飛地)와도 같은 곳으로 시가에서 2, 3정(약 300m)쯤 떨어진 곳에 마을을 형성하고 있는데 토박이들의 농가가 많으며 그 사이사이에 붉은 지붕을 씌운 문화주택과 이상하게 물욕적으로 보이는 작은 저택과, 그런가 싶으면 앞쪽에만은 굉장히 으리으리한 돌기둥 문과 담장이 있으나 나머지 3면은 대나무로 짠 울타리에 정원에는 나무도 아무것도 없으며 건물은 낡은 목재를 섞어 오두막처럼 지은 것이 초연히 서 있는 묘한 집도 있었습니다. "돌기둥 문과 앞쪽의 담장을 만들고 났더니 돈이 떨어져버린 모양입니다." 문득 우습다는 생각이 들어 제가 이렇게 말했더니 서장님이 불쾌하다는 듯, "사람 가운데도 그런 자들이 많지."라고 맞받아쳤습니다. 나중에 알게 된 사실인데 그 지역에는 신기하게도 퇴직자나 금리로 생활하는 자 등이 많았으며, 샐러리맨 중에서도 작은 회사의 과장이나 부지런히 저금한 돈을 밑천으로 건물회사로부터 자금을 빌려 집을 세운 나이 든 관리 등처럼, 한마디로 말하자면 뭔가 조금 허전한 듯한 프티부르주아 계급이 많이 사는 주택지였습니다. 농가 역시도 채소나 과일 등에서부터 기껏해야 보리를 키우는 정도의 농업에 종사했기에, 자연스럽게 농촌의 순박함 따위는 조금도 찾아볼 수 없었으며, 도회의 좋지 않은 영향만이 뿌리를 내려 어딘가 교활하고 탐욕스러운 사람들이 많은 듯 여겨졌습니다. 예를 들어—, 아니 서론은 이쯤에서 그만두고 이야기의 앞길을 서두르도록 하겠습니다.

호라초의 파출소에 가보니 사람들이 모여 있었습니다. 중년의 아주머니인 듯한 사람 4명쯤에 농가의 노인과 아녀자들로 보이는 이들이었습니다. 파출소 안에서는 가와니시(河西)라는 젊은 순사가 초라하게 보이는 한 아낙을 조사하고 있었습니다. 27, 8세쯤 되는 조그만 체구의 여자로 피부가 검고 입이 컸으며 매우 사람 좋게 보이는 얼굴이었으나 토라진 것인지 아둔한 것인지 가와니시 순사의 신문에는 무뚝뚝한 태도로 얼핏 이해하기 어려운 대답을 하고 있었습니다. 문제는 그 아낙이 동네 집들의 정원에서 가꾸고 있는 토마토나 가지, 혹은 텃밭에서 기르고 있는 호박이나 감자 등을 훔친다는 것으로, 그 현장에서 붙들려왔는데 이번이 벌써 3번째라는 것이었습니다.

"요전에 그렇게나 얘기를 했잖아." 가와니시 순사가 화를 낼 기운도 없다는 듯한 투로, 그래도 살살 달래보려는 듯 이렇게 말했습니다. "너희 집에서도 감자네, 채소네, 호박이네 하는 것들을 키우고 있잖아. 그 감나무에는 올해도 감이 잔뜩 달릴 거 아니야. 네가 정성껏 키운 이런 것들을 다른 사람이 훔쳐가면 어떻겠어. 태연하게 웃을 수 있겠어?"

"우리 남편은 태연해요." 그 아낙은 이렇게 대답했습니다. "남이 키우고 있는 것을 훔치는 사람은 굉장히 궁하기 때문이라며 아무렇지도 않게 생각해요."

"어머, 어쩜 저렇게 뻔뻔하지." 중년 아주머니들 사이에서 이런 말이 나왔습니다. "저런 낯짝 두꺼운 말로 자신이 한 짓을 정당화하려 하다니. 아무리 못 배우고 몰상식하다 해도 너무 하잖아."

"도덕관이라는 게 아예 없나봐요. 스티븐슨 고골리[30]의 소설에 이런 농노가 나오는데, 살인죄를 저질러놓고도 그게 죄악인지 느끼지 못해요."

"아아, 그거 밤의 여관이라는 소설 아닌가요? 저, 요 얼마 전에 댁의 장서 가운데서 찾아내서 읽었어요. 역시 일본 작가의 작품보다 감격적이에요."

"그렇다면," 젊은 순사가 이렇게 말을 이었습니다. "네가 남들의 물건을 훔치는 건 아주 궁하기 때문이라는 거야?"

"그야 궁하기는 해도……, 다른 사람처럼 보란 듯이 살아가지는 못하지만……, 도둑질을 하지 않으면 굶을 정도는 아니에요."

"그런데 어째서 도둑질을 하는 거지?"

아낙의 눈이 살짝 반짝였습니다. 그리고 몸을 돌려 거기에 모여 있는 사람들을 휙 둘러보는 듯하더니 곧 창문 쪽으로 향해서 반항하듯 흥 하고 콧방귀를 뀌었습니다.

"너, 기껏해야 채소를 훔친 정도라고 우습게 생각한다면 커다란 착각이야. 아무리 경범이라고 해도 이렇게 자꾸만 말썽을 피우면 경찰에서도 그냥은 넘어갈 수 없으니까. 그리고 만약 너에게 잘못했다는 마음이 없다면 재판을 받아 형무소에 들어가게 될지도 몰라. 이건 결코 협박이 아니야."

---

30) 러시아 작가인 니콜라이 고골리를 말하는 듯.

## 2

"나리, 그렇게 어린애를 달래는 듯한 말로 해봐야 눈 하나 깜빡하지 않을 겁니다." 농부처럼 보이는 뚱뚱한 노인이 더는 참지 못하겠다는 듯 참견을 했습니다. "누가 뭐래도 남편은 백정이고 마누라는 도둑질을 할 정도의 부부입니다. 사람을 우습게 보고 있으니 좀 더 호되게 야단치시기 바랍니다. 이래서는 호박 하나 마음 놓고 기를 수 없으니."

"맞아요. 저희들도 좀 부탁할게요." 아낙네들도 그 뒤를 이어서, "우리 집과 이와타 씨네에서는 닭을 한 마리씩 도둑맞았는데 우리 집의 닭은 코친이라는 귀한 놈으로 남편이 품평회에 내놓겠다며 아주 소중히 기르던 것이었으니."

"토마토나 호박 정도로 끝나면 좋겠지만 이런 일은 자연스럽게 악질적으로 변해가는 법이에요."

"증거가 분명하지 않다거나, 훔쳐간 것 같다는 정도라면 모르겠지만, 동네에서 모르는 사람이 아무도 없고, 실제로 이렇게 훔치는 현장을 3번이나 들켰잖아요."

"이번에야말로 경찰에서도 어떻게 좀 해주지 않으면, 정말 그렇잖아요."

개중에서도 스티븐슨 고골리 부인이 가장 능변이어서 '엄중한 처분'을 역설하고 있는 듯했습니다. 그때 서장님을 본 것인지 가와니시 순사가 갑자기 태도를 바꾸어 엄한 어조로, 이 아주머니는 잘 훈계를 할 테니 모두 그만 돌아가라고 말했습니다. 모여 있던 사람들도 젊은 순사의 태도를 보고 뒤에 우리가 있다는 사실을 비로소 깨달았기에 무엇인가 귀엣말을 하며 뿔뿔이 흩어졌는데, 그때 그 능변의 아주머니가 옆에 있던 사람의 귀에, "저 사람이 유명한 잠꾸러기 서장님이야." 라고 속삭이는 것을 저는 놓치지 않았습니다. ……서장님은 가와니시 군의 경직된 경례를 가볍게 받고 안으로 들어가 근무일지를 스르륵 넘기며, "별다른 일은 없었겠지?"라고 물었습니다. 그때까지 멍하니 의자에 앉아 있던 여자가 이때 갑자기, "저도 그만 돌아갈래요."라며 자리에서 일어났습니다.

"안 돼, 안 돼." 서장님 앞이었기에 가와니시 군은 살짝 당황한 듯했습니다. "너는 아직 돌아갈 수 없어. 거기서 기다려."

"어째서죠? 저 사람들이 가버렸으니 저도 이제 가도 되잖아요. 무슨 말씀이신지는 잘 알았어요."

"그래, 그만 가봐도 돼." 서장님이 온화한 목소리로 이렇게 말했습니다. "그만 가봐도 상관은 없는데 앞으론 그런 짓을 해서는 안 돼. 그런 짓을 해봐야 득이 될 건 아무것도 없잖아. 안 좋은 일만 겪게 될 뿐이야, 안 그런가?"

"나리께서 그런 걸 아시기나 하시겠어요?"

그 여자는 이렇게 말하고 서장님의 얼굴을 바라보았습니다. 이때 그 여자의 눈이 다시 반짝반짝 빛나는 듯했습니다. 의자의 등받이를 쥐고 있는 손이 떨리는 것도 저는 보았습니다. 그런데 그 표정은 멍해서 아무지지 못하고, 여전히 아둔한 느낌으로 사람 좋게 보일 뿐이었습니다. 서장님은 깜짝 놀란 듯 그녀를 바라보며 한동안은 말도 나오지 않는지 입을 다물고 있었습니다.

"얘기는 대충 들었네만,"하고 아낙네가 돌아간 뒤에 서장님은 의자에 앉았습니다. "뭔가 복잡한 사정이라도 있는 겐가? 저 여자의 태도가 이해되지 않아."

"아니, 아주 단순한 서리사건입니다. 단지 보신 것처럼 약간 머리가 나쁘고 비뚤어진 성격이기에, 그리고 심술을 부리고 있는 면도 조금은 있는 듯해서, ―."

"그럴 만한 원인이라도 있었는가?"

"원인이라고 해봐야, 결국은 자신들의 문제입니다만."

가와니시 순사의 말을 요약해보기로 하겠습니다. ―그 아낙네의 남편은 후지카와 마타사쿠(藤川又作)라고 하는데 시립 도살장에서 근무하고 있습니다. 무엇보다 그 직업 때문에 주위 사람들이 그를 멀리하고 있었습니다. 게다가 마타사쿠는 그물로 새를 잡거나 낚시를 하는 등 살생을 좋아하기에 어딘가 피비린내 나고 둔해 보이는 느낌을 주었습니다. 결혼한 지 5년이나 지났지만 아이가 없는 것도 그런 일들에 대한 벌이라는 말을 들을 정도였으며, 다른 사람들과는 거의 교류가 없었습니다. 그리고 한 가지 더, 현재 그들은 200평(약 661㎡)쯤 되는 땅이 딸린 상당한 집에서 살고 있는데 그것이 그들의 소유가 된 경위에는 약간 복잡한 사정이 있었습니다. 그 토지와 집은 원래 노구치 몬(野口もん)이라는 과부의 소유였습니다. 몬은 50리(약 20㎞)쯤 떨어진 곳에 위치한, 나카야마(中山)라는 농촌 출신으로 25세 때 노구치에게 시집을 왔습니다. 남편은 그때부터 이미 폐병을 앓고 있어서 얼마 되지도 않는 밭의 일조차 제대로 할 수 없었습니다. 몬은 시집을 온 날부터 거의 혼자서 일했습니다. 밭일도, 그것을 시가까지 팔러 가는 일도. 근처에 남편의 친척이 3집 정도 있었지만 농가에서 흔히 볼 수 있는 것처럼 폐병을 극도로 두려워하는 습관 때문에 누구도 가까이 다가가

려 하지 않았습니다. 몬은 누구의 도움도 받지 못한 채 일했으며, 부지런히 남편의 간호에도 힘을 썼습니다. 3년째 되던 해에 몬키치(文吉)라는 아이가 태어났으며, 그 아이가 열두 살이 되던 해에 남편이 세상을 떠났습니다. 그녀도 남편의 병에 감염된 것인지 점점 일하기가 힘들어졌습니다. 그런데 시가지에서 이사를 와서 집을 세우는 사람들이 늘어나기 시작하자 땅값이 엄청나게 올랐기에 땅 대부분을 팔고 200평쯤 남긴 지면에 집을 지어 하는 일 없이 생활하기 시작했습니다.

## 3

외아들인 몬키치도 몸이 약해서 열예닐곱 살쯤 되자 남편과 매우 똑같은 증상이 나타나 몸져누웠습니다. 그것이 5년이나 이어져 땅을 판 돈도 전부 써버렸고 약값을 마련하기도 버거워졌으나 근처에 사는 노구치의 친척들은 기껏해야 얼마 되지도 않는 돈을 빌려주기만 할 뿐, 여전히 병을 두려워하여 가까이하려 하지 않았습니다. 그러다 몬키치가 세상을 떠났고, 이번에는 몬이 몸져눕는 형편이 되어버리고 말았습니다. 몬의 친정에서도 가끔 문안을 오는 정도였는데, 이렇게 된 이상 그냥 내버려둘 수도 없었기에 몬에게는 조카뻘에 해당하는 후지카와 부부가 함께 살며 간병을 하게 되었습니다. 마타사쿠와 그의 아내인 오사치(お幸)가 들어온 지 2년째 되던 해에 몬은 세상을 떠났는데, 그녀는 눈을 감을 때 마타사쿠에게, "노구치의 친척들에게 진 자잘한 빚이 185엔 있으니, 미안하지만 네가 어떻게 좀 마련해서 갚아주었으면 좋겠구나. 그 대신 이 땅과 집을 네게 줄 테니."라는 유언을 남겼습

니다. 마타사쿠는 도살장의 어르신과 상의 하여 그 빚을 갚았으며 집과 토지는 자신의 것이 되었습니다. 제아무리 돈이 귀한 시절이라고는 하지만 토지 200평이 딸린 집은 상당한 재산입니다. 그것을 채 2년도 되지 않는 기간 동안의 간병과 185엔이라는 얼마 되지도 않는 돈으로 교묘하게 가로챈 셈이었기에 사람들이 조용히 있을 리 없었습니다. 이러한 사정들이 겹쳐서 마타사쿠 부부에 대한 반감은 상당히 뿌리 깊은 것이 되었습니다. 그와 비슷한 시기에 시의 안팎에서 가정텃밭이라는 것이 유행하여 얼마간의 정원이나 공터가 있으면 서로 경쟁이라도 하듯 토마토나 가지, 양상추 등을 길렀습니다. 호라초의 주민들도 예외는 아니었는데, 그에 따라서 작물을 서리하는 일이 빈번해졌습니다. 호박이나 가지를 따가고 닭을 잡아가곤 했는데 스티븐슨 고골리 여사의 집에서는 근사하게 익은 토마토 수십 개가 한꺼번에 없어졌습니다. 누구 짓일까? 의혹의 눈길은 곧(그것은 신기할 정도로 공통되게) 후지카와 부부에게로 쏠렸습니다. 그것이 작년의 일이었는데 올해도 다시 수확의 계절 가을이 되자 서리사건이 빈번하게 일어나 거의 매일처럼! '그 백정이 또.'라는 호통이 어딘가에서 일어나게 되었습니다. 그리고 사람들은 마침내 그 현장을 목격하게 되었습니다. 이와타 이와미(岩田岩三)라는 사람의 집에서 호박을 훔치려다 붙잡힌 것이 처음이었으며, 두 번째는 기타무라 이쿠마쓰(이 사람이 고골리 부인의 남편입니다.) 씨 집의 토마토 밭, 오늘이 세 번째로 네기시(根岸)라는 퇴직 관리의 텃밭 안이었습니다. 이상이 가와니시 순사가 한 이야기의 요점이었습니다.

"그렇다면 자네가 심술을 부리는 면도 있는 듯하다고 말한 것은 후지카와 부부가 주위 사람들의 반감에 대항하고 있다는 의미였군."
서장님은 이렇게 말하고 한숨을 내쉬었습니다. "……단순한 일이 아니야. 상당히 복잡해. 너무 일방적으로 생각하지 않는 편이 좋을 거야. 나타난 결과가 반드시 원인을 증명하는 것은 아니니."

파출소에서 나오자 서장님은 무겁다는 듯 고개를 숙인 채 오래도록 말없이 걷기만 했습니다. 길은 한동안 밭과 들판 사이를 가로지르고 있었습니다. 기울기 시작한 옅은 햇살을 비스듬히 받으며 수수와 옥수수 등의 반쯤 찢어진 잎이 불어오는 바람에 바스락바스락 쓸쓸한 소리를 울리며 흔들리고, 풀 아래에서는 귀뚜라미가 가느다랗게 울고 있었습니다. 쉽게 저무는 가을날의 참으로 쓸쓸한 시간, 시가지로 다가갈수록 더욱 스산하게 보이는 이러한 풍경 속을 서장님은 깊은 생각에 잠긴 사람처럼 말없이 걷고 있었습니다.

가와니시 순사도 그럴 테지만 저 역시 기껏해야 서리 정도 가지고, 라고 가볍게 생각했으나 서장님은 다른 어떤 사건보다도 무겁게 받아들였는지 호라초를 관할하고 있는 분서로 가서 무엇인가를 조회하기도 하고 가와니시 순사를 본서로 부르기도 한 뒤, 이번에는 사복차림으로 그곳을 찾아갔습니다. 전에 갔을 때와는 달리 늦더위가 기승을 부리는 날이었습니다. 호라초로 가서 우선은 노구치 고로(野口吾朗)라는 농부의 집을 시작으로 후지카와 부부에 대한 것과 서리가 있었는지를 물으며 돌아다녔으나 농가들에서는 예의 '연루'를 경계한 것인지 툭하면 말끝을 흐리며 "기타무라 씨의 안주인이 봤다고 하던데."라는 등의 말로 빠져나가곤 했습니다. 단 한 사람, 세상을 떠난 미망인인 몬에게 돈을 빌려줬다고 하는, 즉 노구치 일족의 본가에 해당하는 긴파치(銀

八)라는 노인(첫날 파출소에서 노발대발했던 그 인물입니다.)만은 입에서 침을 튀어가며 마타사쿠와 오사치의 간악함을 외쳐댔습니다. 듣고 있자니 말 그대로 '간악' 하다고 표현하고 있었습니다. "제 말을 못 믿으시겠다면 다른 사람들에게 물어보십시오. 그 부부를 인간다운 자들이라고 말하는 사람이 한 명이라도 있다면, 이 늙은이는 두 번 다시 나리의 눈앞에 나타나지 않을 테니." 이 말을 대여섯 번이나 되풀이했습니다. 이에 반해서 주택의 사람들은 아는지 모르는지 그 태도가 분명해서 다음에 이야기할 두 집 외에는 조사가 금방 끝났습니다. 두 집 가운데 첫 번째는 이와타 이와미 씨의 부인으로, 예의 고골리의 소설인 '밤의 여관' 에 감격한 사람이었는데, 스스로가 문학애호가인 양 말했던 것처럼 부드러운 솜 속에 신랄한 바늘을 감싼 것 같은 표현으로 솜씨 좋게 마타사쿠 부부를 묘사해보인 것까지는 좋았으나, 너무 신이 난 나머지 조금은 이상하다 싶은 이야기까지 해버리고 말았습니다. "그 집에서는 매일 밤처럼 오사치 씨가 신음하기도 하고 울기도 하는 소리가 들려와요. 처음에는 그 백정이 잔인한 학대를 하고 있는 거라고 생각했어요. 그건 정말 섬뜩한 소리였어요. 그런데 나중에 잘 들어보니, 오호호호호, 그게 정말, 오호호호호, 워낙 마타사쿠는 6척(약 180㎝) 가까운 단단한 몸이고, 오사치 씨는 또, 아담한 체구의 여자는 어떻다고들 흔히 말하잖아요. 망측해라, 사실은 그거였던 거예요. 오호호호호." 눈을 반짝이며 자꾸만 웃어댔습니다. 저는 이렇게 묻고 싶었던 것을 얼마나 꾹 참았는지 모릅니다. ─ '그런데 아주머니는 어떤 방법으로 그런 한밤중의 비밀스러운 이야기를 알게 된 겁니까?'

## 4

이와타 부인의 이야기는 족히 1시간이나 걸렸습니다. 인사를 하고 밖으로 나왔을 때는 눈이 빙글빙글 돌 정도였습니다. 서장님도 땀을 닦으며, "조금 이르기는 하지만 점심을 먹기로 할까."라고 말했습니다. 생각건대 이는 자기보존을 위한 동물적 본능에서 온 것인 듯합니다. 만약 그 걸음에 바로 기타무라 씨의 집을 방문했다면, ―아니, 어쨌든 우선은 점심을 먹었습니다. 우리는 다시 중앙통으로 나갔고, 아오바테이(青葉亭)라는 조그만 양식당에 들어가서 "헤이, 보크 카쓰렛드하고 앤드 화이트 라이즈, 두 분."이라는 식의 활기차고 문화적인 말들을 흠뻑 들었습니다. 실제로 나온 음식 역시 커틀릿 라이스도 아니고 카쓰 라이스도 아닌, 어딘가 '보크 카쓰렛드하고 앤드 화이트 라이즈' 다운 맛이었습니다. 혹시나 싶어서 메뉴판을 보니 같은 격식의 유쾌한 이름들이 여러 가지 있었습니다. 예를 들자면, ―아니, 이것도 다음에 얘기하기로 하고 우선은 식사를 마치기로 하겠습니다. 보크 어쩌고 하는 음식으로 식사를 마친 뒤, 산화된 듯한 냄새에 향이 빠져버린 코냑 한 잔과 맥주로 영기를 기르고 나서 우리는 기타무라 씨 댁을 방문하기 위해 나섰습니다. 이것도 나중에 알게 된 사실인데 이와타 씨와 기타무라 씨는 후지카와 마타사쿠의 집 좌우에서 살고 있었습니다. 세 집 모두 정원과 밭이 있어서 떨어져 있는 느낌이었으나, 어쨌든 두 집은 후지카와의 집을 사이에 두고 있는 모양새였습니다. 기타무라 부인은 매우 상냥하게 그리고 정중하게 우리를 응접실로 안내한 뒤, "우리 집의 냉장고는 그렇게 우수하지 않아서요."라며 차가운 보리차를 내주었습니다만, "우리 집에서는 홍차를 설탕 없이 마시는 습관이 있어서요."라고 말한 것을 보면 보리차가 아니라 홍차였을지도 모르겠습니다. 냉장고도 상당히 우수한 것인 듯 적당히 미적지근했습니다. ……기타무라 부인의 후지카와 부부에 관한 관찰과 지식은 참으로 상세하고 치밀한 것이어서, 너무 상세하고 치밀한 탓에 오히려 허구를 느끼게 했습니다. 거기에 이와타 부인보다 훨씬 더 자주 유럽 작가의 소설을 인용했으며 그 표현은 동인잡지의 소설이라도 읽고 있는 듯한 착각을 일으키게 할 정도였습니다. 저는 그때부터 이런 생각이 들었습니다. ―'문학이라는 것은 백해무익한 독이다. 작가 나부랭이 같은 종족은 한데 싸잡아서 유배라도 보내버려야 한다.' 기타무라 부인은 말했습니다. 그물로 새를 잡아서는 '툭툭 목을 비틀어' 먹는다고, 시간만 나면 낚시를 간다고, 우리 집의 닭이 밭에 잠깐 들어갔더니 나무를 던져서 다리를 부러뜨렸다고. "다시 말해서 직업의 잔인성이 완전히 성격화되어버린 것 아닐까요? 혹은 잔인한 성격이 그런 직업을 선택하게 한 거 아닐까요? 어쨌든 살아 있는 생명을 죽이거나 학대하는 것에서 이상한 흥미를 느낀다기보다, 그것 없이는 살아갈 수 없는 사람 같아요." 부인은 그 점에 커다란 관심이 있는 듯, 스스로가 흥분해서 숨이 넘어갈 것처럼 손짓발짓에 표정까지 바꿔가며 이야기하기에 여념이 없었습니다.

"댁에서는 어떤 물건들을 도둑맞았습니까?" 서장님이 이렇게 화제를 바꾸었습니다. "호박과 토마토, 그리고 코친종의 닭이었나요?"

"호박은 작년 것까지 합치면 3개예요. 토마토는 2관(약 7.5kg) 이상일까요? 3관(약 11kg)쯤 도둑맞은 것 같은데, ―이건 전부 울타리 부근에 분명히 발자국이 남아 있었으니까요. 물론 그런 것이 없었어도 의심의 여지는 얼마든지 있어요. 열 개의 눈이 보는 곳, 열 개의 손가락이 가리키는 곳, 이건 이미 우리 동네의 상식이니까요."

"아무래도 그런 것 같더군요." 서장님은 이렇게 말하고 눈만으로 수긍했습니다. "흠, 열 개의 눈이 보는 곳, 열 개의 손가락이 가리키는 곳, —그렇군."

거기에 덧붙여 여기서는 호박을 몇 개, 저기서는 가지를 수십 개, 그리고 어디서는 감자를 몇 관 등과 같은 식으로 부근 일대의 피해와 그때 남았던 발자국이네, 풀이 어떻게 쓰러졌네, 죽인 닭의 깃털이 있던 곳이네, 놀라울 정도의 기억력과 형사와도 같은 관찰력으로 세세하게 늘어놓았습니다. 족히 2시간, 마치 형기 5년에 해당할 정도로 수많은 (뚜렷한 증거로 가득 찬) 마타사쿠 부부의 '범행'을 듣고 나서야 우리는 마침내 기타무라의 집에서 석방되었습니다. 말투에는 품위가 있었고 말솜씨도 좋았으며 상냥한 웃음과 풍부한 표정이 섞인 태도 덕분에 들을 때는 잘 몰랐는데, 밖으로 나오고 나자 완전히 우울해지고 말았습니다. 품위 있는 태도로 포장한 기타무라 부인의 말은 이와타 부인의 그것보다 몇 배나 더 신랄하고 집요한 비방과 악의로 넘쳐나는 것이었습니다. "대단한 부인이시네요." 한동안 걷다가 제가 견딜 수 없어서 이렇게 말했습니다.

"뭐가, —." 서장님은 무슨 소리냐는 듯 반문하더니 뜻밖에도 저를 조롱했습니다. "젊은 사람은 눈앞의 현상만 보고 감정을 앞세우지. 자네는 이와타 부인과 기타무라 부인이 피해자라는 사실을 잊고 있어. 정성 들여 애써 키운 호박이나 닭을 도둑맞아보게, 더구나 상대방은 코앞에서 보란 듯이 살아가고 있어. 사리를 잘 분별하지 않으면 안 돼, 감정을 앞세워서는 안 돼."

"저는 앞세우지 않았습니다." 조롱을 느꼈기에 저는 이렇게 맞받아쳤습니다. "못 믿으시겠다면 오사치라는 그 여자의 도움을 받아 호박을 5, 6백 개쯤 훔쳐보이겠습니다. —호박이라, 흥."

**5**

이틀쯤 지나서 역시 사복을 입고 이번에는 후지카와 마타사쿠를 방문했습니다. 그 집은 초가지붕에 20평(약 66㎡) 정도 되었으나, 농가처럼 지어진 집이 아니라 격자문이 달린 현관이 있었고 잘 닦인 널따란 복도를 두른 밝은 느낌의 작은 주택이었습니다. 손질이 잘 된 밭에서는 고구마와 호박과 월과가 자라고 있었으며, 수수가 익어가고 있었습니다. 집 주변의 검은 흙이 촉촉하게 깔린 평탄한 공터에는 빗자루 자국이 남아 있었으며 낙엽 하나 없다고 말하고 싶을 정도로 깔끔하게 청소가 되어 있었습니다. 정원 정면에는 창포네 모란이네 작약이네 붓꽃이네 하는 꽃들이 심어져 있었는데 그때는 부용과 싸리와 선명한 빛깔의 색비름 등이 아름답게 피어 있었습니다. 집 뒤에는 팽나무인지 떡갈나무인지 커다란 나무 대여섯 그루와 방아두레박이 달린 우물이 있었고, 그 옆에 재미있는 모양으로 가지를 뻗은 상당히 커다란 감나무가 서 있었습니다. 파출소에서 가와니시 군이 "너희 집에서는 올해도 많이 열리겠지."라고 말했던 그 감나무인 듯했습니다. 열매가 많이 달리는 해인지 가지가 휠 정도로 보기 좋게 감이 열려 있었습니다.

작지만 청결한 닭장 안에는 레그혼종의 닭 한 쌍과 병아리가 3마리, 그리고 툇마루의 처마에는 새장이 매달려 있어서 멧새와 참새가 활발하게 울기도 하고 모이를 쪼기도 하고 있었습니다. 우리가 찾아갔을 때, 다부진 상반신을 드러낸 채 작업복 바지를 입은 장정이 밭 안에서 한가로이 쟁기질을 하고 있었습니다. 까까머리에 굉장히 거뭇한 피부, 코와 귀와 입 모두 컸으나 눈만은 어울리지 않게 작았으며, 동물적으로 커다란 턱과 굵고 기름진 목이 눈에 띄었습니다. 전체적인 느낌으로 저 사람이 마타사쿠 군이로구나 하는 사실을 바로 알 수 있었습니다. 그는 발소리를 듣고 천천히 돌아보았는데, 특별히 다른 말은 하지 않고 다시 한가로이 쟁기질을 시작했습니다. 우리는 툇마루 끝에서 옥수수를 말리고 있는 아낙네 쪽으로 갔습니다.

"이거 잘도 영글었군." 서장님이 이렇게 말하며 옆으로 가서 옥수수 하나를 집어들었습니다. "이거 찰옥수수지?"

"말의 이빨이라는 거예요." 아낙이 경계하는 듯한 눈빛으로 힐끗 보았습니다. "전에 뵀던 나리시군요. 무슨 일로 오셨죠?"

"그냥 지나던 길이었는데 차라도 한 잔 얻어먹을까 싶어서 들어왔어. —말의 이빨이라니 묘한 이름이로군."

"알이 굵고 촘촘하게 나요. 얼핏 말의 이빨처럼 보이기에 그렇게 부르는 거겠죠. 아무튼 여기에 잠깐 앉으세요. 바로 물을 끓여올 테니." 이렇게 말하고 아낙은 널어둔 옥수수 가운데서 2개를 골라 집은 뒤, 잠시 생각하다 하나를 더해서 3개를 들고 서둘러 뒤쪽으로 갔습니다.

우리는 툇마루에 걸터앉았습니다. 가을 햇살을 받아 색비름의 잎이 불타오를듯 아름다웠으며, 하얀 싸리의 낮은 가지에도 이미 꽃이 지고 열매가 맺혀 있었습니다. 부용도 밝고 한가로워서 참으로 한정한 분위기가 넘쳐나고 있는 것처럼 보였습니다. 처마에 매달린 새장에서 갑자기 멧새가 울기 시작했습니다. ……뒤편으로 갔던 아낙이 한 번 나와서 밭에 있는 남편에게 무슨 말인가를 하고 다시 뒤편으로 되돌아가자 이번에는 마타사쿠 군이 우리를 향해 천천히 다가왔습니다. 가까이서 보니 다부진 몸은 거의 섬뜩할 정도였으며 얼굴에서도 뻔뻔하고 혼탁함이 느껴졌습니다. 다가온 그는 좌우의 어깨에서 거칠고 굵은 팔을 느슨히 늘어뜨린 채 위압하려는 듯 말없이 우리를 바라보았습니다. 공포라고 하면 너무 과장스러울 테지만, 그것에 가까운 압박감을 느꼈기에 저도 모르게 시선을 피하고 말았습니다.

"잘도 우는군, 이 멧새는." 서장님이 10년 지기라도 되는 양 말을 걸었습니다. "자네가 잡아다 길들인 건가, 사온 건가?"

"제가 길들인 겁니다." 마타사쿠가 툭 내뱉듯 대답했습니다. "하지만 이놈은 잘 우는 게 아니에요. 이 전전 놈이 아주 잘 울었어요. 나리는 새를 좋아하시나요?"

"기르는 건 별로 좋아하지 않아. 새장 속에서 날고 있는 모습을 보면 가엾다는 생각이 들어서 자꾸만 풀어주고 싶어지거든."

"풀어주는 게 더 가엾어요." 그가 조그만 눈을 더 가늘게 뜨고 새장을 바라보았습니다. "이런 새는 잠깐 한눈을 팔면 바로 솔개나 매한테 잡히고 말아요. 제가 몇 번이고 봤어요. 먹이를 먹을 때도 무서워서 벌벌 떨어요. 가엾게도 밤이면 올빼미가 노리고 있고. —풀어준다는 건 무자비한 짓이에요."

"그렇다면 그물로 잡는 건 무자비한 일이 아닌가? 자네가 곧잘 그물로 잡는다는 얘기를 들었는데."

"끈끈이로 잡는 것보다는 덜 다쳐요. 여러 번 잡아봤지만 한 번 다리가 부러졌을 뿐, 참새였던가, 하지만 은단을 씹어서 묶어줬더니 깨끗하게 나았어요. 무자비할 건 없어요."

"이 근방의 새 중에서는," 서장님이 은근슬쩍 떠보았습니다. "어떤 새가 맛있지? 개똥지빠귀 같은 게 역시 맛있는 축에 드나?"

"그건 잘 모르겠네요. 잡아서 기르는 것은 좋아하지만, 먹어본 적은 없으니까." 이렇게 말하고 그는 퉤 침을 뱉었습니다. "난 새나 짐승의 고기는 좋아하지 않아요. —나리는 드시지요?"

서장님이 뭐라고 대답해야 좋을지 몰라, "으, 응."하며 말을 흐리고 있을 때 마침 아낙이 뒤에서부터 차를 들고 왔습니다.

## 6

뜨거운 엽차와 잘 구워서 간장을 바른 옥수수를 먹으며 1시간쯤 이야기를 나누다 우리는 그 집에서 나왔습니다. 이번 사건 가운데서 그때 경험한 1시간만큼 여유롭고 소박하고 즐거운 시간은 없었습니다. 그것은 취향의 문제일 테지만 제게는 우수한 냉장고에서 미지근하게 데워진 보리차인지 홍차인지 알 수 없는 것보다 혀가 데일 정도로 뜨거운 엽차 쪽이 얼마나 더 맛있었는지 모릅니다. 알맞게 구워져 간장 냄새가 향기로운 옥수수는 마치 시골의 친척 아주머니와 만난 것처럼 친밀하고 정겨운 맛이었습니다. 보기에도 섬뜩할 정도로 억센 마타사쿠 군은 30분쯤 이야기를 나누는 동안 매우 마음씨가 곱고, 새를 기르거나 밭을 가꾸는 등의 일을 좋아하는, 보기 드물 정도로 온화한 사람이라는 사실을 알게 되었으며, 오사치 씨가 병아리를 품은 암탉처럼 소박한 애정으로 마타사쿠 군을 감싸고 있는 모습도 아름다운 것이었습니다.

"가장 아름다운 의미에서 바보 이완을 느끼지 못하셨습니까, 서장님?" 돌아오는 길에 저는 이렇게 묻지 않을 수 없었습니다. "이와타 부인과 기타무라 부인에게서 받았던 독을 주체할 길이 없었는데 덕분에 깨끗이 씻겨나간 듯한 기분입니다. 그런 부부도 있었네요, 그처럼 인간미로 가득한 부부생활도."

"—Now I a fourfold vision see,

And a fourfold vision is given to me;"

서장님은 이렇게 말하고 그냥 걸어갔습니다. 이번에도 조롱하는 듯한 그 말투였습니다. 그리고 잠시 후 제게는 등을 향한 채, "지금 내게는 4가지로 사물이 보여. 사물을 4가지로 보는 힘이 내게 주어져 있어. —그런데 자네에게는 바보 이완밖에 보이지 않아." 이렇게 말했습니다. 저는 모자의 챙에 손을 대고 고개를 까딱인 뒤 묵살하는 것으로 거기에 답했습니다.

그로부터 다시 사나흘, 서장님은 호라초 소관의 분서에 전화를 걸기도 하고 가와니시 군과 같은 파출소에서 근무하고 있는 우자와(鵜沢)라는 순사를 부르기도 하고, 뭔가 부지런히 자료를 모았습니다. 놀라운 것은 세무서에서 기타무라, 후지카와, 이와타 세 집의 토지대장 사본과 도면을 떼어온 일이었습니다. 텃밭에서 호박과 가지를 서리한 정도의 일 때문에 토지대장과 도면까지 떼어올 필요가 있는 건지, 너무나도 우스워서 저는 서장님의 얼굴을 보았을 정도였습니다.

"—다 필요한 거야." 서장님은 웃지도 않고 이렇게 말했습니다. "후지카와 마타사쿠는 토지매각 신고서도 제출하지 않았어. 여러 가지로 먼지가 나올 거야."

"—fourfold vision 가운데 하나입니까?" 평소의 저답지 않게 억울하고 원통하다는 듯한 말투가 되어 있었습니다. 무엇 때문에 이 이상 그 부부를 괴롭힐 필요가 있는 건지, 또 이번 일에 한해서 서장님은 대체 어떻게 된 건지, 저는 완전히 짜증이 나서(그만큼 마타사쿠 군 부부가 좋아졌던 거겠지요.) 가능한 한 그 문제에서 도망치려 하고 있었습니다.

첫날로부터 그럭저럭 열이삼일쯤 지났을까, 월요일 오전 10시에 본서의 회의실에서 전무후무하다고 해도 좋을 회의가 열렸습니다. 단순한 회의가 아니었습니다. 공개 민중재판이라고 해도 좋을 만한 것이었습니다. 9시 무렵부터 모여든 사람들을 들어보자면 우선 이와타 이와조 씨 부부, 기타무라 부부, 네기시 퇴직관리, 요시카와, 구라하라, 도미오카 등의 주택조합 사람들 9명, 농가에서는 예의 긴파치 노인을 필두로 노구치 성을 쓰는 사람이 3명, 와다와 사사이와 누마베 등과 같은 노인네와 아낙네들을 합쳐서 7명, 후지카와 마타사쿠와 오사치는 말할 필요도 없을 것입니다. 그 외에도 3개의 신문사에서 사회부 기자가 불려왔으며, 서의 주임과 과장까지 전부 열석한 대대적인 회의였습니다. 기자 중에는 마이아사의 아오노도 있어서, "이봐, 이번에는 또 뭐야. 잠꾸러기 서장은 대체 무슨 일을 시작하려는 거지?"라고 커다란 목소리로 말했습니다. 저는 화가 치민 상태였기에, "난 아무것도 몰라."라고 대답하고 시선을 돌려버렸습니다. "알고 싶으면 영감님께 직접 물어봐. 난, 중간에 나가버릴 생각이니까." 아오노는 의아하다는 듯한 눈빛을 제게 보내다 곧 자신의 자리로 돌아가 앉았습니다.

오전 10시에 서장님이 들어오자 모두가 자리에 앉았습니다. 물론 기다란 회의용 탁자는 그대로 둔 채 의자에 빙글 둘러앉은 것이지만. 서장님은 방 안이 차분해지기를 기다렸다가 조용히 자리에서 일어났습니다. 그리고 그 동안 수집한 자료들을 탁자 위에 펼쳐놓으며 변함없이 엿가락이 늘어지듯 느린 어조로 말을 하기 시작했습니다. —본론으로 들어가기 전에 서장님이 한 말을 요약해보자면, "우리 시의 모처에 1년 전부터 경작지와 텃밭의 농작물을 서리하는 사람이 있었는데 얼마 전에 그 범인을 현행범으로 3번이나 붙잡았다. 사정을 들어보니 상습범인 듯하며, 파출소의 경관에게도 3번이나 경고를 받았지만, 당사자에게는 후회하는 마음이 없는 듯하다. 당사자는 교육의 정도가 낮고 상식에도 원만하지 못한 점이 있어서 동정할 만한 면이 있기는 하나, 피해자들이 열심히 처벌을 요구하고 있기에 당국으로서도 이 이상 방치할 수는 없게 되었다. 하지만 이런 종류의 미죄는 대부분 벌금구류 정도로 끝나기에 범인의 도덕적 각성이라는 열매를 맺기에는 이르지 못한다. 이에 이례적이기는 하나 신문기자 여러분에게 시민대표의 역할을 청해서 공개적으로 관련 사건을 명쾌히 척결하여 범인의 도덕적 반성, 양심의 자각에 이바지하고 싶다." 이런 의미의 말이었는데 마지막에 이런 말을 되풀이했습니다.

"다시 한 번 말씀드리겠습니다. 이건 어디까지나 도덕관념과 양심의 문제입니다. 이 두 가지가 결여된 경우, 사람이 자신도 모르는 사이에 타인에게 어떠한 피해를 주는지, 주로 이 점에 유의해주시기 바랍니다."

## 7

서장님이 앉자 이번에는 사법주임이 일어나서 피해자의 이름과 피해사실을 읽어내려갔습니다. 그리고 읽은 내용이 사실임에 틀림없는지를 확인한 뒤, 그것이 후지카와 마타사쿠와 오사치의 범행이라고 확신하게 된 이유를 캐물었습니다. "후지카와 부부가 훔쳤다고 확신하게 된 이유와 증거를 말씀해보십시오." 이렇게 물었는데 피해사실을 인정한 사람이라도 내용을 상세히 캐물으면 그것이 후지카와 부부의 소행이라는 확증을 제시한 사람은 거의 없었습니다. '정황으로 그렇게 생각했다.' 라거나, '동네사람들 모두가 그렇게 말하기에.' 라거나, '기타무라 아주머니가 가르쳐주었다.' 라는 등의 대답뿐이었습니다. 가장 많은 것은 '기타무라 아주머니와 이와타 아주머니가—.' 라는 대답이었습니다.

그 사이에 저는 후지카와 부부의 모습을 계속해서 바라보았습니다. 마타사쿠 군은 꾸어다놓은 보릿자루처럼 어리둥절해서 커다란 몸을 어찌해야 좋을지 모르겠다는 듯 멍하니 고개를 숙이고 있을 뿐이었습니다. 무엇 때문에 이 자리에 불려온 것인지, 지금 무슨 일이 벌어지고 있는 건지 전혀 알지도 못하고 알고 싶지도 않다는 듯한 태도였습니다. 오사치 씨는 백짓장처럼 하얗게 질려 있었습니다. 얼굴 표정은 평소와 다름없이 사람 좋고 무신경한 느낌이었으나 핏기 가신 입술이 떨리고 있었으며, 눈은 번뜩번뜩 반항의 빛을 내뿜고 있었습니다. 그리고 그녀는 그 조그만 몸으로 거의 2배는 될 법한 남편의 몸을 감싸려는 듯, 의자를 가까이로 바싹 붙여서 몸을 기대고 있었습니다. ……가슴 아픈 정경이었습니다. 단순하고 무지하지만 속임수를 알지 못하는 가엾은 죄인 부부가 누구 하나 도와주는 사람도 없이 공개석상에 노출되어, 오로지 서로만을 도움의 손길이라 여기며 몸을 의지하고 있다는 느낌이었습니다. 그래, 저는 가만히 주먹을 쥐었습니다. 도중에 자리를 박차고 나와야겠다는 생각은 더 이상 없었습니다. 오히려 부부를 위해 변호해야겠다는 마음이 들어 그 기회가 오기를 기다리고 있었습니다.

그러나 어떤 말로 어떤 점을 변호하면 좋을지 제가 생각에 잠겨 있는 동안에도 사실조사는 진행되었고 이와타 부인의 순서가 되었을 때 약간 묘한 말다툼이 시작되었습니다. 그것은 부인이 든 증거가 애매해서 주임이 추궁을 하자, "기타무라 부인이 알고 계십니다."라며 빠져나갔고 지금까지도 대부분의 일들이 두 부인의 책임으로 떠넘겨져왔는데, 이번에는 이와타 부인마저 책임을 전가하려 했기에 더는 참을 수 없었던 듯 기타무라 부인이 갑자기 자리에서 일어나, "여러분 모두 모든 책임을 제게 떠넘기려 하는 겁니까?"라고 신경질적으로 외쳤기 때문이었습니다.

"이와타 부인까지 그런 식으로 말씀하시다니 뜻밖이네요. 마치 저 혼자서 있지도 않은 일들을 떠들고 다닌 것처럼 되어버리고 말았잖아요. 정말 너무들 하시네요."

"실례합니다만, 앉아주시기 바랍니다." 서장님이 온화한 목소리로 이렇게 달랬습니다. "이 다음이 당신 순서이니 그때 말씀을 듣도록 하겠습니다."

"그래도 너무들." 이렇게 말하다 기타무라 부인은 자리에 앉았습니다. 완전히 흥분해서 파랗게 질렸으며, 부들부들 떨고 있는 손으로 손수건을 꼬깃꼬깃 쥐고 있었습니다. 이와타 부인도 그렇게 좋은 상태는 아니었는지 주임의 추궁에 횡설수설 대답을 했습니다.

"그럼 마지막으로 묻겠습니다만, 닭을 도둑맞았을 때의 증거를 들려주십시오. 후지카와 부부가 훔쳤다는 증거입니다."

"네, 그건……." 이렇게 말한 뒤 부인은 기침을 하기도 하고 얼굴을 쓰다듬기도 하며 잠시 우물쭈물했습니다. "그건 그러니까, 그 열흘쯤 전에 기타무라 씨네 닭을 도둑맞았는데 후지카와 씨가 훔친 것이 틀림없다고 하고, 그러니까 우리 집의 닭도 후지카와 씨가 훔친 게 분명하다고 하기에."

"누가 그렇게 말했다는 겁니까?"

"그건 그러니까, 네, 기타무라 부인이요. 후지카와 씨네 담장 아래에 깃털이 떨어져 있었다며, —아니요, 저는 그걸 보지는 못했지만."

"그러니까 당신은 증거를 확인하지 않은 셈이로군요."

"하지만 동네에서는 모두가 아는 사실이니 누구도 그걸 의심하지는 않아요."

"감사합니다. 그럼 이번에는 기타무라 이쿠마쓰 씨의 부인으로 넘어가겠습니다." 주임은 이렇게 말하고 다른 메모지를 집었습니다. "우선 기타무라 부인께서 보신 일을 소개하려 합니다만, 그에 앞서 노구치 긴파치 씨의 공술을 읽은 뒤 소개를 이어가도록 하겠습니다. 이건 후지카와 부부의 경력과 성격을 이해하는 데 도움이 되리라 여겨지기에."

그리고 주임은 메모를 읽었습니다. 그것은 노구치 몬 부부와 그 아들인 몬키치가 폐병에 걸려 친척도 가까이하지 않게 되었다는 사실에서부터, 후지카와 부부가 간호를 겸해서 동거하게 되었고 몬의 빚 185엔을 갚고 2년 동안 몸져누웠던 환자를 돌보고 몬의 사후 처리를 한 결과 220여 평의 토지와 가옥의 소유권을 얻게 되기까지의 상세한 기술이었습니다. 그리고 그 이후 기타무라 부인이 본 내용이 이어졌는데, 이는 저와 함께 방문했을 때의 이야기가 주된 것으로 물론 서장님이 노트한 것이겠지만, 그 정확함에는 놀라지 않을 수 없어서 거의 속기사에게 쓰게 한 것이 아닐까 여겨질 정도로 자세했으며, 조금 과장해서 말하자면 말의 뉘앙스까지도 포착한 듯 여겨졌습니다. 그 가운데서도 마타사쿠가 잔인한 성격으로 살생을 좋아해서 그물로 잡은 새의 목을 툭툭 비틀어 먹는다는 사실, 시간만 나면 낚시를 하러 간다는 사실, 기타무라 씨의 닭이 밭에 잠깐 들어갔더니 물건을 던져 다리를 부러뜨렸다는 사실 등, 이러한 일들은 도살자의 이상할 정도로 잔학한 성격에서 온 것이라고 이야기한 부분은 참으로 생생하게 느껴졌습니다.

## 8

뒤이어 사실을 증명할 단계가 되었는데 극히 최근에 토마토 밭에서 현행범으로 붙잡혔다는 것 외에 증거로 확인할 수 있을 만한 것은 없었습니다. '닭의 깃털이 담장 아래에 흩어져 있었다.' 거나, '풀이 후지카와 씨의 집 쪽으로 쓰러져 있었다.' 거나, '발자국이 있었다.' 는 종류의 것들뿐이었습니다. 서장님과 제가 방문했을 때에는 그토록 '뚜렷한 증거들로 가득' 했었는데, 지금은 그것의 99퍼센트까지가 애매한 억측과 공연한 의심이라는 인상을 주는 결과가 되어버렸습니다. 부인이 상당히 당황한 듯한 모습으로,

"살인사건이나 그런 것과는 달리 이런 일에 그처럼 확실한 물적 증거는 있을 수 없는 법 아닙니까? 실제로 3번이나 훔치는 현장을 여러 사람이서 붙잡았고, 여론이라고 해야 하나 뭐라고 해야 하나, 동네사람 가운데 누구 하나 모르는 사람이 없으니 말입니다."

"하지만 말입니다, 부인." 서장님이 이번에도 온화하게 달래는 듯한 목소리로 말했습니다. "여러분들이 그렇게 동네, 동네하고 말씀하셔서는 곤란합니다. 사람을 엄중히 처벌한다는 것은 중대한 문제입니다. 동네사람들이 알고 있다, 그것도 참석하신 분들 대부분이 그런 식으로 말씀하셔서는, 이번 회합을 개최한 저의 입장이 난처해지게 됩니다. 모쪼록 다른 것들은 생각지 마시고 사회도덕과 양심을 위해서 증명을 해주시기 바랍니다."

"저는 더 이상 드릴 말씀이 없습니다. 나머지는 여러분의 상식적 판단에 맡기기로 하겠습니다."

"그럼, 종합한 결과를 소개하겠습니다." 주임은 이렇게 말하고 연필로 표시를 한 메모를 집었습니다. "-작년부터 경작지나 텃밭에서 입은 피해 건수는 26건, 이 가운데 확증이 있는 것은 3건, 그 3건 가운데 첫 번째는 이와타 씨 댁의 호박 밭, 기타무라 씨 댁의 토마토 밭이 두 번째, 세 번째는 네기시 씨 댁의 텃밭에서, 이건 현장에서 발견되었는데, 이 모든 일들이 최근 30일 이내에 있었습니다."

주임이 인사를 하고 앉자, 서장님이 조용히 마타사쿠 군 쪽을 바라보

며, "자, 자네 순서일세. 뭐 하고 싶은 말 없는가?"라고 물었습니다. 마타사쿠 군은 멍하니 서장님의 얼굴을 마주보다가 작은 눈을 가늘게 뜨고 늘어앉아 있는 사람들을 천천히 둘러보았습니다. "—없습니다." 그는 둔중한 목소리로 이렇게 말하고 머리를 가볍게 흔들었습니다. "아무 말도 할 것이 없습니다." 그리고 고개를 숙여버리고 말았습니다. 변호의 기회가 왔다고 생각한 제가 거의 의자에서 일어서려던 순간, 그보다 먼저 마타사쿠 군의 옆자리에서, "전부 말하겠습니다. 제가 전부 말하겠습니다."라고 외치며 오사치 씨가 일어났습니다. ……찢어질 듯, 비명에 가까운 외침이었습니다. 입술까지 하얗게 보일 정도로 창백했으며, 온몸을 갈대 잎처럼 떨고 있었습니다. 꾹꾹 눌러 참고 있던 것이 터진 봇물처럼 단번에 쏟아져나온 듯한 느낌이었습니다. 그러나 그 말의 분명함은 놀라운 것이어서 참으로 정확하게 찌를 곳은 찌르고 파고들 곳은 파고들었습니다. 꾸밈없는 진실함이 얼마나 강력한 것인지를, 그때만큼 분명하게 본 적도 없었습니다.

"바깥양반은 도살장에서 일하고 있습니다." 오사치는 이렇게 말을 시작했습니다. "따라서 여러분들이 드시는 소나 돼지를 죽이고 있습니다. 그게 나쁜 일인가요? 회사의 과장님이나 이자로 놀고먹는 사람은 선하고, 도살장에서 일하는 사람은 악한 건가요? —바깥양반은 틀림없이 소나 돼지를 죽입니다. 그러나 성격은 갓난아기처럼 온화해서 큰소리 한 번 친 적이 없는 사람입니다. 그물로 잡은 새의 목을 툭툭 비틀어서 먹는다고 하셨는데 대체 언제, 어디서 보셨습니까? 기타무라 부인, 어디 한번 말해보시기 바랍니다. 당신은 그걸 언제 보셨습니까?"

"기타무라 부인." 서장님이 그쪽을 향해 말했습니다. "모쪼록 설명을 해주시기 바랍니다. 당신께서 보신 사실을 자세히, 결코 사양하실 필요는 어디에도 없으니—."

자리에 있던 사람들의 시선이 일제히 기타무라 부인에게로 쏠렸습니다. 그러나 부인은, "그런 질문에는 답할 필요를 느끼지 못합니다." 라고 냉소한 뒤 콤팩트를 꺼내서 화장을 고치기 시작했습니다.

"그렇겠지요. 대답하실 수 없으시겠죠." 오사치 씨가 말을 이었습니다. "왜냐하면 그건 거짓말이니. 아무런 근거도 없는 새빨간 거짓말이니. 바깥양반은 가끔 그물로 새를 잡습니다. 하지만 그건 먹기 위해서가 아닙니다. 바깥양반은 소나 돼지나 새의 고기를 아주 싫어합니다. 단지 새를 기르고 울음소리를 듣는 것이 좋아서 잡는 것일 뿐입니다. 낚시를 가기도 합니다만 그것도 여기에 계신 네기시 어르신이나 구라하라 씨처럼 낚시광이라고 부를 정도는 아닙니다. 게다가 낚시가 잔혹한 짓이라는 말도 처음 듣습니다. —우리 바깥양반이 얼마나 온화한 사람인지 여러분은 결코 알지 못할 겁니다. 호박이나 가지나 감자를 도둑맞은 것은 우리 집도 마찬가지입니다. 서리를 한 사람도 알고 있습니다. 하지만 저는 입을 다물고 있었습니다. 말을 해버릴까 싶은 적도 있었지만 우리 집 바깥양반이 그러지 말라며 허락을 해주지 않았습니다. —남이 키우고 있는 것을 훔치는 사람은 굉장히 궁하기 때문이야, 도둑을 맞는 건 도둑질을 하는 것보다 나아, 같은 일본사람이잖아, 라며. ……그랬기에 동네서 아무리 떠들어대도 전 입을 다물고 있었습니다. 저희는 단 한 번도 도둑을 맞았네, 서리를 당했네, 말한 적이 없었습니다."

## 9

“본가에서 저희를 좋지 않게 보고 있다는 사실도 알고 있습니다.” 오사치는 긴파치 노인을 바라보았습니다. “저희가 185엔에 몬 숙모님의 지면과 집을 횡령했다고 퍼뜨리고 다닌다는 사실도 알고 있습니다. 하지만 저희가 몬 숙모님의 뒷바라지를 한 것은 지면이나 집에 눈독을 들였기 때문이 아닙니다. 숙모님이 폐병으로 누워 계신다, 동네에 친척이 있기는 하지만 간병은커녕 누구 하나 가까이 가려 하지도 않는다, 너희들 부부가 가주었으면 한다, 이런 부탁을 받았기에 뒷바라지를 하러 온 것이었습니다. 돌아가신 숙부님과 몬키치 씨도 얼마나 괘씸하게 생각했는지 모른다고 숙모님이 울며 이야기하셨습니다. 숙모님도 돌아가실 때에는, ―아니요, 돌아가신 분에 대해서 말하는 것은 죄가 될 테니 하지 않겠습니다. 단, 본가나 노구치 집안의 여러분께 묻고 싶은 건, 이제 와서 지면과 집이 그렇게 탐이 난다면, 숙부님이나 숙모님께서 병에 걸려 어려움을 겪고 계실 때 어째서 보살펴주지 않은 겁니까? 어째서? ―엎어지면 코 닿을 데 몸져누운 환자가 있는데 그때는 아는 척도 하지 않다가, 이제 와서 지면과 집이 아깝다는 생각이 들어 뒤에서 몰래 저희의 험담을 퍼뜨리고 다니다니, 수치를 몰라도 너무 모르는 것 아닙니까?”

“이건 비방입니다. 더 이상 들을 필요도 없습니다.” 기타무라 이쿠마쓰 씨(당당하게 살이 찐 신사였습니다.)가 눈썹을 찌푸리며 말했습니다. “이래서는 아무짝에도 쓸모없는 숙덕공론밖에 되지 않습니다. 저는 이쯤에서 중지할 것을 희망합니다.”

"무슨 뚱딴지같은 소리요." 마이아사 신문의 아오노가 마주 고함을 쳤습니다. "오사치 씨는 피고로서 자신의 입장을 정당하게 주장하고 있는 겁니다. 숙덕공론이라면, 이런 일로 엄중한 처벌을 요구한 사람들이 훨씬 더 숙덕공론을 좋아하는 거 아닌가요? 저는 시민의 대표라는 자격으로 어디까지나 속행을 주장합니다. 신경 쓰지 말고 계속하세요."

"제가, —." 오사치 씨는 잠깐 말문이 막힌 듯했습니다. 그러나 곧 이렇게 말을 이어나갔습니다. "제가 말씀드리겠습니다. 곳곳의 경작지나 텃밭에서 농작물이 도둑을 맞고 있습니다. 그것도 주로 주택에 살고 계시는 분들의 밭에서. —한편 근방의 농부들은 쌀농사를 짓고 있는 게 아닙니다. 호박이나 가지나 오이나 토마토나 채소를 키우고 그것을 팔아서 생계를 유지하고 있습니다. 그런데 텃밭 농사가 유행해서 마을 사람들 모두 토마토도 심고 가지도 심고 호박도 심어 스스로 키운 것을 먹는다면 어떻게 되겠습니까? 거짓말이 아닙니다. 농부들 중에는 농사지은 채소가 팔리지 않아 정말로 곤경에 빠진 집이 몇 군데나 있습니다. —그런 사람들이 텃밭 농사를 어떤 눈으로 보고 있는지 여러분은 모르실 겁니다. 저는 알고 있습니다. 어째서 토마토와 가지와 호박을 도둑맞는 건지, 누가 훔치는 건지. —하지만 오늘까지 전 그런 말은 단 한마디도 하지 않았습니다, 단 한마디도. 기타무라 씨의 닭도 마찬가지입니다. 저는 누가 잡았는지 알고 있습니다. 이와타 씨 댁의 닭도 마찬가지입니다. 저는 전부 다 알고 있습니다. 하지만 그것도 전부 곤란한 사정이 있으리라 생각했기에 말하지 않았던 겁니다. —그런데 제가 아무런 말도 하지 않는다고 해서, 바깥양반이 온화한 탓에 훔치는 현장을 목격해도 입을 다물고 있다고 해서, 그리고 도살장 같은

데 근무하며 말도 잘 섞지 않는다고 해서 모두가 저희에게 죄를 덮어씌우려 하고 있습니다. 어차피 백정이라고 얕잡아보고 자신들이 한 일까지 덮어씌우고 있는 겁니다." 오사치는 손가락으로 얼른 눈가를 훔쳤습니다. "—분해서 이렇게 말하고 싶은 생각이 굴뚝같았습니다. 하지만 바깥양반이 입 다물고 있으라며 조금도 허락을 해주지 않았습니다. 사람들이 백정의 말을 믿어줄 리 없다, 말해봐야 창피만 당할 뿐이라며. ……저도 사람입니다. 얼마간은 욱하는 마음도 있습니다. 그렇게 훔쳤다고 말한다면 정말로 훔쳐주겠다. 이렇게 생각했습니다. 네기시 씨와 기타무라 씨와 이와타 씨의 밭에 들어간 것은 그 때문이었습니다. 붙잡힌 것은 일부러 들키려고 들어갔으니 당연한 일입니다. 앞으로도 그럴 겁니다. 만약 제가 훔친 거라고 말하는 사람이 있다면 저는 그 사람의 집으로 보란 듯이 들어갈 겁니다. 그것이 세상 사람들의 소망인 듯하니."

오사치 씨는 탁자 위에 엎드려 울었습니다. 기침소리 하나 일어나지 않는 고요한 회의실 안에서 그녀의 울음소리만이 한동안 들려왔습니다. 잠시 후 마이아사의 아오노가 자리에서 일어나 이렇게 발언했습니다.

"저는 여기에 불려온 자격으로 후지카와 사치 씨에게 요구합니다. 경작지와 텃밭에서 서리를 한 것이 누구인지, 닭을 훔친 것이 누구인지, 알고 있는 사실을 명백하게 말해주셨으면 합니다. 부탁드리겠습니다."

"저도 동의합니다." 석간 호치의 기자도 즉석에서 이렇게 말했습니다. "여론의 대표로서 들어야 할 의무가 있습니다. 반드시 말씀해주시기 바랍니다. 저희는 전부 당신 편입니다."

"—, —." 오사치는 눈물을 닦고 주위를 휙 둘러보았습니다. "노구치 시치로(野口七郎) 씨, 말해도 괜찮을까요? 당신 집의 헛간에 대해서 말을 해도 괜찮을까요? 사사이 겐(笹井源) 씨, 와다 마코토(和田信) 씨, 당신들 집의 창고와 장작을 넣어두는 헛간에 대해서 이야기해도 괜찮을까요?" 이름을 불린 사람들은 단 한마디도 못한 채 고개를 숙이고 있었습니다. 그녀는 기타무라 부인 쪽으로 시선을 돌렸습니다. "그리고 기타무라 부인, 당신이 그 코친을 어떻게 했는지 말해도 괜찮을까요? 남편이 품평회에 내놓을 거라며 소중히 여기고 있던. 당신이 그 닭을 돌보고 있을 때, ……사람에게는 실수도 있는 법이니까요. 저 빨래를 하다가 문득 봐버리고 말았어요. 그 일을 말해도 괜찮을까요? 말해버릴까요, 부인?"

## 10

기타무라 부인은 한 대 얻어맞기라도 한 사람처럼 의자에서 일어났습니다. 무슨 말인가 할 생각이었던 듯하나 말이 나오지 않는 모양이었습니다. 두어 번 입을 뻐끔거리는가 싶더니, "중상입니다, 중상입니다."라고 외치며 울음을 터뜨려버리고 말았습니다. 오사치는 그때도 이와타 부인에게 묻고 있었습니다.

"이와타 부인도 댁의 닭이 없어진 이유를 알고 싶으신가요? 당신의 동생으로 어딘가의 학교에 다니고 있는 학생이 있죠? —남편분과 당신이 집을 비웠을 때 그 학생이 친구들을 불러다 어떤 맛있는 음식을 먹었는지 말해도 될까요? 전부 말해버릴까요? 말해도 괜찮은가요?"

"바보같이, —." 한가롭지만 묵직한 목소리로 마타사쿠가 갑자기 이렇게 외쳤습니다. "무슨 쓸데없는 소리를 늘어놓는 거야. 앉아. …… 내가 창피를 당할 뿐이야. 한심하기는."

오사치 씨는 의자에 앉았습니다. 그녀에게 이름을 불린 사람들은 물론 피해자라고 나섰던 사람들 모두 고개를 숙이고 입을 굳게 다문 채 생기를 잃었습니다. 그때 처음으로 서장님이 자리에서 일어났습니다. 그리고 예의 토지대장 사본과 도면을 거기에 펼쳐놓으며, "후지카와 씨에게 묻겠습니다만,"하고 느릿한 어조로 말했습니다.

"댁의 토지는 220평 5홉이라고 세무서의 대장에 기록되어 있습니다. 이게 그 사본입니다. 이쪽은 도면입니다. 잘 살펴보시고 잘못된 곳이 있는지 없는지 확인해주시기 바랍니다."

마타사쿠 군이 귀찮다는 듯 손을 내밀었습니다. 그리고 잠깐 보고는 바로, "틀림없습니다."라고 말하며 돌려주었습니다.

"분명히 잘못된 곳이 없다면 당신은 판만큼의 지면을 신고하지 않으면 안 됩니다."

"—판 지면이라니, 그건 무슨 말씀이십니까?"

"저는 얼마 전에 당신의 집을 방문했습니다. 그때 땅의 구획이 묘하게 되어 있었기에 분서 사람에게 부탁해서 측량을 해보았습니다. 그런데 실제로는 157평 정도밖에 되지 않았습니다. 이 도면과 비교를 해보자면 70평쯤의 토지가 줄어든 셈입니다. 즉, 팔았거나 빌려준 것 같은데, 그렇다면 세무서에 전부."

"판 것도 아니고 빌려준 것도 아닙니다." 오사치 씨가 서장님의 말을 가로막았습니다. "그 지면은 이와타 씨와 기타무라 씨의 울타리 안으로 들어가버렸습니다."

"그런 말도 안 되는."하고 기타무라 이쿠마쓰 씨가 다시 외쳤습니다. "이건 모욕이야. 가만히 있을 수 없어."

"그럼 측량을 해보세요." 오사치 씨의 목소리는 차분했습니다. "조금 바람이 불면 울타리가 쓰러집니다. 그것을 세울 때마다 조금씩 저희 집 쪽으로 왔습니다. 입을 다물고 있었더니 당연하다는 듯 저희 집 쪽으로 자꾸만 넘어오기에 한 번은 그렇게 얘기했더니 화를 내며 변호사를 부르겠다는 둥 재판을 하겠다는 둥 협박을 했습니다. 우리 바깥양반은 이런 성격으로, 지면을 삶아먹는 것도 아니고 울타리 이쪽과 저쪽의 차이일 뿐이니 그냥 내버려두라고 하기에 그대로 내버려둔 겁니다. 판 것도 아니고 빌려준 것도 아닙니다. 그렇게 된 겁니다."

"기타무라 씨, 어떻습니까?" 서장님이 달래는 듯한 목소리로 말했습니다. "이와타 씨에게도 묻겠습니다. 이런 일은 분명히 해두는 편이 좋을 듯합니다. 전문가에게 측량을 의뢰해보시겠습니까?"

"그렇습니다, 틀림없이. 하지만, ―." 기타무라 씨의 얼굴이 빨개졌습니다. "하지만 그러니까, 울타리를 다시 세울 때 잠깐 실수로……."

"그렇습니다. 실수였습니다." 이와타 이와미 씨도 서둘러 이렇게 말했습니다. "측량은 저희 쪽에서 해보도록 하겠습니다. 실제로 깜빡 실수를 했을지도 모르겠습니다. 쓰러진 울타리를 다시 세울 때 까딱하면, 그."

와하하 하고 신문기자들이 웃음을 터뜨렸습니다. 그것은 서의 주임과 과장에게도 전염되었으며, 이와타와 기타무라 씨를 제외한 전원의 홍소를 자아냈습니다. 그 떠내려갈 듯 커다란 웃음 속에서 아오노가 자리에서 일어났습니다.

"발언을 요청합니다." 그가 멋진 목소리로 외치기 시작했습니다. "이건 중대한 문제입니다. 호박이나 토마토를 도둑맞았네 어쨌네 하는 건 뻔한 얘깁니다. 중요한 것은 자신들의 비행을 감추기 위해서 여러 사람이 나약하고 선량한 시민 가운데 한 사람을 죄인으로까지 몰아갔다는 데 그 문제가 있습니다. 경멸받아 마땅한 악의를 품고 날조한 유언비어, 더러운 속삭임, 도덕심도 양심도 없는 험담, 이러한 것들이 나약하고 선량한 사람을 죄인으로 만들었으며, 결국에는 죄를 짓게까지 만들었습니다. 여기에는 70개의 살인사건보다 더 중대한 의미가 있습니다. 그런데 법률적으로 제재를 가할 수 없다는 점이 무엇보다도 중대합니다. 제가 분명히 말하겠는데, —."

"앉아주십시오, 아오노 씨." 서장님이 부드럽게 가로막았습니다. "그만 앉아주시기 바랍니다. 당신의 발언은 더 이상 필요치 않으니."

그러나 여전히 외치려 하는 아오노를 옆에 있던 조사계장이 의자에 앉혔습니다. 서장님이 조용히 기침을 한 뒤, 천천히 자리에서 일어나 천장을 올려다보며, "그럼, —."하고 나른한 어조로 말을 하기 시작했습니다.

"여러분, 이것으로 제가 주최한 이번 회합을 마치도록 하겠습니다. 서리사건의 경위도— 저로서는 의외의 결과였습니다만 어쨌든 정리가 된 듯하고, 유념해주시기를 부탁드렸던 도덕관념과 양심에 관한 문제도 틀림없이 여러분 각자의 이해가 있었으리라 여겨집니다. 신문사 여러분께서는 여러분이 대표로 임했던 시민의 이름으로 이 문제를 기사화하지 않도록, 짧은 기사라도 당국에서 허락할 수 없다는 사실을 알아주셨으면 합니다. 그리고 마지막으로 후지카와 씨에게 사과의 말씀 하나를 드리고 싶습니다." 이렇게 말한 서장님은 부부 쪽을 향해 섰습니다. "—후지카와 씨, 이번 일은 전부 저의 책임입니다. 열 개의 눈이 보는 곳, 열 개의 손가락이 가리키는 곳, 그런 경박한 소문에 휘둘려 두 분을 의심했고 이런 자리에까지 나오시게 했습니다. 참으로 죄송합니다. 용서해주시기 바랍니다."

마타사쿠는 조그만 눈을 가느다랗게 뜬 채 서장님의 말 따위 듣고 있지도 않는 듯했으나, 오사치 씨의 눈에서 뚝뚝 눈물이 흘러내리는 것을 저는 보았습니다. —저는 그제야 비로소 깨달았습니다. 서장님은 이런 결말을 예견하고 계셨다, 이런 결말을 위해서 모든 것이 준비되었던 것이다, 후지카와 부부에 대한 사죄는 오히려 축사였다는 사실을. 이렇게 해서 회합은 끝이 났습니다.

# 나의 노래 끝나다
## 我が歌終る

### 1

우리 지방은 겨울이 빨라서 11월의 목소리를 들으면 대부분은 벌써 눈이 내리기 시작하지만, 그해에는 중순까지 진눈깨비조차 내리지 않은 대신 매일 아침이면 서리가 심하게 내렸을 뿐만 아니라 추위도 전례 없이 극성이었던 것으로 기억하고 있습니다. ……그렇습니다. 아키바(秋葉) 신사의 축제일이었으니 17일 오후의 일이었을 겁니다. 야마테(山手) 분서에서 전화로, "사타 자작이 자살했다."는 보고가 있었습니다. 서장님은 무엇인가를 쓰고 있었는데 이 말을 듣자 펜을 놓고 의자의 등받이에 몸을 기대며 커다란 한숨을 내쉬었습니다.

"-이제는 노래도 음악도 필요 없겠군. 폴카는 끝났어."

서장님답지 않게 진부한 말이었으나, 저는 그 의미를 잘 알 수 있었으며, 그럴 만한 이유도 있었습니다. 사타 에이이치(佐多英一) 자작은 도쿄 출신으로 15년쯤 전에 우리 시로 왔습니다. 야마테의 니혼마쓰(二本松)에 당시로서는 호화로운 서양식 집을 짓고 매우 화려한 생활을 했기에 오자마자 곧 우리 시 사교계의 인기를 독차지했으며, 전후

7, 8년 동안은 거의 그 중심인물로 끊임없이 화려한 소문을 뿌리고 다녔습니다. 가족은 사다코(貞子)라는 미모의 부인과 히데지(秀次)라고 불리는 아들이 하나 있었는데, 에이이치 씨가 데릴사위였을 뿐만 아니라 아들인 히데지 군도 양자였기에 가정생활은 그렇게 원만하지 못했던 듯합니다. 부인은 에이이치 씨보다 한층 더 놀기를 좋아해서, ―명예롭지 못한 풍문이 꽤나 들려오곤 했습니다. ―그러나 그것도 몇 년 사이의 일이었고, 부인은 얼마 지나지 않아서 병사(낙태에 실패했기 때문이라는 소문이 돌았으나 진위는 불명확합니다.)했으며, 이후부터는 자작의 독무대가 되어 한층 더 광기어린 환락과 방탕한 생활이 계속되었습니다. 이번 사건이 일어나기 3년 전에 자작은 충격에 의한 요추마비에 걸려 일어설 수도 걸을 수도 없는 몸이 되어버리고 말았습니다. 그래도 바퀴가 달린 자동의자를 영국에서 들여와, 자택에 손님을 불러서 쉴 새 없이 연회를 열고 무도회를 개최하는 변함없는 생활을 한동안 계속했습니다. 그런 말들을 듣지 못하게 된 지 겨우 1년쯤 지났을까, 병이 무거워진 것이라는 둥 자산을 탕진한 것이라는 둥, 소문이 점점 시들해지다가 거의 사라졌다 싶은 순간 '자살했다.'는 소식을 접하게 된 것이었기에 참으로 격렬했던 보헤미아의 춤도 마침내 끝나고 말았구나 하는 느낌이었습니다.

"하지만 뭔가 좀 섭섭하네요." 제가 저의 느낌대로 이렇게 말했습니다. "이런 식으로 결말이 나버려서 참으로 화려하기 짝이 없었던 생활도 당분간은 볼 수 없게 되다니, 어딘가 김이 새어버린 듯한 느낌이 듭니다."

"아니, 그거면 충분해. 그건 화려하다고도 호사스럽다고도 할 수 없는 거야. 그저 광기어린 짓, 떠들썩한 소동에 지나지 않았어. 지긋지긋해."

"하지만 대부분의 부자들은 기껏해야 은밀한 방에 숨어서 노는 게 전부이니, 가끔은 그렇게 도를 넘어서 밝게 방탕을 즐기는 사람이 있어도 좋다고 생각합니다만. 어딘가 세기말적인 냄새도 나고, 그런 점에 있어서는 자살이라는 결말도 나쁘지는 않은 듯합니다."

"흥, 세기말이라고." 서장님은 눈썹을 찌푸리며 펜을 집었습니다. 그때 수사주임이 들어왔습니다. "아마테 분서에서 지금 전화가 또 왔습니다." 주임이 긴장한 듯한 모습으로 이렇게 말하며 서장님 앞으로 다가갔습니다.

"사타 자작은 자살이 아니라 타살인 듯하답니다."

"음, ―." 서장님의 의자가 덜컥 소리를 냈습니다. "타살인 듯하다니, 아직 결론이 난 것은 아닌 모양이군."

"현장을 보지 않으면 알 수 없습니다만 자작은 엄중하게 자물쇠가 채워진 서재 안에서 심장 부분을 찔려 목숨을 잃었다고 합니다. 밖에서는 절대로 들어갈 수 없는 상태였고 달리 의심스러운 점도 없었기에 자살이라고 단정했었으나, 조금 전에 정원에서 흉기가 발견되어 자살설이 단번에 뒤집힌 것이라고 합니다. 서장님께서 바로 와주셨으면 좋겠다고 합니다."

"밀실살인이라는 말인가." 서장님은 내키지 않는다는 듯한 표정으로 다시 펜을 놓았습니다. "탐정소설 같아서 내 취향은 아닌 듯하군. 그래도 일단은 가보기로 하지."

우리가 니혼마쓰에 있는 사타 저택으로 갔을 때는 검사국에서 나와 이미 한 바탕 조사를 마친 뒤였기에 홀의 한쪽에 테이블과 의자를 모아놓고 차를 마시고 있는 중이었습니다. 서장님은 그곳에 있던 사람들에게 말없이 목례를 한 뒤 곧 분서의 계장에게서 사건에 대한 설명을 들었는데, 그 요점을 간단히 이야기하기로 하겠습니다.

—그 전날 밤 8시에 이시다 지카코(石田ちか子)라는 여성이 자작을 찾아왔습니다. 그녀는 반년쯤 전부터 가끔(총 4회) 자작을 찾아왔는데, 뭔가 개인적인 사정이 있는 것인지 자작은 매번 둘이서만 오랜 시간 이야기를 나누었습니다. 그리고 "이시다가 오면 바로 서재로 데려오도록."이라고 말을 해두었기에, 그때도 손님을 맞으러 나갔던 하녀(오무라라는 이름)는 그녀의 얼굴을 보고, "들어오세요."라며 서재로 안내했습니다. 그로부터 20분쯤 뒤에 하녀가 홍차를 준비해서 갔는데 문을 두드리려 할 때 서재 안에서 이런 대화가 들려왔습니다.

자작; 무슨 일이 있어도 안 되겠다는 말이냐? 용서해줄 수 없다는 말이냐? 너는 그토록 잔혹한 사람이었냐?

이시다; 저는 조금 더 잔혹해지지 못하는 것이 분할 따름입니다. 당신 같은 사람…….

**2**

하녀가 홍차를 내주고 나온 지 30분쯤 지나서 이시다 지카코는 돌아갔습니다. 그것과 거의 동시에 히데지 군이 귀가했는데 이시다 지카코가 집에서 나왔을 때 문 밖에서 남자 하나가 기다리고 있는 것을 보았다고 합니다.

오늘 오전 9시, 이시다 지카코가 또 왔다고 합니다. 평소처럼 하녀가 안내를 해주었는데 복도를 꺾어진 곳에서, “어젯밤, 이 시간에 오기로 약속을 해두었으니 기다리고 계실 거야. 혼자서 갈 테니 됐어.”라고 말했습니다. 그럼, 하고 하녀는 거기서 물러났으며 바로 차를 준비해서 가지고 갔습니다. 그 사이의 시간은 10분쯤이었을까? 서재로 가서 노크를 했으나 대답이 없었으며, 방 안은 쥐 죽은 듯 고요해서 아무런 소리도 들려오지 않았습니다. 어떻게 된 일일까 이상하기는 했으나, 뭔가 비밀스러운 이야기를 하는 걸지도 모르겠다고 생각했기에 그대로 돌아왔습니다. 그때 오카쓰(お勝)라는 또 다른 하녀가, “정원에 나간 거 아니야?”라고 말했기에 정원에 잠깐 나가보았으나, 정원에서는 히데지 군이 무엇인가를 찾고 있는지 빠른 걸음으로 화단 부근을 돌아다니고 있었을 뿐, 자작도 이시다 지카코도 보이지 않았습니다. 그런 상태로 벨도 울리지 않고 1시간이 지났습니다. 10시에는 초콜릿과 비스킷을 가져가기로 되어 있었기에 오무라는 그것을 준비해서 가지고 갔습니다. 그런데 역시 노크에 답이 없었습니다. 아주 크게 다섯 번 정도 두드렸으나 아무런 소리도 들리지 않았기에 갑자기 무서워져서 그대로 돌아서 히데지 군에게 바로 그 사실을 알렸습니다. 이야기를 들은 그는 어깨를 살짝 들썩이고, “그 여자가 왔다면 이야기에 정신이 팔려서 노크 소리도 듣지 못하는 거겠지. 벨이 울릴 때까지 그냥 내버려 둬.” 이렇게 말하고 자리에서 일어서려 하지 않았습니다. 그러자 오무라가 방 안에서 아까부터 사람 목소리도 들리지 않았고 아무런 소리도 들리지 않았다며, 아무래도 이상하니 같이 가달라고 거의 애원하다시피 해서 그를 데리고 갔습니다.

히데지 군이 노크를 해도 대답은 없었습니다. 그는 주먹으로 문을 두드리다 바로 복도로 돌아와 정원으로 뛰어나가서는 서재 밖에 있는 베란다로 올라가 실내를 들여다보았습니다. ―자작은 바퀴 달린 자동 의자에 앉아 깊이 잠든 사람처럼 한쪽으로 고개를 떨어뜨리고 있었습니다. 히데지 군은 한 군데 열려 있는 창문을 통해서 상당히 커다란 목소리로 연달아 자작을 불렀습니다. 대답도 없고 움직임도 없었습니다. 게다가 자작의 왼쪽 가슴에 무엇인가 꽂혀 있는 것이 보였습니다. 히데지 군은 뒤따라온 하녀 오무라에게, "지금 당장 가서 우치노(内野) 선생님을 모셔와."라고 말하고 자신은 경찰에 전화를 걸기 위해 그 자리를 떴습니다.

"그런데 어째서," 서장님이 이렇게 물었습니다. "그때 어째서 히데지 군은 서재로 들어가지 않았던 거지?"

"들어갈 수 없었던 겁니다. 왜냐하면 그 창문에는 쇠창살이 달려 있기에." 분서의 계장이 이렇게 대답했습니다. "보시면 아실 테지만 복도에서 들어가는 문도, 좌우의 방으로 통하는 문도, 베란다로 나가는 두짝열개도 굉장히 튼튼하게 만들어졌을 뿐만 아니라, 안쪽에서 과하다 싶을 정도로 엄중하게 잠겨 있었습니다."

전화를 받고 분서에서 계장과 형사들이 달려왔을 때 우치노 의사는 벌써 와 있었으며 히데지 군과 하인인 가네키치(兼吉)와 함께 복도 쪽의 문을 어떻게든 열어보려 고심하고 있었습니다. 계장은 일단 정원의 베란다에서 방 안을 들여다보았는데 그쪽의 두짝열개가 열기 쉬울 듯했기에 복도 쪽의 문은 중지를 시켰습니다. 그러나 그 문도 열 방법이 없었기에 결국은 부수고 들어갔습니다. ―방 안으로 들어간 것은 계장과 형사 1명, 우치노 의사와 혼다 경찰의 4사람뿐이었습니다. 진찰할 것도 없이 자작은 죽은 상태였습니다. 심장을 가느다란 단도로 찔린 것이 치명상이었는데 사후 약 2시간쯤 지난 것으로 추정되었습니다. 단도는 심장부에 박힌 채였는데 일반적인 상황보다는 출혈량이 조금 많은 듯했습니다. "자살이네요." 계장이 이렇게 말하자 우치노 의사도 혼다도, "뭐, 그런 것 같습니다."라며 고개를 끄덕였습니다. ―이에 본서에 전화를 걸어 보고케 하고 집안사람들의 조서를 꾸미다가 이시다 지카코라는 방문자가 있었다는 사실을 알게 되었습니다. 9시에 서재로 안내했는데 이후 돌아갔는지 어땠는지조차 알 수 없다는 것이었습니다.

"그 여자의 주소를 알고 있나요?"

"여관에서 묵고 있는 듯합니다." 히데지 군이 이렇게 대답했습니다. "이곳 사람이 아니라, 여기에 올 때마다 여관에서 묵고 있는 듯했습니다."

이 말을 들은 계장은 혹시 모르는 일이었기에 형사 한 명에게 명령해서 시의 여관 전부를 살펴보게 했습니다. 그때 정원을 살피고 있던 형사가 혈흔이 묻은 가느다란 단도를 손수건에 감싸 들고 왔습니다. "화단의 서향 사이에 떨어져 있었습니다."라고 말했습니다. 수건을 펼쳐보니 날 쪽은 기름때가 묻은 정도였으나, 나무로 된 손잡이가 선명한 혈흔으로 물들어 있었습니다. 흉기 가운데 하나가 정원에 떨어져 있었다면 타살일 가능성이 높습니다. 본서에 추가로 보고케 한 뒤, 다시 철저하게 수사를 시작했습니다. ―그리고 사체 바로 옆에 가느다란 쇠사슬이 달린 로켓이 떨어져 있는 것을 발견했습니다. 하녀들은 물론 히데지 군 역시 지금까지 한 번도 본 적이 없는 것이라고 말했습니다. 로켓을 열어보니 그 안에는 낡고 퇴색한 남자의 사진이 들어 있었습니다. 히데지 군이 첫눈에, "아버지의 젊었을 때 사진입니다."라고 증언했습니다. 계장은 타살이라 확신하고 검사국에 보고함과 동시에 이시다 지카코를 찾기 위해 철도의 각 역에서부터 국도에 이르기까지 수사망을 펼쳤습니다.

## 3

단도 가운데 사체에 꽂혀 있던 것은 사타 집안의 것으로, 프랑스쯤에서 중세기에 만들어진 것이라 여겨졌습니다. 손잡이에 금으로 조각한 장식이 있는 아름다운 물건으로 늘 서재의 책상 위에 놓여 있었습니다. 정원에 있던 것은 이 집안의 물건인지 아닌지 분명하지는 않지만, 그것도 비젠[31] 지방의 도공이 만든 단도로 고가의 물건처럼 보였습니다. 양쪽 모두에서 지문은 전혀 검출되지 않았습니다.

"그런데 이시다라는 여성은 아직 찾지 못했는가?"

"아니, 찾았습니다. 10분쯤 전에 전화로 알려왔는데 중앙역 앞의 산스이소(山水莊) 호텔에 묵고 있었다고 합니다. 남자가 함께 있었다고 하기에 그 사람도 데려오라고 했습니다."

"어쨌든 현장을 좀 보기로 할까."

이렇게 말하고 서장님은 의자에서 일어났습니다. 여기에 약식도가

---

31) 備前. 지금의 오카야마(岡山) 현 남동부.

있습니다만, 총 건평에 비해서 지나치게 커다란 홀과 이 서재의 구조에 특징이 있는 외에, 나머지는 어디에서나 볼 수 있는 평범한 부호의 저택에 지나지 않습니다. 홀은 일본에서 흔히 볼 수 없을 만큼 호화로운 장식으로 소개할 만한 가치는 충분하나 이번 사건과는 관계가 없으니 생략하기로 하겠습니다. 문제는 서재입니다. 그곳은 3간(약 5.5m)에 5간(약 9m) 정도의 넓이인데 삼면의 벽에 책장과 장식장이 있고 동서의 문학, 미술, 평전, 철학 등의 서책과 기념품인 듯한 단지, 병, 토우 등이 장식되어 있었습니다. 정원에 면한 남쪽에 창이 2개, 베란다로 나가는 두짝열개(이것은 부서졌습니다.), 동쪽에 문이 있어서 그것은 옆에 있는 침실로 이어집니다. 서쪽에 있는 문은 욕실로 이어지는데 이 문들은 두툼한 마호가니 목재로 만들어진 매우 튼튼한 것이었으며, 거기에 안쪽에서 엄중하게 잠가놓았습니다. 2개의 창에는 안쪽으로 여는 유리문이 달려 있고, 그 바깥쪽에 연철로 만들어진 둥근 쇠창살이 달려 있었습니다. 이는 침실과 욕실도 마찬가지였으며, 그 2개의 방에는 독립된 문이 없었기에 양쪽 모두 서재를 통하지 않고는 출입할 수 없게 만들어져 있었습니다. 창에 면해서 양쪽에 서랍이 달린 커다란 책상, 가죽을 바른 회전의자, 호두나무로 만든 흡연용 탁자와 의자, 짙은 분홍색 천을 씌운 낮고 깊은 소파, 이러한 가구들도 전부 세월이 느껴지는 묵직하고 튼튼한 것이었는데, 전체적으로 깊이와 기품이 있어 보였으나 상당히 음울한 분위기를 자아내는 것들뿐이었습니다.

자작의 사체는 가슴을 단도에 찔린 채 바퀴 달린 자동의자에 앉아 있었습니다. 위치는 커다란 책상 옆으로, 한쪽만 열린 유리창과 마주보고 있었으며 창에서 5자(약 1.5m) 정도 떨어져 있었습니다. 사체는 양쪽 팔꿈치를 팔걸이에 얹고 고개를 약간 왼쪽 앞으로 수그리고 있어서, 아니나 다를까 얼핏 봐서는 깊은 잠에 빠진 사람과 같은 자세였습니다. 서장님은 잠시 죽은 자의 얼굴을 바라보았습니다.

"이 방에서 없어진 물건은 없는가?"

"히데지 씨에게 봐달라고 했는데, 이,"하며 계장은 책상 위에 있던 흑단 궤짝을 가리키고, "이 안에서 재산목록과 유언장이 들어 있는 삼베봉투가 없어졌다고 합니다."

"흠, 재산목록과 유언장이라." 이렇게 말하며, 그러나 서장님은 여전히 죽은 자의 얼굴을 바라보고 있었습니다. "–이 상처도 조사를 해보았겠지?"

"네, 혼다 군에게 다시 한 번 검진을 해달라고 했는데, 상처부위는 동시에 2자루의 단도로 찔린 정도의 넓이라고 합니다."

"동시에–, 2자루로–."

"처음에 출혈량이 조금 많다고 생각했었는데, 그러니까 2자루로 찌른 뒤 1자루만 빼낼 때 상처에서 흐른 피였던 것입니다."

"단도 2자루로 찔렀다, –." 서장님은 흥 콧방귀를 뀌고 뭔가 이해할 수 없다는 듯 머리를 흔들었습니다. "무엇 때문이었을까? ……왜, –."

"범인이 자살로 보이기 위해서 꾸몄다, 이렇게 생각하는 것 외에는 달리 설명할 길이 없습니다. 정원에서 단도가 발견되기 전까지는 저희도 자살이라 믿고 있었으니."

"아무리 그래도 단도 2자루로 동시에 찌른다는 건 이상해. 하반신이 불편해서 자작의 저항이 적은 상태였다 할지라도, –2자루로 찌른다는 건 자연스럽지가 않아."

"하지만 2자루로 찌르고 1자루만 뽑아내면 출혈량을 비교적 적게 할 수 있습니다."

"그런 것에까지 신경을 쓸 정도의 사람이," 서장님은 이렇게 말하며 휠체어 옆에서 멀어졌습니다. "—거기까지 생각한 사람이 중요한 흉기를 정원에 떨어뜨렸다는 건 좀 이상해. 누가 뭐래도 유일하고 가장 중요한 단서가 되는 물건이니까."

그리고 서장님은 방 안을 천천히 걷기 시작했습니다. 침실과 욕실도 주의 깊게 살폈으나 서재 안에 특히 흥미를 느낀 듯, 방의 장식과 가구류, 책장 속 책의 종류, 창틀 주위에서부터 쇠창살 등을 뭔가 감상에 젖은 사람과 같은 태도로 둘러보았습니다. 그때 한 경관이 문으로 얼굴을 내밀어, "이시다 지카코를 연행해왔습니다."라고 알려왔습니다. 계장은 바로 나갔으나 서장님은 벽에 걸린 초상화를 바라본 채 움직이지 않았습니다. 그것은 사타 자작의 상반신을 그린 유채화였는데, 전체적으로 어두운 배색이었으며 초상의 얼굴에도 차갑고 우울한 느낌이 강하게 드러나 있었습니다.

"고독감이 아주 강했던 사람이었군." 서장님이 그림을 보며 이렇게 중얼거렸습니다. "—이 서재의 폐색감, 창문의 쇠창살, 필요 이상으로 엄중하게 단속한 문들, 이건 마치 고전적인 명상가나 은자의 방 같아. 도저히 그처럼 화려하고 호사스러운 방탕생활을 한 사람의 서재라고는 여겨지지 않아. ……듣고 있는가?"

"저 말입니까? —듣고 있습니다."

"지금 내 눈에는 이런 장면이 떠올라. 술과 담배와 춤과 잡담으로 떠들썩한 홀에서 남몰래 빠져나온 자작이 여기에 앉아 있어. 문을 잠그고 창을 닫았어. 사람을 부르지 않는 한 누구의 방해도 받을 염려는 없어. 그는 저 그림에 있는 것처럼 우울하고 외로운 얼굴로 가만히 고독한 명상에 잠겨 있어. —코냑 한 잔과 터키산 담배가 있으면 좋겠군. 그는 오로지 정적을 사랑해. 모아놓은 화집은 라파엘 전파에서부터 전기 인상파까지의 것들이 많아. 철학도 칸트까지, 소설은 영국 작가의 작품이 대부분이야. 이러한 책들을 마음 가는 대로 읽기도 하고 바라보기도 하고, 또 멍하니 생각에 잠기기도 하고 있어. —오직 혼자서."

## 4

"아무리 그렇다 할지라도," 저는 목구멍이 근질거리기 시작했습니다. "그것과 이번 사건 사이에 무슨 관계가 있습니까?"

"그걸 누가 알겠는가? 나는 단지 이 서재를 보고, —." 이렇게 말하다 서장님은 갑자기 입을 다물어버리고 말았습니다. 그때는 책상 옆에 있었는데, 책상 위에 책이 한 권 있고 읽던 중이었는지 책갈피대신 끼워둔 종이가 보였습니다. 서장님은 그 책을 집어 와일드라, 하고 중얼거리며 끼워져 있던 종이를 빼냈습니다. 책은 도리언 그레이의 초상이었습니다. 제가 그 책장을 넘기고 있자니 서장님이 조금 전에 뽑아낸 종이쪽지를 내밀었습니다. "읽어보게."

받고 보니 무늬가 인쇄되어 있는 편지지에 다음과 같은 내용이 적혀 있었습니다.

<이 방에서의 나의 생활을 늘 지켜보고, 나의 심정을 알고 있는 자는 '그' 뿐이다. 지금도 '그'는 나를 지켜보고 있다. 내가 죽은 뒤에도

'그'의 가슴속에는 나의 모든 것이 담겨 있을 것이다.> 이것이 그 전문이었습니다.

"잉크의 색으로 봐서 쓴 지 아직 얼마 지나지 않은 듯합니다." 제가 서장님에게 종이를 돌려주었습니다. "하지만 여기에, ―뭔가 의미가 있을까요?"

"의미의 유무는 모르겠지만 이걸 눈에 띄는 곳에 놓아둔 것만은 틀림없는 사실이야. 그렇다면 문제는 강조를 해놓은 이 '그'라는 삼인칭인데, ―."

서장님은 종이쪽지를 상의의 안주머니에 넣고 이번에는 부서진 두 짝열개를 통해서 베란다로 나갔습니다. 그리고 예의, 한쪽만 열려 있는 유리창문을 통해서 서재 안을 들여다보았습니다. 바로 정면으로 자작의 사체가 보였습니다. 서장님은 그곳에서 죽은 자의 모습을 가만히 바라보았습니다. 그 사이에 저는 베란다 위를 살펴본 뒤, 정원으로 내려가 제2의 흉기가 떨어져 있었다던 화단의 서향 부근까지 둘러보며 돌아다녔습니다. 단도가 있던 위치에는 표식이 세워져 있었으며, 5치(약 15㎝)쯤으로 꺾은 나뭇가지가 놓여 있었습니다. 제가 그 부근을 둘러보고 있자니 서장님이 커다란 목소리로 외쳤습니다.

"단도가 떨어져 있던 곳이 거긴가?"

"그렇습니다. 여기에 표시가 되어 있습니다."

"그럼, 그 표시가 있는 곳에 잠깐 서 있어보게."

베란다에서 정원으로 뛰어내린(4자(약 1.2m)쯤 되는 높이였습니다.) 서장님은 잔디 위를 걸어서 제가 있는 곳까지 똑바로 다가왔습니다. 조금 전까지의 떨떠름한 얼굴이 어딘가 밝아졌으며, 입가에는 미소를 머금고 있는 것처럼 보였습니다. 제 옆까지 똑바로 와서 뒤를 돌아 창문 쪽을 바라보더니, "됐어."라고 낮게 중얼거리는 소리가 들려왔습니다. 그런 다음 성큼성큼 걸어 돌아가 서재 안으로 들어갔습니다. 뒤를 따라가보니 열린 창의 안쪽 창틀과 유리문 주변에서 부지런히 무엇인가를 찾고 있는 듯했습니다.

"뭔가 이상한 점이라도 있었습니까?"

"하나가 모자라." 이번에는 바닥 위를 둘러보며 이렇게 말했습니다. "딱 하나, 그것만 있으면 되는데, —."

"어떤 물건입니까? 저도 찾아보겠습니다."

"어떤 물건이냐고? —." 서장님은 한 손을 허리에 대고 한숨을 내쉰 뒤, "어떤 물건인가 하면, 그러니까 여기에 있어야만 하는데 없는 물건일세."

이렇게 말하고 있을 때 형사 한 명이, "증인 신문을 시작하겠습니다."라고 알리러 왔습니다. 서장님은 고개를 끄덕이고 어쨌든 듣고 올까, 라고 말한 뒤 감시를 위해 순사를 남겨놓고 서재에서 나왔습니다. —홀에 있던 탁자와 의자의 위치가 바뀌었고 담당관들도 각자 자리에 앉아 준비가 완전히 갖추어져 있었습니다. 서장님은 마련된 위치에서 훨씬 뒤로 물러나, 거의 벽 앞으로 안락의자를 가져가서는 편안한 자세로 거기에 앉더니 사건과는 전혀 관계가 없는 사람처럼 팔짱을 끼고 눈을 감았습니다.

신문은 분서의 계장이 맡았는데 우선 하녀인 오무라부터 시작해서 다른 3명의 하녀, 정원사, 하인 등을 간단히 마무리 지은 뒤 드디어 히데지 군의 신문이 시작되었습니다. 그는 28세, 다부진 체격으로 뺨에서부터 턱까지 짙은 수염을 깨끗하게 깎았습니다. 소문에 의하면 사무가 기질을 가진 매우 근면한 사람으로 아버지와 어머니의 방탕에는 결코 가담한 적이 없고, 오히려 이를 냉소하며 가산 관리에 몰두했다고 합니다. 짙은 눈썹, 굳게 다문 얇은 입술, 차갑지만 강렬한 빛을 발하는 눈매, 적은 말수로 솜씨 좋게 이야기하는 화법 등, 참으로 냉정하고 비감정적인, 소문과 다르지 않은 사람으로 보였습니다.

"아버지의 죽음이 자살인지 타살인지 저로서는 짐작조차 되지 않습니다." 히데지 군은 이렇게 대답했습니다. "원래부터 아버지와는 사무적인 이야기 외에 친밀하게 대화를 나눈 적이 거의 없었기에 아버지가 요즘 어떤 정신 상태에 있었는지도 전혀 알지 못합니다. 단, 반년쯤 전의 일이었는데, —자산이 어떻게 되어 있는지 보고 싶다며 제가 맡고 있던 장부를 (이는 부동산과 은행관계의 자료들뿐이었습니다만) 가져다 열흘 정도 혼자서 살펴보신 적이 있었습니다. 그 장부를 돌려주실 때, 경우에 따라서는 자산의 일부를 분할할지도 모르니 그렇게 알고 있으라고 말씀하셨습니다. 그건 어떤 이유에서냐고 물었으나 당신의 개인적인 문제이기에 이유는 설명할 수 없다고 대답하셨습니다."

"그건 이시다 지카코라는 여성이 방문한 뒤의 일이었습니까?

## 5

"그렇습니다. 틀림없이 그 직후였던 것으로 기억하고 있습니다." 히데지 군이 극히 사무적인 투로 말을 이었습니다. "저는 법률상의 상속인이기도 하고 오랫동안 자산을 관리해온 사람으로서 정당한 사유가 없는 재산분할은 승낙할 수 없다고 말했습니다."

"분할 상대가 어떤 사람인지 상상해보셨습니까? 예를 들어서 이시다 지카코가 아닐까 하는-."

"아니요, 저는 상상하지 않습니다." 히데지 군은 단호하게 머리를 흔들었습니다. "저는 상상이나 추측으로 사물을 판단하는 습관을 가지고 있지 않으며, 또 경멸하기도 합니다. -아버지는 아무런 말씀도 하지 않으셨지만, 지난 일주일쯤 전에 서재로 불려간 적이 있었습니다. 아버지는 5치(약 15㎝)에 1자(약 30㎝)쯤 되는 삼베봉투를 보여주며, 이 안에 재산목록과 유언장이 들어있다, 이걸 여기에 넣어두겠다고 말씀하시고 책상 위에 있는 궤짝 안에 넣었습니다. 그렇습니다, 거기에 자물쇠는 채우지 않은 듯합니다. 저는 아버지가 왜 그런 말씀을 하시는 건지 이해할 수 없었지만, 그럴 만한 필요가 있기 때문일 것이라고 생각하여 특별히 이유는 묻지 않고 방에서 나왔습니다. 제가 알고 있는 일은 이 정도입니다."

"당신은 오늘 아침 9시 무렵에, -." 계장이 수첩에 무엇인가 적은 뒤 이렇게 물었습니다. "정원의 화단 부근에서 무엇인가를 찾고 계셨습니까?"

"정원의 화단." 히데지 군이 잠깐 생각을 하다, "아아, 그건 무엇인가를 찾은 게 아닙니다. 정원을 한 바퀴 돌며 산책을 하고 있었는데 화단 부근까지 갔을 때 고무줄이 신발에 걸렸습니다. 그대로 지나쳤다가, 물건을 포장할 때 써야겠다는 생각이 들어서 주우러 되돌아갔던 것뿐입니다."

계장은 이어서 오늘 아침에 뭔가 이상한 일은 없었는지 확인한 뒤,

벽 쪽의 의자에 양장을 입고 앉아 있는 젊은 아가씨를 알고 있느냐고 물었습니다. 히데지 군은 싸늘하게 그녀를 바라본 뒤, "소개를 받은 적은 없지만, 이시다 지카코라는 사실은 알고 있습니다."라고 대답했습니다.

"어제 저 여성이 자작을 방문했다가 돌아갈 때 문 밖에서 남자가 기다리는 것을 보았다고 하셨는데, 그때의 상황을 다시 한 번 들려주시기 바랍니다."

"저녁을 먹고 난 뒤 저는 중앙통까지 물건을 사러 갔었습니다. 경제학에 관한 책을 살 생각이었는데 3집쯤 돌아다니다 야나기초 거리에서 찾아내 집으로 돌아왔습니다. 문에서 4, 5간(약 8m)쯤 떨어진 곳까지 왔을 때였습니다. 현관의 문이 열리더니 누군가 나온다 싶은 순간, 문의 돌기둥에 달린 전등 빛에, 그 기둥 뒤에 서 있는 사람의 모습이 보였습니다. 이렇다 할 이유도 없이 문득 발걸음을 멈췄는데 현관에서 나온 것은 이시다 지카코라는 사람이었고, 문까지 오자 기둥 뒤에 있던 사람이 무슨 말인가를 하며 그 앞으로 나섰습니다. 갈색의 얇은 오버코트에 검은색 중절모를 쓰고 있었던 듯합니다. 지카코라는 사람은 굉장히 놀랐는지 뒤로 한 걸음 흠칫 물러났습니다. 그리고 그때 상당히 커다란 목소리로, '약속과 다르잖아요.'라고 말하는 것이 들려왔습니다. 그런 다음 총총걸음으로 서둘러 다이마치 쪽으로 갔으며, 기다리고 있던 사람도 그 뒤를 따라가 모습이 보이지 않게 되었습니다. 제가 본 것은 여기까지입니다."

이 공술을 들으며 저는 가만히 이시다 지카코를 관찰했습니다. 그녀는 스물서너 살쯤 되었을 겁니다. 이지적인 눈이 아름다운, 상당히 고상한 얼굴이었으며, 키도 크고 몸 전체에서 풍겨나는 기품을 가지고 있었습니다. 그러나 그때의 표정은 굳어 있었으며 싸늘하고 반항적인 빛을 띠고 있는 것처럼 보였습니다. 특히 히데지 군이 공술을 마치고 물러 난 뒤 이어서 계장 앞으로 불려나갔을 때는 그것이 한층 더 눈에 띄는 듯 여겨졌으며, 신문에 대한 대답에서도 일종의 냉소적인 태도를 느낄 수 있었습니다.

"이름은 이시다 지카코, 주소는 도쿄 고지마치(麴町) 구 고지마치 2번가 11번지. 이시다, ……유키코(ゆき子)의 장녀, 나이는 스물다섯 살입니다."

"사타 자작과는 어떤 관계입니까?"

"어머니의 지인입니다."

"반년쯤 전부터 4회, 당신은 이곳을 방문하셨는데, 그것은 어떤 용건에서였습니까?"

"그건 말씀드릴 필요 없다고 생각합니다. 이번 사건과는 관계가 없고, 매우 개인적인 문제이니."

"—." 계장은 잠시 수염을 씹다가 이번에는 약간 엄격한 어조로, "어젯밤에 이곳을 방문하셨을 때의 용건도 역시 개인적인 문제이기에 이야기할 수 없다는 말씀이십니까?"

"그렇습니다. 이 댁의 어르신께서 돌아가신 것과는 전혀 관계가 없는 일이니."

"그렇다면 왜 그렇게 생각하시는 겁니까? 자작이 돌아가신 이유를 알고 계십니까?"

"그런 건 모릅니다. 또 결코 알고 싶지도 않습니다." 그녀는 이렇게 말하고 눈썹을 들어, "사람은 그렇게 커다란 이유 없이도 자살 정도는 할 수 있는 법이니. 그 분은, ―아니, 저는 아무것도 모릅니다."

"어젯밤에 방문하셨을 때," 계장이 약간 사이를 두었다가 말을 이었습니다. "오늘 아침 9시에 다시 오겠다는 약속을 하셨지요? ―흠, 그렇다면 약속대로 자작을 만나셨습니까?"

## 6

"네, 그게―." 지카코 양은 시선을 떨구고 입술을 씹다가 곧 얼굴을 들어, "그게 문을 두드려도 대답이 없었습니다. 5분쯤 기다렸지만 대답도 없고 방 안에서 아무런 소리도 들려오지 않았기에 그대로 돌아갔습니다."

"하녀에게 말도 하지 않고 말입니까?" 계장의 눈이 그녀의 눈을 날카롭게 바라보았습니다. "시간까지 약속해서 방문했고 방 문까지 두드렸는데 대답이 없다는 이유만으로 안내를 해준 사람에게 아무런 말도 하지 않고 돌아갔다. ―이건 꽤나 이상한 방문이라 여겨지는데, 어떻게 생각하십니까?"

그녀는 입을 다물고 있었습니다. 대답을 할 수 없다기보다는, 그럴 필요를 느끼지 못하겠다는 듯한, 어딘가 당당한 태도였습니다.

"어젯밤에 문 앞에서 당신을 기다렸던 사람, 그리고 오늘 호텔에 함께 있었던 사람은 어떤 분이십니까?"

"저의 혼약자입니다."

"그 사람은 자작과 당신과의 개인적인 문제를 알고 있지요?"

"네, ―어느 정도까지는 알고 있습니다."

"예를 들어서 말입니다." 이렇게 말하고 천장으로 시선을 가져가며 계장이, "당신이 어젯밤 자작을 방문하셨을 때, 그 대화 가운데 격렬한 말다툼이 있었다, 자작은 당신에게 뭔가 용서를 빌었다, 무슨 일이 있어도 용서할 수 없다는 말이냐, 너는 그렇게 잔혹한 사람이었냐. ―이에 대해서 당신은 저는 더욱 잔혹해지고 싶어요, 라고 대답했다. 이런 대화가 살인 전날 밤에 오고갔다면, ……왜 그러십니까?"

그녀가 갑자기 의자에서 일어선 것이었습니다. 그 크게 놀란 듯한 모습이 사람들의 주의를 강하게 끌었습니다. "―살인이라고요?" 그녀가 몸을 떨듯 이렇게 중얼거렸습니다.

"그분이 살해당했다, ……고요?"

"자살로 위장한 살인, 현재로서는 그렇게 추정하고 있습니다. 따라서 어젯밤 당신이 자작과 나누었던 대화는 저희에게 상당한 의미를 갖게 되었습니다. 거기에 오늘 아침에 방문하셨다가 기묘한 방법으로 돌아가신 일도 있습니다. 어젯밤에 문 밖에 있던, 당신의 혼약자라는 청년도, 예를 들어 당신에게는 있을 수 없는 잔혹한 충동에 사로잡혀서."

"그런 일은 있을 수 없어요, 그런 일은." 그녀가 거의 절규하듯 이렇게 가로막았습니다. "―그분은 제가 자작을 방문하는 일조차 반대하셨어요. 무슨 일이 있어도 결코 그런 짓을 했을 리 없습니다."

"그렇다면 당신은 어떻습니까? 자작과의 개인적인 문제라는 점에서, 무슨 일이 있어도 용서할 수 없는 사실이 있다는 점에서, 그것이 점점 압박을 받게 되면 당신은 그럴 가능성이 있습니까?"

"—." 그녀는 입을 꾹 다물었습니다.

"기다리고 있는 사람을 불러오게." 계장이 형사 가운데 한 사람을 돌아보며 이렇게 말했습니다. 밖으로 나갔던 형사가 곧 청년 하나를 데리고 들어왔습니다. 그가 지카코 양의 혼약자인 듯했습니다. 서른 살쯤의 퉁퉁하고 건장한 체격으로 밝고 정력적인 얼굴을 하고 있었습니다. 계장은 그를 지카코 옆으로 불러서 주소와 성명부터 묻기 시작했습니다.

"데쓰무라 쇼조(鉄村昌三)라고 합니다. 주소는 도쿄의 혼고(本郷) 기쿠자카(菊坂), 마루노우치(丸ノ内)에 있는 동양인조견사 본사의 선전부에서 일하고 있습니다. —그렇습니다. 이시다 지카코 씨와는 올 2월에 혼약한 사이입니다."

"당신은 물론 이시다 양이 자작을 방문한 사정을 알고 계시겠지요?" 계장은 이렇게 말을 이었습니다. "그리고 당신은 이 방문을 반대하셨다고 들었는데, 그건 뭔가 중대한 결과가 있을 것이라고 예감하셨기 때문입니까?"

"오히려 그 반대의 의미입니다. 결과야 어찌 됐든 중요한 일은 아닙니다."

"자작이 살해당했다고 해도 말입니까?"

"살……." 쇼조 군은 누가 봐도 깜짝 놀란 듯했습니다. "그런, 그런 말도 안 되는 일이."

"사타 자작은 자살을 위장한 방법으로 살해당했습니다. 그리고 그 현장에 이것이," 이렇게 말하고 계장은 예의 로켓을 집어 보였습니다. "사체 바로 옆에 이 물건이 떨어져 있었습니다."

쇼조 군이 변해버린 눈빛으로 이시다 양을 바라보았습니다. 그녀의 얼굴도 명백히 창백하게 바뀐 듯했습니다. 계장이 노련하게 그 순간을 포착하여 쇼조 군을 향해 날카로운 질문을 던졌습니다.

"이것이 이시다 양의 소유물이라는 사실은 알고 계실 겁니다. 제 말이 틀렸습니까?"

"제 물건이었습니다." 그녀가 스스로 분명하게 말했습니다. "제 물건이었습니다만, 어젯밤에 여기서 자작에게 돌려주었습니다."

"돌려주었다. —그렇다면 이건 원래 자작의 물건이었다는 말입니까?"

"아니, 그런 건 아닙니다. 단지,"

지카코 양은 여기서 입을 다물고 고개를 숙였습니다. 뭔가 굴욕을 느낀 듯한 표정이었습니다. 계장이 다시 추궁하려 하자 맞은편에서 서장님이 느릿한 목소리로, "이거면 되지 않았는가?"라고 말하고 팔짱을 풀며 의자에서 천천히 일어났습니다.

"이것으로 주위 분들의 사정은 대부분 알게 되었고, 저도 듣고 있는 동안 열쇠를 찾아낸 듯합니다. 히데지 씨와 이시다 씨, 두 분은 서재로 함께 와주셨으면 합니다. 아마도 모든 사실이 밝혀지리라 여겨지니."

## 7

분서장과 계장, 검사국 사람 둘, 이시다 양과 히데지 군, 이 사람들만 데리고 서재로 들어간 우리의 잠꾸러기 서장님이 상의 속주머니에서 예의 종이쪽지를 꺼내며, "이번 사건의 외모를 한번 생각해보겠습니다.”라고 말했습니다.

“하녀의 증언에 의하면 자작은 오늘 아침 6시에 침실에서 빵과 커피로 아침식사를 했습니다. 그리고 오늘 아침 10시 넘어서 사체로 발견되었습니다. 2자루의 단도에 의한 심장부의 자상으로 목숨을 잃었는데 의사의 검안에 의하면 사후 약 2시간쯤 지난 상태였다고 합니다. ─사체 바로 옆에 로켓이 떨어져 있었고 정원에서 흉기 가운데 하나가 발견되었다는 점, 그리고 거기에 더해서 궤짝 안에 있던 서류가 분실되었다는 점, 이 세 가지 점 때문에 타살이라는 의혹을 품게 되었으며, 전후 관계에 의해서 이시다 지카코 씨에게 혐의가 걸려 연행을 해왔습니다. 단, ─이 서재는 모든 출입구가 안쪽에서 단단히 잠겨 있었으며 한 군데 열려 있던 창문에도 쇠창살이 달려 있습니다. 살인을 했다고 한다면 이른바 밀실살인이 되는 셈인데, 범인(있다고 한다면)은 어디로 들어와서 어떻게 나갔는지, 드나들지 않았다면 어떤 방법으로 살해했는지, 이 점이 문제의 중심이 됩니다. 그런데 조금 전에 이 방을 조사할 때 저는 책상 위에 있던 책 속에서 이런 종이쪽지를 발견했습니다.” 서장님은 이렇게 말하며 주머니에서 꺼낸 종이쪽지를 내보이고, “책에 끼워놓기는 했으나 눈에 아주 잘 띄게 해놓았기에 집어서 보니 이런 글이 적혀 있었습니다. ─이 방에서의 나의 생활을 늘 지켜보고, 나의 심정을 알고 있는 자는 ‘그’뿐이다. 지금도 ‘그’는 나를 지켜보고 있다. 내가 죽은 뒤에도 ‘그’의 가슴속에는 나의 모든 것이 담겨 있을 것이다. 이런 글이 말입니다.”

서장님은 그 종이쪽지를 담당관들에게 보인 뒤, “그런데,”하며 책상 위에 한 손을 놓고 천천히 다음과 같이 말을 이었습니다.

"가령 이 글에 어떤 의미가 숨겨져 있다고 한다면 여기에 적힌 '그'가 누구인지, 자작의 허락이 없는 한 누구도 들어올 수 없는 이 방에서 늘 자작의 생활을 지켜보았으며 그 심정까지도 알고 있었던 인물, —그 신비한 인물이 누구인지, 저는 신문을 들으면서 생각했습니다. 그리고 이런 상상을 해보았습니다." 서장님은 잠깐 말을 끊었다가 방 주위를 천천히 돌아보며, "—처음 이 서재를 보았을 때, 저는 일종의 놀라움과 어떤 감상에 빠졌습니다. 자작의 생활은 매우 화려하고, 아드님께는 실례되는 말씀입니다만, 거의 방탕으로 세월을 보내는 상태가 계속되었습니다. 사교계의 가십은 자작을 떠나서는 존재할 수 없었습니다. 그런 생활이 오랜 세월 계속되었습니다. —그러나 이 서재는 도저히 그런 사람의 것이라고는 여겨지지 않았습니다. 이곳의 구조도 가구도 장서도 장식도 매우 고독하게 한거를 즐기는 사람의 것이라 여겨졌습니다. 그처럼 화려하고 호사스러운 방탕에 빠져 사교계의 꽃이라 불렸던 자작은 사실 매우 고독했으며, 조용히 한거하는 것을 좋아하는 사람이 아니었을까? —이런 상상이 들었을 때, 저는 이 종이에 적힌 '그'의 의미를 알 것 같다는 생각이 들었습니다. 자작의 생활에는 2가지 면이 있었습니다. '그'란 다른 한편의 자작 자신을 가리킨 것입니다. 그리고 이 방에서 늘 자작을 지켜보고 있던 또 한 명의 자작, 지금도 지켜보고 있으며 죽은 뒤에는 자작의 모든 것을 가슴에 품고 있을 것이라는 글, 그것은—." 서장님은 조용히 한쪽 손을 들어 벽에 걸린 초상화를 가리켰습니다. "그것은 저 초상화를 암시하고 있는 것이 아닐까?"

사람들 모두 그쪽을 일제히 돌아보았습니다. 어두운 배색으로 그려진 그 초상화 쪽을. —싸늘하고 우울한 표정으로 초상은 거기서 우리를 내려다보고 있었습니다. 저는 그때 아까 보았을 때와는 달리 묘한 생동감으로 우리를 짓누르고 있는 것 같다는 인상을 받았습니다.

"종이에 적힌 글은," 서장님이 그림 쪽으로 걸어가며, "—내가 죽은 뒤에도 나의 모든 것은 '그'의 가슴속에 있다고 마무리 지어져 있습니다. 이것이 지금까지 이야기한 저의 상상을 증명해주리라 생각합니다. 잠깐 도와주기 바라네."

제게 이렇게 말하고 서장님은 초상화를 떼어내기 시작했습니다. 그것은 눈높이에 걸려 있었기에 바로 떼어낼 수 있었습니다. 서장님은 그림을 흡연테이블 위에 엎어놓은 뒤 조용히 뒤쪽의 덮개를 열었습니다. 그런 다음 그 안에 덮여 있던 종이를 벗겨내자 거기에— 커다란 삼베봉투가 숨겨져 있는 것이 보였습니다. 누구에게서랄 것도 없이 깊은 한숨이 흘러나왔습니다.

"아드님께 여쭙겠습니다만, 궤짝 안에서 사라진 것이 이것입니까?" 서장님은 삼베봉투를 히데지 군에게 보여 그것임에 틀림없다는 사실을 확인한 뒤 봉투의 끈을 풀기 시작하며, "이 안에 자작의 죽음에 대한 의문이 숨겨져 있으리라 여겨지고, 제게 봉투를 열게 하는 것이 자작의 목적이었다고 믿을 만한 이유도 있기에 여기서 제 손으로 개봉하도록 하겠습니다."

그리고 봉투를 열어 안에서 글이 적힌 종이 3개를 꺼냈습니다. 전부 얇은 편지지에 붓으로 쓴 것인데 1에는 <재산목록>, 2에는 <유언장>이라고 적혀 있었으며, 제3의 뒷면에는 <나의 고백>이라는 글에 덧붙여, —<검찰관이 읽어주시기를 바람>이라는 글이 적혀 있었습니다. 서장님은 그것을 사람들에게 보여준 뒤, "자, 여러분, 앉아주시기 바랍니다."

라고 말하고 자신도 책상 앞의 회전의자에 앉았습니다. 검찰관이 읽어 주었으면 한다는, 그 알 수 없는 고백에는 어떤 비밀이 있을지, 방 안에 있던 사람들 모두 흥미와 호기심에 사로잡힌 채 각자 소파와 의자에 앉아 가만히 서장님이 읽는 소리에 귀를 기울였습니다.

"—지카코야, 이것이 읽혀지는 자리에는 틀림없이 네가 있을 게다. 왜냐하면 내가 그렇게 되도록 수단을 강구했고, 그 방법이 잘못되지는 않으리라 믿고 있기에." 고백은 이렇게 시작되었습니다.

## 8

영탄조의, 그러나 간결한 문장이었는데, 여기서는 요점만 말씀드리도록 하겠습니다. —숨을 거둔 에이이치 씨는 아키타(秋田) 현에서도 유명한 호농의 집에서 태어나 대학의 공과에 재학 중일 때부터 사타 집안에 드나들었습니다. 이는 당시 건축계에서 고명했던 니타(仁田) 박사가 그의 스승임과 동시에 고 사타 자작의 오랜 친구로, 처음부터 그를 사타 가의 양자로 추천할 계획을 품고 있었기 때문이었습니다. 사타 집안에는 미망인과 두 딸이 있었는데, 자작이 세상을 떠난 이후 시부야(渋谷)의 쇼토(松濤)에 새로이 저택을 짓고 미망인의 취향대로 상당히 화려한 생활을 하고 있었습니다. 이는 고 사타 자작이 광산업으로 커다란 부를 쥐었으면서도 거의 인색하다 싶을 정도의 성격이었던 것에 대한 반동이었을지도 모르겠습니다. 두 딸도 어머니를 닮아서 이 해방적인 가정에는 늘 수많은 청년들과 음악가, 무용가, 배우 등이 드나들었습니다. 에이이치 씨는 마침내 언니인 소노에(園江)와 혼약을 하게 되었고 졸업과 동시에 결혼할 예정이었는데 어느 날 밤, 언제나 처럼 학생과 배우와 음악가 등이 모여 마시고 노래하고 춤을 추며 떠들어대고 있을 때 복도의 어둠 속에서 동생인 사다코에게 억지로 입맞춤을 당했습니다. 그때 사다코가 그에게 뜻밖의 말을 속삭였습니다. "조심하세요. 언니에게는 애인이 있어요." 그리고 깜짝 놀란 그의 목에 팔을 감으며, "당신을 진심으로 사랑하고 있는 건 저예요." 이렇게 말했습니다. ……에이이치는 소노에를 의심하기 시작했습니다. 하지만 원래부터 해방적인 가정이었고 생활이 향락적이었기에 의심을 하자면 모든 것이 의심스러웠으나, 별일도 아니라고 생각하자면 별일도 아닌 것처럼 여겨지기도 했습니다. 조금이라도 무슨 말인가를 하면, "당신에게는 아직 그런 말을 할 권리가 없을 텐데요."라고 도도하게 대답하곤 했기에 학교를 나올 때까지 의혹이 풀리지 않아 초조한 날들이 이어졌습니다. 그리고 졸업하여 결혼 날짜도 5월 모일로 정해졌을 때, 소노에는 무용가인 T와 도주하여 둘이 함께 프랑스로 가버렸습니다. <그때 나는 사타 가와 연을 끊었어야 했다.> 자작의 고백은 거듭 이렇게 강조하고 있었습니다. 무엇보다 먼저, <연을 끊고 사타 가를 떠났어야 했다.>고. ─그러나 니타 박사의 책임감과 추문을 호도하려는 미망인과 이상할 정도로 적극적인 사다코의 희망 때문에 사다코와 다시 혼약을 하게 되었으며 그해 11월에 결혼식을 올렸습니다. 그런데 식장에서 하코네(箱根)로 신혼여행을 간 그날 밤, 사다코가 이미 처녀가 아니라는 사실을 그도 알게 되었습니다. "하지만 어때서요."라며 사다코는 그때 오만하게 미소 지었습니다. "그런 것에 어떤 의미가 있다고 생각하는 건가요? ─그렇다면 그건 여성 전부에 대한 모독이에요.” 그리고 그녀는 침대에서 내려와 마시다 남겨둔 코냑을 마시며 담배를 피웠습니다. “인습은 생활에 대한 변호예요. 자유롭게 생활할 수 있는 사람이 인습에 얽매인다는 건 어리석기도 하고, 오히려 부도덕한 거예요. 우리는 관능과 감각을 충분히 만족시키고 생명이 부여하는 쾌락을 맛볼 수 있는 한 많이 맛보며 살아야 해요. 그것이 인간이에요.” 에이이치 씨는 이혼할 결심을 하고 도쿄로 돌아갔습니다. 그러나 울부짖는 미망인과 은사의 어루만짐과 주위의 조소를 두려워하는 그 자신의 허영심 때문에 결국에는 이혼을 하겠다는 결심도 무너져버리고 말았으며, 향락과 탐닉의 생활이 시작되었습니다. 혐오와 모멸에서는 얼굴을 돌린 채 어떻게 해볼 수도 없는 타성과 허무함 때문에 그 역시도 점점 같은 소용돌이 속으로 빨려들어가고 있었던 것입니다.

고 자작과 친구였던 사람의 고아로 유키라는 아가씨가 사타 가에서 보살핌을 받고 있었습니다. 자작이 살아 있는 동안에는 딸들과 같은 대접을 받았으나, 그가 세상을 떠난 뒤, 특히 쇼토의 저택으로 옮긴 후부터는 어느 틈엔가 하녀와 같은 위치로 전락해버리고 말았습니다. 그러나 그 사실을 슬퍼하거나 원망하는 듯한 모습은 없었습니다. 밝고 곧은 성격으로 눈가에는 언제나 부드러운 미소를 띠고 있었습니다.

—사다코와 결혼한 해의 크리스마스 이브였습니다. 12시에 맞춰서 홀의 전등이 꺼졌을 때, 가네다(金田)라는 작곡가와 춤을 추고 있던 아내가 대담하게도 그와 입맞춤하는 것이 보였습니다. 그곳은 창가 부근이어서 상당히 밝았기에 가까이에 있던 두어 쌍의 사람들도 눈치를 챈 모양이었습니다. 1분이 지나 전등이 켜지자 춤을 추기 위해 다시 움직이기 시작한 사람들 속에서 에이이치 씨가 가네다의 팔을 잡아당기더

니 아무런 말도 하지 않고 있는 힘껏 그의 뺨을 후려쳤습니다. 미망인은 비명을 질렀으며 아내는 냉소했습니다. 그리고 다시 가네다의 팔을 잡더니 손님들을 데리고 어딘가로 가버렸습니다. 그 자리에 홀로 남은 에이이치 씨는 자신의 방에 들어앉아 독주를 들이부었습니다. 회한과 자기부정, 취할 대로 취한 그는 술병과 잔을 던져 깨뜨리고 바닥 위에 쓰러져 신음했습니다. 그 소리를 듣고 유키가 왔습니다. 그녀는 부서진 물건들을 정리하고 그를 부축해 일으켜 유리 조각에 다친 손가락을 치료해주었습니다. 그리고 치료를 해주며, "에이이치 씨가 이렇게 되시다니, ―." 이렇게 중얼거리며 부들부들 눈물을 흘렸습니다. "너무해, 너무하잖아. ―." 그는 유키의 중얼거림을 듣고 그 눈물을 보았습니다. 그리고 물에 빠진 자가 도움을 청하듯 그녀에게로 손을 내밀었습니다.

〈나의 일생을 통해서 가장 순수하고 소박한 순간이었다.〉 자작의 고백에는 이렇게 적혀 있었습니다. 〈―그리고 두 사람 사이에서 사랑이 태어났다.〉 에이이치 씨는 유키의 사랑과 함께 생을 다시 시작하기로 마음먹고 니타 박사의 후원을 얻어 건축사무소를 열었습니다. 그 사업이 조금씩 움직이기 시작했을 때, 5개월이 된 무거운 몸으로 유키가 행방불명되었습니다. 〈언제까지나 당신을 사랑합니다.〉라는 글 한 줄만을 남긴 채―.

## 9

에이이치 씨는 모든 수단을 동원해서 유키를 찾았습니다. 2년 동안. 그러나 결국은 희망을 잃고 말았습니다. 유키의 마음을 점점 이해할 수 있게 되었기 때문이었습니다. 그녀는 언젠가 이렇게 말한 적이 있었습니다. "제아무리 진실한 사랑이라도 그것 때문에 누군가를 불행하게 하거나 다른 사람으로부터 원망을 산다면 진짜도 아니고 행복도 아니에요." 그녀가 한 말의 의미는 단순한 것이 아니었습니다. 자신을 양육해준 사타 가에 대한 은혜, 미망인과 사다코의 분노, 그 추문이 가져다줄 그의 장래에 대한 책임 등, 여러 가지 감정이 복합된 것임에 틀림없었습니다. 그리고 자신들의 사랑을 다른 사람들의 희생이나 증오에서 청결하게 지키겠다는 가장 순수한 결심에서 집을 나간 것이었습니다. 에이이치 씨는 찾기를 단념하고 동시에 사업도 내던진 채 방탕에 몰두했습니다. —우리 시로 온 것은 미망인이 뇌익혈로 급사한 직후였습니다. 양자로 들인 히데지 군은 미망인의 여동생의 아들이었는데 에이이치 씨에게도 부인에게도 애정은 없었으며, 그 역시 양부모에게서는 경멸과 냉소밖에 느끼지 못했습니다. <오랜 세월 동안의 방탕과 탐닉에 이제 와서 의미를 부여할 마음은 없다. 환락은 언제나 공허하고 절망적인 것이었다. 하지만 한 가지, 내게는 서재에 틀어박혀 있는 행복한 시간이 있었다. 누구의 방해도 받지 않고 거기서 생각에 잠기기도 하고 책을 읽기도 했다. 그럴 때면 떠오르는 것은 유키였다. 유키가 낳았을 나의 핏줄이었다. 나는 언제나, '에이이치 씨가 이렇게 되시다니.' 하는 유키의 중얼거림을 생생하게 떠올렸다. '너무해, 너무하잖아. —'라는 그 중얼거림을.> 그리고 에이이치 씨는 책상 위에 엎드린 채 소년처럼 울었다고 합니다.

<지카코야, 그 시간만이 나의 유일한 구원이었다. 그 시간에만은 유키와 이야기를 나누고 너를 사랑함으로 해서 인간답게 살 수 있었다.

상상 속에서 너는 남자였는데 나는 너를 무릎에 앉히고 좋아하는 옷을 입히고 학교에 가는 너의 모습을 바라보며 즐거워했다. 서재에서 고독한 상상에 잠기는 시간이 현실에서의 시간보다 내게는 더 참된 생활이었던 것이다. 반년 전, 네가 갑자기 나타났을 때 내가 얼마나 커다란 놀라움과 기쁨을 느꼈는지 너는 상상할 수도 없을 것이다. 유키가 끝까지 홀몸으로 너를 길렀다는 사실은, 너의 말을 듣지 않아도 나 역시 충분히 상상할 수 있는 일이었다. 지금부터 시작이다, 나와 유키의 사랑이 누구의 희생이나 증오 없이 지금부터 시작되는 것이다. 이러한 생각이 내게 얼마나 커다란 행복과 힘을 가져다주었는지, 그것 역시 너는 알지 못할 것이다. —하지만 너는 결혼을 하려하고 있었다. 그 결혼에 앞서 호적에서 사생아라는 이름을 지우기 위해 자식임을 인정해달라고 부탁하러 온 것일 뿐이었다. 내가 아버지라는 사실도, 유키와 나의 사랑이 순수한 것이었음도 너는 인정하려 들지 않았다. 그리고 너는 나를 '증오한다.'고 분명하게 말했다. 내가 뭘 할 수 있었겠느냐? 나는 인지하겠다는 약속을 하고 너를 돌려보냈다. 그 이후 너는 이곳에 4번 왔다. 내가 약속만 했을 뿐, 실제로는 그 수속을 밟지 않았기에. —나는 그럴 수 없었던 것이다. 인지를 해버리면 너는 두 번 다시 오지 않으리라. 그랬기에 조금이라도 더 오래 너를 보기 위해서, 그리고 만에 하나라도 유키를 만날 기회가 있지 않을까 싶어서 오늘까지 미루고 미루었던 것이다. 하지만 네 번째로 찾아온 오늘 밤, 너는 유키가 남몰래 간직하고 있던 (우리의 조그만 기념품인) 로켓을 돌려주고 내게 최후의 선고를 했다. 더 이상 인지는 요구하지 않겠다, 그리고 죽을 때까지 증오하겠다고. —내게 있어서 그것이 어떤 벌이었는지는 말할 필요도 없을 듯하다. 나는 진짜로 수속을 밟겠다고 약속하고 내일 다시 한 번 오라고 부탁했다. 그리고 너는 (아마도 틀림없이) 여기에 오리라 여겨진다. 필요한 서류는 책상 오른쪽의 세 번째 서랍에 들어 있다. 그리고 유언장 속에 조금이나마 네게 유산을 남겨놓았다. 지금까지 너는 세 번 모두 냉소와 함께 거절했다만, 내가 죽은 이상은 받아주리라 믿겠다. 내가 어린애 장난과도 같은 방법으로 죽는 이유 가운데 중요한 하나는, 나의 정당한 딸이 당연히 받아야 할 자산을 일부라도 나누어주고 싶었기 때문이었다. 나는 이미 그 누구도 믿을 수 없는 사람이 되어버리고 말았다. 그렇기에 유언장의 공개에는 검찰관의 입회가 필요했던 것이다.

장황한 이 고백이 네게 어떤 느낌을 주었을지 모르겠다. 나의 생애는 이런 것이었다. 어떠한 변명도 없이 네 앞에 내보였다. 너희 어머니는 그 사랑을 순수하게 지키기 위해 애인에게서 떠나갔다. 너라면 전혀 다른 방법으로 살았겠지. 세대의 차이도 있고 성격의 차이도 있다. 하지만 어머니의 삶을 경멸하거나 비웃어서는 안 된다. 결과만으로 사람을 판단하는 것만큼 커다란 잘못도 없는 법이니. ―나는 내 나름대로의 노래를 불렀다. 그리고 지금, 그 노래를 마치겠다. 행복하기를 빌겠다.〉

서장님의 낭독이 끝났습니다. 그 고백이 사람들에게 어떤 감동을 주었는지는 말할 필요도 없을 듯합니다. 단, 히데지 군이 변함없이 무관심한 방관적 태도로 일관했다는 점과 지카코 양이 눈물 가득한 눈으로, 그러나 당당하게 얼굴을 들고 있던 모습만은 아직도 기억에 남아 있습니다.

유언장이 공개되어 유산분배에 관한 건이 정리된 이후, 이시다 양은 인지에 필요한 서류를 받아들었습니다. 남은 문제는 자작의 죽음에 관한 의문뿐이었습니다.

“그건 아주 간단해.” 서장님은 아직도 고백문에서 받은 감정에 사로잡혀 있는지, 가라앉은 눈빛으로 히데지 군을 바라보았습니다. “—당신은 오늘 아침에 정원에서 고무줄을 주우셨다고 했는데, 그걸 아직도 가지고 계십니까?”

“가지고 있습니다. 가져올까요?”

히데지 군이 자신의 방으로 가서 그것을 가져왔습니다. 그것은 폭 5푼(약 1.5㎝)에 길이 3자(약 90㎝)쯤 되는 고리에, 폭이 3푼(약 0.9㎝)쯤으로 조금 더 좁고 길이는 5자(약 1.5m)쯤 되는 고리를 하나 연결한 것으로, 다시 말해서 고무줄로 만든 서로 다른 크기의 고리를 2개 연결한 것이었습니다.

“자작은 이렇게 한 거야.” 서장님은 그 고무줄을 가지고 창 옆으로 가서 굵은 쪽의 고리를 쇠창살에 감은 다음 그 중앙에서부터 가느다란 고리를 이쪽으로 잡아당겼습니다. “이 고리에 단도의 손잡이를 엮어서 끌고 온 거야. 그런 다음 단도 2자루로 찌르고 손을 놓으면 1자루만 고무줄의 탄력 때문에 정원으로 날아가게 되지. 이게 전부였어. —의심스럽다면 누군가 해보기 바라네. 나는 먼저 실례하겠네.”

서장님은 검사국과 분서 사람들에게 인사를 한 뒤 사타 저택에서 나왔습니다. “가엾은 사람이야.” 자동차가 달리기 시작하자 잠시 후 서장님이 눈을 감고 이렇게 중얼거렸습니다.

“아무리 유서의 공개에 검찰관의 입회를 원했다 할지라도,” 저는 뭔가 뒤죽박죽이라는 느낌을 지울 수 없었기에 이렇게 물었습니다. "그처럼 억지스러운 방법을 쓸 필요가 있었을까요? 그 점을 약간 이해하기 어렵습니다."

"자네는 이해하기 어렵더라도 자작은 그렇게 하고 싶었던 거야." 서장님이 무뚝뚝한 어조로 이렇게 말했습니다. "하반신을 움직이지 못한다는 점도 있어. 히데지 청년의 성격, 무슨 일이 있어도 자신의 딸에게 자산을 남겨주고 싶다는 데서 오는 초조함, —이유를 들자면 얼마든지 있지 않겠나? 하지만 어쨌든 자작의 생활이 이러한 결과로 인도한 거야. 나는 내 나름대로의 노래를 불렀다. ……이것이 모든 것에 대한 설명이야."

서장님은 '폴카는 끝났다.'고 말씀하셨었지요, 라고 말하려다 저는 입을 다물었습니다. 이 우연한 암시가 어딘가 운명적인 것이라 여겨졌기 때문이었습니다. 잠시 후, 서장님은 다시 깊은 한숨을 내쉰 뒤 낮은 목소리로 이렇게 중얼거렸습니다. "—하지만 그 아가씨에게는 좋은 인생이 기다리고 있을 거야. 부모들이 살지 못했던 인생을 그 아가씨는 반드시 자신의 것으로 만들 거야. 좋은 눈을 하고 있었으니."

# 마지막 인사
## 最後の挨拶

### 1

“이봐, 그 소문이 사실이야?” 마이아사 신문의 아오노 쇼스케가 모자를 움켜쥔 채 뛰어들어오자마자 이렇게 외쳤습니다. 그의 참을성 없는 성격에는 신물이 날 지경이었습니다. “사실인지 아닌지 묻고 있잖아. 거짓말이지? 그래, 거짓말일 거야.”

“누군가 다른 사람한테 물어봐. 난 아무것도 모르니까.” 저는 이렇게 대답하고 서류를 뒤적였습니다. “원래 이런 일은 자네 회사의 현청에 출입하는 촐싹이가 더 잘 알고 있어야 하는 것 아닌가?”

“그래서 달려온 것 아닌가. 그런데, ―.” 그가 저의 얼굴을 유심히 들여다본 듯했습니다. “그래, 알았어. 자네의 떫은 표정을 보니 확인할 필요도 없겠군. 그렇다면 원인은 뭐지?”

“누구 다른 사람한테 물어보라고 했잖아.” 저는 화가 났기에 펜을 내던지며 이렇게 외쳤습니다. “그 소문이 사실입니까? 거짓말이겠지요. 정말, 정말이라면 원인은 뭡니까? 어떤 이유에서입니까? 지긋지긋해. 아침부터 서른 명이고 마흔 명이고 달려와서 같은 것을 꼬치꼬치

캐묻고 있어. 흥, 이제 와서 사실인지 아닌지, 원인이 뭔지, 이유가 뭔지 알게 뭔가? 제발 좀 그냥 내버려둬."

"흠, ―그렇다면 기차는 이미 들어와버렸다는 말이군." 아오노가 크게 당황한 듯 잠꼬대 같은 소리를 했습니다. "하지만 나는 손가락만 빨고 있지는 않을 거야. 사회면에 대문짝만 하게 써서 여론을 불러일으킬 거야."

"부임해 왔을 때처럼 말인가? 잠꾸러기 서장이라는 둥, 너구리라는 둥, 무능하다는 둥 말이지." 저는 더욱 짓궂게 이렇게 말했습니다. "잠꾸러기 서장이라는 별명은 틀림없이 마이아사 신문에서 붙인 거였지? 우리도 꽤나 친절한 대우를 해준 셈이로군."

"무슨 말을 해도 상관없어. 나는 오로지 시민을 위해서, ―."

아오노는 이렇게 말하다 말고 창 쪽으로 달려갔습니다. 서의 앞쪽에서 수많은 사람들이 부르짖는 소리가 들려오기에 다가가서 보니, 정문 밖 가득 군중이 모여 종이깃발이네, 흰 종이를 바른 커다란 등롱이네, 종이우산이네, 어마어마하게 큰 만등이네, 고풍스럽게도 거적으로 만든 깃발까지 짊어지고 있는 소동이 벌어져 있었습니다. 그러한 것들에는 여러 가지 다양한 글씨와 서체로, '기원, 고도 서장 유임' 이라거나, '서장님을 우리에게 돌려달라' 거나, '전임 결사반대' 라거나, '서장님이 없으면 시도 없다' 라거나, '현 내무부의 무능한 인사를 타도하자' 라거나, 개중에는 굵직한 서체로, '서장님, 저희를 버리지 말아주십시오.' 라고 가슴을 때리는 듯한 것도 있었습니다. 바로 이것이 언젠가 말했던 서장님의 유임을 바라는 거적깃발 소동으로, 긴바나초와 도미야초의 빈민가 사람들이 주가 되어 서로 밀고 들어왔을 때는 인원이

1천 명 가까이나 되어 있었습니다. 그렇습니다, 우리의 잠꾸러기 서장님의 본청으로의 전임이 결정된 것은 겨우 닷새쯤 전의 일이었을 겁니다. 따라서 아직은 물론 지령이 내려온 것도 아니었으며, 사회부 기자인 아오노조차 이렇게 진위를 확인하기 위해 달려올 정도였는데, 어디서 어떻게 전해들은 것인지 출근할 때부터 이미 기다리는 사람들이 있었으며, 그 뒤를 이어 꾸역꾸역 사람들이 모여들었습니다. 전임의 진위와 원인과 이유를 여기저기서 물어왔기에 약간 지긋지긋하던 차였으나, 그 군중의 소박한 열정에는 역시 감동하지 않을 수 없었습니다.

"반가운 풍경이로군. 이봐." 아오노가 연기에 목이 메기라도 한 듯한 목소리로 말했습니다. "애석히 여겨지는 서장님도 서장님이지만, 이처럼 순수한 신뢰와 애정도 드문 일이야. —영감은 뭘 하고 계시는가?"

"오전 중에는 돌아오시지 않을 거야. 현청에 가셨어."

종이깃발과 만등과 거적깃발을 이리저리 흔들며 있는 힘껏 외치고 부르짖는 사람들을 바라보고 있자니, 저는 문득 나도 그 무리들 속에 들어가 서장님이여, 가지 마십시오, 라고 외치고 있는 것 같다는 착각이 들었습니다.

세키구치 구미코(関口久美子)가 와타나베(渡辺) 노인에게 이끌려 온 것은 그로부터 얼마 지나지 않아서였습니다. 군중은 주임이 현관으로 나가서 인사를 하자 대표자를 내보내 유임을 탄원하는 서명서를 제출하고 시가를 떠들썩하게 행진하여 현청으로 갔다가 다시 공원에서 시민대회를 열었다고 합니다. 이렇게 해서 소동은 일단 진정되었고, 아오노도 나가서 (그는 시위행렬을 사진기사로 싣겠다며 의욕을 보였습니다만) 아이고 숨 좀 돌리겠구나 하며 책상에 앉은 지 얼마 지나지 않을 때였습니다. 서장님을 꼭 좀 만나게 해달라며 사람이 찾아왔다고 하기에 나가보니 와타나베 노인과 구미코였습니다. "서장님은 오전 중에는 돌아오시지 않을 겁니다. 저라도 상관없다면 용건을 들어드리겠습니다." 이렇게 말하자 구미코는 생각할 필요도 없다는 듯, "그럼 돌아오실 때까지 기다릴게요."라며 경직된 몸으로 움직이려 하지 않았습니다. 하는 수 없었기에 저는 그들을 의자에 앉혔습니다. 와타나베 노인, 구미코, 이런 식으로 부르는 것은 사실 제가 그 두 사람을 알고 있었기 때문입니다. 그들은 지금까지 몇 번인가 말했던 빈민가 순회, 일주일에 1번은 빼먹은 적이 없는 서장님의 빈민가 방문, 그때 알게 된 사람들이었는데 와타나베 노인은 상아 조각사, 구미코의 아버지는 시계공으로 긴바나초 1번가의 같은 나가야에서 살고 있었습니다. 서장님은 이 두 사람이 특히 마음에 들었는지 갈 때마다 반드시 어느 쪽인가의 집에 들러 한참 이야기를 나누었기에 저도 자연스럽게 낯을 익히게 된 것이었습니다.

"서장님은 무슨 일이 있어도 전임을 가실 수밖에 없게 된 건가요?" 와타나베 노인이 문득 한숨을 내쉬며 말했습니다. "나랏일 때문이라면 어쩔 수 없는 일이지만, 역시 세상은 마음 같지 않구나, 그런 느낌입니다."

## 2

와타나베 노인의 말은 별스러울 것도 없는 평범한 것이었으나, 저는 문득 서장님이 가장 기분 좋게 받아들이는 것은 이런 표현이 아닐까 생각했습니다. 그 대군중의 유임운동도 감동 없이는 바라볼 수 없는 것이지만, 거적깃발이네 종이깃발이네 만등이네, 거기에 그런 격한 문구를 적어 떠들썩하게 돌아다니는 그런 요란한 방법은 서장님이 무엇보다 싫어하는 것이었습니다. —역시 세상은 마음 같지 않구나, 확실한 의미는 없으나 일종의 옅은 애수를 풍기는, 이런 작별의 말이야말로 서장님에게 가장 어울린다고, 저는 혼자 그런 생각에 빠져 있었습니다.

서장님은 12시 조금 전에 돌아왔습니다. 가라앉은 듯 씁쓸한 표정을 짓고 있는 것은 틀림없이 그 요란스러운 시위운동을 보았기 때문인 듯했습니다. 들어와서 제 방에 있는 노인과 구미코를 보더니 눈썹을 더욱 찌푸리며 말없이 서장실로 들어갔습니다. 뒤따라 들어가서 식사를 어떻게 할 것이냐고 물었더니, “현청에서 먹고 왔으니 필요 없네. 그리고 오늘은 아무도 만나고 싶지 않아.”라고 말했습니다. 저는 두 사람이 2시간이나 기다리고 있었다는 사실, 구미코의 모습을 보니 뭔가 깊은 사정이 있는 듯하다는 사실을 고했습니다.

“어떤 사정이 있든 서장으로서는 더 이상 아무것도 들어줄 수가 없어.” 이렇게 말하고 피곤한 듯 의자의 등받이에 털썩 기대며, “이제 이 의자에 앉을 수 있는 것도 사흘밖에 남지 않았으니.”

“사흘이라고요? —그렇게 빨리?”

제가 눈을 둥그렇게 뜨고 이렇게 말했을 때, 바로 앞에까지 와서 듣기라도 한 것인지 문을 열고 와타나베 노인이 모습을 드러내더니, “세키구치 씨가 살해를 당해서 말입죠.”라고 낮은 목소리로 말하며 들어왔습니다. 낮고 은근한 그 목소리가, ‘살해당했다.’는 말의 의미를 오히려 더 강하게 느끼게 해주어 서장님도 불시에 허를 찔린 듯한 모습으로 노인을 옆에 있는 의자로 불렀습니다.

"세키구치 씨가 어떻게 됐다고요?"

"살해당한 것," 와타나베 노인이 소맷자락에서 담배를 꺼내며, "ㅡ같습니다. 이렇게 말하고 싶고, 사실이 그랬으면 좋겠습니다만, 아무래도 여러 가지 조건들이 너무 잘 갖춰져 있기에."

"그렇다면 어째서 바로 신고를 하지 않고 제게 직접 말을 하러 온 거지요?"

"거기에도 이유가 있어서, 그건 말입니다. ㅡ범인, 만약 실제로 불상사가 있었다고 한다면, 그 범인이라 여겨지는 것이 서장님도 알고 계시는 가메사부로(亀三郎)인 것 같은 정황인데, 게다가 일단은 그 증거와 같은 것도 있기에. 그래서 이번 일만은 무슨 일이 있어도 서장님의 힘을 빌려야 한다, 이렇게 생각해서 온 것입니다."

"점심을 아직 안 드셨지요?" 서장님이 몸을 일으키며, "괜찮으시다면 뭔가 시킬 테니 먹으면서 듣도록 하겠습니다. 구미코 씨도 같이 듭시다."

"그렇게 하지요. 저 아이는 아침도 먹지 않은 것 같으니." 그리고 노인은 가볍게 웃었습니다. "ㅡ조금 면구스러운 이야깁니다만, 그럼 먹기로 하겠습니다."

"세상에서 흔히들 얘기하지 않습니까, 경찰서의 밥을 먹는다고."

이 부근에 서장님과 이 사람들의 친밀함이 나타나 있는데, 구미코도 먹겠다고 했기에 저는 두 사람의 식사를 부탁하기 위해서 자리를 떴습니다.

여기서 간단히 세키구치 부녀를 소개하도록 하겠습니다. 그녀 아버지의 이름은 다이조(泰三)입니다. 나고야(名古屋)에 있는 커다란 시계공장의 기술부에서 성장했는데 솜씨를 인정받아 스위스로 기술을 배우러 갔으며, 5년 예정이었던 것이 1년만 더, 1년만 더 희망을 해서 10년에 이르렀습니다. 그것은 그에게 어떤 야심이 있었기 때문인데 돌아와보니 회사의 사정이 완전히 바뀌어 있었습니다. 후원과 지지를 보내주었던 간부는 퇴진했으며, 새로운 기구와 조직으로 몰라볼 만큼 발전해 있었습니다. 그가 스위스에서 10년 동안 배워온 기술은 언급조차 할 필요도 없었으며 주어진 자리도 참담한 것이었습니다. 얼마나 실망했는지 모릅니다. 그는 세계 최고의 시계를 만들겠다는 이상을 품고 돌아왔던 것입니다. 월섬을 능가하고 론진을 능가하는 최고의 시계. —그러나 회사는 전혀 다른 방향으로 발전해 있었습니다. 염가, 염가, 그리고 대량생산이었습니다. 그래도 회사에 대한 의리라고 생각하여 그는 10년 동안 거기서 일하다 퇴직을 하자마자 우리 도시로 들어와버렸습니다. 두어 군데 오라는 곳도 있었지만 전부 염가에 대량생산을 하는 곳이었습니다. 그는 공장이라는 기구에는 희망이 없다고 단념하고 긴바나초의 나가야에서 시계 수선을 시작했습니다. 그리고 한편으로는 재료를 사가지고 와서 자신의 모든 힘을 쏟아부어 시계를 만들었습니다. 그렇게 해서 스스로 만족할 수 있을 만한 물건이 완성되면 도쿄의 M··시계점으로 가지고 가서 팔았습니다. 그 가게에서도 처음에는 상대하려 들지 않았으나, 영국에서 머물다 돌아와 미술품 수집으로 유명해진 가네마쓰(兼松) 백작이 그 시계를 발견하여 샀으며, "이건 일본의 론진이다."라고 호평했다고 합니다. 그 이후부터는 완성되는 족족 좋은 가격에 가져가게 되었습니다. 그러나 일종의 예술

욕에서 만드는 것이었기에 1년에 기껏해야 2개, 1개도 만들지 못하는 해조차 있어서 가격도 비싸고 이름도 알려졌으나 당사자는 여전히 뒷골목의 나가야에서 가난한 생활을 하고 있었습니다. ―아직 회사에 다니고 있을 때 결혼한 아내는 12, 3년 전에 세상을 떠나, 가족이라고는 딸인 구미코 하나뿐인데, 그 딸도 작년에 여학교를 나오자마자 바로 시의 판매조합에서 근무하며 가난한 가계를 돕고 있는, 대략 이러한 상황이었습니다.

## 3

"그끄저께 저녁의 일이었는데," 식사를 마치고 나서 와타나베 노인이 이야기를 시작했습니다. "구미코가 회사에서 돌아와보니 문이 닫혀 있었습니다. 외출을 할 때조차 문을 닫는 일은 없었기에 마음에 걸려 옆집의 마쓰오카(松岡) 씨에게 물어보았다고 합니다. 그랬더니 정오 전에 가메사부로 군이 와서 무엇인가 이야기를 나누다 함께 나갔다는 것이었습니다. 그래서 일단 집으로 들어갔는데 집 안이 물건들로 상당히 어질러져 있었다고 합니다. 벽장도 열려 있고 작업대 주위도 엉망진창이었습니다. 그것을 정리하고 저녁 준비를 해서 기다렸습니다만 돌아오지 않았습니다. 8시가 9시가 되고, 시계가 10시를 울려도 돌아올 기미가 보이지 않았습니다. 점점 걱정이 되었기에 혹시나 싶어서 가메사부로의 집으로 가보았더니 놀랍게도, ―곤드레만드레 취해서 혼자 노래를 부르고 있었습니다."

"가메사부로 군이 술을?" 서장님이 고개를 갸웃거렸습니다. "―그래서 어떻게 됐나요?"

"아버지는요, 라고 물었더니 횡설수설하며 도쿄의 M‥으로 만든 시계를 가지고 갔다고 대답했습니다. 이상한 일이었습니다. 서장님도 아시는 것처럼 세키구치 씨는 반년쯤 전부터 서장님의 시계를 만들고 있었습니다. 일생일대의 명작을 드리겠다며 의욕에 넘쳐서, 그야말로 혼신의 힘을 다하고 있었습니다. 따라서 M‥에 가지고 갈 물건은 없었을 것입니다. 그래도 무슨 볼일이라도 생긴 걸까 싶어 그날 밤은 집으로 돌아갔으며, 이튿날 출근을 할 때 도쿄의 M‥시계점에 전보를 쳤습니다."

"너무 걱정이 돼서." 구미코가 고개를 숙인 채 말했습니다. "지금까지 말도 없이 도쿄에 간 적은 한 번도 없었거든요."

"그리고 어제 정오를 지났을 때쯤의 일이었습니다." 노인이 담배에 불을 붙이며, "점쟁이 곤도(権藤) 씨, 알고 계시지요? 가메사부로 군의 옆집에 살고 있는, 그 곤도 씨의 안사람이 뒤편의 쓰레기장 청소를 하고 있자니 주인집에서 기르고 있는 고리라는 개가 옆집 툇마루 밑에서 무엇인가를 물고 나와 장난을 치고 있었습니다. 아무래도 옷 같았기에 집어보니 하오리32)였는데, 그것도 세키구치 씨가 늘 입고 있어서 눈에 익은 것이었습니다. 별일도 다 있다 싶었는데 고리 녀석은 아주 신이 나서 다시 툇마루 밑으로 달려들어갔습니다."

곤도의 안사람은 사람을 불렀습니다. 그리고 안을 들여다보게 했더니 가메사부로네 집 부엌의 바닥 아래서 세키구치의 옷과 허리띠가

32) 羽織 기모노의 겉에 입는 짧은 상의.

나왔습니다. 이에 처음으로 와타나베 노인이 불려왔습니다. —가메사부로의 성은 오자키(尾崎)로, 인장공인데 서른두어 살의 독신자입니다. 낮에는 나가야의 한 방에서 막도장이나 싸구려 도장을 새겼으며 밤에는 노점상을 차렸는데, 아주 온화한 성격이었으나 도박을 좋아해서 한번 손을 내밀면 그야말로 정말 알몸이 될 때까지 그만두지 않았습니다. 두어 번 구류된 적이 있었고, 또 도박 때문에 언제나 가난해서 아내도 얻지 못하고 있었습니다. 그러나 본인은 매우 담백하게, "이 버릇을 고치지 못하는 한 아내는 얻을 수 없습니다. 눈물을 흘리게 할 것이 뻔하니."라며 달관한 듯한 말을 했습니다. "도박의 재미는 지는 횟수가 많아지기 시작했을 때에 있습니다. 이기고 싶다는 생각이 있을 때는 도박의 백미를 알지 못합니다." 이런 식으로 말하는 것 외에, 평소에는 말수가 매우 적은 호인물이었습니다.

"부르기에 가기는 했으나 저도 생각을 정리할 수가 없었습니다." 와타나베 노인이 특유의 말투로 이어나갔습니다. "그때는 아직 아무런 말도 듣지 못했으며 가메사부로 군은 아침부터 집을 비웠기에, 뭐 세키구치 씨가 툇마루에라도 널어놓은 것을 물고 온 거겠지, 라는 정도로만 말했었는데, 그때 도쿄의 M··시계점에서 전보가 왔기에 제가 맡아두었습니다. 3시 반쯤이었을까요, 구미코가 돌아와서 이야기를 듣고 전보를 열어보니, <이쪽에는 오지 않았음>이라는 분명한 대답이었습니다."

툇마루 밑에서 나온 기모노와 허리띠와 하오리, 전날부터 모습이 보이지 않는 세키구치, 거기에 얽힌 가메사부로의 행동, 이러한 것들을 조합해보고 나서 와타나베 노인은 이건 심상치 않은 일이라고 느끼기 시작했습니다. —어쨌든 가메사부로에게 자세한 사정을 듣지 않으면 안 된다, 또 이렇게 걱정을 하고 있는 사이에 세키구치 씨가 돌아올지도 모르니 오늘 하룻밤만 더 기다려보자. 이렇게 하기로 했으며, 불안할 것이라 여겨졌기에 와타나베 노인의 아내가 구미코의 집으로 가서 묵었습니다. 노인은 1시 무렵까지 깨어 있었다고 하는데, 가메사부로는 아침이 되어 아직 어두운 가운데 심하게 취해서 돌아왔습니다. 와타나베 노인은 그 소리에 깼고 바로 나가서 세키구치에 대해 물었습니다. 가메사부로는 인사불성으로 취해서, "여우한테 홀린 거야."라거나, "배 터지게 먹었어."라거나, "그 자식은 악당이야."라는 등 영문을 알 수 없는 소리를 떠들어댔습니다. 그랬기에 물을 마시게 하고 잠자리에 눕히고 1시간쯤 뒤치다꺼리를 하다가 술이 조금 깼다 싶었을 때 다시 물어보았더니 전날 세키구치와 함께 나서기는 했으나 공원의 돌계단에서 누군가가 세키구치를 불러 세웠고, 얘기가 진지한 듯했기에 자신은 거기서 헤어졌다는 것이었습니다.

"도쿄에 갔다는 것은 거짓말이었나? 이렇게 물었더니 그런 말은 한 기억이 없다, 만약 했다면 취해서 헛소리를 한 걸 거다, 라고 대답했습니다. 결국 이것뿐, 아무것도 알아내지 못했습니다."

"툇마루 아래에서 나온 물건에 대해서도 물었나요?"

"아니, 그 말은 하지 않았습니다. 세키구치 씨의 일이니 서장님께서 힘이 되어주실 것이다, 서장님께는 서장님 나름대로의 조사방법이 있을 것이다, 라고 생각해서 쓸데없는 것은 묻지 않고 그냥 나왔습니다."

## 4

우리는 자동차로 긴바나초에 갔습니다. —살해당했다는 증거는 아직 없지만, 전후의 사정을 종합해볼 때 그런 의심이 드는 것도 당연한 일이었습니다. 서장님은 평소 가메사부로에게도 호의를 품고 있었으니 크게 걱정이 되었을 것입니다. 자동차 안에서 내내 침울한 얼굴로 생각에 잠겨 있었습니다.

"와아, 서장님이다. 모두 이리 와봐, 서장님이야."

자동차가 긴바나초에 멈춰 우리가 내리자마자 가장 먼저 들려온 소리가 바로 이 환성이었습니다. 안 그래도 한창 거적깃발을 들고 유임 운동을 하는 중이었습니다. 평소에조차 모습을 보기만 하면 순박한 경애의 정을 표하던 사람들이었으니, 조용히 있을 리가 없었습니다. 부르는 소리에 응해서 사람들이 우르르 몰려들었습니다. 갓난아기를 등에 업은 아낙, 노인, 아가씨, 젊은이, 어린아이들,

"서장님 우리 시에 남아주세요."

"아무 데도 가지 말아주십시오."

"전임이라니, 말도 안 됩니다."

"부탁드리겠습니다."

"제발 부탁입니다, 서장님."

모두 진지했습니다. 누구의 얼굴에나 진심으로 서장님에게 호소하고 서장님의 동정에 기대려는 듯한 마음이 슬플 정도로 생생하게 드러나 있었습니다. 우리는 자동차를 방패 삼아 한동안 오도 가도 못한 채 서 있었는데 잠시 후 서장님이 커다란 목소리로, "여러분."이라며 입을 열었습니다.

"여러분께서 혹시 저를 좋게 보아주셨다면 모쪼록 저를 난처하게 만들지 말아주시기 바랍니다. 제게 호의를 가지고 계시다면 저에게 영전과 출세의 기회를 제공해주시기 바랍니다. 저도 관계에 있는 사람인 이상, 그만큼 출세도 하고 싶습니다. 지방 도시의 경찰서장으로 끝나는 것은 저의 이상이 아닙니다." 아아, 이렇게 말해버리고 말았습니다. 모여 있던 사람들, 애원하듯 서장님을 올려다보고 있던 사람들의 얼굴에 어떤 변화가 일어났을지는 상상에 맡기도록 하겠습니다. 서장님은 목소리에 더욱 힘을 주어, "저는 지금 본청으로 부름을 받았습니다. 만약 행운이 따라준다면 곧 경찰총장이 될 수 있을지도 모릅니다. —부디 제가 이번 기회를 잡을 수 있도록 해주십시오. 이번 기회를 놓치지 않게 길을 막지 말아주십시오. 부탁드리겠습니다."

말을 마친 서장님이 성큼성큼 걷기 시작했습니다. 지금까지 밀집하여 움직이지 않던 사람들의 장벽이 이번에는 쉽사리 길을 열어 우리를 지나게 해주었습니다. 저는 도저히 그 사람들의 얼굴을 볼 수가 없었습니다. 단순하고 소박한 사람들, 믿고 있는 사람의 말은 좋든 싫든 따지지 않고 그대로 받아들이는 사람들, —그들이 얼마나 실망하고 낙담했을지. 어쨌든 우리는 세키구치의 집에 도착했습니다.

방은 초입의 4첩짜리와 안쪽의 6첩짜리뿐이었습니다. 서장님은 우선 구미코에게 첫날 어질러져 있던 대로 물건의 위치를 가능한 한 그 자리에 다시 놓아보라고 말했습니다. 그런 다음 안으로 들어갔는데 앞쪽의 방에 신다 벗어놓은 버선이 한쪽, 찢어진 신문지, 조그만 끌과 줄 등, 그리고 6첩짜리 방과의 사이에 있는 장지문이 3자(약 90㎝)쯤 열려 있었고, 문지방 위에 구미코의 허리띠가 떨어져 있었습니다. —6

첩 방은 구석에 쌓아두었던 방석이 흩어져 있었으며 벽장이 열려 있었고 안을 마구 뒤진 흔적도 있었습니다. 건물 뒤쪽에 면한 장지문 앞에 노송나무로 만든 튼튼한 작업대가 놓여 있고 그 오른쪽 벽을 따라서 높이 4자(약 1.2m)에 길이 6자(약 1.8m)쯤의 서랍이 딸린 선반이 있었습니다. 그것은 수리를 부탁받은 각종 시계와 그 부분재료와 기구류 등을 정리해두는 곳으로 그때에도 2단째 선반에 회중시계만 13개가 1렬로 나란히 놓여 있었습니다. 작업대 주위의 어질러졌던 모습에는 구미코도 애를 먹는 듯했으나, "대충 보여주기만 하면 돼."라고 서장님도 그다지 집착하지는 않았습니다. 이러한 상태들을 보면, 극히 경험이 없는 빈집털이가 서둘러 뒤지다 간 것 같은 느낌이었습니다.

"아버님이 나를 위해서 만들고 계시던 시계에 대해서 알고 있는가?" 서장님이 이렇게 물었습니다.

"네, 그건." 구미코는 이렇게 말하고 작업대에 달려 있는 서랍 가운데 하나를 열어, "―늘 여기에 넣어두는데, ……곧 완성될 거라며, 일주일쯤 전에도, ……아아, 없어요, 안 보여요."

"따로 넣어두는 데는 없지? 없다, ―흠." 서장님은 선반에 나란히 놓여 있는 시계 13개를 바라보며, "너의 물건이나 아버지의 물건 가운데서 그 외에 없어진 건 없나?"

그 외에 분실한 물건은 아무것도 없었습니다. 그렇다면 가메사부로의 집 툇마루 아래에서 나온 옷은, 세키구치 다이조가 입고 나간 것이 되는 셈입니다. ―이러한 조건들을 바탕으로 추측을 해보자면, 범인은 세키구치를 유인해내 어딘가에서 살해한 뒤 (사체를 변별하지 못하게 하기 위해 옷을 벗기고) 집으로 돌아와 서장님에게 드리기 위해 만든 시계를 가지고 달아났다, 이런 설명이 성립됩니다. ―서장님은 이때까지도 아직 선반 위에 늘어놓은 그 시계들을 보고 있었는데, 와타나베 노인에게 이끌려 가메사부로가 왔기에 마침내 거기에서 멀어지며, "저기에 놓여 있는 시계들의 시간을 좀 적어주게."라고 제게 명령했습니다.

"시계의 시간이라니, 어떤 것을 말씀하시는 겁니까?"

"저 선반에 회중시계 13개가 놓여 있지 않은가? 그 바늘 하나하나가 가리키고 있는 시간을 왼쪽에서부터 순서대로 메모해주게."

그리고 당신은 가메사부로 쪽으로 가서 앉았습니다. 저는 무엇 때문인지도 모른 채 명령받은 대로 메모했으나, 수리를 부탁받아 선반 위에 늘어놓은 시계의 멈춰 있는 바늘이 가리키고 있는 시간의 표를 만들어 무엇을 할 생각인 건지, 얼핏 한심하다는 느낌이 들었기에 쓴웃음을 짓지 않을 수 없었습니다.

## 5

"세키구치 씨랑 나간 건, 무슨 볼일이 있었기 때문이지?"

"네에, 그게, ―." 가메사부로는 맥이 빠진 채로 앉아서 겁을 먹은 듯한 눈을 쉴 새 없이 깜빡이며 목깃을 쓰다듬기도 하고 무릎을 비비기도 하고, 더없이 차분하지 못한 모습이었습니다. "볼일이라고 하자면 볼일일 수도 있겠지만, 딱히 별로, 그러니까, 그."

"자네가 불러낸 건가?" 서장님은 예의 졸린 듯한 목소리로 변해 있었습니다. "아니면 세키구치 씨가 함께 가자고 말한 건가?"

"그날은 그겁니다. 제가 거시기해서 세키구치 씨가 어떻게든 해보자며."

"어떻게든 해보자니, 돈을 말하는 거겠지?" 서장님이 뭉때리는 듯한 목소리로 말했습니다. "자네가 또 좋지 않은 놀이를 해서 빚을 졌고, 갚을 길이 없어져서 세키구치 씨에게 상의를 했더니 마련해주겠다고 했다. 이렇게 된 거겠지?"

"빚이 아닙니다. 저는 도, 아니, 좋지 않은 놀이로는 결코 빚을 만들지 않기로 하고 있습니다." 굉장히 거센 항의였습니다. "모쪼록 그런 식으로는 생각지 말아주시기 바랍니다. 말도 안 됩니다. 빚이라니, 제가 그런 사람으로 보이십니까?"

"그렇다면 같이 나가서, 그 다음은 어떻게 됐지? 세키구치 씨와는 어떤 식으로 헤어졌지?"

"그러니까 말입니다, 그건 와타나베 씨에게도 말했습니다만, 공원의 돌계단에서,"

"돌계단에서, —."

"저는, 저는 모르는 사람이었는데, 맞은편에서 와서는 세키구치 씨에게 말을 걸었습니다."

"양복이었나, 기모노였나?"

"양복이었던 듯합니다. 아니, 양복이었습니다." 가메사부로는 손등으로 이마를 문질렀습니다. 땀이 흠뻑 배어나와 있었습니다. "양복에 갈색, 갈색 구두를 신고 있었습니다."

"인상은 기억에 남아 있지 않겠지?"

"네, 잠깐 봤을 뿐이기에. 그게, 그러니까, 수염이 있었고 이마가 벗겨져 있었습니다. 그리고 음, 맞습니다, 꽤 살이 찐 몸이었습니다. 졸린 듯 가느다란 눈으로, —."

"자세히 기억하고 있지 않은가? 하지만 그만 됐네." 서장님은 어깨를 흔들었습니다. "내게 자네의 장난을 듣고 있을 시간은 없으니. 그리고 장난은 조금 더 재미있지 않으면 안 돼. 따분하거든."

가메사부로는 무슨 말인가를 하고 싶지만 목소리가 나오지 않는 듯 무릎 위에서 주먹을 부들부들 떨고 있었습니다. 서장님이 와타나베 노인의 뒤에서부터 세키구치 다이조의 옷가지네 허리띠 등을 끌어다, "이걸 알고 있는가?"라며 그 앞에 밀어놓았습니다. 그 순간 그는 두 손으로 목을 누르고, "토를 할 것 같습니다."라며 벌떡 일어났습니다. 나중에 생각해보면 이러한 행동은 참으로 그럴 듯한 것이었으나, 토를 할 것 같다는 말도 마냥 거짓말만은 아니었던 듯합니다. 서장님이 눈짓을 했기에 제가 뒤를 따라갔습니다. —돌아와서는 창백한 얼굴에 식은 땀을 흘리며, "술을 마시게 해주십시오. 숙취 때문에 힘들어서 죽을 것 같습니다." 이렇게 말하더니 거기에 쓰러져 신음하기 시작했습니다.

"와타나베 씨, 죄송하지만," 서장님이 자리에서 일어서며 지갑을 꺼내 노인에게 건네주고, "이걸로 술을 사다 마시게 해주시기 바랍니다. 아니, 괜찮습니다. 숙취는 괴로운 것이라고들 하더군요. —저는 그 사이에." 이렇게 말하며 고개를 끄덕였습니다.

가메사부로의 집 수사, —그렇습니다. 서장님은 그의 집으로 갔습니다. 이때 나가야 사람들은 이번 일에 대해서 아직 아무것도 모르고 있었습니다. 이는 와타나베 노인의 사려 깊은 배려 때문이었는데, 그 덕분에 쓸데없는 소동이 일어나지 않은 것은 천만다행이었습니다. —

한편 그의 가택수사는 결국 아무런 성과도 없이 끝나버리고 말았습니다. 서장님도 그다지 기대하고 있지 않았던 듯, 극히 간단히 둘러보기만 했을 뿐이었습니다. 단, 한 가지, 부엌의 마룻바닥 아래서 버선 한쪽이 발견되었습니다.

“이 정도면 됐네.” 서장님은 이렇게 말하고 서둘러 구두를 신었습니다. “나가야 사람들이 이상히 여기면 귀찮아질 테니, –.”

실제로 조금 전 길에서 서장님이 하신 말씀을 들은 이후부터 나가야 사람들은 눈에 띄게 무관심해져서 단지 평소 방문했을 때처럼 친하게 지내던 세키구치와 와타나베 노인과 이야기를 나누는 것이라고만 생각하는 듯했으나, 가메사부로가 불려오기도 하고 서장님이 그의 집으로 들어가기도 했기에 얼마간 의심을 품게 되었는지 골목으로 모여드는 자가 하나둘 보이기 시작했습니다. –우리는 평소와 다름없는 모습으로 세키구치의 집으로 돌아갔는데 봉당으로 들어선 순간 안에서, “앗.” 하는 외침과 함께 우당탕 커다란 소리가 들려왔습니다. 제가 반사적으로 신을 신은 채 뛰어올라 6첩 방으로 가보니 와타나베 노인이 건물 뒤편으로 뛰어내리는 것이 보였으며 거기에 있던 구미코가, “달아났어요, 저쪽으로.”라고 떨리는 손가락으로 가리켰습니다. 저도 바로 뒤편으로 뛰쳐나가 노인의 뒤를 따라 달리기 시작했습니다. 그곳은 뒤편에 있는 나가야와 등을 마주보고 있는 3자(약 90㎝) 정도의 좁은 길로 대야네 쓰레기네 부서진 유모차 등이 난잡하게 놓여 있었을 뿐만 아니라 앞서 달아난 가메사부로가 그런 물건들을 바닥에 굴려놓기도 하고 쓰러뜨리며 가기도 했기에 골목 입구로 나섰을 때 그의 모습은 어디에서도 보이지 않았으며, 어느 쪽으로 달아났는지도 알 수 없었습니다.

"설마 달아날 줄은 몰랐기에." 노인이 미안하다는 듯 숨을 헐떡이며, "워낙 갑자기 확, 이렇게, 그게, —그래도 일단은 파출소에라도."

"그만 됐네, 그만 됐어." 맞은편에서 서장님이 이렇게 말했기에 저는 노인을 돌려보낸 뒤, 혼자 길가에 있는 파출소로 가서 수배를 위한 연락을 부탁해놓고 되돌아왔습니다.

## 6

가메사부로는 구미코가 사온 술을 차가운 채로 마시고 또 속이 좋지 않다며 자리에 눕는가 싶더니 순간적으로 벌떡 일어나 놀라운 민첩함으로 뛰쳐나간 것이라고 했습니다. "괜찮아요, 금방 잡힐 겁니다." 서장님은 이렇게 말하고 웃은 뒤, 구미코에게, "요즘에 시계를 만들어달라고 떼를 쓰러 온 사람은 없었나?"라고 물었습니다. 앞서도 이야기한 것처럼 일본의 론진이라는 평을 들은 이후부터 세키구치가 만드는 시계는 평가가 높아져 M··시계점을 통하거나, 개중에는 멀리서 일부러 와서 주문하는 자가 꽤 늘었습니다. 그런데 세키구치가 만드는 숫자는 기껏해야 1년에 2개였기에 도저히 그런 주문에는 응할 수 없었습니다. 그랬기에 시계상이나 호사가 중에는 돈이나 물건으로 낚으려 하거나, 악랄한 책동을 하려는 자가 종종 있었습니다.

"저, 낮에는 일을 하러 가고," 구미코가 고개를 갸웃거리며 이렇게 대답했습니다. "아버지도 그런 말씀은 하지 않으시기에 잘은 모르겠지만, 현의 비서과장과 다이마치의 도미타 씨는 꽤나 세게 말하고 간 것 같았어요."

현의 비서과장은 사와무라 로쿠헤이(沢村六平)로, 아직 마흔 살도 되지 않은 정력가이자 '수완가'라고 알려진 반면, 이런저런 좋지 않은 소문이 있는 인물이었습니다. 다이마치의 도미타 유자부로(富田勇三郎)는 '후지토미(藤富) 방적'의 사장인데, 좋지 않은 행실과 난폭한 술버릇으로 신문의 사회면을 곧잘 떠들썩하게 만들곤 하는 인물이었습니다. 서장님은 마지막으로 구미코에게 용기를 불어넣고, "사체가 발견될 때까지 희망을 잃어서는 안 돼. 발견된 옷가지와 하오리에 상한 부분이 없고 혈흔도 없으니 의외로 아직 어딘가에 무사히 있을지도 몰라. 경찰에서도 가능한 한 수사에 최선을 다할 테니." 이렇게 말했으며, 우리는 잠시 후 그곳에서 나왔습니다.

"가메사부로가 하수인으로 쓰인 것 같습니다." 자동차에 오르자마자 제가 바로 이렇게 말했습니다. 왜냐하면 그때 동네 사람들이 멀리서 지켜보고 있었는데 말을 거는 사람이 없었을 뿐만 아니라 오히려 반감을 품은 눈빛, 차가운 표정, 비웃음과도 같은 옅은 웃음을 띠고 있어서 참으로 어색한 분위기였기에. —단순한 사람들이여. 하지만 그것은 물론 그들의 잘못이 아니며 서장님이 그들을 사랑하는 것도 그 단순함에 있었다고 해도 좋을 것입니다. 아무리 그렇다 해도 저는 그때의 어색함에는 주눅이 들고 말았습니다. "—그 사내를 이용해서, 목적은 시계였던 거겠지요."

"조금 전에 메모한 것 있는가?" 서장님은 쓸데없는 소리 하지 말라는 듯한 투였습니다. "그걸 좀 읽어주게."

"메모라니, —아아, 그거 말씀이십니까?" 저는 완전히 잊고 있던 수첩을 꺼내 선반 위에 있던 시계들의 지시표를 펼쳤습니다. 그것은 다음과 같은 표입니다.

1시 6분 / 3시 4분 / 1시 2분 / 2시 5분 / 5시 1분 / 1시 10분 / 3시 9분 / 3시 8분 / 3시 5분 / 1시 7분 / 2시 5분 / 1시 7분 / 3시 4분

"흠, ―." 서장님은 눈을 감고, "그러니까 1시부터 5시까지로군. 흠, ―자네는 뭔가 부자연스럽다는 생각이 들지 않는가?"

"특별히 모르겠습니다. 수리를 맡긴 시계가 선반 위에 놓여 있었다, 그것이 각각의 시간에서 멈춰 있다, 이게 전부 아닙니까?"

"수리를 맡긴 시계이기에 멈춰 있다. 하지만 하나 정도는 움직이고 있어도 이상할 것 없지 않았을까? 벌써 수리가 끝나서 상태를 살피고 있는 시계가 적어도 하나 정도는 있는 편이 더 자연스럽지 않겠는가?"

"그야 뭐, 하지만. ―약간."

"인정할 수 없겠는가?" 서장님은 털썩 뒤로 몸을 기댔습니다. "그렇다면 그 시간은 어떤가? 멈춰 있는 건 그렇다 쳐도 13개의 시계가 전부 1시부터 5시 사이에서 멈춰버렸네. 그 외의 시간을 가리키고 있는 것은 하나도 없어. ―이건 어떻게 생각하는가? 그 점이 나의 주목을 끌었는데, 자네에게는 이것도 부자연스럽다고는 여겨지지 않는가?"

"그건 결국, 이번 사건과 관계가 있다는 의미입니까?"

"오오, 소중히 여기기 바라네." 서장님은 천천히 머리를 흔들었습니다. "자네의 그 단춧구멍 같은 눈과 빈병 같은 머리를 소중히 여기기 바라네."

예의 독설이었으나 평소와 달리 날카로움이 결여되어 있는 것이 슬펐기에 저는 수긍하지도 못한 채 입을 다물고 있었습니다. ―서에

돌아와보니 방문객들이 여럿 기다리고 있었습니다. 하나같이 유임을 요구하거나 종용하기 위해서 온 사람들이었으나 서장님은 면회를 거절하고 제게 메모의 사본을 만들라고 명령한 뒤 당신은 곧 현청으로 전화를 걸었습니다. 제가 예의 지시표를 만들어 가지고 갔을 때 서장님은 사와무라 비서과장을 연결하여, "긴바나초의 세키구치라는 시계공을 알고 계십니까?" 이렇게 묻고 있었습니다.

"최근에 만난 적 있으십니까? 네, 5일 오후에, 그렇다면 나흘 전이로군요. 네, 그 후에는 만나신 적 없으시죠? 흠, 이거 감사합니다."

전화를 끊은 서장님은 제게 표를 받으며, "다이마치 쪽을 살펴봐주기 바라네. 혹시나 싶어서 그러는 거니 대충 훑어보기만 하면 돼."라고 말했습니다. 저는 바로 출발했습니다. —그러나 도미타 씨는 다이마치의 저택에도 없었으며 교외의 공장에도 없었고 토오리초(通町)의 본사에도 없었습니다. 나흘 전에 다이마치의 집에서 나온 이후 돌아오지도 않았고 소재도 알 수 없다는 것이었습니다. "또 놀러 다니고 있는 거예요, 틀림없이." 본사의 안내창구에 있던 소녀가 깜찍한 목소리로 이렇게 말했습니다. "지난달에도 이런 식으로 나가서 교토(京都)에서 와카야마(和歌山)까지 2주일 동안이나 자동차로 돌아다니다 왔어요. 사내에서는 부재사장이라는 별명이 붙어 있어요." 저는 이거 뒤를 캐볼 만한 가치가 있다고 생각했습니다.

## 7

다시 한 번 다이마치로 돌아가서 나흘 전에 나갔을 때의 상세한

모습과 자동차 번호를 묻고, 도미타 씨가 드나드는 요정과 마치아이[33]를 두어 군데 돌아보았습니다. 그랬더니 '히사고야(瓢屋)'라는 마치아이에서 하룻밤 묵고, 이튿날 저녁에 '오쿄(お経)'라는 아오야나기초(青柳町)의 마치아이에 낯선 손님을 데리고 모습을 드러냈다고 합니다. (그것은 세키구치 다이조가 실종된 날입니다.) 5시쯤 와서 게이샤(芸者)도 부르지 않고 2시간쯤 둘이서 술을 마시다 다시 둘이서 자동차로 돌아갔습니다. 거기서부터 씨는 발자취를 감추었습니다. 함께 온 손님은 기모노 위에 인버네스를 입었다고도 하고, 입지 않았다고 하는 하녀도 있었으며, 인상이나 나이 등도 분명하지는 않았으나 '기모노를 입은 낯선 손님'이라는 사실만으로도 제게는 커다란 수확인 듯 여겨졌습니다.

"그래, 수고했네. 그 정도면 됐어." 서장님은 간단히 고개를 끄덕였을 뿐이었습니다. "그리고 미안하지만 현청으로 가서 경찰부장에게 보고를 좀 해주지 않겠나. 살인, 혹은 살인예비라 여겨지는 사건을 아직 미발표인 채로 수사하고 있다고. 경과를 대략 설명한 뒤 해결할 때까지 유임하겠다고 말하게. 알겠지?"

"그건 알겠습니다만, 도미타 씨를 자동차 번호로 당장 수배하지 않으면."

"그건 내가 알아서 하겠네. 여기에 남기고 갈 선물로 이번 사건은 내가 혼자서 처리할 생각이네."

"혼자서, 하신다고요?" 저는 서장님의 얼굴을 바라보았습니다. "그

---

33) 待合. 기생이나 여자를 불러 유흥을 즐기던 요리점.

럼 벌써, 뭔가……."

"시간일세." 이렇게 말하고 서장님은 마침 걸려온 전화 쪽으로 손을 내밀었습니다. "필요한 건 시간뿐일세. 13개의 시계, 시간, —아아, 누구십니까? 네, 고도입니다."

제가 나가려고 하자 서장님은 송화기를 막고, "현청에서의 일이 끝나면 먼저 돌아가도록 하게."라고 제게 말했습니다.

마치 따돌림을 당하고 있는 것 같다는 기분이었습니다. 기껏 커다란 수확을 올렸다고 생각했는데, 서장님은 들은 척도 하지 않고 시간이라는 둥, 13개의 시계라는 둥, 남기고 갈 선물로 혼자서 처리하겠다는 둥, 전부를 꿰뚫어보고 있다는 듯 말했습니다. 네네, 그럼 마음대로 하십시오, 저도 이런 생각이 들어 경찰부장에게 보고를 마친 뒤 서장님 말대로 서에는 가지 않고 먼저 관사로 돌아가버렸습니다.

이튿날 각 신문의 조간은 요란하기 짝이 없었습니다. 고도 서장님의 전임 결정과 유임탄원을 위한 시위운동, 공원에서의 시민대회 등 모두 사진까지 실어가며 떠들썩하게 보도했습니다. 마이아사와 석간 호치에서는 사설로 석별의 글을 실었는데, 서장님의 공적을 칭송하기도 하고, 감상적인 내용을 늘어놓기도 하며 거듭 전임을 아쉬워했습니다. 그런데 그 가운데 시사일보의 사회면에, 〈서장 ×씨 그 이상을 이야기하다〉라는 예외적인 기사가 있었습니다. 그것은 전날 긴바나초에서의 일을 다룬 기사로, 〈—×씨는 예전부터 지위에 집착하지 않는다고 알려져왔으나, 씨가 가장 사랑한다고 말해왔던 빈민들의 열성 가득하고 눈물겨운 유임청원에 대해서 자신의 출세를 방해하지 말라, 이번에는 경찰청장이 될 수도 있다고 공언했다고 하니 놀라지 않을 수 없다. 속담에서 말하기를—.〉 이런 식으로 써내려간 기사였습니다. 단순한 자여, 저는 이렇게 중얼거리고 신문을 내려놓았습니다. —그로부터 며칠 동안의 성가심에는 넌덜머리가 날 정도였습니다. 한시의 쉴 틈도 주지 않고 유임을 간청해왔습니다. 송별회를 열고 싶다, 사은회를 열고 싶다, 기념품을 전달하고 싶다, 환송회, 이별을 위한 간담회, 그러한 요청이 끊임없이 계속되었습니다. 물론 전부 거절했습니다. 현의회와 시의회의 요청도 거절, 분서장들의 요청도 마찬가지, 무릇 무슨무슨 회라고 이름 붙은 것은 하나에서부터 열까지 전부 사절했습니다. 그것이 전부 저의 일이었기에 정신이 하나도 없었습니다. —그런데 첫날에서부터 일곱 번째 되는 날에 사건이 일어났습니다. 이번에는 구미코가 실종된 것이었습니다. 역시 와타나베 노인이 와서 사실을 알려주었는데, "어제부터 집에 오지 않았다."는 것이었습니다.

"그게 참 묘하게도," 노인이 예의 마른 목소리로, "이삼일 전부터 어딘가 모습이 이상해서 조바심을 치고 차분하지 못한 듯했는데, 어제 아침에 평소와 다름없이 출근한 뒤로 돌아오지 않았습니다. —제가 오늘 아침 일찍 조합사무실로 가서 물어보았습니다. 그랬더니 어제 오후에 그 아이에게 전화가 걸려왔는데, 남자의 목소리였다고 합니다. 그 뒤에 갑자기 용무가 생겼다며 조퇴를 하고 돌아갔다는 겁니다."

"네, 알겠습니다." 서장님은 이렇게 말하며 눈을 감고 의자의 등받이에 훽 몸을 기댄 뒤, "뭔가 두 번째 수단을 쓰리라 생각은 하고 있었습니다. 그 전화의 사내 말인데, 이건 와타나베 씨라 드리는 말씀입니다만, —가메사부로 선생입니다."

"네에?" 노인은 입을 벌린 채였습니다. "그렇다면, 그러니까, 그 아이는 그런 줄도 모르고.”

“아니, 알았을 겁니다. 아버지를 만나게 해주겠다는 식으로 말을 한 거라 생각합니다. 경찰에 알리면 아버지의 목숨은 없다는 식의 협박도 있었을지 모릅니다.”

“하지만, ―정말로 가메사부로였을까요?”

“모르는 사람이었다면 구미코 군이 갔을 리 없습니다, 그런 사건 직후였으니.” 서장님은 더없이 차분했습니다. “어쨌든 계획은 세워두었으니 걱정하실 것 없습니다. 머지않아 일망타진하도록 하겠습니다.”

## 8

다시 일주일이 지났습니다. 떠들썩하던 유임운동도 잠잠해졌으며 마이아사에서 (아오노의 글일 테지만) 서장님이 다루었던 사건을 이야기식으로 연재하는 것 외에는 어느 신문에서도 서장님에 대한 기사는 단 한 줄도 싣지 않게 되었습니다. 그리고 그렇게 매일같이 찾아오던 빈민가 사람들도 그날의 말 때문에 포기를 한 것인지, 아마도 생활에 쫓기기 때문일 테지만 거의 그림자를 볼 수 없게 되었습니다. ―19일 오후의 일이었습니다. 서장님이 갑자기, “오늘 밤, 유누마(湯沼)에서 한잔하겠는가?”라고 말했습니다.

“드디어 작별할 때가 왔으니 천천히 장기라도 한 판 두기로 하세. 자네에게는 여러 가지로 도움을 받았으니.”

“하지만 그건, 그렇다면 세키구치 모녀는 어떻게 되는 겁니까?”

“시간, 시간, 시간이야.” 서장님은 웃지도 않고 이렇게 말했습니다.

"자네는 지난 2주일 동안 매일같이 세키구치 사건은 어떻게 되었느냐, 어떻게 되었느냐며 나를 귀찮게 했어. 내가 문제는 시간과 13개의 시계에 있다고 말했는데도 그쪽은 보려 하지도 않고 초조해하고 있어. ―자네는 아직도 그 13개의 지시표가 이상하지 않단 말인가?"

"그렇다면 사건은 완전히 해결되었군요."

"해결은 내일이야. 그리고 그것이 고도 산쇼가 전임하는 날이야." 서장님은 이렇게 말하고 의자에서 일어나 창가로 가더니 밖을 바라보았습니다. "그 한심한 소동도 가라앉았으니 말이야……."

정말로 작별이라면 아오노만이라도 부르고 싶었습니다. 그랬기에, "어떻습니까? 아오노도."라고 청해보았으나 서장님은 말없이 고개만 흔든 채 더는 상대하지 않았습니다. 그리고 퇴근시간이 되자 자동차를 부르게 해서 둘이서만 유누마로 갔습니다. 유누마는 고개를 2개 넘어 현의 경계선 부근의 계곡에 있는 온천지입니다. 여관도 낡고 조그만 곳이 3군데 있을 뿐, 좁은 계곡 안으로 전망도 좋지 않기에 지금도 쓸쓸하고 조용한 곳이지만, 서장님은 그 외진 곳이 좋다며 저를 데리고 대여섯 번이나 갔었습니다. 마쓰다야(松田屋)라는 곳이 늘 가는 여관이었습니다.

자동차가 고개로 접어들었을 때 싸라기눈이 내리기 시작했습니다. 서장님은 마침 잘도 내리기 시작했다며 기뻐했으나, 저는 수첩을 꺼내 예의 13개의 지시표와 눈싸움을 했습니다. 무엇인가를 암시하는 기호라는 사실은 서장님의 말로 알 수 있었지만, 1시 6분부터 시작되는 13개의 숫자를 어떤 열쇠로 풀면 되는 건지 아무래도 짐작조차 할 수 없었습니다. ―자동차는 마침내 마쓰다야에 도착했습니다.

안 그래도 쓸쓸한 온천여관은 손님도 거의 없이 한산했습니다. 우리는 바로 탕에 들어가 몸을 녹인 뒤 편안하게 술을 마시며 장기판을 향해 앉았는데, 서장님의 그 장고가 시작되면 저는 수첩의 숫자와 격투를 이어나갔습니다. —여관 뒤편에 있는 여울물 흐르는 소리, 홈통에서 떨어지는 물소리, 그리고 쉴 새 없이 덧문에 부딪치는 싸라기눈의 사각사각 속삭이는 소리, 밤은 스며들 듯한 고요함으로 깊어가고 있었습니다. 장기판을 향해 앉아 생각하고 있는 건지 졸고 있는 건지 알 수 없이 막연한 서장님의 자세, 희미한 전등에 비춰진 그 듬직한 얼굴에 문득 시선을 사로잡힌 저는 이 사람과도 마침내 작별이다, 이런 생각이 들자 갑자기 가슴 미어질 듯한 슬픔과 주체할 길 없는 기분에 사로잡혔습니다. 그날 밤의 추억에 대해서는 하고 싶은 말이 훨씬 더 많지만, 안타깝게도 상상에 맡기기로 하고 이야기를 진행하겠습니다.

아무리 생각해봐도 암호는 풀리지 않았으며 날이 밝은 뒤 아침목욕을 마치자마자 다시 숫자와 격투를 시작했다가 10시 무렵에 결국에는 포기하고 말았습니다. 서장님은 난방기를 끼고 앉아 유리창문 너머로 보이는 계곡의 설경, 솜모자를 폭 뒤집어쓴 어린 삼나무 숲으로 여전히 사각사각 눈이 내리는 모습을 바라보고 있다가, "1시부터 5시까지, —즉, 1부터 5까지."라고 나른한 목소리로 말했습니다.

"내 머리에는 바로 50음표가 떠올랐어, 일본어의 50음표가 말이지. —시간의 숫자가 모음, 분의 숫자가 자음. 그런 다음 주의를 해서 살펴보니 분을 가리키는 숫자는 전부 10이하였어. 50음표에 딱 맞지 않는가?"

저는 주먹으로 제 머리를 두드린 뒤 바로 수첩에 50음표를 적었습니

다. 서장님은 모르는 척 창밖을 보고 있었습니다. 저는 음표와 13개의 숫자를 대조해서 순서대로 다음과 같은 글자들을 추출해냈습니다. 1시는 아(ア)행, 6분은 그것의 6번째인 '하(ハ)', 2번째의 3시는 우(ウ)행, 4분은 그 4번째인 '쓰(ツ)'입니다. 그것을 늘어놓으니 '하쓰카니오와루유누마니마쓰(20일에 끝남. 유누마에서 기다리겠음)' 이렇게 되었습니다.

"그대로야." 서장님이 난방기 위의 찻잔을 집으며, "물론 세키구치가 내게 남긴 전언이야. 가메사부로의 집 마루 아래서 나온 옷가지, 마치 빈집털이에게 당한 듯한 집 안, 이러한 조건들을 갖추어놓은 뒤 13개의 시계로 내게 말을 남긴 거야. 나라면 알아볼 것이라 믿고 말이지."

"그럼 가메사부로는 알고 있었던 거로군요."

"몰랐던 건 구미코 양뿐이었을 거야. 아니, 자네도 그 가운데 한 명이었지." 서장님은 빙그레 웃었습니다. "허긴, 돌계단에서 만났다는 기괴한 인물, 가메사부로가 열심히 묘사했던 사람이 눈앞에 있는 이 잠꾸러기 서장을 그대로 빼박은 것이라는 사실조차 자네는 눈치 채지 못했었으니."

"그렇다면 대체," 저는 진지하게 자세를 바로하고 앉았습니다. "세키구치는 대체 어째서 이런 일을 꾸민 겁니까? 어째서 이처럼 번거로운 일을."

"내가 전임하는 날을 오늘까지 미루고 싶었던 거야. 일생일대의 작품이라는 생각으로 나를 위해서 만들고 있던 일본의 론진, 그것을 완성해서 내게 주고 싶었던 거겠지. 전언의 '끝남'은 그런 의미였던 거야."

"말도 안 돼. 그런 일로, 겨우 그런 일 때문에 이렇게 소란을 피웠단 말입니까?" 저는 화가 나기 시작했습니다. "그리고 그걸 알면서도, 서장님 역시 그걸 알면서도 이런."

"내게는 내 나름대로 시간이 필요했었어." 서장님은 이렇게 말하고 다시 창밖으로 시선을 돌렸습니다. "—유임운동의 그 광기어린 소동, 그런 헛소동과 내가 얼마나 거리가 먼 사람인지 자네는 알고 있겠지? ……나는 이 시가 좋아. 조용하고 인정 넘치고 순박한 이 시가 아주 좋아. 여러 사람들과 친해졌고 짧은 기간이기는 하지만 이 어려운 인생을 함께 살아왔어. 헤어져야 한다면 조용히 헤어지고 싶었어. ……무슨 일이 있어도 그 광기어린 떠들썩함 속에서 헤어지기는 싫었던 거야. 나는 여기에 왔을 때처럼 아무도 모르게 조용히 떠나가고 싶었어. 조용히, ……그만큼의 시간이 내게도 필요했던 거야."

저는 머리를 숙였습니다. 서장님은 문득 자리에서 일어나 장지문을 열고 한동안 눈을 바라보고 있다가 잠시 후 노래 부르는 듯한 투로 이렇게 중얼거렸습니다.

"—방거사, 약산을 하직하자, ……약산, 10명의 선객에게 명하여, 배웅하여 문 앞까지 가게 했네. ……거사, 허공의 눈을 가리키며 말하기를, ……잘도 내리는 눈, 송이송이 다른 곳에 떨어지지 않는구나[34)]."

세키구치 다이조가 온 것은 그로부터 1시간쯤 뒤였습니다. 물론 일본의 론진을 가지고 말입니다. 가메사부로도 와타나베 노인도, 그리고 구미코도 계면쩍다는 듯 웃으며. —우리의 잠꾸러기 서장님은 그날

---

34) 『벽암록』 제42칙 속의 내용.

오후, 어딘가로 산책이라도 가는 듯한 모습으로 조용히 혼자서 우리 시를 떠났습니다. <잘도 내리는 눈, 송이송이 다른 곳에 떨어지지 않는구나> 서장님은 지금 어디에 자리 잡고 계신 걸까요?

## ◎ 옮긴이의 말

야마모토 슈고로의 유일한 탐정소설인 『잠꾸러기 서장님(寝ぼけ署長)』은 『신청년(新青年)』이라는 잡지에 1946년(12월호)부터 1948년(1월호)까지 연재되었던 연작단편소설이다. 연재 당시에는 작가가 야마모토 슈고로임을 숨기고 '복면작가' 명의로 발표했으나, 1970년에 『야마모토 슈고로 소설전집 별권 3 잠꾸러기 서장님』으로 단행본화 되어 작가의 정체가 밝혀지게 되었다. 『신청년』에 처음 연재를 시작했을 때만 해도 총 3화를 예정했었으나 독자에게 인기를 끌었기에 연재를 연장하여 총 10편의 작품이 되었다.

앞서 이 『잠꾸러기 서장님』은 야마모토 슈고로의 유일한 탐정소설이라고 말했지만 엄밀하게 보자면 '유일한' 탐정소설은 아니다. 왜냐하면 그가 대중적 인기를 얻기 전인 작가생활 초기에는 소년소녀들을 대상으로 한 탐정 · 모험소설을 다수 발표했기 때문이다. 따라서 엄밀하게 말하자면 '성인을 대상으로 한 유일한' 탐정소설이라고 해야 할 것이다. 그럼에도 『잠꾸러기 서장님』이 '유일한' 탐정소설인 것처럼 여겨지는 이유는, 야마모토 슈고로의 성인을 위한 작품 대부분이 시대소설일 뿐만 아니라, 그의 대표작이라 할 수 있는 작품도 역시 대부분 시대소설이기 때문일 것이다.

그렇다면 야마모토 슈고로는 왜 갑자기 성인을 대상으로 한 탐정소설을 쓰기로 한 것일까? 그것도 '복면작가'라는 가명으로. 정확한 이유는 알 수 없으나 이 『잠꾸러기 서장님』을 다른 작품들과 비교해보면 어렴풋이나마 그 이유를 알 수 있을 듯도 하다. 앞서도 이야기한 것처럼 야마모토 슈고로의 작품 대부분은 막부시대를 배경으로 한다. 예외적인 작품은 『계절이 없는 거리』와 『파란 배 이야기』 그리고 이 작품인 『잠꾸러기 서장님』 정도일 것이다. 그리고 성인을 대상으로 한 탐정소설은 '전혀' 라고 해도 좋을 만큼 쓴 적이 없었다. 즉, 야마모토는 이 『잠꾸러기 서장님』을 자신의 본령이 아니라고 생각했을 수도 있다. 바로 그 점이 자신의 이름에 '복면' 을 씌운 이유가 아닐까 싶다.

그리고 야마모토 슈고로는 자신의 전 작품을 통해서 평생 서민의 삶을 그려왔다. 그런데 이 『잠꾸러기 서장님』은 탐정소설인 만큼 어떤 형태로든 '선악' 이 대립하는 구조를 이루지 않으면 안 된다. 범죄가 등장하지 않는 탐정(경찰)소설은 성립 자체가 위태로워지기 때문이다. 따라서 '악' 의 존재가 반드시 등장해야 하는데 '우리의 잠꾸러기 서장님' 만큼이나 서민을 사랑했던 야마모토 슈고로에게 있어서 서민을 '악' 의 존재로 등장시킨다는 것은 있을 수 없는 일이었으리라. 물론 그렇다고 해서 야마모토 슈고로가 서민을 무조건 '선' 한 존재로만 묘사한 것은 아니다. 앞서 예로 든 『계절이 없는 거리』나 『파란 배 이야기』에는 서민들의 '악' 도 심심찮게 묘사되어 있다. 그러나 두 작품은 사실에 바탕을 둔 소설이고 이 『잠꾸러기 서장님』은 주로 허구로 이루어져 있다. 야마모토 슈고로는 아무래도 허구 속 작품에서 자신이 사랑하는 서민을 '악' 의 존재로 만들 수는 없었던 것이리라. 실제로 이 『잠꾸러기 서장님』에 등장하는 '악' 의 존재들을 살펴보면, 대부분은 가진 자(부나 권력을)들이다. 자신이 주로 다루는 시대가 아닌 현대를 배경으로, '악' 의 존재를 등장시켜야 하는 구조. 이러한 작품을 통해서 야마모토 슈고로는 나름대로 '나의 노래' 를 부르고 싶었던 것이리라.

야마모토 슈고로의 작품 속 등장인물을 보면 대부분은 평면적이라는 인상을 준다. 그러나 그 인물들이 전해주는 우리의 삶은 결코 평면적이지 않다. 평면적인 듯하면서도 평면적이지 않은 것이 우리의 삶일지도 모르겠다.

옮긴이 박현석

일본의 소설 및 역사에 관심을 갖고 관련 서적들을 꾸준히 번역·출판하고 있다. 한편으로는 세상의 숨겨진 양서를 발견하여 출판하는 작업도 지속하고 있다. 이러한 작업의 결과물로 우리나라에 처음으로 소개한 작가와 작품도 다수 있다. 옮긴 책으로는 『나쓰메 소세키 단편소설 전집』, 『그럼, 이만…… 다자이 오사무였습니다.』, 『운명의 승리자 박열』, 『붉은 수염 진료담』, 『추리소설 속 트릭의 비밀』 등이 있으며, 역사 쪽으로는 '인물과 사건으로 읽는 일본, 칼의 역사' 시리즈를 20권쯤 기획, 『도쿠가와 이에야스』와 『다이라노 기요모리』 등을 출간했다.

잠꾸러기 서장님

**1판 1쇄 인쇄** 2024년 1월 2일
**1판 1쇄 발행** 2024년 1월 10일

**지은이** 야마모토 슈고로
**옮긴이** 박현석
**펴낸이** 박현석
**펴낸곳** 玄 人(현인)

**등 록** 제 2010-12호
**주 소** 서울시 도봉구 덕릉로 62길 13, 103-608호
**전 화** 010-2012-3751
**팩 스** 0505-977-3750
**이메일** gensang@naver.com

ISBN 979-11-90156-43-1